Riana O’Donnell

Ruf der Dämmerung

Boje

Riana O'Donnell

Ruf der Dämmerung

Boje

Einbandgestaltung: Kathrin Schüler, Hamburg
Satz: Noch & Noch, Balve
Gesamtherstellung: Verlags- und Medien AG, Köln
Printed in Germany

ISBN 978-3-414-82208-6

1. Auflage

www.boje-verlag.de

1

»Es macht dir wirklich nichts aus?«

Viola seufzte. Ihre Mutter fragte das nun zum fünften Mal, und das allein heute. Insgesamt hatte Viola die Frage garantiert schon Hundert Mal mit Nein beantwortet, und jetzt wäre es ohnehin zu spät gewesen, sich noch anders zu entscheiden. Schließlich hatte sie ihr Gepäck bereits aufgegeben und der Flieger nach Dublin war gleich zum Einsteigen bereit.

Davon abgesehen war es die falsche Frage. Was sollte Viola schließlich etwas ausmachen? Die paar Monate in Irland? Darauf freute sie sich eher. Sie hatte immer mal im Ausland zur Schule gehen wollen und die Sprache war auch kein Problem. Schließlich war sie zur Hälfte Irin und hatte stets so selbstverständlich Englisch mit ihrem Vater gesprochen wie Deutsch mit ihrer Mutter.

Also die Trennung von Mom? Viola und ihre Mutter waren einander in den vergangenen Monaten sehr nahegekommen. Manchmal etwas zu nahe. Besonders in der letzten Zeit hatte ihre Mom sie kaum noch aus den Augen gelassen. Viola stöhnte innerlich, wenn sie nur daran dachte. Es war sicher gut, das abzubauen.

Blieb der Aufenthalt in der neuen Familie ihres Vaters – und daran hatte sie zweifellos zu knabbern. Viola war sich jetzt schon sicher, dass sie Dads neue Frau nicht würde leiden können. Und dann war auch noch ein Halbgeschwisterchen unterwegs. Aber andererseits – vielleicht würde ihr das Ganze ja helfen, ihren Dad wenigstens ansatzweise zu verstehen.

Viola war jedenfalls entschlossen, die Reise als Abenteuer zu betrachten. Alles war besser, als weiter mit Mom in der leer wirkenden Wohnung zu sitzen und Trübsal zu blasen.

»Es macht mir wirklich und absolut nichts aus!«, erklärte sie also nochmals und gab ihrer Mutter einen Abschiedskuss auf die Wange. »Im Gegenteil, es wird mir Spaß machen. Also vergiss mich jetzt einfach mal und freu dich auf Boston. Du hast einen großartigen Job in einer coolen Firma, und wenn du erst wieder da bist, wirst du die größte Filiale in Deutschland leiten. Du machst Karriere, und das werde ich Paps jeden Tag aufs Butterbrot schmieren, wenn er die Klos auf dem Campingplatz von seiner Ainné sauber macht.«

Über das Gesicht von Violas Mom zog ein Lächeln. Ein bisschen wehmütig, aber auch etwas schadenfroh. Zu Hause in Braunschweig hatte Violas Dad in einem Reisebüro gearbeitet. Seine praktische Begabung hielt sich in Grenzen – eigentlich schlug er sich jedes Mal den Daumen blau, wenn er nur versuchte, einen Nagel in die Wand zu hämmern. Als Mädchen für alles auf einem Campingplatz im irischen Nirgendwo konnte ihn sich seine alte Familie insofern kaum vorstellen. Und natürlich hatte er seinen neuen Job auch nicht so beschrieben. Laut eigenen Angaben würde er als »Manager« arbeiten. Darüber konnten Viola und ihre Mom allerdings nur lächeln. Bislang hatten Dads neue Frau und deren Vater den Betrieb schließlich mühelos allein geführt, mit einem oder zwei Saisonhelfern. Viele Managementebenen gab es da sicher nicht.

Viola nutzte den seltenen Moment der gelösten Stimmung für einen tränenlosen Abschied. Sie drückte ihre Mutter noch kurz an sich, griff dann nach ihrem Handgepäck und verschwand durch die Sperre. Während der Sicherheitskontrollen winkte sie Mom noch einmal zu und dann war es glücklich überstanden. Ihre Mutter wandte sich ab und schien sich dabei recht tapfer zu halten.

Viola atmete auf. Eine Tränenflut hätte sie heute auch nicht gut verkraftet. Das hatte sie in den Wochen nach der Trennung von Dad schließlich oft genug durchgemacht. Mom heulte damals fast täglich, während Viola selbst in eine Art verständnislose Starre gefallen war. Das Ganze war einfach zu plötzlich gekommen, um schnell damit fertig zu werden.

Viola schlenderte durch die Auslagen im Duty-free-Shop und dachte noch einmal an diese schrecklichen Wochen vor einem halben Jahr.

Genau hier, am Flughafen Hannover, hatten sie Dad damals verabschiedet. Eine Woche wollte er wegbleiben – ein Kongress in Galway. Mom, Viola und Dad hatten gelacht, sich umarmt – und Dad hatte davon gesprochen, dass die nächste Irlandreise ganz sicher ein Familienurlaub sein sollte. Vielleicht auf einem Hausboot den Shannon hinaufschippern oder einfach mit einem Leihwagen rund um die Insel. Mom neckte ihren Mann damit, dass man auch einen Tinkerkarren mit Pferd mieten könnte – sie wusste, dass er die Vierbeiner fürchtete, seit er als Kind einmal getreten worden war. Dad scherzte über Feen und Kobolde in seiner alten

Heimat. An diesem Tag waren sie alle noch glücklich gewesen. Aber schon am nächsten Abend hatte Mom begonnen, sich Sorgen zu machen. Schließlich rief Dad sonst praktisch täglich an, wenn er unterwegs war. Nun aber herrschte Funkstille und sogar sein Handy war ausgeschaltet. Während der ganzen Woche hatten Mom und Viola ihn nur einmal erreicht und da war er seltsam und einsilbig gewesen. Schließlich erhielten sie eine SMS, die verkündete, dass er drei Tage länger wegbleiben würde. Und dann folgte die schockierende Erklärung: Als er endlich wiederkam, hatte Dad noch auf dem Weg vom Flughafen nach Hause von Ainné erzählt, seiner Jugendliebe. Er hatte sie überraschend in Galway wiedergetroffen und nach seinen Angaben hatte es direkt »gefunkt«. Ainné hatte ihn verzaubert – »verhext«, wie Violas Mom es später ausdrückte –, er hatte sich verliebt wie niemals zuvor. Ainné O'Kelley und Alan McNamara, davon war Dad fest überzeugt, waren füreinander bestimmt!

Alan McNamara fand an diesem Abend viele schöne Worte für die einfache Tatsache, dass seine Familie ihm plötzlich im Weg stand. Viola und ihre Mutter sollten das bitte nicht persönlich nehmen, aber es gäbe eben mehr Dinge zwischen Himmel und Erde …

Dad schwebte auf Wolken und Violas Hoffnung, er würde vielleicht vor der Scheidung wieder runterkommen, erfüllte sich nicht. Zumal Ainné auch noch schwanger war. Die beiden frisch Verliebten hatten die erste Woche ihres erneuten Zusammentreffens wirklich genutzt.

Violas Flug wurde jetzt aufgerufen und sie ließ sich im Strom der Reisenden – vor allem Erwachsene, Geschäftsreisende und Urlauber, die nicht auf die Ferienzeit angewiesen waren – mittreiben. In Hannover begann am Montag die Schule wieder, in Irland in einer Woche. Viola war gespannt auf die Highschool im ländlichen Roundwood. Sie würde die neunte Klasse besuchen, ein halbes Jahr lang – vielleicht ein ganzes, falls es ihr bei Dad und Ainné gefiel. Ihre Mutter jedenfalls würde ein halbes Jahr in Boston verbringen – am amerikanischen Hauptsitz der großen Computerfirma, für die sie arbeitete. Für sie bedeutete das einen erheblichen Karrieresprung, zumindest finanziell war sie nicht auf ihren Exmann angewiesen. Das war zwar nur ein kleiner Trost, aber es hatte sie nach der Trennung doch wieder aufgerichtet. Wenigstens in der Firma wusste man sie zu schätzen. Hier würde man ihr keine »irische Rose« vor die Nase setzen. Und in gewisser Weise erfüllte es sie bestimmt auch mit Schadenfreude, dem jungen Glück am Lough Dan jetzt erst mal ihre Tochter auf den Hals zu hetzen: Ainné war garantiert nicht erbaut davon, ihre »große Liebe« im Doppelpack mit einem Teenager zu bekommen. Viola lächelte grimmig. Viel Entgegenkommen hatte Dads neue Frau von ihr nicht zu erwarten.

Viola flog erst zum zweiten Mal in ihrem Leben und fand das Drumherum um Start und Landung, Kabinenservice und Duty-free-Einkäufe noch spannend genug, um die Reise als kurzweilig zu empfinden. Außerdem wuchs mit der Entfernung von ihrem alten Leben die Freude darauf, ihren Vater wiederzusehen. Sosehr sie mit Mom über ihn geschimpft hatte – vermisst hatte sie ihn doch. Mit Dad war der Alltag einfach lustiger gewesen. Er nahm das Leben von jeher leicht und hatte es immer geschafft, Viola und ihre Mom aufzuheitern, egal wie viel Ärger es in der Schule oder in Moms Firma gegeben hatte. Seine Arbeit im Reisebüro hatte Alan McNamara Spaß gemacht. Es gab immer etwas zu erzählen über Kunden und ihre Sonderwünsche – Viola lächelte, wenn sie nur daran dachte, und verzog das Gesicht bei der Erinnerung an die freudlosen Monate nach der Trennung ihrer Eltern.

Als der Flieger schließlich gelandet war, trabte sie aufgeregt die schier endlose Strecke vom Flugzeug bis zur Gepäckausgabe. Ein eintöniger, verglaster Flur folgte hier auf den anderen, zum Teil mit Laufbändern versehen, um schneller vorwärtszukommen. Viola probierte eins aus und fand es lustig. Aber dann fiel ihr ein, dass sie sich vielleicht noch ein bisschen herrichten sollte, bevor sie ihrem Dad gegenübertrat. Viola suchte eine Toilette und überprüfte ihren Anblick im Spiegel. An sich nicht schlecht – nur den vorwitzigen Pickel über ihrem rechten Auge musste sie ein bisschen überschminken. Den verdankte sie bestimmt der Flugzeugluft. Gewöhnlich litt Viola nicht unter Akne. Aber ihre sehr helle Haut – Dads irisches Erbe! – war empfindlich und reagierte schnell auf Irritationen. Ein solcher Teint war meist mit rotem oder blondem Haar und blauen Augen gekoppelt, aber Violas dichtes, glattes Haar war kastanienfarben und ihre Augen waren dunkelgrün. Mit hellbraunen Lichtern darin, wenn sie sich aufregte oder angespannt war wie jetzt. Viola zupfte an ihrem hellgrünen Pulli herum und überprüfte den Sitz ihrer engen Jeans. In dem stressigen, letzten halben Jahr hatte sie etwas abgenommen, aber sie fand, das stand ihr gut. Sie stellte sich Dads Lächeln bei ihrem Anblick vor. Er war immer stolz auf sie gewesen und hatte sie seine »Prinzessin« genannt. Ob er diesen Namen nun für das neue Kind verwenden würde, falls es eine Tochter war? Violas gute Laune trübte sich – und näherte sich gefährlich dem Nullpunkt, als sie den Wagen mit ihren Koffern endlich in die Ankunftshalle schob, sich da aber vergeblich nach Dads von rotbraunem Wuschelhaar umrahmten Gesicht umsah. Er schien sich verspätet zu haben – oder hatte er die Ankunftszeit verwechselt? In Irland war es eine Stunde früher als in Braunschweig – und dann war da ja auch noch die Sache mit a.m. und p.m. Ob Dad sie vielleicht erst am Abend erwartete? Aber er sollte sich mit der Zeit in seiner Heimat eigentlich auskennen!

Unschlüssig sah sie sich um. Sie hatte eine Telefonnummer, aber Dad hatte gesagt, er sei tagsüber schwer zu erreichen, da meistens draußen, irgendwo auf dem Campingplatz. Heute traf das sicher zu, in Dublin herrschte strahlender Sonnenschein. Nichts von dem irischen Regen, vor dem ihre Freundin Katja sie gewarnt hatte. Katja war im letzten Jahr mit ihren Eltern in Irland gewesen und angeblich hatte es pausenlos geschüttet. Aber vielleicht wollte sie Viola das Land auch nur miesmachen. Die Freundinnen steckten von Kindheit an zusammen und konnten sich kaum vorstellen, sechs Monate lang getrennt zu sein.

Verdammt, warum hatte sie sich bloß Dads Handynummer nicht geben lassen!

Während Viola noch unglücklich in die Gegend starrte, kam ein junger Mann auf sie zu. Er war blond und schlaksig, der Typ, der nur aus Armen und Beinen zu bestehen schien, und er trug ein mit rotem Filzstift beschriftetes Schild gut sichtbar vor sich.

Verwundert las Viola ihren Namen: Viola McNamara. Und jetzt hatte der Junge sie auch erreicht.

»Sorry, aber bist du das vielleicht?« Der Typ sprach sie an und zeigte auf das Schild.

Viola nickte verwirrt. »Aber ... mein Dad ... Eigentlich warte ich auf meinen Vater.« Sie musste die englischen Worte fast suchen und schämte sich für ihre Unsicherheit.

Der Junge grinste. »Dein Dad konnte nicht kommen. Irgendwas mit seiner Lady ... Jedenfalls hat er mich geschickt, dich abzuholen. Ich bin Patrick, ich arbeite auf dem Campingplatz. Soll ich das Ding nehmen?« Er wies auf den Kofferwagen, der wirklich nicht leicht zu lavieren war. Wahrscheinlich hatte Viola ihn auch nicht gerade genial bepackt. Sie war ebenso unpraktisch wie ihr Dad.

Viola nickte wieder und überließ Patrick das Gefährt. Immer noch sprachlos, folgte sie ihm aus dem Flughafen zum Parkplatz, wo er einen Kleinbus mit der Aufschrift *Lough Dan Camping* ansteuerte.

»Reichlich Platz für dein Zeug«, grinste Patrick. »Mann, nach dem, was du mitschleppst, möchte man meinen, du würdest ein halbes Jahr bleiben ...«

»Will ich ja auch ...« Der Wechsel ins Englische wurde langsam wieder selbstverständlicher. Nachdem sie Patrick kurz erklärt hatte, dass sie während des Aufenthalts ihrer

Mutter in Amerika in Irland bleiben würde, hatte sie sich ganz auf die Sprache eingestellt.

»Und du?«, fragte sie schließlich. »Bist du aus Roundwood?«

Patrick schüttelte den Kopf. »Ja und nein. Ich bin zwar da geboren, aber vor ein paar Jahren nach Dublin gezogen. Da studiere ich jetzt – Musik- und Literaturwissenschaft.«

»Und das in Roundwood ist ein Ferienjob?«, erkundigte sich Viola.

Patrick nickte. »Auch wieder ja und nein«, lachte er. »In Roundwood laufen Sommerkurse in ›Gaelic Studies‹ – altirische Sprache und Musik. Zwei Lehrerinnen aus der Highschool da haben echt was drauf. Wirst du auch mitkriegen, das durchzieht bei denen den ganzen Unterricht. Na ja, und da ich nicht von Luft und Liebe leben kann und diese Kurse auch was kosten, hab ich mir den Job gesucht. Ich bleibe noch einen Monat in Wicklow, bis die Uni wieder anfängt. Und dann reicht's mir auch mit frischer Luft und Landschaft pur! Lough Dan ist schön, wird dir gefallen. Aber es gibt noch nicht mal Füchse, weil sich kein Artgenosse zum Gute-Nacht-Sagen findet.«

Viola kicherte. Das klang nicht nach dem typischen Umfeld ihres lebenslustigen Vaters. »Internet?«, fragte sie vorsichtig. Sie hatte ihren Laptop im Koffer und eigentlich gehofft, Katja heute schon die erste Mail schicken zu können.

Patrick runzelte die Stirn. »Ja, aber bei Regen oder Sturm kann's schon mal ausfallen ... Nun guck nicht so panisch!« Er grinste ihr zu. »Vor Erfindung des Internets hat man am Lough Dan auch überlebt. Uralte Kulturlandschaft. Ein paar

Kilometer weiter liegt Glendalough, da hat schon der heilige Kevin gewirkt …«

Viola verdrehte die Augen. Der heilige Kevin war ihr herzlich egal, sie wollte Katja!

Patrick steuerte den Bus aus den Vororten von Dublin heraus Richtung Wicklow County. Für die Fahrt würden sie kaum mehr als zwei Stunden brauchen, aber es war doch wie ein Eintauchen in eine andere Welt, als sie die Schnellstraße schließlich verließen und durch ländliche Gegenden und winzige Orte zuckelten. Die Straßen wurden dabei immer schmaler und kurviger, das flache Land um Dublin wich gebirgigen Abschnitten. Sie kamen dem Wander- und Erholungsgebiet deutlich näher, in dem Lough Dan und Roundwood lagen. Irlands höchstgelegenes Dorf, wie ihr Patrick jetzt verriet.

»Beliebter Urlaubsort. Du kannst fischen, wandern, reiten – reitest du übrigens? Der alte Bill ist schon ganz wild auf das Mädel aus Deutschland. Er ist überzeugt, da wären alle verrückt nach Pferden. Und er hofft natürlich auf kostenlose Hilfe bei den Ponys …«

»Reiten? Ich?« Viola hatte nicht genau hingehört, sondern sich auf die faszinierende Gebirgslandschaft konzentriert, die sich jetzt vor ihr auftat. Außerdem war ihr etwas schlecht von all den Kurven. Aber der Gedanke an Pferde zerrte sie unsanft in die Wirklichkeit zurück. Nachdem Katja vor einem Jahr eine kurze Zeit in ein Pferd namens Blacky verliebt gewesen war, wirkte auf Viola schon die Erwähnung dieser Tiere wie blanker Horror. Drei Monate lang hatte Katja nur von Pferden gesprochen – aber dann war zum Glück ein Junge namens Toby in die Wohnung nebenan gezogen und Katja hatte sich anderweitig orientiert. Viola hielt Toby zwar auch für einen Langweiler, aber wenigstens roch er nicht so streng.

Patrick grinste. »Dein Dad hat ihm schon gesagt, dass du dir aus den Viechern nichts machst, aber das glaubt er nicht. Bill glaubt grundsätzlich nur, was er glauben will. Ich persönlich finde ihn etwas anstrengend ... aber du wirst schon mit ihm klarkommen ...«

Die letzte Bemerkung klang bemüht tröstlich. Anscheinend hatte Viola schon wieder etwas leidend ausgesehen.

»Bill ist Ainnés Vater, nicht?«, erkundigte sie sich.

Patrick nickte.

Viola seufzte. Noch ein Mitbewohner, mit dem sie sich arrangieren musste. Aber wenigstens Patrick war nett.

Nach fast endloser, kurvenreicher Fahrt erreichten sie Roundwood – wie erwartet ein Nest, aber einladend gestaltet mit bunt bemalten Fassaden und alten Ladenschildern. Patrick hielt vor einem Supermarkt und Viola taumelte aus dem Auto. Wenn sie tief durchatmete und sich etwas bewegte, musste sie sich vielleicht nicht übergeben ... Schließlich half sie Patrick, ein paar Kisten mit offensichtlich telefonisch bestellten Lebensmitteln einzuladen, und fühlte sich dann wirklich etwas besser.

»Da ist die alte Schule«, erklärte Patrick, als sie weiterfuhren, und wies auf ein hübsches altes Gebäude. »Und gleich dahinter das neue Schulzentrum. Nicht so schön, aber angeblich ganz modern ausgestattet. Ich kann's dir nicht sagen, als ich klein war, saßen wir noch im alten Haus. Da gab's keine Computer, aber dafür spukte es.«

»Und wie komm ich hier jeden Tag hin?«, fragte Viola mürrisch und starrte unglücklich auf ein Straßenschild: *Lough Dan 3 Meilen.* Dabei reichte es ihr jetzt wirklich mit dem Autofahren. Schon nach den ersten drei Kurven durchs Dorf hatte sie das Gefühl, sich erneut grünlich zu verfärben.

»Schulbus«, meinte Patrick. »Sie sammeln dich ein, keine Sorge. Und es ist die höchstgelegene Highschool Irlands.« Er grinste.

»Schau, da ist der See.«

Eine weitere Kurve gab den Blick auf den Lough Dan frei und Viola vergaß ihre Übelkeit fast. Der Anblick war sensationell, gerade jetzt im Sonnenschein. Der kleine See, eingeschlossen von Bergen, war glatt wie ein Spiegel und warf das Bild der Gipfel zurück. Es war, als blicke man in ein Zauberland von Schluchten und verwunschenen Tälern unter dem Wasserspiegel. Die Ufer waren gelegentlich steil, meist aber flach und schilf- oder grasbewachsen. Der See wurde von vielen kleinen Bächen gespeist, die teilweise winzige Wasserfälle bildeten. Sie glänzten silbern in der Sonne und schienen ihre Strahlen einzufangen und dem See zum Geschenk zu machen. Häuser sah Viola zunächst gar nicht und tatsächlich erwies sich die Ansiedlung, zu der auch der Campingplatz der O'Kelleys/McNamaras gehörte, als so winzig, dass sie nicht mal einen Namen hatte. Es gab ein Andenkengeschäft und ein Restaurant an einem besonders schönen Aussichtspunkt. Dazu ein Landhotel weiter oben in den Bergen und ein paar verstreute Häuser. Kein Ort von Weltgeltung.

»Du siehst, überall Landschaft, nichts als Landschaft«, kommentierte Patrick. »Die aufregendste Betätigung hier ist Vogelbeobachtung.«

Er bog auf einen schmalen Weg Richtung See ab und durchfuhr gleich darauf eine geöffnete Schranke. Daneben stand ein Wärterhäuschen mit einem Schild *Lough Dan Camping*. Viola sah etwa dreißig Stellplätze, von denen jetzt aber nur einige wenige direkt am Wasser belegt waren.

»Im Hochsommer ist mehr los«, bemerkte Patrick und folgte einem Schild *Platzverwaltung*. Schließlich hielt er vor dem reetgedeckten kleinen Haus, das Viola schon aus Dads E-Mails kannte. Im Eingangsbereich gab es ein Büro und einen winzigen Shop, in dem die Camper das Nötigste zum Leben einkaufen konnten. Patrick und Viola trugen die Kisten aus Roundwood hinein, und Patrick machte sich gleich daran, sie auszupacken.

»Ich mach das lieber sofort«, erklärte er, »sonst vergesse ich es, und Ainné kriegt einen Tobsuchtsanfall, wenn die Butter schmilzt. Du kannst aber schon reingehen. Der Privateingang ist gleich nebenan, kannst du gar nicht verfehlen. Ich bring dir die Koffer dann nach. Aber ich weiß nicht, ob überhaupt schon jemand da ist. Das Auto ist jedenfalls nirgends zu sehen.«

»Wo steckt mein Dad denn überhaupt?«, fragte Viola enttäuscht und machte sich erst mal daran, Patrick zu helfen. Was sollte sie schließlich allein in dem verwaisten Haus? Bestenfalls konnte sie Ainnés Vater kennenlernen und dazu hatte sie wenig Lust.

»Hab ich doch gesagt. Er ist mit Ainné zur Ambulanz. Wenn's schlimm ist, muss sie nach Dublin. Aber bisher war's immer nur falscher Alarm. Das Baby hat ja wohl auch noch ein paar Wochen Zeit.« Patrick packte Milch und Butter ins Kühlfach. Viola sortierte Tütensuppen. Nach fünf Minuten waren sie fertig.

»Soll ich dich rumführen?«, fragte Patrick und grinste mal wieder. »Vielleicht sehen wir ja ein paar spannende Vögel.«

Viola nickte lustlos. Ihr Magen war nach der Autofahrt immer noch nicht ganz zur Ruhe gekommen. Sicher war es gut, frische Luft zu schnappen.

Sie bereute es nicht. Die Luft war warm und roch nach Harz und Kräutern. Der Campingplatz lag idyllisch direkt am Seeufer, es gab einen kleinen Bootssteg und einen Schuppen, der einen Kanu- und Ruderbootverleih beherbergte. Die Boote wirkten durchweg neu und gut gepflegt.

»Mein Job«, erläuterte Patrick und wies auf die sorgfältig aufgebockten Kanus. »Neben allem möglichen anderen Kram. Aber hauptsächlich kümmere ich mich um die Boote und weise die Leute ein, die sich zur Seefahrt berufen fühlen. Die Kajaks kippen schon mal um, wenn sich einer besonders blöd anstellt – aber ich zeig dir gern, wie's geht, wenn du Lust hast.«

Viola schüttelte den Kopf. Sie konnte auf jede Form von Sport sehr gut verzichten. Außer aufs Surfen im Internet.

»Und da hinten geht's zu den Ponys. Das macht Bill.«

Patrick führte Viola vom Ufer weg zu einem eingefriedeten Areal, zu dem auch Ställe und Anbindeplätze gehörten. Davor war ein vierschrötiger, rotgesichtiger Mann gerade damit beschäftigt, ein zierliches Mädchen in breitem Irisch zusammenzustauchen: »Ist mir ganz egal, was du gedacht hast. Gracie geht nicht im Betrieb, das weißt du!«

»Ich hab sie doch nicht verliehen!«, verteidigte sich das Mädchen. Sie war hellblond, sehr schlank und in Violas Alter. »Ich hab sie selbst geritten. Weil sie doch so unausstehlich wird, wenn sie nichts zu tun hat. Und Ainné wird sie in den nächsten Monaten sowieso nicht bewegen, da dachte ich ...«

»Das Denken überlässt du den Pferden, die haben die größeren Köpfe«, raunzte der Mann. »Und Ainnés Pferd ist Ainnés Pferd, egal ob sie es gerade reitet oder nicht.«

Das Mädchen wollte erneut widersprechen, aber dann sah sie Patrick und Viola und wurde sofort rot. Anscheinend war es ihr peinlich, vor Publikum zusammengefaltet zu werden – oder schämte sie sich nur vor Patrick? Viola meinte, ein verräterisches Aufblitzen in ihren blauen Augen zu erkennen, als sie den jungen Mann streiften. Es ließ ahnen, dass sie nicht nur in Pferde verliebt war.

Patrick selbst schaute eher missbilligend. »Das wäre dann also Bill«, bemerkte er. »Wie wir alle ihn kennen und lieben. Das Mädchen ist Shawna – das leidensfähigste Geschöpf dieser Insel ...«

Bevor er das weiter ausführen konnte, kam Shawna zu ihnen hinüber.

»Hi, Patrick!«, grüßte sie jetzt und die Sternchen in ihren Augen waren nicht mehr zu übersehen. »Du bist wieder da.«

Viola war selbst noch nie wirklich verliebt gewesen, aber sie hatte mehrmals beobachtet, dass dieser Zustand zum weitgehenden Verlust der Fähigkeit führte, ganze oder gar intelligente Sätze zu bilden.

»Wie du siehst«, grinste Patrick. »Und du warst auch bis jetzt unterwegs? Halbtagesritt mit drei Touris, ja? Womit du dem alten Mistkerl hundertfünfzig Euro verdient hast. Und zum Dank brüllt er dich an.«

Shawna errötete erneut. Anscheinend ein heikles Thema …

»Ich hätte Gracie nicht nehmen sollen«, entschuldigte sie Bills Ausbruch. »Jedenfalls nicht, ohne Ainné zu fragen. Aber ich brauchte drei große Ponys für die Touristen, das waren alles Erwachsene. Da konnte ich doch nicht auf einem kleineren vorwegzuckeln. Und …«

»Geschenkt, Shawna, mir brauchst du das nicht zu erklären.« Patrick machte eine wegwerfende Handbewegung. »Zeig lieber dem Alten mal, was 'ne Harke ist! Mensch, Shawna, ohne dich ist der doch aufgeschmissen! Du schuftest dich hier jeden Tag ab und siehst dafür keinen Euro. Lass ihn mal ein paar Tage hängen, danach ist er vielleicht wenigstens ein bisschen höflicher …«

»Aber ich darf doch umsonst reiten«, verteidigte sich Shawna. »Und wenn nun dieses Mädchen aus Deutschland kommt …« Sie schaute auf und schien Viola jetzt erst zu bemerken. »Oh … bist du vielleicht …?« Sie errötete schon wieder.

Viola versuchte, sie aufmunternd anzulächeln. »Ich bin Viola und tatsächlich aus Deutschland. Aber selbst wenn ich wollte, könnte ich mich keine drei Minuten auf deiner Gracie halten, oder wie das Vieh heißt. Und ich hab auch keine Lust dazu, irgendwelche Ställe auszumisten, Touristenkinder auf Ponys zu setzen oder was du hier sonst so machst.«

Über Shawnas Gesicht zog ein schüchternes Lächeln. Patrick grinste schon wieder.

»Na siehst du. Keiner macht dir den Traumjob streitig. Und jetzt komm bloß nicht auf die Idee, dem Kerl noch die Pferde einzutreiben und füttern zu helfen. Ich hab Cola im Bootshaus, kommt mit, ich geb einen aus.«

Shawna wirkte etwas schuldbewusst – sicher war sie fest entschlossen gewesen, mit der Arbeit fortzufahren. Aber letztlich siegte ihre Schwäche für Patrick. Sie strahlte ihn an und trottete brav neben ihm und Viola her. Ein kleiner schwarz-weißer Hund, der eben noch um den alten Bill herumgewuselt war, schloss sich ihnen an.

Viola streichelte ihn.

»Wer ist das denn?«, erkundigte sie sich, schon um das Schweigen zu brechen. Erfolgreich. Shawna taute augenblicklich auf, wenn es um Tiere ging.

»Das ist Guinness«, stellte sie vor. »Dein Vater hat ihn so getauft, weil er doch schwarz-weiß ist: wie das Bier mit dem hellen Schaum. Eigentlich gehört er auch Ainné, aber die kümmert sich nicht viel um ihn. Meistens ist er bei mir …«

Der letzte Satz klang wieder etwas traurig und sehnsüchtig. Viola vermutete, dass Shawna zu Hause keinen Hund halten durfte. Und ein Pferd offensichtlich erst recht nicht. Aber vielleicht konnten ihre Eltern sich das auch nicht leisten.

»Du kommst übrigens in meine Klasse«, wechselte Shawna schließlich das Thema. »Wir haben uns schon alle gefragt, ob du Englisch sprichst. Und Gälisch!«

Patrick lotste die Mädchen zu einem idyllischen Plätzchen am See, wo aus dem Gras aufragende Felsen natürliche Sitzgelegenheiten boten. Vor allem war der Ort von den Ställen her nicht einzusehen und vom Haus aus erst recht nicht. Zwischen dem Ufer und den Wirtschaftsgebäuden lag das Bootshaus. Shawna würde vom alten Bill unbehelligt bleiben. So wirkte sie jetzt auch ziemlich gelöst und plauderte mit Viola, während sie es sich auf den sonnenwarmen Steinen gemütlich machten und Patrick die Cola holte.

Viola erfuhr, dass sie Gälisch hier nicht abwählen konnte, wie sie gehofft hatte, aber Shawna versicherte ihr, die Klasse sei klein und die Lehrerin nicht streng. »Bestimmt macht sie für dich ein Sonderprogramm. Sie kann nicht erwarten, dass du neun Schuljahre in sechs Monaten nachholst. Auf jeden Fall wird sie versuchen, es dir schmackhaft zu machen. Sie wirbt ständig um Teilnehmer für ihre Sommerkurse!«

Als Patrick mit der Cola zurückkam, wurde Shawna sofort wieder einsilbig. Sie himmelte den Jungen erkennbar an. Bei Patrick selbst konnte Viola dagegen noch keine Anzeichen größerer Verliebtheit ausmachen. Immerhin schien er Shawna zu mögen und sicher tat sie ihm auch etwas leid. Die Voraussetzungen waren also nicht allzu schlecht.

Schließlich machte sich Shawna widerstrebend auf den Heimweg.

»Wir kriegen noch zwei Busladungen heute Nachmittag«, erklärte sie Patrick mit unglücklichem Gesichtsausdruck und streichelte Guinness noch mal über den Kopf, während sie sich auf ihr Moped schwang. »Das geht garantiert zwei Stunden ... Bye, Viola, man sieht sich ...«

Shawna trat das Moped mit Schwung an und tuckerte davon, aufwärts, und sicher verbotenerweise über einen Wanderweg.

»Sie kriegen was?«, fragte Viola, nachdem Shawna außer Sicht war. Patrick und sie wandten sich wieder in Richtung Haus, vielleicht war ihr Dad ja inzwischen angekommen.

Patrick lachte. »Zwei Busladungen Touristen. Shawna gehört zum Lovely View, dem Ausflugsrestaurant. Erinnerst du dich? Wir haben das Schild gesehen. Von der Abzweigung aus geht es allerdings noch zwei Kilometer aufwärts. Der Laden ist eine Goldgrube! Die Reisegesellschaften karren ihre Leute nach Glendalough und anschließend gibt es da oben Tee. Oder Lunch. Jedenfalls fallen sie zu Dutzenden über die McLaughlins her und da wird jede Hand gebraucht. Aber überflüssig zu sagen, dass Shawna auch von ihren Eltern kein Geld kriegt. Sonst könnte sie sich ja endlich selbst einen Gaul kaufen und das Theater mit Bill hätte ein Ende. Aber wie gesagt: Sie ist zu gut für diese Welt. Und Engel hatten es schon zu Sankt Kevins Zeiten nicht leicht. Da, schau mal, das Auto ist zurück. Wenn's deinem Dad also nicht entlaufen ist, sollte der auch da sein.«

Viola lachte nervös. Jetzt hatte sich das Wiedersehen mit ihrem Vater so lange verzögert, dass sie fast schon befangen war. Das verflog allerdings sofort, als sie ihn endlich zu Gesicht bekam. Alan McNamara war gerade dabei, einer rothaarigen jungen Frau aus dem alten Geländewagen zu helfen, aber er ließ Ainné stehen, als er Viola auf sich zulaufen sah. Sie flog in seine Arme.

»Vio, endlich!« Alan wirbelte seine Tochter herum, wie er das schon getan hatte, als sie ein ganz kleines Mädchen war. »Tut mir so leid, dass ich nicht zum Flugplatz kommen konnte. Aber wer weiß, vielleicht hättest du mir Patrick ja sogar vorgezogen?« Er zwinkerte ihr zu. »Pass nur auf, der Junge ist ein Schürzenjäger. Die kleine Shawna ist ganz verrückt nach ihm!«

Viola versicherte ihm, ganz sicher nicht verrückt nach Patrick zu sein und auch sonst noch keinen Mann auf der Welt gefunden zu haben, den sie ihrem Daddy vorzog.

»Das ist meine brave Prinzessin!«, lachte Alan und küsste sie noch einmal. »Aber nun komm, ich muss dir Ainné vorstellen!« Es hörte sich an, als plane er, seiner Tochter ein lang ersehntes Weihnachtsgeschenk zu enthüllen. Viola versteifte sich, aber Alan bemerkte das gar nicht. Er nahm sie strahlend bei der Hand und führte sie zum Wagen, wo die junge Frau nach wie vor wartete. Sie bemühte sich, Guinness' stürmische Begrüßung abzuwehren und schenkte auch Viola und ihrem Vater eher ungnädige Blicke.

»Vielleicht können wir erst mal ins Haus gehen, Alan«, bemerkte sie kühl. »Ich fühle mich nach wie vor nicht gut … Entschuldige, Viola, das hat nichts mit dir zu tun, aber das Baby …« Sie fasste an ihren Bauch.

Viola murmelte etwas Unverständliches. Ihr Vater hatte sie sofort losgelassen, als Ainné sich beschwerte, und bot seiner neuen Frau jetzt fürsorglich den Arm. Sie stützte sich schwer auf ihn, aber Viola fand, das Ganze wirkte etwas aufgesetzt. Zweifellos hätte sie auch allein gehen können. Aber immerhin hatte Viola währenddessen Zeit, Ainné O'Kelley-Mc-

Namara einer unauffälligen Musterung zu unterziehen. Dad hatte sie stets eine irische Rose genannt und Viola hatte den Begriff gegoogelt. Anscheinend bezeichnete er Mädchen mit hellem, sommersprossigem Teint und rotem Haar – eine Beschreibung, der Ainné durchaus entsprach. Und obwohl dieser Typ Violas Schönheitsideal eigentlich nicht besonders nahe kam, musste sie zugeben, dass die neue Frau ihres Vaters hübsch war. Sie hatte dichtes, glattes rotes Haar, nicht die Kräusellöckchen, die Viola erwartet hatte, und auch nicht die karottenrote Färbung, die ihre Mom stets beschworen hatte, wenn sie sich ihre Rivalin vorstellte. Ainnés Haarfarbe spielte eher ins Kupferne oder Rotgoldene und ihre Augen waren leuchtend blau. Die Sommersprossen hielten sich in Grenzen, ihre Gesichtszüge waren ebenmäßig und ihre Lippen voll und schön geschwungen, wenn auch gerade etwas unwillig zusammengezogen. Ainné war sicher schlank gewesen, als Dad sie kennenlernte, aber jetzt in der Schwangerschaft wirkte ihre Figur etwas unförmig. Dennoch bewegte sie sich recht graziös. Viola erinnerte sich daran, dass Dad von ihrer Sportlichkeit geschwärmt hatte: »Eine schneidige Reiterin!« Es hatte bewundernd geklungen, war für Viola und ihre Mutter aber nur ein weiteres Indiz seiner geistigen Verwirrung gewesen. Alan McNamara hasste Pferde, und das Letzte, mit dem man ihm bisher hatte imponieren können, war »schneidiges« Reiten.

»Ich hol dann mal deine Koffer«, bemerkte Patrick zu Viola und zog sich zurück. Er hatte auf die Neckerei ihres Vaters mit seinem charakteristischen Grinsen reagiert, schien Ainné allerdings nicht sonderlich zu mögen. Vielleicht nahm er ihr aber auch nur übel, dass sie sich nicht mal den kleinsten Gruß für ihn abgerungen hatte. Allerdings war für Viola selbst bislang auch kein »Good Afternoon« abgefallen. Ainné schien es nicht für nötig zu halten, Freude über die Ankunft ihrer Stieftochter zu heucheln.

Viola folgte ihrem Dad und seiner Frau zunächst in einen Flur und dann in eine große Küche, die ins Wohnzimmer überging. Das Haus wirkte von innen nicht geräumiger als von außen. Abgesehen von Küche und Wohnraum, die sicher von Bill, Ainné und Dad gemeinsam genutzt wurden, gab es nur ein Bad und drei Schlafzimmer. Eins davon würde Viola jetzt beziehen, später sollte das Baby dort schlafen. Ainné hätte es sicher gern jetzt schon als Kinderzimmer eingerichtet.

Immerhin hieß sie ihre Stieftochter nun in ihrem Haus willkommen, nachdem sie in einem Sessel am Kamin Platz genommen hatte.

»Machst du uns einen Tee, Dear?«, fragte sie sanft in Richtung von Violas Vater, der daraufhin sofort aufsprang und in die Küche eilte. »Und vielleicht möchtest du dich auch nützlich machen, Viola …« Es klang, als habe sich Viola bislang als aufsässig und arbeitsscheu erwiesen. »In dem Schrank da sind Tassen und sicher finden sich im Laden ein paar Scones …«

Viola war froh, in den Laden entfliehen zu können, und gratulierte sich dazu, Patrick vorhin beim Einräumen geholfen zu haben. So fand sie die Teekuchen sofort und brachte auch Butter und Marmelade mit.

Dafür, dass es Ainné eben noch so schlecht gegangen war, griff sie jetzt ganz schön herzhaft zu. Viola dagegen nippte nur an ihrem Tee. In Ainnés Gegenwart fühlte sie sich befangen. Ihr Dad versuchte, das Eis zu brechen, indem er sie nach der Schule und Katja befragte. »Und du ziehst Computerspiele immer noch allen anderen Aktivitäten vor?«, erkundigte er sich augenzwinkernd. »Oder hast du dich jetzt doch in ein Pferd verliebt? Manchmal mache ich mir da Sorgen um dich, du scheinst diese Phase einfach zu überspringen.«

Viola verdrehte die Augen. Sie hatte von jeher ein Faible für Fantasyromane und Rollenspiele, während sie jede Form von Sport verabscheute. Erst recht, wenn daran Tiere beteiligt waren, die vorn bissen und hinten ausschlugen.

Immerhin war die Neckerei ein guter Aufhänger dafür, ihr wichtigstes Anliegen vorzubringen. »Ich würde nachher gern ins Internet gehen«, bemerkte sie.

Daddy und Ainné runzelten gleichermaßen die Stirn – Daddy augenzwinkernd, Ainné missbilligend.

»Computerspiele …«, murmelte sie indigniert. »Mädchen, du lebst jetzt in einer der schönsten, märchenhaftesten Landschaften der Welt … Du kannst reiten, Boot fahren, wandern …«

»Und Vögel beobachten, ich hab's schon gehört.« Viola beschloss, dass sie lange genug höflich gewesen war. »Kann ich mir mein Zimmer wohl mal angucken, Daddy?«

Viola stand entschlossen auf, bevor Ainné sie auch noch zum Geschirrspülen verdonnerte. An sich machte es ihr nichts aus, im Haushalt zu helfen, aber sie hatte den Verdacht, dass Ainné sie bald genauso behandeln würde wie ihr Vater Shawna, wenn sie hier nicht gleich Grenzen zog.

Das Zimmer im ersten Stock war wie erwartet winzig, ging aber zum See hinaus. Die Aussicht war hinreißend, zumal hier gerade keine Wohnwagen den Blick versperrten.

»Wo schläft eigentlich Patrick?«, fragte sie beiläufig, weniger aus echtem Interesse, als um etwas zu sagen.

Alan lachte. »Doch ein bisschen geflirtet, ja? Gib's zu, es wäre nicht schlecht, wenn er unter deinem Fenster Gitarre spielte! Aber Spaß beiseite, die Helfer sind ziemlich primitiv untergebracht, da müsste man mal was dran ändern. Pat schläft in einem alten Wohnwagen hinter dem Bootshaus. Ziemlich jämmerlich, wenn du mich fragst. Und im Winter feucht. Aber dann ist er ja wieder in Dublin. Ich glaube, er kann's kaum erwarten.«

Alan McNamara half seiner Tochter, die Koffer heraufzuschleppen und den Laptop aufzubauen. Mit der Internetverbindung klappte es allerdings nicht gleich. Viola hoffte, dass ihr Vater es richten konnte – er war recht geschickt mit Computern, schüttelte jetzt aber bedauernd den Kopf. »Ich muss leider los, Süße, abendlicher Rundgang um die Scholle. Irgendwas mit den Klos an der Ostecke war nicht in Ordnung, meinte Patrick, mal gucken, ob ich das hinkriege ... und in der zweiten Reihe Wohnwagen haben sich welche über die Leute in einem der Zelte beschwert, die sollen wohl nachts kiffen ...«

Ihr Vater drückte Viola rasch ein Küsschen auf die Stirn, dann verschwand er nach unten. Guinness, der kleine Hund, schaute etwas verwirrt von ihm zu Viola, schloss sich dann aber seinem Herrn an. Viola hörte, wie Mann und Hund die Holztreppen hinunterliefen und von Ainné ein paar Anweisungen erhielten. Dabei hätte sie fast schadenfroh gelächelt.

Ihr Witz von heute Morgen traf den Nagel genau auf den Kopf: Dads »Managementposten« war nur eine Umschreibung für »Mädchen für alles«.

Viola selbst räumte zunächst ihre Sachen ein und begann dann, sich zu langweilen. Der Wunsch, Katja zu mailen, wurde übermächtig. Und es musste ja nicht von ihrem Computer aus sein. Bestimmt stand ein brauchbares Gerät im Büro. Nachdem sie eine Stunde mit einem Computerspiel totgeschlagen hatte, das offline nicht sonderlich prickelnd war, entschloss sie sich, Ainné zu fragen.

Die hatte sich inzwischen erhoben – wenn ihr Mann nicht in der Nähe war, schien sie nicht halb so hilflos zu sein – und werkelte in der Küche herum. »Natürlich kannst du an den Computer. Aber vielleicht hilfst du mir erst mit dem Abendessen?«

Es klang wieder leicht vorwurfsvoll und Viola begann schon jetzt, Ainnés Vielleichts zu hassen. Die junge Frau formulierte stets überaus freundlich, aber ihr Tonfall machte klar, dass ihr Gegenüber keine Wahl hatte: Wenn Viola an den Computer wollte, musste sie vorher Zwiebeln schneiden. Immerhin kochte Ainné nicht aufwendig. Im Großen und Ganzen ging es nur um einen Salat und die Verfeinerung von ein paar Tiefkühlpizzen. Als Viola sie schließlich in den Ofen schob, wurden ihr genau zwanzig Minuten Computerzeit zugestanden – eben so lange, bis die Pizzen fertig waren.

Viola verbrachte die ersten drei Minuten damit, das Passwort ihres Vaters zu knacken. Früher hatte er immer ihren Namen benutzt oder den von Mom. Aber jetzt … Windows öffnete sich schließlich nach Eingabe von *Irish Rose* …

2

Die letzte Ferienwoche – eigentlich als Eingewöhnungszeit gedacht – verging für Viola quälend langsam. Auf dem Campingplatz gab es für sie einfach nichts zu tun – zumindest nichts, wozu sie auch nur einen Anflug von Lust verspürte. Ihr eigener Computer funktionierte immer noch nicht – für den drahtlosen Internetzugang brauchte man einige Zusatzteile, die der Computerladen in Roundwood aus Dublin beziehen musste. Das dauerte ein paar Tage – eigentlich ein Witz bei einer Entfernung von gerade mal fünfzig Kilometern! – und den Bürocomputer durfte sie immer nur kurz benutzen. Das reichte, um Katja und Mom zu informieren, dass Viola bislang weder an Langeweile noch an Ainnés Kochkunst gestorben war – Dads neue Frau schien Gewürze und besonders Salz für überflüssigen Luxus zu halten! –, aber längere Chats waren nicht drin.

Nun war es allerdings nicht so, als hätte sich der Rest ihrer neuen Familie keine Beschäftigungen für sie ausgedacht. Bill zum Beispiel hätte sie gern bei den Pferden eingespannt. Er nahm einfach nicht zur Kenntnis, dass Viola Stallarbeit verabscheute und sich vor den großen Tieren fürchtete, sondern bedrängte sie immer wieder. Viola war bald nur noch auf der Flucht vor ihm. Ainné dagegen setzte auf Hilfe im Haushalt und im Laden, was Viola eigentlich gern tat. Vor allem der Kontakt mit den Campern im Geschäft machte ihr Spaß und sie übernahm auch bald selbstständig die Bestellungen im *Roundwood Supervalue,* wenn etwas fehlte. Aber die Zusammenarbeit mit Ainné vergällte ihr die Freude daran, so mühelos in dem fremden Land zurechtzukommen. Dads neue Frau war stets mürrisch, bedankte sich nie, sondern stellte immer nur weitere Forderungen. Man konnte auch nicht unverbindlich mit ihr plaudern. Selbst auf die harmlosesten Bemerkungen antwortete sie nur knapp und mit einem vorwurfsvollen Unterton. Natürlich fragte sich Viola, ob sie sich das nicht einbildete. Schließlich war sie von vorneherein entschlossen gewesen, die neue Frau ihres Vaters nicht zu mögen. Aber Patrick gegenüber verhielt Ainné sich genauso und selbst Shawna fuhr sie einmal an, wobei es wieder mal um die Stute Gracie ging. Shawna hätte das Pferd wohl gern geritten, solange Ainné noch schwanger war. Sie argumentierte damit, dass die erzwungene Untätigkeit das Tier so unleidlich werden ließ. Die Kinder der Touristen trauten sich kaum noch auf die Koppel. Aber Ainné wollte absolut niemanden an ihren Liebling heranlassen.

»Dabei besucht sie Gracie nicht mal!«, klagte Shawna, als Patrick die Mädchen am Sonntag vor Schulbeginn wieder mal an dem verschwiegenen Platz hinter dem Bootshaus traf. Auch Viola wusste dieses weder vom Haus noch von den Ställen einsehbare Refugium inzwischen zu schätzen. Heute war sie hierhergeflohen, weil eine Putzaktion in den »Sanitärbereichen« des Campingplatzes anstand. Ainné hätte sie zu gern dazu herangezogen, wobei sie den Ausdruck »Klo schrubben« nie gebrauchte und selbstverständlich stets ihr Lieblingswort Vielleicht mit einbrachte.

»Sie könnte ja mal bei Gracie vorbeischauen und ihr einen Apfel bringen oder so. Aber sie kümmert sich gar nicht um sie, sie will sie nur besitzen ...«, führte Shawna weiter aus.

Patrick warf ihr eine Dose Cola zu. »Shawna, Mensch, gibt's denn hier keine anderen Gäule, die du hätscheln kannst? Bill und Ainné nutzen dich nur aus ... Und wenn Gracie morgen ein Touristenblag beißt, bist garantiert du schuld!«

Viola verdrehte die Augen. Auch diese Diskussion war inzwischen nur noch langweilig. Patrick und Shawna führten sie praktisch jeden Tag, aber das Mädchen war einfach zu vernarrt in Bills Ponys, um den Absprung zu schaffen. Viola selbst war zudem überzeugt davon, dass auch Patrick eine Rolle spielte. Wenn Shawna nicht mehr zum Helfen bei den Pferden kam, gab es keinen Grund für sie, den Jungen zu sehen.

»Morgen fängt erst mal die Schule an!«, unterbrach Viola schließlich den endlosen Disput. »Dann hat Shawna gar nicht mehr so viel Zeit, hier zu helfen. Und ich werde mir auch ein paar Ausreden einfallen lassen. So was wie ›Vielleicht, wenn ich mit den Hausaufgaben fertig bin?‹.«

Shawna und Patrick lachten.

Die Sache mit dem Schulbus funktionierte reibungslos, er hielt auf die Minute pünktlich vor der Einfahrt zum Campingplatz. Die aufgeregte Viola stand allerdings schon eine

Viertelstunde vor der Abfahrt bereit. Sie war seit zwei Stunden wach und zu ihrer Verwunderung hatte das Fertigmachen für die Schule nicht einmal halb so lange gedauert wie zu Hause in Braunschweig. Schließlich brauchte sie sich hier keine Gedanken um ihr Outfit zu machen: In Roundwood trug man Schuluniform! Viola hatte den karierten Rock, die hellgrüne Bluse und den dunkelgrünen Blazer zwar zuerst mit Skepsis betrachtet, dann aber festgestellt, dass die Farben ihr durchaus standen. Sie betonten ihre Augen und den leichten Rotton in ihrem Haar. Blieb die Frage, ob man sich zur Schuluniform schminkte oder nicht. In Braunschweig hatte sie immer etwas Lidschatten und Lippenstift aufgetragen, aber hier ließ sie das lieber. Der Pickel war längst verschwunden, und der Effekt von etwas Farbe war das Risiko nicht wert, gleich am ersten Tag gerüffelt zu werden.

Nun wartete sie nervös am Tor des Campingplatzes, hatte sich allerdings in das Wärterhäuschen geflüchtet, weil es regnete.

Der Busfahrer hupte, als er sie nicht gleich sah, und lächelte ihr zu, als sie sofort beflissen heraustrat. »Du hättest auch im Haus warten können. Ich hupe dich schon raus, nass regnen muss keiner.«

Viola bedankte sich und fühlte sich gleich angenommen – zumal Shawna auch schon im Bus saß und sie den anderen aus ihrer Klasse vorstellte. Es waren drei Jungen und zwei weitere Mädchen, und sie kamen durchweg aus Tourismusunternehmen irgendwo rund um die beiden Seen, die in der Umgebung von Roundwood lagen. Um die Touris und den sommerlichen Stress mit ihnen drehte sich dann auch die Unterhaltung, und Viola war richtiggehend stolz darauf, hier schon ihre Erfahrung aus dem Laden und dem Bootsverleih auf dem Campingplatz einbringen zu können. Die Mädchen – Jenny und Moira – wollten zudem alles über Patrick wissen. Sie schienen ebenfalls verliebt in ihn zu sein, und Viola wunderte sich, dass sie nicht täglich beim Campingplatz Schlange standen. Aber anscheinend wartete man hier ab, bis der Junge den ersten Schritt tat. In Violas Clique in Braunschweig galt das als vorsintflutlich.

Die Jungen im Bus machten durchweg einen etwas beschränkten Eindruck. Einer von ihnen, Hank, wirkte wie ein fleischgewordener Kleiderschrank und himmelte Moira unübersehbar an. Allerdings schaffte er es nicht, sich normal mit ihr zu unterhalten, sondern versuchte sich in primitiven Neckereien, die von den anderen mit wieherndem Gelächter quittiert wurden. Moira verdrehte darüber nur die Augen. Neandertaler!

Schließlich hielt der Bus vor der kleinen Schule und Viola lernte den Rest der Klasse kennen. Die meisten Schüler der Roundwood Highschool wohnten direkt in der Stadt, der Bus sammelte nur rund zwanzig Kinder und Jugendliche ein. Wie versprochen waren die Klassen winzig – in Violas Jahrgangsstufe waren nur fünfzehn Schüler und entsprechend kollegial und vertraut war auch der Umgang mit den Lehrern. Viola war zwar zuerst nervös, zumal jeder Lehrer eine Art Plauderstündchen mit ihr veranstaltete. Dann entspannte sie sich jedoch schnell, da es offenbar alle gut mit ihr meinten. In dieser Kleinstadt schien man sich ganz ehrlich für die neue Schülerin zu interessieren! Im Vergleich dazu war ihre Schule in Braunschweig die reinste Massenabfertigung gewesen.

Aber auch die Nachteile der Zwergschule gingen Viola schnell auf: Im Unterricht kam man alle naselang dran. Die Lehrer merkten in Lichtgeschwindigkeit, wenn man nicht bei der Sache war oder etwas nicht verstanden hatte, und im Lehrstoff war man deutlich weiter als in Deutschland. Viola würde viel arbeiten müssen, um hier mitzukommen. Immerhin eine hervorragende Ausrede, wenn Ainné mal wieder mit dem Kloputzen anfing!

In der Mittagspause nahm Shawna Viola mit in die Cafeteria und lotste sie an einen Tisch mit anderen Mädchen. Alle waren durchaus nett – aber nach ein paar Minuten in ihrer Gesellschaft begann Viola trotzdem, Katja und ihre früheren Mitschülerinnen zu vermissen. Vorhin, im Bus, hatte sie noch mitreden können, aber jetzt ging ihr auf, dass sie mit Shawna und den anderen im Grunde wenig gemeinsam hatte. Shawna redete praktisch nur von Pferden, und zumindest Moira schien ihre Leidenschaft für große, streng riechende Vierbeiner zu teilen. Die anderen hechelten Jungs durch, die Viola entweder noch nicht kannte oder gänzlich uninteressant fand. Kleiderschrank Hank zum Beispiel erfreute sich allgemeiner Beliebtheit. Ebenso wie sein Freund Mike schien er eine Art Star zu sein. »Mannschaftskapitän!«, erklärte eins der Mädchen bewundernd.

Viola fragte sich, in welcher Sportart sich diese Typen wohl auszeichneten, und befragte Shawna unauffällig auf dem Mädchenklo.

Die lachte sich kaputt. »Noch nie was von Hurling gehört?« fragte sie. »Dann mach dich mal schnell schlau, es ist unser Nationalsport. Nicht unbedingt was für Dichter und Denker, aber selbst Cuchulainn soll es schon gespielt haben.« Cuchulainn war ein irischer Sagenheld. »Allerdings mit einem Dämon statt eines Balls. So weit wird Hank es wohl nie bringen, obwohl er im Köpfeeinschlagen gar nicht so schlecht ist ...«

Viola lernte das Spiel dann beim nachmittäglichen Sportunterricht kennen. Es erinnerte ein bisschen an Hockey: Ein kleiner Ball wurde mit Holzschlägern in oder über ein zwei Meter fünfzig hohes Tor befördert. Um dieses Ziel zu erreichen, schien so ziemlich alles erlaubt zu sein. Viola sah fassungslos zu, wie die Jungs mit Fäusten und Schlägern aufeinander eindroschen und das regennasse Spielfeld innerhalb weniger Minuten in eine Schlammwüste verwandelten. Natürlich warfen sie sich alle drei Minuten gegenseitig in den Matsch und waren hinterher so dreckverschmiert, dass Viola sie kaum noch auseinanderhalten konnte. Die Mädchen aus Roundwood feuerten sie allerdings frenetisch an und schrien sich schon beim Training vor Begeisterung heiser. Bei richtigen Spielen würden sie wohl völlig ausflippen.

Viola mochte es sich kaum eingestehen, aber nach einem halben Tag in der neuen Schule fühlte sie sich einsam. Ihre neuen Mitschüler waren so völlig anders als ihre Freunde in Braunschweig. Keiner von ihnen interessierte sich für Musik, Kino oder Computerspiele – vor allem die Jungen schienen reine Naturburschen zu sein, die das Internet höchstens nutzten, um sich über Football-Ergebnisse zu informieren.

Eines der Mädchen spielte Gitarre in einer Folkband und zwei betrieben allen Ernstes Céilí-Dance, eine Art Volkstanz. Sie redeten endlos über ihre Auftritte im örtlichen Theater, wo im Sommer wohl Shows für die Touristen veranstaltet wurden. Eine Disco gab es weit und breit nicht. Shawna vermutete die nächste in Dublin!

Viola fragte nach einem Internetzugang, wobei sich ihre Ahnung, dass die Funkverbindung vor allem im Winter öfter gestört war, als Patrick zugab, schnell bestätigte. Das machte den anderen nicht viel aus, da sie meist keine eigenen Computer besaßen, sondern nur die in der Schule benutzten. Viola fühlte sich jedoch schon im Vorfeld abgeschnitten von der Welt. Immerhin konnte sie in der Mittagspause die fehlenden Teile für ihren Laptop abholen. Wenn es am Nachmittag also nicht stürmen, regnen oder schneien sollte, würde sie Katja am Abend wieder mailen – ein tröstlicher Gedanke!

Am Nachmittag standen neben dem Sport vor allem künstlerische Fächer auf dem Programm. Im Allgemeinen entsprachen die Anforderungen dabei denen in Braunschweig – nur der Musikunterricht fiel aus dem Rahmen. Die Lehrerin, Miss O'Keefe, begrüßte die Klasse nicht am Klavier, sondern an einer Harfe!

»Ganz typisch für Irland«, wisperte Shawna, als sie Violas Verwunderung bemerkte. »Hast du nicht gesehen, sogar auf unseren Geldstücken sind Harfen abgebildet. Und Miss O'Keefe ist eine richtige Künstlerin, sie gibt Sommerkurse …«

Miss O'Keefe sah zumindest hinreißend aus. Sie war recht jung und entsprach dem Bild der irischen Rose noch mehr als Ainné, zumal sie keinen mürrischen Gesichtsausdruck spazieren trug, sondern sich ehrlich auf ihren Unterricht zu freuen schien.

»Wir werden uns in diesem Jahr zunächst mit der Child-Liedersammlung beschäftigen«, erklärte sie eifrig, »Und die englischen und schottischen Balladen mit irischem Liedgut vergleichen ...«

Begeistert berichtete Miss O'Keefe, wie Francis James Child im neunzehnten Jahrhundert Lieder und Balladen gesammelt und analysiert hatte. Dann sang sie der Klasse ein Beispiel vor, ein melancholisches kleines Lied, das von der Liebe einer sterblichen Frau zu einem seltsamen Zwitterwesen erzählte.

»I am a man upon the land, I am a silkie on the sea ...«

Miss O'Keefes Stimme zur Harfe klang so eindringlich, dass man das traurige Silkie fast vor sich sah. An Land kam es in Menschengestalt, aber seine Heimat war das Meer, in dem es als Seehund lebte. Und nun forderte es das Kind seiner menschlichen Geliebten, um es mit in die See zu nehmen.

Shawna hatte richtiggehend Tränen in den Augen, als Miss O'Keefe endete.

»Die Legende vom Silkie ist vor allem in Schottland verbreitet, aber man kennt sie auch hier und auf den Aran-Inseln«, holte die Lehrerin ihre Klasse in die Gegenwart zurück. »Und die Liebe einer Menschenfrau zu einem Unsterblichen – ja selbst einem Ungeheuer – ist ein Motiv, das sich durch die gesamte Musik und Weltliteratur zieht. Weiß einer, was wir unter Motiv verstehen?«

Jennifer, die Gitarristin, meldete sich. »Eine kleine Melodie, die im Lauf eines Musikstücks variiert wird«, erklärte sie.

Miss O'Keefe nickte. »Und in der Literatur ein Thema, das immer wieder auftritt. Denkt bei unserem Beispiel etwa an ›Die Schöne und das Biest‹ oder ...«

»In meinem Lieblingsbuch verliebt sich das Mädchen in einen Vampir!«, erklärte ein rundliches Mädchen namens Bridget.

Die anderen lachten.

»Richtig, Bridie!«, lobte Miss O'Keefe. »Woran ihr seht, dass man dieses Motiv bis in die ganz moderne Jugendliteratur verfolgen kann.«

In den nächsten Minuten überboten sich die Schüler damit, die seltsamsten Paare in Filmen, Musicals und Büchern aufzuzählen, und amüsierten sich königlich darüber, dass Shawna riesengroßen Affen zum Beispiel überhaupt nichts abgewinnen konnte.

»Wenn dagegen mal jemand als Pferd käme ...«, überlegte sie und erntete damit brüllendes Gelächter.

»Aber als Pferd ...«, begann Miss O'Keefe, wurde dann jedoch von der Schulglocke unterbrochen

Guinness wartete schon im Eingang zum Campingplatz, als Viola am Ende des ziemlich langen Schultages aus dem Bus stieg. Der kleine Hund begrüßte sie enthusiastisch und

Viola hoffte, dass Shawna darauf nicht eifersüchtig reagierte. Der Collie hatte sich Viola in den letzten Tagen vermehrt angeschlossen, sie waren so etwas wie Schicksalsgenossen, da beide sich langweilten. Guinness gehörte eigentlich zu einer Hütehunderasse und hätte sich wohl am glücklichsten bei einem Schäfer gefühlt. Aber sicher wäre er auch gern Mitglied einer richtigen Familie gewesen, in der alle ihn liebten. Ainné wollte allerdings kein Tier im Haus haben, wenn das Baby kam. Bill schimpfte, weil der Hund beharrlich versuchte, seine Ponys wie Schafe zusammenzutreiben, und Violas Dad war so beschäftigt und gestresst von seinen Aufgaben, dass er einfach keine Zeit für Guinness fand.

Viola hatte ganz richtig vermutet, dass Alan McNamara die Arbeit auf dem Campingplatz wenig lag. Zwar mochten ihn die Gäste und er war immer für einen Schwatz zu haben, aber wenn es um Reparaturen ging, spannte er meist Patrick ein. Viola nahm an, dass ihm jetzt schon davor graute, den praktischen jungen Helfer demnächst wieder ans Trinity College in Dublin zu verlieren.

Viola kraulte Guinness, der erwartungsvoll an ihr hochsprang. »Lass mich erst versuchen, den Laptop zum Laufen zu bringen, dann gehen wir spazieren«, verhieß sie ihm und Guinness lachte über sein ganzes sympathisches Colliegesicht, als hätte er jedes Wort verstanden.

Ich werde noch zum Naturburschen, dachte Viola resigniert, als sie einen prüfenden Blick in den Himmel warf, bevor sie mit dem Hund ins Haus ging. Regen oder Sonnenschein – in den letzten Tagen hatte sie Stunden damit zugebracht, mit Guinness durch die Landschaft zu streifen. Zunächst aus Langeweile, aber dann begann es fast, ihr Spaß zu machen. Die Gegend rund um den See war einfach zu schön, um davon unbeeindruckt zu bleiben. Mitunter fühlte Viola sich wie in den Märchenländern ihrer Fantasygames, wenn sie plötzlich wieder ein verträumtes, von Farnen und knorrigen Bäumen bewachsenes Inselchen erspähte und die verfallene, uralte Brücke überquerte, die es mit dem Festland verband. Sie erinnerte sich an die Märchen von Elfen und Feen, die ihr Vater erzählt hatte, als sie noch klein war. Sie konnte sich gut vorstellen, dass diese Wesen hier hausten und in Vollmondnächten auf den sattgrünen Uferwiesen ihre Tänze aufführten. Und vielleicht versteckten sich ja auch Kobolde hinter den riesigen Findlingen, die wie achtlos hingeworfen auf den Hügeln lagen. An Sonnentagen spiegelten sich die Felsen im See und wirkten dann selbst wie Geister, die mit den Wellen spielten. Manchmal scheuchte Guinness Schwäne auf. Verzauberte Königskinder … Viola erinnerte sich an ein Computerspiel, in dem so was eine Rolle gespielt hatte. Aber hier befand sie sich mitten drin in dieser verwunschenen Landschaft – nur dass sie keine magischen Aufgaben zu erfüllen hatte, sondern lediglich versuchte, sich ums Kloputzen herumzudrücken. Sie lachte bei dem Gedanken und nahm sich vor, beim nächsten Mal eine Kamera mitzunehmen, um Katja das alles zu zeigen. Aber dafür musste erst mal die Internetverbindung stehen. Genau darum würde sie sich jetzt kümmern.

Viola versuchte, sich so unauffällig wie möglich ins Haus zu schleichen. Zwar konnte sie sich heute mit Schulaufgaben herausreden, aber wenn sie ein »Vielleicht möchtest du …« von Ainné umgehen konnte, würde sie es tun.

Im Wohnzimmer tobte allerdings gerade ein heftiger Streit zwischen ihrem Dad und seiner neuen Frau.

»Du könntest ihm schon etwas mehr zur Hand gehen! Ich bin im Moment wirklich außer Gefecht gesetzt, und Patrick behauptet, er hätte eine Allergie gegen Wespenstiche …«

Viola grinste in sich hinein. Es ging also wieder mal um die neue Weide, die Ainnés Vater unbedingt einzäunen wollte. Allerdings hatte niemand Lust, ihm dabei zu helfen – selbst Shawna redete sich mit Schulaufgaben und Arbeit im Restaurant ihrer Eltern heraus. Patrick hatte sich die Sache mit den Wespenstichen einfallen lassen, nachdem Shawna auf dem fraglichen Wiesenstück mehrmals gestochen worden war. Die ließ die Ponys dort oft an der Hand grasen und fand die Idee einer neuen Weide eigentlich gut. Allerdings hatte sie Bill schon mal beim Zaunbau geholfen und erinnerte sich noch zu deutlich an die unbezahlte Schinderei. Und nun sollte es also Dad machen. Viola wartete gespannt auf seine Ausrede.

»Ainné, meine Liebe, du weißt, ich tue alles für dich … aber diese Hämmerei liegt mir einfach nicht. Und … ich wäre auch so weit weg vom Haus … Was ist, wenn dir was passiert und …«

»Es gibt Mobiltelefone, Alan«, meinte Ainné kalt.

»Aber da unten ist bestimmt ein Funkloch …«

Viola kicherte in sich hinein. Tatsächlich gab es hier weit und breit kein Funkloch, ihr eigenes Handy hatte auf dem gesamten Gebiet des Campingplatzes und weit darüber hinaus Empfang.

»Ich bin jedenfalls lieber in deiner Nähe ...«, endete ihr Dad etwas lahm. »Aber vielleicht kann ja Viola ...«

Viola biss die Zähne zusammen. Das war Verrat! Dad wusste genau, dass sie nicht die geringste Lust hatte, sich bei Bill nützlich zu machen.

»Über Viola wollte ich sowieso mit dir reden!«, erklärte Ainné böse. »Sie drückt sich um jede Arbeit. Ich dachte, sie geht mir ein bisschen zur Hand, aber sie macht nur das Nötigste. Dabei ist dies ein Familienbetrieb, sie kann sich da nicht einfach raushalten! Am besten sagst du ihr klipp und klar, dass sie Bill am Wochenende zu helfen hat – oder sie kann den Computer vergessen. Ich sehe sowieso nicht ein, warum sie einen eigenen Internetzugang braucht ...«

Viola platzte fast vor Wut, registrierte dabei aber immer noch, dass Ainné bei ihrem ganzen Ausbruch kein einziges Mal das Wort Vielleicht gebraucht hatte. Mit ihrem Mann sprang sie anders um als mit Viola und Patrick. Hier bemühte sie sich nicht mal mehr um einen Anflug von Diplomatie.

»Aber ... aber sie braucht den Rechner ... schon für die Schule ...« Alan druckste herum.

Viola war alarmiert. Wenn das so weiterging, würde Ainné ihn womöglich noch überzeugen! Am besten kam sie jetzt mal mit viel Getöse nach Hause ...

Viola schlich zurück zur Haustür, öffnete sie leise und warf sie dann mit lautem Knall wieder zu. »Hallo, Daddy, Ainné ... Jemand da?«

Alan und Ainné schwiegen wie ertappt, als sie betont fröhlich ins Wohnzimmer tänzelte.

»Hallo, Prinzessin!«, grüßte ihr Dad und klang fast erleichtert. »Na, wie war's in der Schule.«

»Gut!«, antwortete Viola. »Aber anstrengend. Die sind hier viel weiter als wir, Dad, ich muss wahnsinnig viel nacharbeiten.« Dabei warf sie Ainné einen Blick zu, der sanft wirken sollte, aber eher kriegerisch geriet. »Ohne das Internet ginge das gar nicht. Aber ich hab jetzt endlich die Teile. Hilfst du mir, den Laptop anzuschließen?«

Triumphierend stieg sie die Treppe hinauf, gefolgt von ihrem etwas kleinlauten Vater und dem vergnügten Guinness.

Eine halbe Stunde später verfasste sie endlich die erste längere Mail an Katja.

»Vielleicht sollte ich Ainné ja mehr als Aufgabe sehen«, schrieb sie nach längeren Schilderungen der neuen Frau ihres Vaters. »Wie im Computerspiel – fragt sich nur, ob man ›Strategisch geschickter Umgang mit der bösen Stiefmutter‹ unter Real Live oder Fantasy ansiedelt.«

Katja schrieb sofort zurück: »Kommt drauf an, was du mit ihr vorhast. Fantasy bietet auf jeden Fall die schöneren Tötungsmethoden. Aber vielleicht reicht es auch, sie ... na, zum Beispiel in einen Turnschuh zu verwandeln! ;-)«

Viola kicherte. Es war gut, Katja wiederzuhaben. Shawna wäre eine solche Entgegnung nie eingefallen.

»Und sonst? Läuft bei euch nichts in Sachen Jungs?«

Viola überlegte, ob sie Katja Patrick schildern sollte. Die Jungs in der Schule waren jedenfalls nicht der Rede wert. Aber jetzt kratzte Guinness doch nachdrücklich an ihrem Hosenbein. Sie beschloss, den Chat aufzuschieben. Dieser Hund wusste, was er wollte, und so ungern sie es zugab: Der

Spaziergang am Lough Dan lockte sie mehr als die Tiefen des World Wide Web …

Als Viola später zurückkam, wartete ihr Vater bereits auf sie.

»Prinzessin?« An seinem unterwürfigen Tonfall hörte sie, dass irgendetwas im Busch war. Seine Stimme klang verhalten und fast etwas schuldbewusst. Erst jetzt fiel ihr auf, dass sie diese Nuancen früher nie in seiner Stimme gehört hatte. Neuerdings dafür umso häufiger – vor allem, wenn Alan mit Ainné sprach.

»Vio, Süße, gehst du schon rauf?«

Viola verdrehte die Augen. Ihr Vater hatte sie auf der Treppe zu ihrem Schlafzimmer abgepasst. Wohin sonst hätte sie da gehen sollen?

»Du bist abends immer so früh weg …« Das sollte wohl vorwurfsvoll klingen, kam aber sehr halbherzig rüber.

Viola reagierte gereizt. »Was soll ich denn hier unten machen?«, erkundigte sie sich. »Mit Bill den Musikantenstadl angucken? Oder würde Ainné gern Scrabble spielen?«

Bills Fernsehgeschmack war ein ständiger Konfliktpunkt innerhalb der Familie, den allerdings selten jemand anzusprechen wagte.

»Wir bräuchten ein zweites Wohnzimmer …«, murmelte ihr Vater jetzt. »Aber ansonsten … du … wir beide … also eigentlich machen wir nie etwas zusammen …«

Viola zuckte die Schultern. »Wir waren letzte Woche in Glendalough«, erinnerte sie ihn. »Soweit ich weiß, die einzige

Sehenswürdigkeit im weiten Umkreis. Aber wenn du Zeit hättest – also ich würde ganz gern mal nach Dublin fahren.«

Ein Stadtbummel hätte ihr sogar deutlich mehr Spaß gemacht als die Besichtigung der uralten Klosterruinen, aber sie war nicht wählerisch. Ausflüge mit ihrem Dad gelangen eigentlich immer, er hatte sogar der Wirkungsstätte des heiligen Kevin unterhaltsame Aspekte abgewonnen. In einem der dortigen Seen sollte ein Monster hausen und Dad hatte nichts unversucht gelassen, es herauszulocken und zum Lough Dan zu überführen.

»Der einzige Campingplatz mit eigenem Ungeheuer«, witzelte er. »Die Leute würden uns die Bude einrennen …«

Vorerst hatten nur die anderen Besucher der Ruine ziemlich komisch geguckt, aber das hatte Viola nicht gestört. Und Ainné hatte ausnahmsweise keine Gelegenheit gehabt, ungnädige Blicke um sich zu werfen. Sie war zu Hause geblieben und hatte sich in Papierkram vertieft.

»Ach, Schatz, du weißt, dass ich hier nicht so oft wegkann. Aber morgen … also ich dachte … ich dachte, wir helfen Bill vielleicht beide ein bisschen beim Zaunbau. Er will etwas Grasland am See einzäunen. Und das wäre doch lustig …« Ihr Vater verstummte entmutigt, als er Violas Gesichtsausdruck sah.

»Lustig?«, fragte sie mit gerunzelter Stirn. »Komm Dad, veralbern kann ich mich selber. Tatsächlich ist es doch so, dass deine Ainné dich zum Hämmern und Nageln verdonnert hat, oder? Und jetzt suchst du Unterstützung, damit morgen Abend *vielleicht* …« – sie zog das Wort betont in die Länge – »… nicht alle deine Finger platt sind.«

Ihr Dad kaute auf seiner Lippe herum. Wenn er das tat, sah er immer ein bisschen aus wie ein kleiner Junge, den man beim Mogeln ertappt hat. »Ainné findet, du hilfst ein bisschen wenig im Haushalt«, meinte er dann. »Sie meint das nicht böse, weißt du ... aber sie ist etwas gestresst ... das Baby ...«

»Das Baby hätte sie auch im Bauch gehabt, wenn ich nicht hergekommen wäre«, bemerkte Viola. »Vorausgesetzt Mineralstoffmangel verursacht keine Fehlgeburten. Ist dir nicht aufgefallen, dass die Speisen in diesem Haus neuerdings gesalzen sind? Doch? Dann rat mal, wer sie meistens kocht! Schon aus einem gewissen Selbsterhaltungstrieb heraus, Ainnés Zeug ist ja ungenießbar ...«

Ihr Dad wollte etwas einwerfen, aber Viola war jetzt in Fahrt. »Und das Mädchen, das jeden Tag im Laden steht, ist auch kein von Ainné erweckter Flaschengeist – das bin wieder ich. Worüber ich nicht meckern will, der Shop macht mir Spaß. Aber Pferde kann ich nun mal nicht ausstehen und den lieben Bill auch nicht, wenn du's genau wissen willst. Außerdem gibt es ab morgen Schulaufgaben ...«

Dad sah aus wie ein kleiner Junge, der eben eine Ohrfeige kassiert hatte. Und genau wusste, wofür er sie sich eingefangen hatte ...

»Komm, Prinzessin ... ein paar Stunden ... nur damit Ainné zufrieden ist ... Zu dritt sind wir in null Komma nix fertig. Und ...« Er suchte erkennbar nach einem Anreiz und dann ging ein Leuchten über sein Gesicht. »Ich fahr dich dafür auch nach Dublin! Nächste Woche. Ainné wollte sowieso zum Ultraschall – in der Klinik da haben sie angeblich so ein neumodisches Gerät, das die Babys dreidimensional abbildet ... Jedenfalls würden wir dich mitnehmen und du könntest in Ruhe ein bisschen shoppen ...«

Viola wusste nicht recht, ob sie wirklich mit Ainné nach Dublin fahren wollte, aber ihr Dad hatte es jetzt geschafft: Er tat ihr leid und damit war sie weichgeklopft. Auch wenn sich der Zaun selbst zu dritt garantiert nicht in »null Komma nix« würde aufstellen lassen.

»Ach, dann komme ich eben auch«, tröstete die freundliche Shawna, als Viola am nächsten Morgen im Bus über ihre eigene Gutmütigkeit schimpfte. Es regnete – leicht, aber beständig, und selbst wenn es am Nachmittag aufhören sollte, würden sie im hohen, nassen Gras arbeiten müssen. Durchweichte Turnschuhe waren vorprogrammiert – es sei denn, Viola gab ihre Grundsätze in Sachen unförmige Treter auf und nutzte die Mittagspause, um sich irgendwo Gummistiefel zuzulegen.

»Und Patrick hilft sicher auch mit. Wenn's regnet, gibt's schließlich keine Wespen. Zu fünft geht es ganz schnell, wirst sehen!« Shawna lächelte ihr aufmunternd zu.

Dann begann sie wieder, über Pferde zu reden. Viola schaltete ab und überlegte, was sie Katja nachher mailen würde. Sie hatte der Freundin gestern Abend noch ihr Leid geklagt und Katja hatte sich über den Gedanken an Vio als Rancharbeiter gar nicht mehr eingekriegt.

»Pass auf, demnächst verbringst du deine Tage damit, die

Grenzen der Ranch abzureiten und dich mit Viehdieben zu kloppen!«

Viola hatte das gar nicht lustig gefunden und den Chat entnervt beendet.

Als es mittags immer noch Bindfäden regnete, resignierte sie und erstand in Roundwoods einzigem Schuhladen witzige schwarze Gummistiefel mit bunten Punkten darauf. Sie sahen gar nicht mal so schlecht aus, aber Shawna bezweifelte, dass sie lange hielten.

Immerhin hatte der Himmel ein Einsehen. Während Viola zu ergründen versuchte, weshalb manche Leute fanden, Salingers Roman *Der Fänger im Roggen* habe ihr Leben verändert, hörte es auf zu regnen. Shawna, die längst abgeschaltet hatte, weil ihr zu Roggen sowieso nur Pferdefutter einfiel, deutete strahlend auf den fast schon wieder blauen Himmel.

»In Irland dauert schlechtes Wetter nie sehr lange!«, erklärte sie fröhlich, als die Mädchen schließlich wieder im Bus saßen. »Pass auf, nachher wird es noch richtig schön!«

Es war tatsächlich sonnig und ziemlich warm, als die fünf Zaunbauer sich später am See trafen. Richtig gute Laune zeigte dabei allerdings nur Guinness, der schwanzwedelnd um die Gruppe herumstromerte. Bill war grantig, weil der Regen ihm am Morgen das Geschäft verdorben hatte. Er hätte zwei Pferde vermieten können, aber die Kunden hatten wegen des Wetters abgesagt. Patrick behauptete, überall Wespen zu sehen, und stritt sich mit Shawna, der er vorwarf, dass sie sich doch wieder hatte breitschlagen lassen, umsonst für Bill zu schuften. Violas Dad schleppte sein Handy mit sich herum und schaute alle zwei Minuten nach, ob

Ainné angerufen hatte – aber inzwischen wusste Viola längst, dass Ainnés Schwangerschaft nie Probleme bereitete, wenn ihr Dad eine in Ainnés Augen wichtige Aufgabe erledigte. Sie fühlte sich lediglich dann schlecht, wenn er doch mal über einen Besuch im Pub nachdachte oder einen Ausflug mit Viola plante. Selbst der Kurztrip nach Glendalough hatte logistische Höchstleistungen erfordert und schon das anschließende Teetrinken war durch einen dringenden Anruf abgekürzt worden.

Lediglich Shawna tat zumindest, als ob ihr die Arbeit Spaß machte, und sie bewies auch beträchtliches Geschick dafür, Löcher mit einer Handbohrmaschine auszuheben und Pfähle einzusetzen. Patrick arbeitete ebenfalls schnell und effektiv, er wollte deutlich fertig werden, und Dad schlug verbissen Nägel ein und jammerte kaum, wenn er wieder mal nicht traf. Die Arbeit erwies sich zum Glück als nicht gar so umfangreich, wie Viola befürchtet hatte. Tatsächlich waren drei Seiten der Koppel bereits mit Zaunpfosten versehen. Hier reichte es, den Elektrozaun dazwischen zu erneuern. Viola sicherte sich die Aufgabe, Isolatoren einzuschrauben, und arbeitete im Dickicht, weit weg von Bills Gegrummel, Dads bemühten Scherzen und Patricks und Shawnas Streitereien. Hier konnte sie sich vorstellen, eine verwunschene Prinzessin in einem Videospiel zu sein, und gleich würde hoffentlich irgendein möglichst begabter Spieler seinen Prinzen auf sie zulenken und sie von der Fronarbeit befreien. Die Fantasie half allerdings nur so lange weiter, bis Viola völlig durchfeuchtet war: Die modischen Gummistiefel boten, wie Shawna vorausgesagt hatte, lediglich ein Auffangbecken für

Fußschweiß. Nachdem sich die Regenwolken verzogen hatten, lief die Sonne heute noch mal zu voller Form auf, sodass auch Violas T-Shirt bald völlig durchgeschwitzt war. Sie wünschte sich auf die andere Seite des Bildschirms. Dieses Videospiel wurde ihr zu realistisch.

Aber dann war die Weide endlich geschlossen, und Shawna und Patrick halfen Viola, auch in die neuen Pfähle Isolatoren zu drehen.

»Wieso habt ihr denn überhaupt Latten angenagelt, wenn's doch ein Elektrozaun wird?«, fragte Viola mürrisch. »Wir wären drei Stunden früher fertig geworden …«

»Aber die Pferde sehen den dünnen Draht schlecht«, erklärte Shawna. »Einen Holzzaun akzeptieren sie eher und ein Holzzaun mit Strom ist maximal sicher.«

So genau hatte Viola das auch nicht wissen wollen, aber Shawna setzte jetzt zu einem Vortrag über verschiedene Zaunarten an und über die offensichtlich unendliche Menge an Elektrozaun-Variationen.

»Das Beste wäre ein richtig solider Holzzaun«, brummte Bill, als sich alle, mehr oder weniger kaputt, aber durchweg genervt, zum Haus zurückschleppten. »Mit Eisenbahnschwellen oder so was, der auch nicht kaputtgeht, wenn sich die Gäule mal dran scheuern. Aber das baut man natürlich nicht an einem Nachmittag …«

Viola hätte ihn schlagen können. Genau wie Ainné war er nie zufrieden. Was faszinierte ihren Dad bloß an dieser Familie? Natürlich war er verliebt, aber wie konnte Ainné ihn derart fesseln, dass er all diese Widrigkeiten klaglos erduldete? Viola beschloss, dass man die Sache mit der Liebe gar nicht vorsichtig genug angehen konnte. Es war völlig unmöglich, dass sie einen total überfiel, es musste eine Möglichkeit geben, dagegenzusteuern, wenn die Kombination so gar nicht passte.

»Ich werde mich jedenfalls nicht blind verlieben!«, schrieb sie am Abend an Katja. »Ich will einen netten, normalen Jungen, der sich für Computer, Filme und CDs interessiert – meinetwegen kann er auch ein Moped haben. Aber garantiert wird er nicht am Ende der Welt wohnen und keine keltische Form von Stepdance betreiben. Ach ja, und Pferde kennt er überhaupt nur aus dem Kino …«

3

Am nächsten Tag war der Himmel zunächst bedeckt, dann wurde es wieder sonnig, und gegen Abend, als Viola mit Guinness zu ihrem üblichen Spaziergang startete, stiegen Nebel auf. Der See glitzerte im letzten, von Wolken verhangenen Sonnenlicht dunkel wie flüssiges Quecksilber, und durch den Nebelschleier sah es aus, als brodele hier ein Zaubertrank, aus dessen Dämpfen sich Geister materialisierten. Viola hatte aber zunächst keinen Blick für das Naturschauspiel. Sie hatte sich wieder mal über Ainné geärgert – der Nachmittag war eine endlose Folge von mit mannigfaltigen Vielleichts getarnten Aufträgen gewesen. Schließlich war Viola explodiert und hatte ihrer Stiefmutter ein »Vielleicht muss ich auch mal was für die Schule tun?« entgegengeschleudert. Statt zu kochen wie gewöhnlich, verkrümelte sie sich mit Guinness zum See. Der kleine Hund fand das großartig. Er schnüffelte aufgeregt, fand immer neue Spuren und jagte abwechselnd Hasen und Phantome.

In der seltsamen Atmosphäre dieser verhangenen Abenddämmerung gab es jedoch bald keine Hasen mehr. Das Kleingetier schien sich zu verkriechen – die nebelgeschwängerte Welt wurde zu ungemütlich. Oder zu unheimlich? Viola war nicht ängstlich und fand das unwirkliche Licht und die Nebel, die sich den See langsam einzuverleiben schienen, einfach faszinierend. Aber sie konnte sich schon vorstellen, dass versponnene Charaktere sich heute ins Feenreich versetzt fühlten, in dem die Zeit erstarrt war und die knorrigen Äste der Bäume am Ufer aus dem Dunst nach Wanderern zu greifen schienen.

Dann aber erkannte sie wirklich eine Bewegung. Irgendetwas tat sich am Ufer, an einem sandigen Abschnitt zwischen Schilf und Grasland, den kälteunempfindliche Touristen mitunter als Badestrand nutzten. Viola spähte angestrengt danach aus. Es wirkte, als ob etwas aus dem See stieg. Aber das konnte doch nicht sein! Viola schob sich durch das Schilf, um besser sehen zu können. Es war etwas Großes ... Sekundenlang dachte sie an das Ungeheuer, das ihr Vater beschworen hatte. So riesig war das Ding allerdings auch nicht. Viola pfiff leise nach Guinness. Aber der Hund hatte die Erscheinung inzwischen auch bemerkt. Er sauste bellend hinunter und das Wesen hob erschrocken den Kopf. Ein Pferd. Viola entspannte sich. Natürlich, was sonst? Es musste eins von Bills Ponys sein, vielleicht doch entkommen aus der großartigen neuen Koppel. Und jetzt ... badete es im See? Unmöglich! Bestimmt war das Tier nicht wirklich aus dem Wasser gekommen, sie musste sich getäuscht haben. Zumal es sich auch völlig normal benahm. Es senkte unsicher den Kopf, als Guinness aufgeregt um es herumsprang, entschied sich dann aber für die Flucht. Viola wunderte das. Bills Ponys kannten den Hund und ließen sich im Allgemeinen nicht von ihm aus der Ruhe bringen. Allenfalls begannen sie ein kleines Kampfspiel, wenn sie gerade in Lauflaune waren. Dann sprangen sie mit gebleckten Zähnen und vorgestrecktem Kopf auf den Collie zu, der sich bellend in Sicherheit brachte.

Dieses Pferd jedoch galoppierte in Panik davon. Und als es jetzt kurz vor Viola über den Pfad rannte, fiel ihr auch auf, dass es anders aussah als Bills Ponys. Die waren größtenteils Schecken und Braune – aber dieses Pferd schimmerte in einem fast ins Bläuliche spielenden Grau und seine Mähne war nicht von Shawna auf eine Handbreit Länge gekürzt, sondern wehte lang wie ein Schleier hinter ihm her. Schieferfarben, quecksilberfarben … wie der See an diesem verwunschenen Abend.

Viola sah dem Tier irritiert hinterher – aber dann erschrak sie. Das fremde Pferd schien wirklich in Panik und es rannte genau auf die Weide zu, die sie gestern eingezäunt hatten. Ob es wusste, dass dort jetzt ein Zaun stand? Wenn es in diesem Tempo weiterrannte, würde es fast unmöglich sein, vorher noch anzuhalten. Konnten Pferde so hoch springen? Violas Herz raste. Sie pfiff nach Guinness, obwohl der kleine Hund das Pferd längst nicht mehr verfolgte. Und sie rannte. Als gäbe es irgendeine Möglichkeit, das Pferd noch aufzuhalten. Als ob sie überhaupt Interesse daran hätte, was mit diesem komischen, fremden Tier geschah …

Und dann sah sie den Zaun und das Pferd, das sich ihm näherte. Die Entfernung war groß, dazu der Nebel – Viola konnte das Geschehen nur schemenhaft erkennen, aber sie meinte zu sehen, wie das Pferd stutzte, zu stoppen versuchte – und dann doch mit dem Mut der Verzweiflung abhob und sprang. Viola fühlte ihr Herz stehen bleiben, wollte die Zeit anhalten und das Pferd mit der Kraft ihrer Gedanken über die

Hürde heben … Aber dann sah sie es fallen – oder meinte, es fallen zu sehen, alles schien im Nebel zu verschwimmen. Guinness bellte … Viola setzte sich wieder in Trab. Ihr graute vor dem, was sie auf der anderen Seite des Zauns vorfinden würde, aber sie lief auf das Koppeltor zu. Sie hatte ihr Handy dabei – vielleicht konnte sie Hilfe herbeirufen, wenn sich das Pferd verletzt hatte … Oh Gott, gab es überhaupt Hilfe für verletzte Pferde? Musste man sie nicht erschießen? Violas Herz hämmerte gegen ihre Brust, sie rannte schneller, stieß das Tor auf – und hätte das Pferd jetzt eigentlich bereits sehen müssen. Sicher, es wurde langsam dunkel und der Nebel immer dichter. Aber ein Pferdekörper war groß … Hatte sie sich die Stelle womöglich falsch eingeprägt? Jetzt rannte Guinness jedoch wieder vor und bellte etwas an, genau da, wo Viola das Pferd hatte fallen sehen. Sie gebot dem Hund zu schweigen und trat näher. Da war tatsächlich etwas. Aber kein Pferd lag hinter dem Zaun, sondern ein Mensch. Ein Junge, vielleicht sechzehn oder siebzehn Jahre alt. Er stöhnte leise und hielt sein rechtes Bein umklammert. Als Viola näher kam, versuchte er aufzustehen.

Viola starrte ihn an. »Wo … wo kommst du denn her?«, fragte sie verblüfft.

Der Junge sah mit irritierend blaugrauen Augen zu ihr auf. Viola konnte sich kaum losreißen. Dabei war es zweifellos unhöflich, einen anderen, noch dazu einen Verletzten, der eher Hilfe brauchte, derart anzustarren. Aber sie hatte noch nie solche Augen gesehen, tiefblau im Grunde, aber die Iris durchsetzt wie von tanzenden Nebeln. Der Junge hatte langes, fahlblondes Haar, dessen Farbe beinahe ins Silbrige spielte. Sein Gesicht war schmal, durchscheinend blass und fremdartig, beherrscht von diesen seltsamen, leicht schräg stehenden Augen. Seine Lippen waren von zartem Rot, geschwungen, als hätte sie jemand mit einem feinen Pinsel gemalt. Seine Nase war schmal, seine Wangenknochen hoch und zerbrechlich zart unter der scheinbar dünnen Haut.

Ein Prinz aus dem Märchen, fuhr es Viola durch den Kopf, aber dann zwang sie sich, an Diesseitigeres zu denken. »Du bist verletzt«, bemerkte sie. »Was ist passiert? Ich … Da war eben noch ein Pferd …« Sie kam sich plötzlich blöd vor. Dieses Pferd von vorhin – sie musste es sich eingebildet haben. Schließlich konnte sich der Schimmel kaum in einen Jungen verwandelt haben …

»Ein Pferd?«, fragte der Junge – es war sicher spöttisch gemeint, aber es klang ganz ernsthaft. »Hier war nur ich … ich … habe versucht, über den Zaun zu klettern. Aber … ich bin ausgerutscht.«

Eine leise, singende Stimme, eine fließende, anmutige Bewegung seiner langen, schmalen Hände. Der Junge wies auf sein Bein.

Viola schaute genauer hin. Sie hatte nicht gerade Ambitionen, Ärztin zu werden, aber sie konnte Blut sehen und hatte ihren Erste-Hilfe-Kurs für den Mofa-Führerschein problemlos bewältigt. Das Bein des Jungen sah allerdings schlimmer aus als die Bilder, die man ihr dort gezeigt hatte. Es stand unterhalb des Knies in einem unnatürlichen Winkel vom Körper ab. Nach Violas Einschätzung war es gebrochen.

»Das soll passiert sein, als du von der dünnen Latte gestürzt bist?«, fragte sie ungläubig. Der Zaun war vielleicht einen Meter zehn hoch und die Latte musste gesplittert sein, als der Junge den Fuß darauf setzte. Aber dabei hätte er sich doch höchstens den Knöchel verstauchen können! Diese Verletzung dagegen sah aus, als sei jemand mit viel Schwung zum Beispiel einen steilen Abhang heruntergestürzt ... Viola sah das Pferd aus vollem Galopp abspringen und dann fallen ... Dabei konnte man sich durchaus das Bein brechen. Aber der Schimmel war doch nur wenige Meter vor ihr über den Weg galoppiert. Sie hätte einen Reiter bemerken müssen!

Und der Junge trug auch kein Reitzeug. Seine weite Hose und sein Hemd schienen eher aus einer Art Leinen gefertigt zu sein. Die Muster wirkten batikartig. Jedenfalls keine Mode, wie man sie in Roundwood verkaufte. Und auch nicht in Braunschweig. Aber an dem schmalen Körper des Jungen wirkte die fremdartige Bekleidung richtig, wie auf ihn und seine Erscheinung zugeschnitten.

Der Junge antwortete nicht, sondern versuchte nur, wieder auf die Beine zu kommen. Er stöhnte leicht, als er die Aussichtslosigkeit seines Tuns einsah. »Würdest du mir helfen?«, fragte er leise, als falle es ihm schwer, sie darum zu bitten. »Würdest du meine Hand nehmen?«

Viola wollte nicken, aber gleichzeitig den Kopf schütteln. »Das bringt doch so nichts«, bemerkte sie. »Das Bein ist gebrochen, du musst ins Krankenhaus. Ich hab ein Handy dabei, ich kann einen Arzt rufen ...«

»Nein ... keinen ... keinen Arzt. Es ist nicht so schlimm. Es ist gleich besser. Wenn du nur ...«

Der Junge streckte ihr die Hand entgegen. Viola zuckte die Achseln. Gut, sicher schadete es nicht, wenn sie ihm zum nächsten Felsen half. Aufstehen mochte sogar gut sein, vielleicht kurbelte es seinen Kreislauf an. So blass wie der Junge war, konnte er es brauchen.

Und wie kalt seine Hand sich anfühlte ... Kühl, aber nicht unangenehm ... Viola umschloss sie kraftvoll mit ihren Fingern, um ihm aufzuhelfen. Aber der Junge machte keine Anstalten, sich an ihr hochzuziehen, er schien ihre Hand nur halten zu wollen ... Viola legte ihm entschlossen den anderen Arm um die Schulter, zog ihn in eine sitzende Position und stützte ihn schließlich, als er aufstand. Er schleppte sich zum Felsen – zunächst auf einem Bein, aber dann bemerkte Viola fast ungläubig, dass er auch das verletzte Bein leicht belastete. Eigentlich unmöglich, er hätte vor Schmerzen aufschreien und hinfallen müssen, aber er verzog nur kurz den Mund. Schließlich erreichten sie den Stein.

»Hier kannst du dich hinsetzen«, sagte Viola. »Und ich rufe ...« Sie wollte nach ihrem Handy tasten, aber der Junge ließ ihre Hand nicht los.

»Nein, bitte ... nicht ... nicht anrufen ... nur ... lass mich nur deine Hand halten. Nur ... nur ein bisschen länger ...«

Viola war verwirrt und leicht verärgert. Sie überlegte, ob sie sich losreißen sollte – irgendetwas stimmte nicht mit dem Typen. Aber andererseits gab es keinen Grund, ihm die Bitte abzuschlagen. Er war nicht aggressiv, seine Stimme klang nur sanft und flehend, sein Griff war nicht wirklich fest. Es wäre leicht gewesen, sich zu befreien. Aber andererseits war es auch kein unangenehmes Gefühl, ihre Hand von den langen, kühlen Fingern des Fremden umfasst zu fühlen. Im Gegenteil – es war fast ein bisschen berauschend, so als fände hier mehr statt als ein flüchtiger Kontakt. Viola fühlte sich leichter, die Zeit schien stillzustehen – hinterher wusste sie nicht mehr, ob nur Sekunden oder Minuten vergangen waren –, während sie im bläulichen letzten Licht des schwindenden Tages stand und die Hand des verletzten Jungen hielt. Ihr war etwas schwindelig, als der Fremde sie schließlich freigab.

»Danke. Vielen Dank. Ich hoffe, ich habe nicht zu viel … zu viel von dir verlangt …«

Der Junge richtete sich auf, suchte mit beiden Füßen Halt auf dem Boden – und stand auf! Etwas unsicher noch, aber er stand eindeutig auf beiden Beinen.

»Ich muss gehen … es wird dunkel …«, sagte er leise und versuchte, einen Schritt zu machen. Seine Beine trugen ihn nicht sofort, er taumelte und suchte instinktiv Halt an Violas Schulter.

»Entschuldige … Danke …«, sagte er wieder. »Wenn du … wenn du mich gerade noch etwas stützen könntest … ich denke, ich bin noch ein wenig steif …«

Die sprachlose, jetzt völlig verwirrte Viola bot ihm ohne Widerspruch den Arm. Der Junge war etwas größer als sie, nicht schwer, aber er brauchte ihre Hilfe auch nur eine kurze Zeit lang. Mit jeder Bewegung wurde er sicherer, seine Schritte fester – sofern dieser Junge überhaupt fähig war, feste Schritte zu machen. Als er schließlich frei neben Viola herging, tat er das mit der Anmut eines Tänzers.

Viola versuchte, wieder klare Gedanken zu fassen, während sie zum See hinuntergingen. Sie musste mehr über den Jungen erfahren – schon, weil er so verteufelt gut aussah.

Über die merkwürdigen Umstände ihrer Bekanntschaft konnte sie später nachdenken.

»Ich … ich hab dich hier noch nie gesehen. Wohnst du in der Gegend?«

Der Junge nickte. »Ja«, sagte er freundlich, gab aber keine näheren Auskünfte.

»Aber … du gehst nicht zur Schule?« Sie hätte das ebenso gut als Feststellung formulieren können. Dieser Junge wäre ihr im Bus nicht entgangen.

»Nicht so wie du. Nein.«

Was bedeutete das nun wieder? Gab es noch andere Schulen in der Gegend als die Roundwood High?

»Ich muss nun fort …«, sagte der Junge. »Geht es … geht es dir gut?«

Diese verrückte Frage brachte Viola endgültig in die Wirklichkeit zurück. »He, du bist gestürzt, nicht ich, oder?«, blaffte sie ihn an. »Wobei ich zu gern wüsste, was da wirklich passiert ist. Dein Bein war gebrochen. Aber jetzt läufst du herum, als wäre nichts passiert …« Sie kam sich schon blöd vor, als sie es aussprach. Der Junge müsste sie für völlig verrückt halten. Schließlich war es offensichtlich, dass sein Bein nicht ernstlich verletzt gewesen war. Aber warum hatte es dann so ausgesehen?

»Ich hatte Glück, dass du da warst«, meinte der Junge ernsthaft. »Du hast mir … gegeben … Ich kann dir nicht genug danken …«

Viola wusste nicht, was sie darauf antworten sollte. War das ein Flirt? Von ihren Altersgenossen her kannte sie so etwas gar nicht, höchstens aus Fantasyrollenspielen. Da sagten die Ritter schon mal: »Deine Liebe hat mir geholfen.« Oder: »Ohne dich wäre ich nicht mehr am Leben …«

Viola rief sich energisch zur Ordnung. Wer sprach hier von Liebe?

»Gern geschehen«, sagte sie spröde. »Wo willst du denn hin?«

Der Junge war stehen geblieben und lächelte ihr noch einmal zu. Ein süßes, fremdartiges Lächeln … Und dann wandte er sich von ihr ab in Richtung Wald und See.

»Heim …«, sagte er leise. »Und du solltest auch gehen. Man wird sich Sorgen machen. Man wird uns schelten …«

Bevor Viola noch etwas erwidern konnte, verschwand er im Nebel. Sie sah ihn nur noch schemenhaft auf den Wald zugehen – oder auf den See? Da gab es doch gar keinen Weg mehr. Und lief dort überhaupt ein Mensch? Oder tanzte wieder ein Pferd durch den Nebel?

Viola griff sich an den Kopf. Sie musste ernstlich spinnen. Und sie musste Katja von dieser Begegnung erzählen.

Zum Abendessen gab es ungesalzenen Fisch zu ungesalzenen Kartoffeln. Ainné hatte gezwungenermaßen gekocht. Die Stimmung am Tisch war dementsprechend. Ainné nahm Viola ihr Verschwinden übel, Dad und Bill kauten missmutig an dem ungewürzten und obendrein etwas angekokelten Heilbutt. Um die Atmosphäre aufzulockern und vielleicht wenigstens Bill freundlicher zu stimmen, berichtete Viola von ihrer Begegnung mit dem grauen Pferd.

»Ein fremder Gaul? Bei meinen Ponys?«

Von wegen Aufheiterung!

»Die kleine Reilley von Bayview House hat einen Schimmel … Na, die kann was erleben, wenn ich den hier erwische!«

Bayview House war das Berghotel und Moira Reilley ging in Violas Klasse. Sie war eines der Mädchen, mit dem sich Shawna mitunter über Pferde unterhielt. Viola hatte bisher nicht gewusst, dass sie ein eigenes Pferd besaß, aber es erklärte, warum sie Shawna immer ein bisschen von oben herab behandelte. Viola selbst aber ließ die Information aufatmen. Schließlich erklärte sie die Herkunft des mysteriösen Schimmels.

Bill räsonierte noch ein bisschen über Leute, die ihre Viecher nicht unter Kontrolle hielten, während Viola überlegte, ob sie auch von dem Jungen erzählen sollte. Vielleicht gab es dafür eine ebenso einfache Erklärung. Irgendwelche Leute, die im Wald lebten … Und ihre Kinder nicht zur Schule schickten? Nein, das war zu seltsam. Besser sie hielt den Mund. Stattdessen redete sie sich gleich nach dem Essen mit Schularbeiten heraus, verzog sich in ihr Zimmer und öffnete ihr E-Mail-Programm.

Katja, ihre Freundin in Braunschweig, weit weg von nebeligen Fantasylandschaften und Harfenklängen, die Tierwesen erschufen, würde sie wieder auf den Boden der Tatsachen zurückholen.

Viola schrieb eine lange Mail und versuchte dann, sich auf ihre Gälischhausaufgaben zu konzentrieren. Die Sprache war ihr nach wie vor ein Buch mit sieben Siegeln, bisher schaffte sie es nicht mal, die Worte richtig auszusprechen. Sie stellte ihre Bemühungen gern ein, als Katja postwendend antwortete.

»Hast du dich nun endgültig dem irischen Whiskey ergeben?«, erkundigte sie sich. »Entschuldige, aber du klingst ein bisschen durchgeknallt. Liegt vielleicht an der Höhe, im Himalaya sehen die Leute ja auch dauernd Yetis. Aber nun versuchen wir mal, gemeinsam klar zu denken, ja? Also: Du hast ein Pferd gesehen und wahrscheinlich war es der Gaul von dieser Moira. Ist ganz natürlich: Wenn sie den allein hält, versucht er pausenlos, auszubrechen und zu anderen Pferden zu kommen. Wahrscheinlich ist er über den Zaun gesprungen, und als du den Jungen gefunden hast, war der Graue längst bei den Ponys von diesem Bill. Und dann lag da dieser Märchenprinz. Mit verstauchtem Knöchel. Mit dem hast du Händchen gehalten und schon war's wieder gut. Bisschen eigenartig – aber vielleicht neigen die Iren ja zu so was. Das ist eine Möglichkeit. Die andere ist, dass er vielleicht nicht alle Tassen im Schrank hat. Er geht nicht so zur Schule wie du, das klingt nach Sonderschule. Vielleicht haben die jetzt gerade Ferien und er ist zu Hause weggelaufen und hat sich prompt auf die Klappe gelegt. Dazu passt auch, dass er am Ende meinte, sie würden ihn schimpfen. Aber jedenfalls hatte er keinen Beinbruch und er war auch weder vorher noch nachher ein Pferd. So was gibt's nicht. Verstanden? Morgen fragst du mal etwas rum, garantiert kennen die Mädels den Typen. Und pass bloß auf, dass du dich nicht in den Dorftrottel verliebst! Pass überhaupt auf dich auf, ich mache mir langsam Sorgen. Die viele frische Luft ist nicht gut für dich, ich werde morgen ein paar Abgase von der A2 für dich eintüten und rüberschicken. Die inhalierst du dann ganz langsam, das wird dir helfen.

Bleib klar im Kopf, Gruß, Katja.«

Viola lächelte. Die Mail hatte ihr gutgetan. Aber der Junge ging ihr trotzdem nicht aus dem Kopf. Er war seltsam gewesen, aber er hatte nicht wie ein Dorftrottel gewirkt. Mehr wie ein Prinz, der sich aus der Märchenwelt ins Diesseits verlaufen hat. Aber vielleicht war auch alles nur Einbildung. Mit dem Gedanken an tiefblaue, ernsthafte Augen in einem schmalen Gesicht schlief sie ein.

Moira schüttelte den Kopf, als Viola sie am nächsten Morgen im Bus nach ihrem Pferd fragte.

»Fluffy kann's nicht gewesen sein, der war den ganzen Tag auf seiner Weide und abends im Stall«, erklärte sie. »Und wenn er weg gewesen wäre, hätte ich auch erst mal alle anderen Pferdehalter der Gegend angerufen. Das hätte jeder gemacht, Pferde sind Herdentiere, die suchen Gesellschaft. Also komisch, dass bei mir und bei Ainné keiner nachgefragt hat. Klingt nicht, als ob dein Grauer vermisst würde ...«

»Vielleicht ein wildes Pony aus den Bergen?«, meinte Shawna aufgeregt und zupfte an ihrem blonden Pferdeschwanz. »Es soll ja noch welche geben. Oh, Mann, wäre das nicht aufregend, wenn es ganz freiwillig zu mir käme, und ich könnte es in einen Stall locken, und ...«

Moira tippte sich gegen die Stirn. »Shawna, wild bedeutet, dass diese Ponys eben zu niemandem kommen und ihm den Kopf in den Schoß legen. Wenn's überhaupt noch welche gibt, dann weit oben im Nationalpark. Die lassen sich vielleicht mal von 'nem Ranger sehen, aber garantiert kommen sie nicht runter zu Bills Campingplatz, um sich da ein Boot zu mieten …«

Die anderen Mädchen lachten und Shawna wurde ein bisschen rot.

»Wenn's aber ein Hengst wäre?«, rechtfertigte sie sich. »Dann würde es passen. Bill hat fünf Stuten … Könnte es ein Hengst gewesen sein, Viola?«

Viola zuckte die Schultern. »Ich kann nicht mal die Farben von den Viechern richtig benennen«, gab sie dann zu. »Geschweige denn, dass ich beim Vorbeilaufen sehe, ob es Männlein oder Weiblein ist.«

»Jedenfalls sagst du mir Bescheid, wenn du es noch mal siehst, nicht?«, meinte Shawna, immer noch nicht bereit, ihren Traum aufzugeben. »Wenn es zahm ist, können wir uns vom Tierarzt ein Lesegerät für Mikrochips leihen. Dann wissen wir ja, ob es einen Besitzer gibt.«

»Und wenn es keinen Chip hat, ist es Freiwild?«, spöttelte Moira. »Vergiss es, Shawna, niemand setzt große, graue Pferde wie Fluffy aus. Das Tier ist irgendwo weggelaufen – vielleicht aus dem neuen Reitstall am Lough Tay. Oder Viola hat sich vertan und es war doch eins von Bills Ponys. Sie sagt doch selbst, sie hat keine Ahnung. Kann's nicht sein, Vio, dass du einfach falsch geguckt hast?«

Viola wollte das nicht gänzlich ausschließen. Aber da war natürlich noch der Junge …

Hier erfuhr sie allerdings noch weniger als in Bezug auf das Pferd. Keines der Mädchen kannte einen schmalen, hellhaarigen Jungen, der im Wald wohnte. Moira begann auch sofort, sich über Viola lustig zu machen.

»Vielleicht ein Elf?«, spöttelte sie.

Viola verdrehte die Augen und brach das Thema erst mal ab.

Shawna griff es später allerdings wieder auf, als die Mädchen zusammen in die Klasse gingen. »Bestimmt ein Tourist«, meinte sie. »Ein paar zelten immer wild, auch wenn's verboten ist.«

»Aber er hat gesagt, er wohnt hier«, beharrte Viola.

Shawna zuckte die Schultern. »Das kann auch vorübergehend bedeuten. War er sicher Ire, Vio? Oder Engländer?«

Viola kam sich dumm vor, freute sich jedoch, dass zumindest Shawna sie ernst nahm. »Ich kann die Dialekte nicht auseinanderhalten«, bekannte sie. »Aber er sprach fließend Englisch. Ich glaube nicht, dass er Franzose war oder Italiener oder so was.«

Andererseits hatte der Junge kaum mehr als drei oder vier Sätze gesagt. Und die hatten reichlich merkwürdig geklungen. Vielleicht hatte er sich ja deshalb wie ein Ritter aus vergangenen Zeiten angehört, weil Englisch doch nicht seine Muttersprache war. Dazu passte dann auch der rätselhafte Satz am Schluss: »Du hast mir ... gegeben ...«

Was hatte Viola ihm gegeben? Und warum zum Teufel erinnerte sie sich an jedes Wort, das er gesprochen hatte, und an jede Nuance seines Gesichtsausdrucks?

Es war besser, diesen Jungen zu vergessen. Sie lachte gezwungen. »Wenn ich ihn wiedersehe, werde ich dich anrufen, Shawna, dann kannst du herausfinden, ob er gechipt ist!«

Sie lachten beide und ließen das Thema fallen, als das Klassenzimmer sich füllte.

~

In den nächsten Tagen regnete es praktisch an jedem Nachmittag und Viola hatte weder Zeit noch Lust zu langen Spaziergängen. Der Campingplatz leerte sich jetzt erkennbar – in der Nachsaison kamen nur noch wenige Urlauber in den Wicklow Nationalpark. Patrick und Violas Dad beschäftigten sich vorwiegend damit, den Schuppen und die Boote winterfest zu machen, und Viola half ihnen, sie zu streichen und aufzubocken. Dazu verspürte sie zwar keine besondere Lust, aber es war die einzige Möglichkeit, Ainné, dem Haushalt und der Reinigung der Sanitäreinrichtungen zu entkommen. Im Laden gab es schließlich nichts mehr zu tun und sie konnte sich auch nicht den ganzen Nachmittag mit Schularbeiten herausreden.

Patrick plante jetzt seine Rückkehr nach Dublin und Shawna schmachtete ihn umso hoffnungsloser an. Die beiden stritten sich jetzt weniger, es gab keinen Grund mehr dafür. Auch Bills Reitbetrieb stagnierte schließlich im Herbst, und im Winter verlieh er so gut wie gar keine Ponys. Er dachte daran, zwei zu verkaufen, um sie nicht durchfüttern zu müssen, und Shawna heulte schon im Vorfeld.

Viola hatte nicht gerade das Gefühl, als ob ihr die Decke auf den Kopf fiele – aber doch so, als senke sie sich langsam ab und würde sie im Winter unter vielen Vielleichts von Ainné vollständig begraben.

Erst am vierten Tag nach Violas Begegnung mit dem seltsamen Jungen klarte das Wetter wieder auf. Es war Samstag, Viola hatte frei und hoffte eigentlich auf einen Ausflug mit ihrem Vater. Er hatte ihr halbherzig versprochen, mit ihr nach Dublin zu fahren. Wie sie aber fast schon erwartet hatte, fühlte sich Ainné am Morgen schlecht, meinte Vorwehen zu spüren, und musste dringend zur Ambulanz nach Roundwood gebracht werden. Viola machte sich keine Illusionen: Bis sich ein Arzt gefunden hatte, der das Ultraschallgerät anwarf und sich vom einwandfreien Zustand von Ainnés Baby überzeugte, würde der halbe Tag vergehen. Also gab sie Guinness' Drängen nach und brach zu einem Spaziergang auf. Eine optimale Gelegenheit, die grünen, potthässlichen, aber praktischen Gummistiefel einzuweihen, die sie schließlich doch erstanden hatte. Denn auch wenn heute die Sonne schien – die Wege würden noch nass und matschig sein. Seufzend wickelte sie sich auch in die ebenfalls neu erstandene Wachsjacke. Es gab da sehr schicke Modelle, aber leider nicht im Roundwooder Anglerbedarf. Viola versank fast in dem Kleidungsstück und fühlte sich so attraktiv wie ein Waldschrat. Allerdings würde sie auch kaum anderen Wesen begegnen als vielleicht einem Leprechaun. Sie lächelte bei dem Gedanken an die irischen Kobolde, denen die Einheimischen mitunter sogar kleine Häuser im Garten bauten. Angeblich verbrachten sie die Tage schnarchend und die Nächte Bier trinkend in speziellen Pubs.

Viola wanderte zunächst über die Wiesen am See entlang, dann durchquerte sie ein Wäldchen, das sich bis zu einer kleinen Klippe erstreckte. Die Felsen reichten hier bis zum See und spiegelten sich darin – Viola konnte sich an den magisch wirkenden Landschaften nicht sattsehen, die sich dadurch unter Wasser aufzutun schienen. Der See sei bis zu sechzig Meter tief, hatte ihr Patrick verraten. Fischreich, aber monsterfrei, wie Dad lächelnd hinzufügte. Er wurde von Bergbächen gespeist und war eisig kalt. Selbst im Hochsommer brauchte es Überwindung, um darin zu baden – die Einheimischen taten es kaum. Das Wasser war meist tiefblau, aber jetzt spiegelte es auch die vielen verschiedenen Grüntöne der Landschaft ringsum. Viola hatte noch nie so viele Schattierungen von Grün gesehen wie hier in Irland, und heute, nach dem Regen, schienen sie noch intensiver als sonst.

Der Weg führte jetzt wieder abwärts und Viola musste aufpassen, auf dem steinigen Pfad nicht zu stolpern. Immerhin wurde sie unten mit dem Anblick der verwunschenen kleinen Insel belohnt, auf der auch ein altes Gemäuer zu erkunden war.

Ein keltisches Heiligtum, behauptete Patrick, wenn er sich als Fremdenführer versuchte, aber Shawna hatte kichernd erklärt, das sei nur eine Art Sommerhaus gewesen – gegen Ende des neunzehnten Jahrhunderts von reichen Engländern erbaut. Es gehörte zu dem Herrenhaus in den Hügeln, in dem heute das Berghotel untergebracht war.

Viola tastete sich durch ein Schilfdickicht, bevor sie das Seeufer und den Übergang zur Insel erreichte – und sah zu ihrer Verblüffung den fremden Jungen auf dem Fragment der zierlichen Bogenbrücke sitzen, die das Inselchen mit dem Festland verband. Fast versteckt unter den tief hängenden Ästen der Bäume am Ufer lehnte er an einem geborstenen Pfeiler und ließ die Beine ins Wasser baumeln. Schöne, schmale Füße mit langen Zehen … blass, aber nicht blau gefroren von dem eisigen See. Viola dagegen bekam schon Zitteranfälle, wenn sie nur daran dachte, hier zu baden – oder war es der erneute Anblick des Jungen, der sie verunsicherte? Aber nein, der trieb ihr eher das Blut ins Gesicht … Sie durfte auf keinen Fall rot werden! Viola versuchte, entspannt und normal auszusehen. Der Junge lächelte ihr zu und winkte ihr. Seine Augen schienen diesmal dunkler, als spiegelten sie die Tiefen des Sees, über den gerade leichte Wolken zogen. Dabei hatte eben noch strahlend die Sonne geschienen. Aber jetzt wurde das Licht wieder diffus und unwirklich.

»Komm!«, sagte er freundlich und wies auf den Platz neben sich. »Der Stein ist ganz warm …«

Hatte er ihre Gedanken gelesen? Und warum meinte sie, ein so unwiderstehliches Locken in seiner Stimme mitschwingen zu hören, das ein Nein fast unmöglich machte?

Trotzig blieb sie stehen. »Was … was für ein Zufall, dich zu treffen …« Es klang steif und unsicher. »Hallo … Hallo erst mal … Ich … ich weiß gar nicht, wie du heißt …?«

»Ich habe auf dich gewartet«, stellte der Junge richtig, ohne ihre Frage zu beantworten.

»Hier?«, brach es aus Viola heraus. Der Platz am See war mehr als abgelegen. Kein Mensch konnte auf die Idee kommen, einen anderen hier abzupassen. »Woher wusstest du …?«

Der Junge lachte – wobei ein eigenwilliges Strahlen von ihm auszugehen schien. Er wirkte nicht bedrohlich. Viola trat einen Schritt näher.

»Ich hab dich schon oft hier gesehen«, erklärte er. »Dich und die kleine Seele.«

Er wies auf Guinness, der bisher im Schilf herumgestöbert hatte, jetzt aber zu Viola zurückkam und ihre Unsicherheit gegenüber dem fremden Jungen zu teilen schien. Er schmiegte sich fast ängstlich an ihre Beine.

Viola fragte sich, ob »Kleine Seele« auf Irisch vielleicht die gleiche Bedeutung hatte wie »Kleiner Kerl« oder etwas Ähnliches, mit dem man einen Hund bezeichnete, dessen Namen man nicht kannte. Oder bewies der Junge hier erneut, dass Englisch doch nicht seine Muttersprache war? Einen Akzent konnte Viola nach wie vor nicht ausmachen.

Aber etwas anderes war viel beunruhigender. Der Junge hatte sie hier gesehen. Wie konnte das sein? Beobachtete er sie? Oder spazierte er selbst ziellos um den See?

»Und was machst du hier?«, fragte sie ihn schließlich mit leicht aggressivem Unterton. »Du … kannst nicht hier wohnen. Niemand wohnt hier …«

Der Fremde lächelte wieder. »Doch …«, sagte er sanft, schien das aber nicht weiter ausführen zu wollen.

Ob er vielleicht von zu Hause ausgerissen war und jetzt in den Ruinen des Sommerhauses schlief? Das musste um diese

Jahreszeit schon ziemlich ungemütlich sein, aber es wäre natürlich eine Erklärung. Aber halt, hatte er nicht gesagt …?

»Hast du denn Ärger bekommen, beim letzten Mal?«, fragte sie listig. »Du meintest doch, man würde dich schelten.«

Wenn sie es sich recht überlegte, war auch das ein Ausdruck, den sie von Shawna und den anderen irischen Jugendlichen noch nie gehört hatte.

Der Junge nickte und über sein ausdrucksvolles Gesicht zog ein Anflug von Trauer. »Ja …« Er klang unglücklich. »Ich … hatte meinen Auftrag nicht erfüllt …«

Er schien mehr sagen zu wollen, hielt sich dann aber zurück.

Viola beschloss, dass es albern war, hier herumzustehen, während er auf der Brücke saß. Er war offensichtlich nicht gefährlich – wenn auch äußerst seltsam. Und wenn sie mehr über ihn herausfinden wollte, war es sicher sinnvoll, sich neben ihn zu setzen. Aber nicht zu nahe! Sie schob sich auf den Brückenabsatz, zog die Beine an und legte die Arme darum.

Der Junge schien die Botschaft zu verstehen. Auch er hielt selbstverständlich Abstand zu Viola. Vor allem machte er keine Anstalten, wieder nach ihrer Hand zu greifen. Viola empfand Verwirrung, als sie feststellte, dass sie das vage bedauerte. So saßen sie eine Zeit lang schweigend nebeneinander.

Schließlich nestelte der Junge etwas aus seiner Tasche. Viola erkannte einen geldstückgroßen, violett glitzernden Stein. Ein Diamant? Nein, das konnte nicht sein. Aber wohl ein Edelstein oder Halbedelstein oder wie man die Dinger nannte. Neugierig linste sie zu dem Jungen hinüber.

Der fixierte sie zunächst auch nur schüchtern von der Seite, schien sich dann aber zu überwinden. Er wandte sich ihr langsam zu und hielt ihr den Stein hin – fast vorsichtig, um sie nicht zu erschrecken oder zu berühren.

»Der ist für dich!«, sagte er leise. Dabei barg er den leuchtenden Stein fast ehrfürchtig in seinen langen, schmalen Händen.

Als Viola danach griff und seine Finger streifte, schien sie wieder einen Anklang des eigenartigen Gefühls von neulich zu empfinden, während sie die Hand des Jungen gehalten hatte. Es war, als schaffe der Stein eine Verbindung zwischen ihr und dem Fremden, der ihn eben noch am Körper getragen hatte.

»Ich möchte dir damit danken«, sagte der Junge förmlich. »Für … für deine Hilfe neulich …«

Viola wurde rot und winkte ab. »Das war doch nicht der Rede wert«, erklärte sie. »Das hätte jeder gemacht. Dafür musst du mir nichts schenken.«

»Doch!« Der Junge rief es fast heftig und wirkte auf einmal angespannt. »Doch, ich schulde es dir! Ich habe dir etwas genommen und …« Er brach ab.

Viola runzelte die Stirn. »Genommen?«, fragte sie.

Es sah nun doch so aus, als ob der Junge nicht richtig im Kopf war. Diese komischen Stimmungsschwankungen, die merkwürdige Art, sich auszudrücken … Auf was ließ sie sich da womöglich ein, wenn er hier die Familienjuwelen verschenkte? Sie legte den Stein auf die Brücke zwischen ihnen.

»Das Ding ist doch nicht etwa wertvoll, oder?«, erkundigte sie sich vorsichtig.

Der Junge nickte. »Doch, er ist sehr wertvoll«, sagte er ernst und Viola fuhr fast zusammen, als er ihr jetzt in die Augen sah. Sein Blick war betörend, fast hypnotisierend, aber Irrsinn lag nicht darin. Eher eine eigenartige Ruhe. »Er ist das Wertvollste, was ich besitze, ich werde lange suchen müssen, bis ich einen neuen finde. Aber er gehört trotzdem dir.«

Sanft, aber entschieden schloss er Violas Hand um den glatten, warmen Stein. Seine Finger fühlten sich kühl an, wie beim letzten Mal, aber erneut empfand Viola ihren Griff nicht als unangenehm.

»Na dann … danke …«, murmelte Viola, immer noch unschlüssig. Einerseits lag der Stein in ihrer Hand, als ob er dort hingehörte, andererseits wollte sie auf keinen Fall Komplikationen. Sie wagte aber auch nicht, länger zu widersprechen. Schließlich wollte sie den Jungen nicht zornig machen. Erst recht nicht, wenn etwas mit ihm nicht stimmte. Ihr seltsamer neuer Freund war schmal, aber doch muskulös, Viola hatte seine Kraft gespürt, als sie ihm damals aufgeholfen hatte, und sie sah auch jetzt das Muskelspiel unter seiner leichten, fast farblosen Kleidung. Der zarte, beinahe durchsichtige Stoff war ihr schon bei ihrer letzten Begegnung aufgefallen. Sie hatte so etwas noch nie zuvor gesehen, es wirkte ein bisschen wie Leinen, aber so dünn, als hätten Spinnen es gewebt. Noch etwas, das eigenartig war an … sie musste unbedingt erfahren, woher der Junge kam und wie er hieß!

»Ich … ich werde ihn vor mein Fenster legen, dann schimmert er im Mondlicht und ich … denke an dich …«, leitete sie weitere Erkundigungen ein. »An …«

»Ahi«, sagte er lächelnd, fast als habe er ihre Absicht erraten.

»Ali?«, fragte Viola nach, sie war sich nicht ganz sicher, dass sie richtig verstanden hatte. Aber es gab einen tamilischen Imbiss im Dorf – vielleicht stammte der Junge ja aus der Familie, die ihn betrieb! Das erklärte zwar noch nicht, warum er sich offenbar tagelang im Wald herumtrieb, aber immerhin seine Fremdheit im Dorf und seine eigenartige Ausdrucksweise. Auch wenn er vom Typ her keinen südländischen Eindruck machte. Vielleicht …

»Wie Alistair?«, riet sie. Sie hatte noch nie jemanden kennengelernt, der so hieß, aber der Name kam in Büchern und Geschichten vor. Ein alter Name, wie der eines Fürsten oder Prinzen aus der Sage.

»So ähnlich …«, meinte der Junge. »Und … dein Name?«

»Viola«, antwortete sie. Der Name war ihr ein bisschen peinlich. Niemand sonst hieß so. Zumindest nicht in ihrer Schule in Deutschland und hier erst recht nicht.

»Wie ein Instrument …«, sagte Ahi. »Die Bratsche … aber deine Stimme klingt mehr wie … wie die Viola d'Amore …«

Was sollte das denn werden? Wieder ein Flirtversuch? Viola spürte, wie sie rot wurde, und ärgerte sich darüber. Aber gleichzeitig ärgerte sie sich auch über ihre unförmige Wachsjacke und die Ententreter und darüber, dass sie sich vor dem Spaziergang nicht gestylt hatte. Ihre Haare sahen schrecklich aus …

»Aber Viola passt zu dir. Du bist wie Musik ...«

Ali schien ihr misslungenes Outfit jedenfalls nicht wahrzunehmen. Und seine sanfte, singende Stimme bewegte etwas in ihr.

»Alistair passt auch zu dir«, meinte Viola schließlich leicht widerwillig. »Ein Name wie aus einem alten Märchen.«

Ahi lachte. »Der falsche Pfad zum richtigen Ziel ...«, sagte er leise. Wieder eine Bemerkung, mit der Viola nichts anfangen konnte. Der Junge war komisch. Aber sicher nicht zurückgeblieben. Auch verrückt oder gefährlich erschien er ihr nicht zu sein, sondern einfach nur – anders.

Viola streichelte den Stein in ihrer Hand. »Hat er irgendeine Bedeutung?«, erkundigte sie sich. »Ich meine ... man sagt doch, dass Edelsteine ... irgendwie ...« Sie brach ab. Katjas Mutter hatte ein Buch über Edelsteinmagie, aber Katja und Viola hielten das für Blödsinn.

»Er kann dich schützen ...«, meinte der Junge ernst. »Vor ... Diebstahl ... Auf jeden Fall sind wir jetzt quitt, ja? Ich möchte nicht, dass du schlecht von mir denkst. Ich wollte dich nicht berauben ...«

Er schien noch mehr sagen zu wollen, aber dann schaute er zum See hinunter und in seine sprechenden Augen trat ein seltsamer Ausdruck von Wachsamkeit.

»Ich muss gehen ...«, sagte er in plötzlicher Eile. »Farewell ...« Er winkte ihr zu, als er aufstand.

Viola wurde immer verwirrter. Dieses merkwürdige Gerede ... Sie hätte noch tausend Fragen gehabt. Aber jetzt wollte er ja plötzlich fort – von einem Moment zum anderen, eben schien er noch endlos Zeit zu haben. Und wieso sagte er nicht einfach Tschüss, sondern wählte diesen altertümlichen Ausdruck für – einen Abschied ohne Wiederkehr?

»Sehen wir uns nicht wieder?«, fragte sie beklommen. »Ich meine … es … es war irgendwie nett, mit dir zu reden …«

Der Junge lächelte, fast sehnsüchtig.

»Ich weiß nicht …«, sagte er dann. Zum ersten Mal, seit Viola ihn kannte, wirkte er nervös. »Ich kann nicht … besser nicht …«

Bevor Viola etwas erwidern konnte, hatte er sich abgewandt und war wie ein Schemen zwischen den Bäumen verschwunden, die das Seeufer säumten. Der See bildete hier eine Bucht, in die ein kleiner Fluss mündete. Das Inselchen lag in ihrer Mitte und das Ufer ringsum war flach, aber dicht bewachsen. Viola blickte Alistair nach, doch dann entzogen ihn erste Abendnebel endgültig ihrer Sicht. Es musste später sein, als sie gedacht hatte …

Viola spähte verunsichert auf den See hinaus, wie Alistair es getan hatte, bevor er sich so plötzlich zum Gehen entschlossen hatte. Oder halt, hatte er die Blicke nicht auch schon vorher, während ihrer Unterhaltung, immer wieder beiläufig über die stille Oberfläche des Sees schweifen lassen? Beiläufig oder wachsam? Irgendetwas schien ihn jedenfalls letztlich erschreckt zu haben.

Und dann sah sie, halb verdeckt von der Insel am anderen Ende der Bucht, ein Pferd, das über dem Strand zu schweben schien. Ein milchweißes Pferd, nicht der Graue von neulich. Es stand still und blickte zu der Insel – oder zu Viola? – hinüber, bis es mit den jetzt schnell aufsteigenden Nebeln verschmolz. Viola wollte schon gehen, aber dann bellte

Guinness und sie hörte gedämpften Hufschlag. Ein anderes Pferd trabte vom Wald zum See und wurde eins mit dem Nebel. Ein graues Pferd …

Viola zwinkerte. Sie musste sich das einbilden. Sicher gab es keine Verbindung zwischen dem seltsamen Jungen und dem silbernen Pferd. Es konnte keine geben.

Am Abend googelte sie erst mal den Begriff »Viola d'Amore« und wurde zu ihrer Überraschung fündig: ein historisches Streichinstrument, verwandt mit der Bratsche, aber heller und silbriger im Klang. Woher wusste das ein Junge aus dem einundzwanzigsten Jahrhundert?

Viola beschloss, ihren Vater zu bitten, am nächsten Samstag wirklich mit ihr in die Stadt zu fahren. Oder sie fragte Shawna, ob sie Lust zu einem Einkaufsbummel in Dublin hatte. Auf jeden Fall musste sie hier mal raus. Sie war offensichtlich auf dem besten Weg, verrückt zu werden.

4

Shawna fand die Idee eines Ausflugs in die Stadt hervorragend, und sie wusste auch, wie man problemlos und ohne die Einbeziehung von Eltern oder sonstiger Führerscheininhaber nach Dublin kam. »Es gibt einen Bus, er fährt alle zwei Stunden. Hält zwar an jeder Ecke, aber wir haben ja Zeit«, erklärte sie Viola. »Mit deinem Dad ging's natürlich schneller, aber willst du riskieren, dass Ainné wieder Wehen kriegt, wenn wir mitten im schönsten Einkaufen sind? Sie hat dir jetzt schon zwei Ausflüge mit deinem Vater vermasselt, langsam kriegt's Methode.«

Viola fragte sich, warum das allen Leuten in ihrer Umgebung sonnenklar war, abgesehen von ihrem Dad. Der war nach wie vor äußerst besorgt um seine junge Frau und brach sofort jede Unternehmung ab, wenn Ainné ihn rief. Bei Erwachsenen hätte Viola eine solch blinde Verliebtheit nie für möglich gehalten.

Jedenfalls starteten sie und Shawna am nächsten Wochenende gleich um halb neun und waren dann gegen Mittag in Dublin. Shawna verzichtete sogar darauf, vorher beim Füttern von Bills Ponys zu helfen. »Ich muss sie sonst noch rausbringen und dann schaffen wir's womöglich nicht«, erklärte sie und wirkte dabei gar nicht traurig.

Der Ausflug schien sie zu beflügeln – sie hatte sich auch

hübsch gemacht. Viola sah sie zum ersten Mal leicht geschminkt und in einem langen Jeansrock, der sie sehr mädchenhaft wirken ließ. Als wäre sie einem von Miss O'Keefes Liedern entstiegen. Viola machte ihr ein Kompliment und riet ihr, sich auch mal für Patrick so zu stylen.

Shawna wurde sofort rot. »Aber ich kann doch nicht so zum Füttern kommen …«

Viola verdrehte die Augen. Dann aber nutzte sie den Themenwechsel, um Shawna von ihrer erneuten Sichtung des grauen Pferdes zu erzählen, und berichtete auch von dem milchweißen. »Aber es war schon letzten Samstag«, schränkte sie ein, als Shawna aufgeregt guckte. Nicht, dass sie sich im letzten Moment doch noch entschloss, auf Pferdefang zu gehen, statt in den Bus nach Dublin zu steigen! »Und ziemlich weit weg, bei der kleinen Insel, du weißt schon, mit dem alten Sommerhaus. Seitdem sind sie nicht wieder aufgetaucht.«

Und Alistair auch nicht, was ein bisschen an Violas Nerven zerrte. Aber davon erzählte sie Shawna lieber nichts. Wenn sie ehrlich sein sollte, hatte sie die zweite Begegnung mit dem Jungen sogar Katja verschwiegen …

Shawna nickte. »Wahrscheinlich waren es letztes Mal auch zwei Pferde, du hast das weiße bloß nicht gesehen. Jedenfalls müssen sie wild leben. Wenn sie irgendwo ausgerissen sind, dann nicht hier in der Nähe. Ich muss sie unbedingt mal sehen und probieren, ob ich näher rankomme! Du, vielleicht gibt es eine Belohnung, wenn wir ihren Besitzer finden!«

Die Mädchen malten sich vergnügt aus, dass die Pferde wahrscheinlich irgendeinem Millionär gehörten, der zweifellos jeden Preis zahlen würde, um sie zurückzubekommen. Also reichlich Geld, um es in Dublin auszugeben!

»Wär's nicht toll, mal unbeschränkt die Grafton Street leer zu kaufen?«, fragte Shawna lachend. »Und dann in den teuersten Reitsportladen und ein paar Sachen für das Fohlen von dem grauen Hengst kaufen, das der Besitzer mir zweifellos in seiner unendlichen Dankbarkeit obendrauf schenkt!«

»Solange ich mich nicht damit abgeben muss ...«, kicherte Viola. »Die Grafton Street ist die Einkaufsmeile?«

Shawna nickte, informierte sie aber auch gleich darüber, dass die meisten Geschäfte hier unerschwingliche Preise verlangten. »Wir gehen lieber in die Seitenstraßen, auch auf der anderen Seite der Liffey. Da sind die witzigsten Läden, wirst du sehen. Und man findet auch eher ein Schnäppchen.«

Gezielt lotste sie Viola über eine romantische, schmiedeeiserne Brücke über den Fluss, der Dublin in zwei Hälften teilte. Natürlich gab es auch größere, von Autos befahrbare Brücken, aber hier kam man gleich in die Gegend, in der kleinere Boutiquen und Krimskramsläden zu finden waren. Kichernd und ein bisschen befangen betraten sie einen Shop für Gothic und Esoterik.

»Hier, das ist was für dich!«, lachte Shawna und wies auf eine Voodoo-Puppe, die gleich mit den passenden Nadeln als Package verkauft wurde. »Da kannst du Ainné ein bisschen verfluchen. Oder stehst du mehr auf Wahrsagekarten? Sie wird dir wie gebannt lauschen, wenn du ihr erzählst, dass ihr künftiger Sohn nach dem heiligen Kevin kommt ...«

Viola kicherte. »Sie will bestimmt nicht, dass er Mönch wird«, meinte sie dann. »Aber Kevin heißt so was wie Schönling, nicht? Sie denken übrigens wirklich daran, das Blag so zu taufen. Oder Jonathan. Nur Bill ist für William.«

Shawna verdrehte die Augen. »Und du? Wie würdest du deinen Sohn nennen?« Die zwei hatten den doch sehr schrägen Laden inzwischen wieder verlassen und bewunderten die coolen, aber unerschwinglichen Klamotten in einer winzigen Designerboutique.

Viola zuckte die Achseln. »Ich weiß nicht … vielleicht … Alistair?«

Shawna bog sich vor Lachen. »Alistair! Wo hast du denn das her? Klingt wie irgendwas aus der Artussage. Irisch ist es jedenfalls nicht. Warte mal, schottisch?«

Hatte Ali mit schottischem Akzent gesprochen? Viola wusste es einfach nicht. Sie sprach gut Englisch, aber die einzelnen Dialekte konnte sie nicht zuordnen.

Dann jedoch verlor Shawna jegliches Interesse an Namen für mögliche, in ferner Zukunft zu zeugende Kinder. Sie drückte sich die Nase am Schaufenster eines kleinen Ladens flach: *Celtic Souvenirs.*

»Guck mal! Ist das nicht schön?« Shawna zeigte auf einen Druck, der – wie konnte es anders sein? – ein Pferd zeigte. Das Tier entstieg einem See, einem geheimnisvollen, in seltsames Licht getauchten Gewässer, umgeben von Bergen und Wäldern. All das erinnerte Viola an ihre Beobachtungen der wilden Ponys am Lough Dan. Aber da war noch mehr als nur die vergleichbare Landschaft und das Zwielicht. Irgendetwas an diesem Pferd … Und dann fiel es ihr plötzlich wie Schuppen von den Augen: Das Pferd auf dem Bild hatte nicht nur langes, wehendes Haar und schien über dem

Boden zu schweben, es hatte vor allem helle Augen! Und genau das hatte Viola an den Pferden am See irritiert. Wahrscheinlich waren sie ihr deshalb so unheimlich vorgekommen! Der Graue hatte sie aus hellen »Menschenaugen« angesehen, blau oder grau, wie umflort vom Nebel, als spiegelten sie den See. Und diese seltsamen Augen hatten auch das Starren des weißen Pferdes so bedrohlich wirken lassen, dessen Anblick Ali derart nervös zu machen schien.

Sie überlegte, ob sie es Shawna erzählen konnte, aber die überschlug schon ihre Barschaft. Sie wollte den Druck unbedingt haben, doch leider hing kein Preisschild daran.

»Komm, wir gehen rein!«, erklärte sie entschlossen und zog Viola in das winzige Geschäft, in dem es betörend nach Thymian und Lavendel roch. Der Laden verkaufte Kerzen und Duftlampen, Bücher und Naturkosmetik, aber auch Schmuck mit alten keltischen Motiven.

Shawna hielt sich allerdings nicht mit langer Erforschung des Angebots auf, sondern wandte sich gleich an eine junge Frau, die an der Kasse saß und wohl versuchte, aus irgendwelchen Tabellen schlau zu werden. Sie wandte sich offenbar gern davon ab und lächelte den Mädchen zu. »Kann ich euch helfen?«

Shawna nickte und fragte nach dem Druck, den die Frau ihr daraufhin sofort aus dem Fenster holte.

»Der ist wirklich hübsch!«, meinte sie lächelnd. »Aber unglücklicherweise nicht ausgezeichnet. Ich muss erst nachsehen, was er kostet …« Unsicher griff sie erneut nach den Tabellen.

»Aber das Pferd guckt nicht richtig«, bemerkte Viola. »Ich meine … müsste es nicht dunkle Augen haben? Dies hier schaut einen an, wie … wie ein Mensch …«

Shawnas Blick spiegelte den beflissenen Ausdruck, der immer auf ihrem Gesicht lag, wenn sie etwas erklären wollte. Vor allem über Pferde. Und möglichst stundenlang …

»Nun ja, gewöhnlich haben Pferde dunkle Augen. Aber es gibt auch Ausnahmen. Meistens bei …«

»Aber dies ist kein Pferd, das ist ein Kelpie«, unterbrach sie die Verkäuferin nach einem weiteren flüchtigen Blick auf das Bild. »So heißt der Druck, glaub ich auch, Kelpie. Habt ihr noch nie davon gehört?«

Viola und Shawna schüttelten gleichermaßen den Kopf.

»Wohl von Silkies«, meinte Viola, um nicht vollkommen dumm zu erscheinen.

Die Frau lachte. »Das ist gar nicht so falsch. Auch Kelpies sind Wassergeister. Aber sie erscheinen nicht als Seehunde, sondern als Pferde. Und wer sie reitet, ist verdammt. Sie ziehen ihn hinunter in den See und fressen ihn auf. Oder jedenfalls etwas in der Richtung. Genau weiß ich das nicht, da müsstet ihr Erin fragen, die Besitzerin des Ladens. Erin sammelt diese Geschichten, sie ist total verrückt danach. Ich selbst kenn mich nicht so aus, ich bin mehr für das Diesseitige. So etwas zum Beispiel …« Sie wies auf einen Ständer mit Silberketten, an denen kunstvoll eingefasste Steine als Anhänger baumelten.

Viola schaute sie fasziniert an.

Die junge Frau freute sich über ihr Interesse. »Gefallen sie dir? Ich hab sie selbst gemacht, ich bin Silberschmiedin und betreibe hier meine Werkstatt. Die Leute sehen gern zu, wie ihr Schmuck entsteht.« Die junge Frau zeigte auf einen noch kleineren Nebenraum, der Arbeitsplatz und Werkzeuge enthielt sowie mehrere noch unfertige Schmuckstücke.

Viola nahm vorsichtig eine der Ketten mit violetten Anhängern vom Ständer.

»Die ist schön!«, befand sie. »Und gar nicht so teuer!«, stellte sie verblüfft fest. »Ich dachte … ich dachte, die Steine wären wertvoll.«

Die junge Frau schüttelte den Kopf. »Amethyst? Überhaupt nicht. Eigentlich sind die Steine das Billigste, das Silber schlägt viel mehr zu Buche.«

»Aber …« Viola kam sich erneut dumm vor, dennoch konnte sie sich nicht bezähmen zu fragen. »Aber sind sie nicht selten? Und schwer zu finden?«

Die Schmiedin zuckte die Achseln. »Hier vielleicht. Aber in Brasilien zum Beispiel gibt es sie in Massen. Meine beziehe ich ehrlich gesagt vom Großhandel, keine Ahnung, woher sie kommen. Wie gesagt, ich hab's nicht mit der Esoterik. Ich weiß auch nicht, was sie bedeuten sollen, oder gegen welche Krankheiten sie angeblich helfen, falls du das wissen willst.«

»Das steht doch alles hier!«, lachte Shawna und wedelte mit einem Buch *Das Geheimnis der Heilsteine*, das neben den Schmuckständern lag.

Die Frau lachte. »Da seht ihr, wie ich hier den Überblick habe! Aber heute ist mein großzügiger Tag: Wenn ihr eine Kette kauft, dürft ihr kostenlos nachsehen, welche geheimen Kräfte sie freisetzt.«

Viola hatte inzwischen einen Entschluss gefasst. Sie nestelte den Stein, den der Junge ihr gegeben hatte, aus der Tasche. Es war kein Zufall, dass sie ihn bei sich hatte – seit Ali ihn ihr geschenkt hatte, trug sie ihn eigentlich ständig mit sich herum.

»Was ist mit diesem hier? Ist der … selten?«

Die junge Frau nahm ihn ihr aus der Hand und betrachtete ihn prüfend. Viola beobachtete sie dabei fast eifersüchtig. Es gefiel ihr nicht, dass die Fremde den Stein berührte.

»Ein hübsches Stück. Hast du ihn selbst gefunden? Dann ist er für dich sicher wertvoll!«, meinte die Schmiedin freundlich. »Wenn du möchtest, mache ich dir eine Fassung dazu. Dann kannst du ihn um den Hals tragen. Mit fünfzehn Euro bist du dabei.«

Viola schwankte. »Ja … nein … wie lange würde das denn dauern? Wir … wir sind nur heute hier und …«

»Dein Vater kann die Kette doch abholen, wenn er in die Stadt kommt«, sagte Shawna. »Will er nicht mit Ainné zu diesem Ultraschall-Dings?«

Viola schüttelte heftig den Kopf. »Nein! Nein, das möchte ich nicht …«

Shawna runzelte die Stirn. »Die sollen nicht wissen, wer dir den Stein geschenkt hat, nicht wahr?«, fragte sie. »Hast du einen heimlichen Verehrer? Oh Mann, vielleicht den komischen Jungen, von dem du neulich erzählt hast? Das klang gleich so romantisch! Erzählst du's mir? Aber egal, jedenfalls kommt meine Mom auch öfter her. Ich könnte ihr sagen, es wäre mein Schmuck.«

Viola dachte an den Jungen mit dem silbern schimmernden Haar, den grauen Hengst und das Bild des Kelpies mit den Menschenaugen. Aber das war verrückt ... Es konnte nichts bedeuten ... und der Stein ...

»Das ist es nicht«, erklärte sie unwillig. »Es ist einfach nur ... dass ich den Stein ...«

Die Silberschmiedin nickte mit leichtem Lächeln. »Ein sehr wertvoller Stein – ich verstehe«, neckte sie Viola. »Aber du brauchst dich nicht davon zu trennen. Ich kann die Fassung gleich jetzt machen, ist ja nichts los. Von mir aus kannst du gerne zusehen. Oder ihr geht noch eine Stunde einkaufen und holt die Kette anschließend ab. Dann sollte auch Erin wieder da sein – und wissen, was dieser Druck kostet ...« Entschuldigend warf sie einen Blick auf das Bild des Kelpies. Sie hätte es sicher gern verkauft, es schien ihr peinlich, dass der Handel an ihrer Unkenntnis der Preise scheiterte.

Shawna war Feuer und Flamme für diesen Plan. Sie wollte aber nicht bleiben, sondern lieber zum nächsten McDonald's. Viola hatte zwar keinen Hunger, ging dann aber mit. Wie hätte es schließlich ausgesehen, wenn sie sich geweigert hätte, ihren Stein auch nur für ein paar Minuten aus den Augen zu lassen?

Während die Mädchen aßen, löcherte Shawna Viola ein wenig wegen der Sache mit dem Jungen und dem Stein.

»Ich hab auch noch mal nachgedacht«, meinte sie. »Aber in Roundwood und Umgebung gibt es wirklich keine weiteren Jungs. Könnte höchstens sein, dass eine der alten Farmen verkauft worden ist, aber davon hätte ich auch gehört. Und der Junge müsste doch zur Schule gehen ... Wenn nicht in Roundwood, dann in irgendein Internat. Aber die Ferien sind überall vorbei ...«

Sie wiederholte alle Überlegungen, die Viola auch schon angestellt hatte. Danach konnte es Ali eigentlich nicht geben. Aber es gab ihn ... und das seltsame Pferd mit den Menschenaugen ...

»Sag mal, Shawna ...« Viola kam sich zum dritten Mal an diesem Tag absolut dumm vor, aber sie musste einfach fragen. »Glaubst du, es gibt so was? Solche ... hm ... Geister? Silkies, Kelpies und so was?«

Shawna kicherte und tippte sich an die Stirn. »Und Vampire, ja? Bridie glaubt zumindest fest daran, wahrscheinlich zieht sie jeden zweiten Tag über den Friedhof und hofft auf den Blutsauger ihrer Träume. Aber sonst ... wir Iren mögen solche Geschichten, aber du musst nicht denken, dass wir blöd sind!« Shawnas Gesicht wurde ernst und rutschte in den »Erklär-Modus«. »Die Silkie-Geschichte kommt wahrscheinlich daher, dass Seehundbabys heulen wie kleine Kinder. Dann hat wohl mal jemand gedacht, es wären die entführten Kinder von Menschenfrauen, die sie mit Silkies gezeugt haben. Und auf den Aran-Inseln erzählen sie auch, die Seehunde weinten mit den Stimmen der ertrunkenen Seeleute. Na, und die Kelpies ... das ist doch eine ideale Sache, um Pferdedieben Angst zu machen! Überleg mal, früher hielten hier alle Züchter ihre Ponys halbwild. Die liefen frei in den Bergen herum, und Mikrochips gab's noch nicht. Da konnte sich jeder Gauner nach Belieben bedienen. Aber wenn er befürchten musste, dabei in den See gezogen und verspeist zu werden, hat er es sich vielleicht noch mal anders überlegt.«

»Aber die Augen …«, gab Viola zu bedenken und war froh, nichts von den Menschenaugen der wilden Pferde erzählt zu haben.

Shawna zuckte die Schultern. »Wollte ich dir vorhin schon erklären. Blaue Augen hat man bei Connemara-Ponys häufig. Auch bei Irish Cobs, da gibt's oft Pferde mit einem blauen und einem braunen Auge. Ich find das süß, aber Moira kann es zum Beispiel gar nicht leiden … Es gibt auch eine Pferdefarbe, die immer mit blauen Augen verbunden ist. Cremellos heißen die, sie sind sahneweiß und werden auch schon so geboren, während Schimmel ja bekanntlich …«

»Schon gut, schon gut …« Wenn Viola Shawna jetzt nicht stoppte, würde sie noch drei Stunden von Pferden reden. Aber es stimmte schon, das blauäugige Pferd am See war cremeweiß gewesen. Und vielleicht war das graue ja sein Sohn oder sonst jemand aus der Familie. Dann wäre es ganz normal, dass beide blaue Augen hatten. Wenn das alles bloß nicht so viele Zufälle gewesen wären! Der Druck, die Pferde, die ihm glichen, der seltsame Junge …

Aber halt, niemand hatte von Menschengestalt gesprochen! Es waren die Silkies, die Mädchen verführten. Kelpies fraßen sie nur auf … Viola lachte ein unbehagliches Lachen. »Komm, lass uns zurückgehen. Mal gucken, was die Frau aus meinem Amethyst gemacht hat!«

Shawna nahm den letzten Bissen von ihrer heißen Apfeltasche und lief dann willig mit. Bestimmt brannte sie darauf, zu erfahren, was der Druck mit dem Kelpie kostete.

Und diesmal hatten sie Glück. Erin, eine ältere Frau mit fast weißem Haar, in dem aber noch irisch rote Fäden aufblitzten, war da und wusste natürlich auch den Preis ihres Drucks. Fünfzehn Euro. Genauso viel, wie Viola für ihren Anhänger bezahlte. Von Letzterem war sie einfach hingerissen. Die Schmiedin hatte den Amethyst in eine ganz schlichte Fassung aus Silberdraht eingefügt, aber noch ein paar mystische Kreise und Spiralen angebracht.

»Zeichen für Weiblichkeit«, bemerkte sie augenzwinkernd. »Damit du deine Identität bewahrst und dem Spender nicht ganz verfällst. Aber es muss schon ein Romantiker sein, wenn er Edelsteine ohne Fassung verschenkt, die er womöglich noch selbst gesucht hat. Findet sich selten heutzutage ... Möchtest du noch eine Kette dazu?«

Viola konnte es sich eigentlich nicht leisten, aber den schweren Anhänger an eines der dünnen Kettchen zu hängen, die sie vielleicht noch zu Hause finden würde, erschien ihr denn auch keine gute Idee. Also kratzte sie ihr letztes Geld zusammen und erstand eine wunderschöne, passende Kette für zwanzig Euro. Dafür hätte sie auch fast schon eine der fertigen Ketten mit Anhänger bekommen. Die Schmiedin hatte recht: Der Schmuckstein war das Billigste an der Sache.

Shawna löcherte die Ladenbesitzerin inzwischen nach weiteren Informationen über Wassergeister in Pferdeform. Sie erfuhr, dass es auch ein Lied über sie gab, und sie plante, Miss O'Keefe am Montag davon zu erzählen. Viola versprach, ihr den Song der alten Rockgruppe Jethro Tull aus dem Internet herunterzuladen. Und dann wagte auch sie noch, eine Frage zu stellen. »Diese Kelpies, Erin ... kommen die immer nur als Pferd oder könnten es ... ich meine, könnten sie nicht auch wie die Silkies ...?«

»Ob sie Menschengestalt annehmen?«, unterbrach Erin und strich sich eine Haarsträhne aus dem Gesicht. Sie trug ihr Haar stolz offen und ihre etwas füllige Gestalt steckte in einem langen, kaftanartigen Gewand. »Ach, weißt du, um die Kelpies ranken sich tausend Geschichten. Auch welche, in denen sie menschlich erscheinen. Sie sind zudem nicht immer böse – in einer Sage bittet eine Prinzessin sie um Hilfe gegen einen Thronräuber und ein Kelpie rettet sie vor seinen Schergen. Und es gibt Sagen, in denen Menschen Kelpies fangen. In Pferdegestalt werden sie zahm, wenn es einem gelingt, ihnen ein Halfter überzuwerfen.« Erin lächelte.

»Aber sie bringen doch Leute um?«, vergewisserte sich Viola. »Sie lauern Wanderern auf und locken sie in den See und da werden sie dann gefressen ...«

Es war völlig unmöglich, in diesem Zusammenhang an den sanften Alistair zu denken.

»In den meisten Geschichten«, bestätigte Erin. »Aber manchmal heißt es auch nur, dass sie den Menschen die Seele rauben. In dem Song von Jethro Tull heißt es ›Ich stehle deine Seele für die Tiefe.‹«

»Aber die Leute sind anschließend tot«, beharrte Viola.

Erin nickte. »Ich denke schon«, meinte sie. »Aber es lässt sich ja relativ leicht vermeiden. Reitet einfach keine fremden Pferde!«

Sie lachte vergnügt. »Soll ich dir den Druck jetzt einpacken?«, wandte sie sich an Shawna. Die stimmte zu – und hatte offensichtlich keine Angst vor Wassergeistern. Sie schleppte Viola gleich noch in einen Möbelladen und erstand einen einfachen Holzrahmen für ihren Druck. Am Abend würde sie ihn in ihrem Zimmer aufhängen.

»Dann habe ich wenigstens ein Pferd, das mir ganz allein gehört«, erklärte sie.

Vielleicht mehr als ein Pferd, dachte Viola.

Wenn sie das alles an Katja schrieb, würde die sie endgültig irgendwo einweisen lassen …

Viola verbrachte die halbe Nacht im Internet, nachdem sie Shawnas Song in fünf Minuten heruntergeladen hatte. Tatsächlich wimmelte das Netz von Kelpies. Es gab massenhaft mehr oder weniger künstlerische Abbildungen der Wasserpferde, auch ein wunderschönes Schmuckstück konnte man bestellen. Allerdings zeigten sie die Geister durchweg in Pferdeform oder höchstens als eine Art Zwitterwesen.

In den Geschichten wurde Viola eher fündig. Hier tauchten Kelpies häufiger als Männer oder Frauen auf, und es wurde auch durchaus nicht jeder gefressen, der mit ihnen in Kontakt kam.

Zwischendurch schrieb Viola eine wirre Mail an Katja, die vorerst unbeantwortet blieb. Kein Wunder, es war ein Uhr nachts!

Letztlich mussten Shawna und Katja einfach recht haben: Es gab keine Geister. Falls sie Alistair noch einmal sah, musste sie einfach direkt fragen, woher er kam und warum niemand ihn kannte. Wenn er darauf nicht antwortete, musste sie ihn vergessen … oder ihm unauffällig folgen?

Sie gestand es sich nicht gern ein, aber Alistair zu vergessen, würde ihr völlig unmöglich sein.

5

Miss O'Keefe freute sich über die CD und Violas und Shawnas spontanes Engagement in Sachen Kelpie. Sie erzählte, dass sie die Geschichte auch schon gehört habe, Kelpies ihrer Ansicht nach aber eher in Schottland als in Irland »heimisch seien«. Die Schüler lachten darüber, dass sie über die Wassergeister sprach, als gäbe es sie wirklich – nur Viola lief dabei ein kalter Schauer über den Rücken.

Katja hatte auf ihre nächtliche Mail mal wieder mit Besorgnis und virtuellem An-die-Stirn-Tippen reagiert: »Erst dein Daddy und jetzt du – Verdreht Irland eigentlich allen den Kopf? Und hast du schon mal nachgeprüft, ob diese Ainné nachts nicht vielleicht auf einem Besen unterwegs ist?«

Viola antwortete bemüht heiter, sie werde ein Auge darauf haben, aber Ainné nervte weiterhin ganz diesseitig und hatte offensichtlich keine Magie gebraucht, um ihren Vater zu verhexen. Viola machte nach wie vor lange Spaziergänge, um ihr zu entkommen, wobei das Wetter immer schlechter wurde. Mitunter regnete es dermaßen, dass nicht mal Guinness Lust hatte aufzubrechen, sondern die Ohren hängen ließ und angeekelt Nase und Lefzen verdrehte. Viola verzog sich dann mit einem Buch in den Bootsschuppen, der nicht gerade gemütlich war, aber immerhin regendicht. Bisher war es auch nicht sehr kalt, aber im Winter würde sie wohl oder übel im Haus bleiben müssen, ein Gedanke, vor dem ihr graute. Schon jetzt war der Campingplatz praktisch leer. Violas Dad beschäftigte sich mit Reparatur- und Aufräumarbeiten, der alte Bill hockte weitgehend tatenlos und entsprechend schlecht gelaunt vor dem Kamin und Ainné häkelte Babyjäckchen. Ihre Stimmung hob das offensichtlich nicht. In den Jahren zuvor hatte sie den Winter hauptsächlich damit verbracht, weitgehend schaurige Aquarelle zu malen – Landschaftsstudien, um die sich die Sommergäste des Campingplatzes angeblich nur so rissen. Das ging dieses Jahr allerdings nicht, weil Viola in ihrem »Arbeitszimmer« logierte. Ainné jammerte folglich sowohl über Langeweile als auch Verdienstausfall. Patrick, der die Mädchen sonst oft aufgeheitert hatte, war schon vor zwei Wochen zurück nach Dublin gefahren und meldete sich nur manchmal per E-Mail. Vor der Abreise hatte er Shawna noch glücklich gemacht, indem er sie in Roundwoods beliebtesten Pub zu gänzlich salzlos zubereiteten Fish and Chips einlud. Sie behauptete anschließend, nie so gut gegessen zu haben, und war in den folgenden Tagen genauso häufig auf dem Campingplatz wie im Sommer. Wobei sie diesmal weniger Bills regentriefende Pferdehaltung anzog als Violas Internetverbindung. Shawna hielt am Laptop die Stellung und fieberte Patricks Mails entgegen, während Viola mit Guinness durch den Regen zog. Das gab sich allerdings schnell, nachdem Ainné ihre Vielleicht-Taktik nun einfach an dem anderen verfügbaren Mädchen ausprobierte. Die sanfte Shawna half ihr drei Tage lang im Haushalt, dann hatte sich ihre Internetbegeisterung deutlich abgekühlt. Sie checkte ihre Mails jetzt nur noch einmal täglich in der Schule.

Alistair ließ sich während der Regentage nicht blicken, wobei Viola sich weiterhin fragte, wo er wohl stecken mochte. Die Idee, er könnte in der Ruine des Sommerhauses wohnen, hatte sie aufgegeben. Da gab es kein trockenes Plätzchen, nicht mal für einen Menschen, und erst recht nicht für eine ganze Familie. Trotzdem erkundete sie einmal zwischen zwei Regengüssen die kleine Insel, fand aber nichts, was auf ein Lager hindeutete. Es musste ein Haus geben, von dem auch die Einheimischen nichts wussten, vielleicht eine Hütte oben in den Bergen, in der früher Schwarzbrenner gehaust hatten … Das war durchaus möglich.

Aber selbst wenn Alis Heim gänzlich abgelegen lag: Irgendwo mussten er und seine Leute doch einkaufen, sie mussten Geld verdienen … die ganze Geschichte erschien Viola immer unwirklicher, je länger sie den Jungen nicht sah. Vielleicht hatte sie ihn sich ja doch nur eingebildet – ihn und die wilden Pferde. Shawna hatte sich nach ihrem Dublin-Ausflug ausgiebig nach ihnen umgesehen, aber nicht mal eine Hufspur entdeckt.

Dann jedoch, an einem milden, dunstigen Abend Ende September, an dem sich ein gelblicher Himmel im See spiegelte und den Wald in fast bedrohliches Licht tauchte, saß Alistair plötzlich auf einem der Felsen hinter dem Bootshaus.

Viola erschrak ein bisschen, als sie ihn dort sah. So nah an menschlichen Behausungen war er bislang nie aufgetaucht. Sie schalt sich für den spontanen Gedanken. Alistair war ein Mensch! Weshalb also sollte er ihre Ansiedlungen meiden?

»Was machst du denn hier?«, fragte sie dennoch anstelle einer richtigen Begrüßung.

Alistair schenkte ihr ein schwaches Lächeln. Er wirkte heute noch schmaler und blasser als sie ihn in Erinnerung hatte. Aber seine seltsame, fremdartige Schönheit schlug sie trotzdem gleich wieder in Bann, als er sein fahlsilbriges Haar mit seinen langen Fingern zurückstrich.

»Ich wollte dich sehen«, sagte er mit singender Stimme. »Du hast mir gefehlt …«

Viola zuckte die Achseln. »Ich war hier«, bemerkte sie. »Du brauchtest nur anzuklopfen. Und ich war am See. Fast jeden Tag.«

»Trotz des Regens?«, fragte Alistair.

Sie nickte. »Der Hund braucht Auslauf.«

Ali runzelte die Stirn.

»Na ja, und meine Familie fällt mir auf den Wecker«, gab sie schließlich zu.

Alistair lächelte müde. »Ich verstehe dich«, sagte er. »Die meine … sie lassen mich nicht gern fort, wenn es so regnet. Es gibt dann keinen Grund zu gehen …« Er wirkte traurig.

Viola zwinkerte ihm zu. »Du solltest dir einen Hund zulegen …«, riet sie ihm dann. »Ich wollte gerade mit ihm rausgehen. Kommst du mit?«

Sie musste zu einem normalen Umgang mit Alistair finden. Ein gemeinsamer Spaziergang war da ein guter Anfang.

Wenn sie sich dagegen wieder neben ihn setzen sollte … wenn sie wieder krampfhaft versuchen sollten, einander nicht zu berühren …

Alistair nickte und stand auf. Guinness dagegen schien nicht so begeistert von ihrem Begleiter. Statt wie sonst direkt neben und vor Viola herzutraben, hielt er Abstand.

Viola wusste zunächst nichts zu sagen, bewunderte aber die Anmut, mit der Ali scheinbar mühelos neben ihr herschritt. Steigungen brachten ihn nicht außer Atem, über Bodenunebenheiten schien er zu tanzen – und auch sonst fiel ihr allerhand auf. Sie selbst trug heute eine warme Jacke, Alistair aber nach wie vor seine leichte, fast transparent wirkende Kleidung aus fließendem Stoff.

»Frierst du nicht?«, fragte sie schließlich.

Ali schüttelte den Kopf. »Eigentlich nicht. Nicht, wenn ich … wenn ich … na ja, wenn alles in Ordnung ist.« Sein Gesicht nahm einen gequälten Ausdruck an, und Viola fragte sich zum zweiten Mal an diesem Tag, ob etwas mit ihm nicht stimmte. Aller Anmut zum Trotz wirkte er schwächer, zarter und kleiner. Und etwas schien ihn zu bekümmern.

Viola hätte ihn gern aufgeheitert und dann fiel ihr sein Geschenk wieder ein. »Schau mal!«, bemerkte sie und nestelte den Anhänger unter ihrer Jacke hervor. Sie trug den Amethyst fast immer. Wenn sie ihn nicht bei sich hatte, schien ihr etwas zu fehlen.

Tatsächlich flog eine Spur des alten, strahlenden Lächelns über Alistairs ernstes Gesicht. »Wie schön!«, sagte er in kindlicher Freude und griff spontan nach dem Anhänger, um die Fassung von Nahem zu sehen. Dabei streifte er ihre Hand –

und fuhr gleich darauf zurück, als ob er Viola geschlagen hätte. Auch sie wäre beinahe gestürzt. Die Berührung war nicht kühl, vorsichtig und anrührend wie sonst. Stattdessen erschien seine Hand eiskalt, und obwohl der Kontakt nur Bruchteile von Sekunden dauerte, war es, als wolle sich etwas an ihr festsaugen. Statt leichte Schwäche und wohligen Taumel zu spüren, wie nach den bisherigen Kontakten mit Ali, schien sie diesmal in einen dunklen Tunnel gezerrt zu werden. Ihre Knie wurden weich, sie verspürte leichte Übelkeit und ihr Kopf schien mit Watte gefüllt. Eine Kreislaufschwäche – Viola hatte das mit elf oder zwölf schon mal gehabt, als sie einfach zu schnell gewachsen war. Einmal war sie sogar in Ohnmacht gefallen. Aber jetzt war das doch lange vorbei …

»Entschuldige … Bitte entschuldige …« Über Alistairs hübsches Gesicht flog leichte Röte, um dann einer wächsernen Blässe zu weichen. »Ich wollte wirklich nicht … wirklich … Pass gut auf deinen Stein auf, Viola! Nimm ihn nicht ab! Nicht hier am See. Und trag ihn auf der Haut, nicht über deinen Sachen. Dann kann so etwas nicht passieren. Ich werde nicht … Ich würde nie … aber … Tut mir wirklich leid …«

Der Junge suchte erkennbar Abstand zu Viola, was sie wieder befremdete. Wenn jemand anders stolperte, half man ihm doch auf, reichte ihm die Hand, stützte ihn. Aber Alistair wirkte nur bestürzt und schuldbewusst. Dazu dieses seltsame Gerede … Oder war sie nur zu weggetreten, um den Sinn seiner Worte zu erfassen?

Viola atmete tief ein und aus und fand langsam in die Wirklichkeit zurück. Sie fühlte sich noch etwas wackelig, aber auch das gab sich schnell, als sie sich auf einen Baumstumpf setzte, den Ali ihr wies. Guinness kam zu ihr, ließ sich streicheln und bellte Ali an, als der sich, anscheinend wieder ohne Kälte und Nässe zu spüren, auf dem Gras zu ihren Füßen niederließ. Er spielte mit ein paar kleinen Steinen, ließ sie geschickt von einer seiner Hände in die andere wandern. Viola war voller Fragen – und wusste doch keine einzige zu stellen. Und sie war voller Angst. Um Alistair? Oder um sich selbst? Aber das war Blödsinn, Kreislaufstörungen waren nichts Dramatisches. Alistair dagegen wirkte jetzt ernstlich krank.

»Viola …«, sagte er irgendwann, fast flüsternd. Seine Stimme gab ihrem Namen einen seltsamen Klang. »Viola, hast du schon mal etwas Schlimmes getan? Etwas … etwas wirklich Schlimmes?«

Er sah zu Boden.

Viola runzelte die Stirn. Worauf wollte er hinaus? Dann dachte sie nach.

»Na ja, das tun wir doch alle mal, oder?«, fragte sie zurück. »Also ich … in der Grundschule hatten wir einen kleinen, dicken Jungen, den haben wir immer gehänselt. Und einmal habe ich ihm seine Sachen geklaut, als wir Schwimmen hatten. Das war ziemlich gemein, er musste in der nassen Badehose herumrennen und suchen, und alle haben ihn ›Nilpferd‹ genannt. Und letztes Jahr haben Katja und ich einer Mitschülerin einen ziemlich fiesen Streich gespielt. Sie …«

Alistair winkte ab. Er versuchte dabei zu lächeln, aber schaffte es nicht. »So was meine ich nicht. Ich meine etwas … etwas wirklich Schlimmes. Was … was normalerweise … hm … also etwas, gegen das ihr Gesetze habt …«

Viola stolperte erneut über die Formulierung. Glaubte Alistair, für ihn gälten andere Gesetze? Im letzten Jahr hatten sie in der Schule über Subkulturen gesprochen, die andere Ehrauffassungen und eigene Gesetze hatten. Ob Ali zu den Tinkers, dem fahrenden Volk in Irland, gehörte? Das würde einiges erklären.

»Als Kind hab ich mal … einen Schokoriegel geklaut«, gestand sie. »Na ja, mehr als einmal. Erst beim dritten Mal oder so haben sie uns erwischt, Katja und mich. Das war ein ziemliches Theater, meine Eltern haben sich furchtbar aufgeregt und ich bekam zwei Wochen lang kein Taschengeld …«

Alistair seufzte. »Das ist auch nicht so schlimm …«, meinte er dann. »Aber manchmal … ich meine … wenn dein Leben davon abhinge – und das deiner Familie –, würdest du dann etwas Schlimmes tun? Etwas wirklich Schlimmes?«

Viola erschrak jetzt ernstlich. Was meinte er? Einen Mord? »Du meinst, ob ich jemanden umbringen würde?«, fragte sie tonlos. »Eigentlich … also eigentlich nicht, das könnte ich mir nicht vorstellen. Aber andererseits …« In den Büchern, die sie las, geschahen Morde oft aus Liebe. Was wäre, wenn sie jemanden wirklich liebte? Könnte sie dann nicht töten, um ihn zu befreien oder sonst wie zu retten? In Historienschmökern fand sie es normal und sogar ganz romantisch, wenn der Ritter auszog, um seine Geliebte aus den Klauen irgendwelcher Gauner zu befreien, oder wenn sie ihr Leben opferte, um ihn zu retten. Aber in Wirklichkeit?

»Wenn dein Leben bedroht würde …«, überlegte sie, »und du bringst denjenigen um, der es tut, dann wäre es doch Notwehr, nicht? Ich glaube, in Notwehr darf man alles machen. Dafür wird man nicht bestraft. Oder?« Sie sah Alistair ängstlich an.

Der Junge zuckte die Schultern. »Ich weiß nicht ...«, sagte er leise. »Aber ich muss jetzt auch gehen. Und ich habe wieder ... versagt ... in ihren Augen. Ich sollte nicht hier sein. Aber ich ... Danke, dass du mich angehört hast ...«

Ali hob die Hand zu einem schwachen Gruß und Viola empfand ein fast überwältigendes Bedürfnis, ihn tröstend in die Arme zu nehmen. Sie machte sogar einen Schritt auf ihn zu, aber dann hielt irgendetwas sie zurück. Ein eigener Instinkt oder der plötzliche Schrecken in seinen Augen, seine abwehrende Handbewegung, sein Zurückweichen?

»Ali ...!« Sie rief ihm nach, aber er zog sich unwiderruflich zurück. Dabei ging er zunächst rückwärts, als wollte er ängstlich vermeiden, dass sie vielleicht eine Hand auf seine Schulter legte. Erst als der Abstand zwischen ihnen groß genug war, wandte er sich um – und schien wieder mit dem Schilf am Ufer und dem Nebel zu verschmelzen.

Viola war überzeugt, dass sie sich den Hufschlag im Wasser nur einbildete. Und sicher gab es auch eine ganz natürliche Erklärung dafür, dass der See daraufhin leichte Wellen schlug.

Ende Oktober besserte sich das Wetter in Wicklow, und es gab tatsächlich wieder vereinzelte Besucher auf dem Campingplatz. Dabei hatte Violas Dad schon gefragt, ob es nicht

Zeit wäre, den Platz zu schließen, aber Ainné und Bill hatten davon nichts hören wollen. Zelturlauber gab es auch wirklich nicht mehr, aber kurz vor den Herbstferien standen zwei Wohnmobile und ein Wohnwagen am See. Besonders eine englische Familie erwies sich dabei als äußerst sportlich, und Bill frohlockte, als die Frau und eine der Töchter regelmäßig Pferde mieteten. Shawna war darüber weniger begeistert.

»Normalerweise begleiten wir die Leute«, meinte sie. »Aber diese Typen wollen unbedingt vormittags reiten, wenn ich in der Schule bin, und sie können es ja auch einigermaßen. Also lässt Bill sie allein losziehen. Unmöglich!«

»Nachmittags gehen sie Kanu fahren«, erklärte Viola. »Mein Dad war gar nicht angetan, dass er die Boote wieder aus dem Winterschlaf holen musste. Aber die Typen sind total sportfixiert. Sie schwimmen sogar! Jetzt, im Oktober! Kannst du dir das vorstellen?«

Shawna kicherte. »Du, wir hatten schon Leute, die haben sich Weihnachten in den See gestürzt. Wenn du lange genug im Tourismusgeschäft bist, wundert dich nichts mehr. Ich mache jedenfalls was anderes, wenn ich mit der Schule fertig bin. Ich studiere Tiermedizin … in Dublin …« Ihr Gesicht nahm einen verträumten Ausdruck an. »Sollen wir jetzt mal Englisch machen?«, wechselte sie schließlich das Thema. »Du meinst, im Internet stünden tatsächlich alle möglichen Aufsätze über *Macbeth*? Wir brauchten sie nicht selber zu schreiben?«

Viola lachte. »Shawna, du musst den Schinken nicht mal lesen. Ich lade uns den Film runter, das geht schneller. Was sollten wir jetzt noch mal genau machen?«

Shawna suchte ihr Hausaufgabenheft. »Wir müssen auch schnell fertig werden«, bemerkte sie. »Ich will nicht zu lange bleiben. Laut Wetterbericht gibt's einen Sturm, irgendwelche Ausläufer von so einem Hurrikan. Und bei Gegenwind den Berg raufrattern … da versagt mein Moped jedes Mal.«

Tatsächlich kam gegen Abend heftiger Wind auf und zum ersten Mal seit Viola in Irland war, schlug der See regelrechte Wellen. In Violas kleinem Zimmer prasselte der Regen gegen die Schrägfenster. Zuerst erwischte es die Internetverbindung und dann fiel auch noch der Strom aus. Im Wohnzimmer brannte allerdings der Kamin und ihr Vater zündete Kerzen an. Hätte Ainné nicht schon wieder vorwurfsvoll geguckt und über alles Mögliche von steigenden Preisen bis zu unzuverlässigen Leitungen lamentiert, hätte Viola es direkt gemütlich gefunden.

Aber dann klopfte jemand an die Tür und es klang dringlich. Viola wusste nicht, warum ihr sofort Alis Name durch den Kopf schoss – aber andererseits verbrachte sie sowieso kaum eine Stunde, ohne an den Jungen und sein sonderbares Verhalten zu denken. Aber nun dieser Sturm – wo mochte Ali sein? Wo konnte er Unterschlupf finden und wie dieser Familie entkommen, die ihn anscheinend mit irgendetwas unter Druck setzte? Im Verhältnis zu dem, was Ali über seinen Anhang andeutete, konnte man Ainné und Bill fast lieb gewinnen.

Aber natürlich war es nicht Violas sonderbarer Freund, der sich jetzt im Sturm gegen die Tür warf und fast in den Flur fiel, als ihr Vater öffnete. Stattdessen stolperte einer der Camper – trotz Regenmantel total durchnässt – über die Schwelle.

»Alan, es tut mir leid, Sie zu belästigen, aber irgendetwas stimmt nicht …« Der Mann wirkte völlig verstört und winkte sofort ab, als Violas Vater sich für die ausgefallene Elektrizität entschuldigen wollte. »Das ist es nicht. Es ist … meine Frau … Wir können sie nicht finden. Wir dachten, sie wäre in Roundwood, aber … aber jetzt haben wir das Motorrad gefunden …«

»Nun kommen Sie erst mal rein, John!«, forderte Violas Dad ihn auf. »Ainné, haben wir noch einen Tee für ihn? Wärmen Sie sich auf, John, und dann erzählen Sie uns alles. So weit kann sie doch nicht sein, bei diesem Wetter …«

»Ich kann nicht lange bleiben, die Mädchen sind im Camper …« Der Besucher trat zwar nur widerstrebend ein, ließ sich dann aber überreden, einen Becher Tee anzunehmen, in den Ainné einen Schuss Whiskey gab.

»Wir waren heute Nachmittag Kanu fahren, hatten die Boote für zwei Stunden gemietet, Sie erinnern sich. Aber dann sah es nach Regen aus und da beißen die Fische ja besonders gut. Ich wollte also früher Schluss machen und noch Angeln gehen und die Mädchen kamen mit mir. Louise wollte allerdings weiter paddeln – und vielleicht noch schwimmen, macht sie ja oft …«

Bislang jeden Tag. Viola schüttelte es allein bei dem Gedanken.

»Anschließend wollte sie mit dem Motorrad ins Dorf fahren und etwas einkaufen ...«

Die Familie besaß zusätzlich zu ihrem Wohnmobil ein Motorrad, sodass zumindest kleine Besorgungen möglich waren, ohne gleich den ganzen Haushalt zu bewegen.

»Da haben wir sie auch vermutet, aber dann wurde der Sturm immer stärker und wir dachten, sie müsste doch mal nach Hause kommen ...«

»Vielleicht ist sie ja in Roundwood geblieben?«, vermutete Ainné. »Bei dem Wetter mochte sie vielleicht nicht fahren.«

John schüttelte den Kopf. »Nein, das ist es ja gerade! Vicky ist vorhin rausgegangen, weil sie irgendwas auf dem Spielplatz liegen gelassen hatte, und dabei ist sie auf das Motorrad gestoßen. Vielleicht zwanzig Meter vom Camper entfernt Richtung Straße. Am Spielplatz eben. Es stand gegen einen Baum gelehnt – aber keine Spur von Louise!«

»Das Motorrad hätte auch jemand anders da hinstellen können«, bemerkte Alan.

John runzelte die Stirn. »Klar, aber wer? Das ist einer der Gründe, warum ich hier bin. Vielleicht fällt Ihnen ja etwas ein. Hat sie das Kanu denn zeitig wieder abgegeben?«

Violas Dad zuckte schuldbewusst die Achseln. »Ich muss gestehen, ich weiß es nicht. Ich habe einfach nicht mehr nach den Booten gesehen, ich bin davon ausgegangen, Sie hätten sie schon ordentlich vertäut.«

»Du hast nicht nach den Booten gesehen?«, raunzte Ainné ihn an. Die Kanus lagen ihr sehr am Herzen. Sie hatte erst im Frühjahr mit dem Bootsverleih begonnen und viel Geld investiert. »Bei dem Sturm? Mensch, wenn die sich losreißen, sind sie kaputt! Du wirst augenblicklich …«

»Sie könnte also theoretisch noch auf dem See sein?«, fragte John entsetzt.

Bill schüttelte den Kopf. »So bekloppt sind nicht mal Engländer«, murmelte er, allerdings in ziemlich breitem Irisch und nicht sehr laut.

John tat auch zumindest so, als habe er nichts gehört. Stattdessen wandte er sich an Alan. »Können wir … ich meine … werden Sie …?«

»Natürlich!«, antwortete Ainné. »Selbstverständlich wird mein Mann nach den Booten sehen. Er muss sie ohnehin reinholen. Mein Vater …«

»Ich geh natürlich mit«, seufzte Bill und zog gleich los, um sich regenfest anzuziehen.

Alan wirkte nicht so begeistert und warf sowohl Ainné als auch Viola ziemlich verzweifelte Blicke zu.

»Vielleicht ziehst du dich auch um, Viola«, bemerkte Ainné – in sehr bestimmtem Ton. »Um die Boote bei dem Sturm reinzuholen, braucht es jede Hand. Und wenn du nur die Laterne hältst …«

Viola hatte nicht die geringste Lust, sich in den Regen und Wind hinauszubegeben, aber ihr Vater wirkte so entsetzt und hilflos, dass er ihr mal wieder leidtat. Sie konnte ihn damit nicht allein lassen.

Und dann war da noch diese Frau, die gefunden werden musste … Aber diesbezüglich hatte Bill zweifellos recht: Wenn sie bei dem Wetter noch auf dem Wasser war, konnte sie nicht bei Trost sein.

Viola schlüpfte also in einen dicken Pullover und Jeans, zog Gummistiefel und ihren unförmigen, langen Regenmantel über. Bill brachte für jeden eine Gaslaterne.

»Taschenlampen kannst du vergessen, bei dem Wetter«, grummelte er. »Die werden feucht und das war's dann.«

Schließlich zogen sie zu viert, völlig vermummt in Plastikcapes und Wachsmänteln, hinaus in den tobenden Sturm. Der Wind peitschte den Regen fast waagerecht vor sich her, Viola hatte das Gefühl, als hielte man ihr eine kalte Dusche ins Gesicht. Sie brauchte ihre ganze Kraft, um sich gegen den Sturm zu stemmen und irgendwie vorwärtszukommen. Der sonst so ruhige und idyllische See glich in dieser Nacht einem Hexenkessel. Die Wellen waren fast so hoch wie im Meer. Sie überspülten den Bootssteg mit einer solchen Macht, dass sich Viola nicht hinaufgewagt hätte.

Von den beiden Booten war weit und breit nichts zu erkennen. Bill fluchte. »Gehen wir mal ein bisschen am See entlang«, bemerkte er dann, als handele es sich dabei nur um einen kleinen Spaziergang. »Vielleicht sind sie irgendwo angeschwemmt und es ist noch was zu retten ...«

»Sie meinen also, meine Frau hat ihr Boot gar nicht zurückgebracht?«, fragte John entsetzt. »Sie ist noch irgendwo da ...« Er zeigte auf den tobenden See.

Violas Vater schüttelte den Kopf. »Das heißt alles gar nichts, die Boote haben sich wahrscheinlich nur losgerissen. Überlegen Sie doch mal, Ihre Frau hat offensichtlich das Motorrad genommen. Wie soll es sonst zum Spielplatz gekommen sein?«

»Und dann hat sie sich in Luft aufgelöst?«, schrie John gegen den Sturm an.

»Wir suchen jetzt erst mal die Boote«, entschied Bill. Er machte sich deutlich mehr Sorgen um die Kanus als um die vermisste Louise.

Violas Vater wagte nicht zu widersprechen. Dabei erwies sich der »Spaziergang« als höllisch. Die Wege direkt am See waren überflutet und die Wiesen aufgeweicht vom Regen. Violas Gummistiefel saugten sich im matschigen Untergrund fest, jede Bewegung kostete Kraft und der Sturm peitschte ihr den Regen ins Gesicht, riss ihr die Kapuze vom Kopf und wehte die Feuchtigkeit auch unter ihren Regenmantel. Johns Cape flog komplett hoch, er hatte inzwischen wohl keinen trockenen Faden mehr am Körper, aber er hielt tapfer mit, besorgt um seine Frau. Bill fand seinen Weg zielsicher, aber Viola und die anderen tasteten sich mehr vorwärts.

Schließlich hörten sie Guinness bellen und fanden dann tatsächlich das erste der Boote. Sie hatten das Ende der Bucht und die Brücke zu der kleinen Insel erreicht. Zwischen einem ihrer Pfeiler und dem Ufer hatte sich das Boot verkantet.

»Und da ist das andere!«, meldete John aufgeregt. »Da, sehen Sie? An der Insel! Da muss sie sein. Meine Frau, meine ich. Bestimmt hat es sie auf die Insel gespült, oder sie hat dort festgemacht, als der Wind aufkam, und …«

»Wenn sie gleich gelandet ist, als der Sturm aufkam, konnte sie doch über die Brücke an Land«, gab Violas Dad zu bedenken. »Dann wäre sie längst zu Hause.«

Inzwischen war die Brücke nicht mehr zu begehen. Bei diesem Sturm wäre es lebensgefährlich gewesen, über die zum Teil nur zentimeterbreiten Fragmente zu klettern.

»Vielleicht hat sie sich nicht getraut!«, meinte John. »Aber sie ist da, bestimmt! Sie braucht Hilfe. Wir müssen da rüber …«

»Da rüber?«, fragte Violas Vater entsetzt. »Über die Brücke? Das meinen Sie nicht im Ernst …«

»Du kannst gerade mit dem Boot übersetzen«, bemerkte Bill ohne größere Aufregung. Er hatte das erste der Einerkanus bereits eingefangen, an Land gezerrt und umgedreht, damit das Wasser herauslief. »Und dann bringst du das zweite mit. Am besten fahrt ihr beide, wenn Viola in dem zweiten sitzt, ist es leichter zu lavieren.«

Viola starrte ihn an, als sei er nicht bei Trost. »Wir sollen da … rüber?«

»Es sind doch nur ein paar Meter …«, meinte Alan. Auch er wirkte unschlüssig, aber weit eher geneigt, dem Druck nachzugeben als Viola. Wahrscheinlich befürchtete er Ärger mit seiner Ainné, wenn das Boot durch seine Schuld Schaden nahm oder gar verloren ging. »Und nass sind wir sowieso …«

Das Argument war stichhaltig. Wenn sie jetzt noch ein paar Wellen abbekam, würde das kaum etwas an Violas Befindlichkeit ändern. Gerade eine solche Änderung strebte sie jedoch an: Sie wollte nach Hause und ins Bett!

Nun drängte allerdings auch John, der am liebsten selbst übergesetzt wäre, um seine Frau zu retten. Allerdings waren die Boote sehr klein. Viola und ihren Vater – die beide nicht viel wogen – würden sie tragen, aber kaum zwei erwachsene Männer …

»Nun macht schon!«, forderte Bill mit besorgtem Blick auf das zweite Kanu, das der See mit jeder Welle gegen den

Strand der Insel schleuderte. Lange würde die leichte Konstruktion das nicht mitmachen. »Ainné kriegt Zustände, wenn das Boot kaputtgeht ...«

»Und Louise holt sich sonst den Tod da draußen ...«, erklärte auch John, der inzwischen begonnen hatte, lauthals nach seiner Frau zu rufen. Vergeblich.

»Glaubst du wirklich, sie ist da drüben?«, fragte Viola ihren Dad, während sie halbherzig half, das Boot ins Wasser zu schieben.

Alan McNamara schüttelte den Kopf. »Nie«, antwortete er. »Die sitzt wahrscheinlich in einem der anderen Camper und trinkt Tee. Oder hat sich von einem Auto mitnehmen lassen oder sonst was. Von uns jedenfalls hat keiner das Motorrad genommen, und wer sollte Interesse haben, damit eben mal bis zum Spielplatz zu fahren und es da liegen zu lassen? Aber unser Boot ist da drüben. Also komm, bringen wir's hinter uns!«

Alan bemühte sich, das Kanu ruhig zu halten, während Viola einstieg. Wobei er sich bestimmt nicht weniger mulmig fühlte als seine Tochter. Ihr Vater war Touristikfachmann, kein Sportler. Aber zweifellos hatte er Ainné zur Eröffnung des Bootsverleihs geraten. Da konnte er die Kanus jetzt nicht einfach verloren geben. Zumindest nicht ohne Streit zu riskieren.

Als sich Viola ins Boot quälte, demonstrierte ihr Dad Wetterfestigkeit und stand schon bis zu den Knien im Wasser. Jede Welle überspülte seinen Körper bis zur Hüfte und auch Viola bekam gleich einen Schwung ab. Sie klammerte sich verzweifelt an die fragile Kunststoffwand des Kanus, wobei sie versuchte, auch noch die Laterne festzuhalten. Allerdings war die Insel selbst ohne Licht kaum zu verfehlen, sie lag wie ein dunkler Schatten im tobenden Wasser.

Ihr Dad wuchtete sich hinter Viola ins Boot und versuchte ungeschickt, es vom Ufer wegzurudern. »Zurück ist es ganz einfach«, ermutigte er sie, wobei er jetzt gegen Sturm und Wellen anschreien musste. »Du brauchst dich praktisch nur treiben zu lassen …«

»Wenn man sich dumm genug anstellt, kippen die Dinger auch sehr schnell um …« Viola erinnerte sich an Patricks Warnung. Einfach konnte es also selbst bei ruhigem Wetter nicht sein. Aber Bill musste den See eigentlich kennen. Viola beruhigte sich damit, dass er sicher keine gefährliche Aktion dulden würde …

Ihr Vater brachte denn auch genug Kraft auf, um die Insel schließlich zu erreichen. Er zerrte das Boot neben dem anderen ans Ufer, Viola fiel hin, als sie versuchte, vorher auszusteigen. Sie war nun völlig durchnässt und ihre Kleidung wog mindestens dreimal so viel wie sonst. Dazu die vollgelaufenen Stiefel … Viola hätte sich am liebsten hingelegt und wäre nicht wieder aufgestanden – oder noch besser: hinlegen, einschlafen, aufwachen und feststellen, dass dies alles nur ein böser Traum war.

Tatsächlich wies ihr Dad sie jetzt allerdings an, die Insel wenigstens flüchtig nach Louise abzusuchen. Es war natürlich vergeblich. Das nasse und sturmumtoste Eiland war menschenleer.

»Also gut, das war's. Bringen wir diese verdammten Boote an Land und dann ab nach Hause!«, brüllte ihr Dad. »Wir können ja die Polizei anrufen. Soll der Officer die Tante suchen.«

Viola war ganz seiner Ansicht – Louise Richardson war ihr im Moment vollkommen gleichgültig. Alan hielt ihr wieder das Boot fest. Während sie suchte, hatte er auch dieses ausgeleert und halbwegs seetüchtig gemacht. Die Paddel hatten sich noch gefunden, ordentlich im Boot festgemacht. Louise hatte es zweifellos zurückgeben wollen und es dazu am Bootssteg des Campingplatzes vertäut.

»Rudern brauchst du eigentlich gar nicht, die Wellen bringen dich schon zum Strand«, brüllte Alan seiner Tochter zu.

Viola hoffte, dass er das wusste und nicht nur annahm – und wurde gleich eines Besseren belehrt, als ihr Dad ihr Kanu auf den See hinausschob. Er musste dazu weit ins Wasser waten und wurde prompt von weiteren Wellen durchnässt, die auch in das Boot schlugen. Und dann rissen Wind und See, die Wellen und die Strömung das Kanu fort in den Sturm. Viola wurde schlagartig klar, warum die Besitzer des Sommerhauses die Brücke gebaut haben mussten. Mit dem Boot war die Insel zwar leicht zu erreichen, aber wenn man zurückwollte, musste man gegen die Macht der Strudel ankämpfen. Kein Vergnügen für Damen mit Sonnenschirmen, bunten Hüten und leichten Sommerkleidchen. Und jetzt lebensgefährlich für Viola. Warum zum Teufel hatte Bill nichts gesagt? Wusste er nichts von dieser Strömung? Viola fiel siedend heiß ein, dass die O'Kelleys vor diesem Frühling nie einen Bootsverleih betrieben hatten. Und im Sommer war allein Patrick für die Betreuung der Wassersportler zuständig gewesen. Bill kümmerte sich nur um die Pferde. Und jetzt hatte er lediglich an die Rettung der Boote gedacht, nicht an mögliche Gefahren für Viola und ihren Vater.

Sie sah aus dem Augenwinkel, wie Alan versuchte, sein eigenes Kanu klarzumachen. Hoffentlich reichte wenigstens seine Kraft, es an Land zu rudern. Violas eigene reichte sicher nicht. Sie versuchte zwar, die Paddel zu benutzen, aber sie hätte nicht mal bei ruhiger See gewusst, wie man sie richtig einsetzte. Und jetzt … Sie konnte nur hoffen, dass die Wellen das Kanu irgendwo an Land warfen. Aber die Chance schwand stetig. Das Bötchen lief jetzt schon voll Wasser, da jede Welle hereinschwappte. Es würde zweifellos irgendwann kentern. Viola versuchte verzweifelt, Wasser hinauszuschöpfen. Aber auch das war hoffnungslos – und ihre ungeschickten Bewegungen gaben dem Kanu obendrein den Rest. Es schaukelte bedenklich und war jetzt noch anfälliger für das hereinschwappende Wasser. Viola kämpfte um ihr Gleichgewicht, aber zu spät. Eine Welle brachte das Kanu vollends zum Kippen und spülte Viola in das aufgewühlte, eiskalte Wasser. Sie versuchte zu schwimmen, aber der schwere Regenmantel, die Gummistiefel und die mit Wasser vollgesogenen Pullover zogen sie gnadenlos in die Tiefe.

Viola versuchte zu schreien, schluckte eiskaltes Wasser – und gab schließlich auf. Es war seltsam, dass sie an Alistair dachte, während der See sie verschluckte.

Und dann war auf einmal etwas Großes, Dunkles neben ihr. Instinktiv fasste sie zu, krampfte die Hände um … ja was, Haare? Auf jeden Fall zog das Ding sie nach oben. Sie konnte atmen – Viola sog die regengeschwängerte, kalte, aber so unendlich wohltuende Luft in ihre Lungen, fand dadurch Kraft, sich besser festzuhalten – und sah jetzt auch, dass sie sich an einen kräftigen, fein geschwungenen Hals klammerte. Oder besser gesagt, die lange Mähne, die diesen Hals zierte. Sie schwamm mit einem Pferd! Ein großes, starkes Tier zog sie durchs Wasser. Es musste gekommen sein, um sie zu retten.

Mit der Leben spendenden Luft kehrte dann aber Violas Befähigung zum Denken wieder und ihre Erleichterung wich neuer Angst.

Ein Pferd war ins Wasser gesprungen, um sie zu retten? Taten Pferde so etwas? Hunde vielleicht – und von Delfinen wurde berichtet, dass sie oft Seeleute in Not gerettet hätten. Aber hier gab es keine Delfine …

»Up, ride with the kelpie …«

Das Lied von Jethro Tull explodierte in Violas gemartertem Hirn.

»Up, ride with the kelpie, I'll steal Your soul to the deep …«

Sie würde ihre Seele verlieren … Oder noch schlimmer, das Pferd würde sie zum Grund des Sees zerren und sie dort auffressen …

Andererseits hatte es sie gerade nicht nach unten gezogen, sondern an die Wasseroberfläche, und jetzt durchpflügte es die Wellen zielsicher in Richtung Ufer. Allerdings nicht zum Strand bei der Insel. Das … Pferd – oder das Kelpie? – schien eher ein Strandstück näher am Campingplatz anzusteuern. Vielleicht doch eins von Bills Ponys? Aber die hatte Shawna vorhin in den Stall gebracht. Im Dunkeln und im Wasser des Sees konnte Viola keine Farbe erkennen. Aber sie meinte fast, es zu spüren. Es war kein Scheckpony, kein kleiner, kompakter Cob, der sie hier durch die Wellen zog, sondern ein großer, silbergrauer Hengst mit blauen Menschenaugen. Violas Finger erlahmten. Sie legte dem Pferd die Arme um den Hals. Es war kalt, so kalt … Wenn sie nicht bald an Land kam, würde sie zwar nicht ertrinken, aber an Unterkühlung sterben.

Das Pferd ließ sich mühelos von einer Welle an Land spülen. Hinter dem Bootssteg und dem Bootshaus, nah den Felsen, an denen Ali neulich auf sie gewartet hatte, betrat es festen Boden.

Viola konnte ihre Arme nicht lösen. Willenlos hing sie an der Seite des Pferdes – und spürte, dass es sich vorsichtig neben ihr niederlegte. Sie lag an seinen Körper gepresst, schloss sekundenlang die Augen … und spürte dann, dass jemand sie umarmte, oder besser, im Arm hielt. Wo der Körper des Pferdes gewesen war, schmiegte sie sich jetzt an die warme Brust eines Menschen. Sie fühlte ein Herz klopfen unter dem leichten Stoff, den sie schon so oft bewundert hatte. Sekundenlang überließ sie sich einem Traum, in dem sie sich so geborgen und sicher fühlte wie niemals zuvor. Dann richtete der Junge sich auf.

Zärtlich strich er ihr das Haar aus dem Gesicht und lächelte sie an. »Viola … es ist so schön, dich zu halten. Aber du musst ins Haus, du musst die Sachen ausziehen. Du kannst sonst erfrieren …«

»Ali …«, flüsterte sie. Als sie sich von ihm löste, spürte sie, dass sie am ganzen Leib zitterte. Aber sie fühlte sich nicht schwach, wie sonst, nachdem sie ihn berührt hatte. Und auch Alistair wirkte nicht mehr blässlich und erschöpft, sondern kräftig und schön.

Er half ihr aus dem nassen Regenmantel und hob sie sanft auf. »Hab keine Angst. Ich kann dir heute nichts nehmen … ich bin satt …«

Seine Stimme klang beruhigend und zärtlich, aber die Worte jagten ihr Schauer über den Rücken.

»Viola …« Er sang ihren Namen.

»Kelpie!« Sie wusste nicht, ob sie flüsterte oder schrie.

»Ahi«, nannte er noch mal seinen Namen.

Diesmal verstand sie ihn besser. Er hieß nicht Alistair. Sein Name war so fremdartig wie sein Wesen.

Sie wehrte sich gegen seine Arme.

Ahi ließ sie sanft zu Boden gleiten. »Sicher, du kannst allein gehen …« In seiner Stimme lag vages Bedauern. »Schlaf gut, Viola …«

Diesmal konnte sie die Verwandlung in den grauen Hengst fast sehen. Das Tier trabte zum Wasser und verschmolz mit den Wellen. Es gab keinen Zweifel … aber andererseits … vielleicht fantasierte sie … vielleicht war sie überhaupt schon tot …

Die Kälte und Nässe um sie herum machten das unwahrscheinlich. Aber da drüben war das Haus. Hell erleuchtet und einladend …

Viola schleppte sich auf die Lichter zu. Der Strom schien wieder da zu sein. Sie drückte die Türklingel, klopfte, warf sich gegen die Tür.

Sie verlor das Bewusstsein, als sie ins Trockene fiel.

6

Die nächsten Stunden verbrachte Viola in einem Taumel zwischen Müdigkeit und Überreiztheit. Sie war schnell wieder zu sich gekommen, nachdem Ainné sie geschüttelt und ihr aus den nassen Sachen geholfen hatte. Als ihr Vater und Bill eine Stunde später eintrafen – völlig außer sich natürlich und am Ende ihrer Kräfte –, hockte sie bereits in Decken gewickelt, aber immer noch zitternd, am Kamin und hielt sich an einem Becher Tee fest. Ainné hatte reichlich Whiskey und Zucker hineingefüllt. Eigentlich mochte Viola die Mischung nicht, aber im Moment war alles willkommen, was Wärme spendete – und vielleicht die rasenden Gedanken zur Ruhe brachte, mit denen Viola sich herumschlug. Schließlich musste sie auch noch eine halbwegs glaubwürdige Geschichte erzählen, die ihre Rettung erklärte.

Letzteres war gar nicht so einfach, denn Bill hatte alles vom Ufer aus gesehen und ihr Dad war direkt hinter ihr gewesen. Wie sie später erfuhr, hatte er sogar versucht, ihrem abtreibenden Boot zu folgen. Er hatte seine ganze Kraft gebraucht, um schließlich wieder ans Ufer zu kommen. Natürlich war er dabei genauso durchnässt worden wie Viola und obendrein verzweifelt über den offensichtlichen Verlust seiner Tochter. Bill und John hatten ihn fast tragen müssen, als sie die Suche nach Louise und Viola schließlich aufgaben und sich durch Sturm und Regen zurück zum Campingplatz kämpften. John war dann zu seinem Wohnmobil gegangen, wo sich seine Kinder sicher bereits sorgten. Bill hatte ihm versprochen, die Rettungswacht zu verständigen, aber in diesem Wetter würden auch professionelle Helfer kaum etwas erreichen. Violas Vater jedenfalls hatte alle Hoffnung verloren, seine Tochter lebend wiederzusehen. Er brach in Tränen aus, als er sie sicher am Feuer sitzen sah.

»Angeschwemmt? Hier?«, fragte er schließlich, nachdem er sich wieder gefasst hatte und Violas mit stockender Stimme vorgebrachter Erklärung lauschte. »Und sonst erinnerst du dich an nichts?«

»Das kann eigentlich nicht sein …«, brummte auch Bill. »Viel zu weit zum Schwimmen. Und bewusstlos in dem Sturm? Du wärst ertrunken …«

»Nun, das ist sie aber nicht«, meinte Ainné knapp. »Wie ihr seht, ist sie ganz lebendig. Und weit gelaufen kann sie auch nicht sein, in dem Zustand, in dem sie war …«

Viola dankte ausnahmsweise dem Himmel für Ainnés Desinteresse an den Problemen ihrer Mitmenschen. Dads neue Frau nahm die Geschichte ihrer Rettung einfach hin. Bill hielt ebenfalls nicht lange an seinen Zweifeln fest. Er kannte den See nur vom Angeln und auch das betrieb er meist vom Ufer aus. Geschwommen war er wahrscheinlich seit Jahren nicht mehr. Nur ihr Vater, der in dieser Nacht schließlich selbst gegen die Strömung angekämpft hatte, konnte die Sache nicht nachvollziehen.

»Es ist einfach ein Wunder …«, stammelte er immer wieder und ließ Viola nicht aus den Augen, als könne sie womöglich wieder verschwinden. »Wir müssen … wir sollten in der Kirche eine Kerze anzünden oder so was … Was macht man denn da als richtiger Katholik, Ainné?«

Dad und Mom waren in Deutschland nie mit Viola in die Kirche gegangen und hatten ihre Tochter auch nicht taufen lassen. Zwischen Dad und Ainné war das allerdings noch ein Konfliktpunkt, was das kommende Baby betraf.

»Da gibt es wohl auch noch andere Dinge zu regeln …«, stichelte Ainné denn auch gleich. »Willst du jetzt ins Bett gehen, Viola? Es bringt wohl wenig, wenn du auf die Polizei wartest – falls die überhaupt noch kommt …«

Per Handy war es inzwischen gelungen, Louise Richardson als vermisst zu melden, aber der »Dorfsheriff« – in Roundwood gab es nur einen einzigen Polizisten – zeigte sich davon nicht sehr beeindruckt.

»Die Frau war also nicht auf dem Wasser, sondern irgendwo auf dem Campingplatz, ja?«, fasste er Ainnés Erklärung zusammen. »Wohin soll sie denn da verschwunden sein?«

Ainné erklärte ihm ziemlich unwirsch, dass es wohl seine Aufgabe sei, das herauszufinden. Aber den Eindruck, als wollte er sich in dieser Nacht noch ins Auto setzen und herauskommen, machte er nicht.

»Bei erwachsenen Personen nehmen wir Vermisstenmeldungen sowieso erst nach drei Tagen auf«, beschied er Ainné schließlich. »Wartet mal ab, wenn es aufhört zu regnen, taucht die wieder auf.«

Mit diesen Worten sollte der Officer recht behalten, aber leider im wahrsten Sinne des Wortes. Es war schließlich Shawna, die Louise Richardsons Leiche fand – im Schilf am Seeufer, in der Nähe der neu eingezäunten Pferdekoppel. Das Mädchen hatte Bills Pferde nach der Schule herausgebracht – inzwischen schien wieder die Sonne, der See war ruhig und höher gelegene Wiesen begehbar. Guinness hatte an einer schilfbewachsenen Uferstelle angeschlagen und Shawna war nachsehen gegangen. Sie klopfte dann, kreidebleich und zitternd, an die Tür der McNamaras. Viola öffnete ihr – und war fast erleichtert, als sie ihren gestammelten Bericht hörte. Natürlich war es schrecklich, dass Louise tot war. Aber wenn es eine Leiche gab … wenn sie angeschwemmt worden war …

»Wie … wie sah sie denn aus?«, fragte sie Shawna widerstrebend, nachdem Ainné die Polizei benachrichtigt hatte und Alan mit den Leuten vom Rettungsdienst zum See gegangen war, um ihnen die Stelle zu zeigen. Shawna hatten sie nur kurz verhört, dann aber auf ihre Begleitung verzichtet. Das Mädchen sah nicht aus, als könnte man ihm den Anblick der Toten noch einmal zumuten. Ainné platzierte sie schließlich mit der üblichen Tasse Tee mit Whiskey vor dem Kamin, an dem Viola auch schon den ganzen Tag hockte. Sie war in ihrem Bett trotz Heizdecke nicht richtig warm geworden und hatte kaum geschlafen. Zur Schule hatte Alan sie insofern nicht geschickt und Viola hatte keine Einwände erhoben. Innerlich zitterte sie nach wie vor – und in ihrem Kopf pochte das Wort Kelpie. Konnte sie sich das Erlebnis vielleicht doch eingebildet haben? Aber ihr Dad hatte recht:

Es gab keine natürliche Erklärung dafür, dass sie hier am Strand gelandet war.

Shawna zuckte die Achseln. »Schrecklich …«, sagte sie und nahm einen großen Schluck Tee. »Ganz … ganz bleich und … und aufgedunsen …« Sie schüttelte sich. »Aber das Gesicht hab ich gar nicht gesehen, das wurde von ihrem Haar verdeckt …«

Haar, das Louise Richardson stets zu einem strengen Knoten gefasst hatte. Im Wasser musste es sich gelöst haben.

Viola holte tief Luft. Sie wollte das nicht fragen, aber sie konnte auch nicht im Ungewissen bleiben. »War sie … ich meine … war sie … irgendwie … angefressen?«, fragte sie zögernd.

Shawna warf ihr einen verwunderten Blick zu. »Angefressen? Ach so, du meinst von den Fischen! Nö, eigentlich nicht. Also ich hab nichts gesehen. Und das geht doch auch nicht so schnell. Sie war schließlich nur einen Tag im Wasser. Und die ganze Nacht war Sturm, da haben sich die Fische bestimmt versteckt.«

Viola atmete auf. Also steckten die Kelpies nicht dahinter.

Aber hatte Ahi nicht etwas von satt gesagt? Das alles war zu verwirrend. Viola würde ihn finden und ihn selbst dazu hören müssen. Und diesmal ohne Ausflüchte und Andeutungen.

»Etwas Schlimmes tun, um am Leben zu bleiben …« Das Dilemma ihres seltsamen Freundes gewann plötzlich Gestalt. War Ahi dem Drängen seines Volkes oder seiner Familie nachgekommen und hatte Louise ins Wasser gelockt? Wo man ihr dann ihre Seele raubte?

Viola schauderte und schenkte sich einen weiteren Tee ein – wobei sie diesmal selbst Whiskey hineinfüllte.

Am nächsten Morgen strahlte wieder die Sonne. Der Herbst am Lough Dan zeigte sich von der schönsten Seite und die Geschehnisse der letzten Tage schienen fast unwirklich. Louises Leiche war gestern abgeholt worden und die Obduktion hatte Tod durch Ertrinken ergeben. Man folgerte daraus, dass die Frau wohl doch noch beim Kanufahren vom Sturm überrascht worden war. Vielleicht war sie ja in die Strömung hineingeraten, die auch Violas Boot zum Kentern gebracht hatte, und hatte es nicht mehr geschafft, zum Ufer zu schwimmen. Die Einheimischen fanden das zwar seltsam, aber ansonsten argwöhnte niemand. Der Tod der Urlauberin wurde als tragischer Unfall zu den Akten gelegt. Die Richardsons waren abgereist, sobald die Leiche freigegeben war.

Viola wäre auch wieder zur Schule gegangen, aber es war Samstag. Also gab es keinen Grund, ihr Vorhaben aufzuschieben. Sie wanderte – wieder mal in Gummistiefeln, da der Boden immer noch aufgeweicht war – am See entlang und suchte nach Ahi.

Zunächst wurde sie dabei nicht fündig.

Aber dann, gegen Abend, als sich wieder leichte Nebel bildeten, machte sie eine Beobachtung, die ihr das Blut in den Adern gefrieren ließ: Shawna stand auf dem Uferweg, die Halfter der Ponys in der Hand, die sie für die Nacht hereinholen wollte, und blickte wie gebannt auf einen grauen Hengst, der zwischen Schilf und Wäldchen graste.

»Nicht! Geh nicht hin!« Viola wollte schreien, aber ihre Stimme versagte. Fassungslos sah sie, wie ihre Freundin auf das silbergraue Pferd zuging, das sie mit blauen Menschenaugen musterte. Augen, in denen sich der See spiegelte ... Ahis Augen.

Der Hengst kam zutraulich näher, als Shawna zwischendurch anhielt und auf ihn einsprach. Sie wusste, wie man Pferde einfing, ohne sie zu erschrecken. So näherte sie sich auch nicht frontal, sondern seitlich, und sie bewegte sich langsam, statt zu laufen.

Aber dieses Pferd war nicht ängstlich. Shawna wirkte entzückt, als es sie nah genug an sich heranließ, um seine Stirn unter dem langen, seidigen Schopf zu streicheln. Erst als sie die Hand mit dem Halfter hob, wich es zurück.

Viola bewegte sich langsam auf die beiden zu. Sie war nach wie vor wie gebannt, aber sie wusste, dass sie dies beenden musste, bevor es wirklich gefährlich wurde. Dies hier war kein Pferd – es war ein Kelpie auf Beutezug! Viola war sich jetzt sicher, jede bis zuletzt gehegte Hoffnung auf eine andere Erklärung fiel von ihr ab. Wie auch immer man sich die Existenz dieses Wesens erklären sollte: Es war da und es war böse!

»Das willst du nicht, Schöner?«, fragte Shawna sanft. »Das Halfter magst du nicht? Und nicht mit Menschen mitgehen? Kannst recht haben, Menschen sind nicht immer nett zu Pferden ... Von Bill zum Beispiel würde ich mich auch nicht erwischen lassen. Aber ich tu dir nichts, ich mag Pferde.

Schau, ich lege das Halfter weg. Darf ich dich jetzt wieder anfassen?«

Der Hengst stand still, als Shawna ihn erneut streichelte und sein Fell dabei fachkundig nach einem Brandzeichen oder einem anderen Hinweis auf einen Besitzer untersuchte.

»Nein, gebrannt bist du nicht …«, meinte sie schließlich bedauernd. »Also kommt höchstens noch ein Chip infrage … Ich müsste mir ein Lesegerät leihen … Bist du morgen noch hier, mein Schöner? Was für ein weiches Fell du hast … und diese wundervolle Mähne … Du bist das schönste Pferd, das ich je gesehen habe …«

Viola wusste das Gefühl nicht zu deuten, das brennend in ihr aufstieg. Es konnte keine Eifersucht sein … Sie mochte keine Pferde! Aber dies war kein Pferd … Sie dachte an Ahis starke Arme, den seidigen Stoff seiner Kleidung, sein dichtes, glattes Haar, in das sie vorgestern gefasst hatte. Sie dachte an das kräftige Schlagen des Herzens in seiner Brust, wie schön es war, sich an ihn zu schmiegen und sich sicher zu fühlen …

Und nun streichelte Shawna zärtlich den Hals des silbernen Hengstes …

Viola griff nach einem Stein und warf ihn ins Wasser.

Das Geräusch ließ Shawna auffahren – und erschreckte den Hengst. Er sprang anmutig von Shawna weg und galoppierte in Richtung Wald davon. Wieder so leicht, als ob seine Hufe kaum den Boden berührten. Vor dem Wald blieb er allerdings noch einmal stehen – und Viola erschien es, als ob ihre Blicke sich kreuzten.

»Ich will dich treffen!«, flüsterte sie und versuchte, dem Hengst diese Worte durch die Kraft ihres Wunsches zu übermitteln. »Ich muss dich sehen!«

Sie wusste nicht, ob Kelpies Gedanken lesen konnten, aber seit sie Ahi kannte und durchschaut hatte, hielt sie alles für möglich.

Vorerst traf sie allerdings nur Shawna, ganz verklärt und hingerissen von der Begegnung mit dem Kelpie.

»Du bist es, Viola! Ich dachte eigentlich, es wäre Guinness. Aber egal. Hast du ihn gesehen? Den Hengst? Das wilde Pferd? Meine Güte, ich hatte schon geglaubt, du hast ihn dir vielleicht eingebildet, ich hab so oft nach ihm gesucht. Aber jetzt war er da. Und er ist ganz lieb, Vio! Er muss irgendwo ausgebrochen sein, wer weiß, wie weit er gelaufen ist! Schade, dass ich ihn nicht fangen konnte. Aber vielleicht beim nächsten Mal, er ließ sich ja schon anfassen. Es ist unglaublich!«

Viola brauchte nur gelegentlich zu nicken oder etwas zu murmeln, ansonsten bestritt die aufgeregte Shawna die Unterhaltung allein – während Viola überlegte, wie sie das Mädchen warnen konnte. Garantiert würde Shawna jetzt praktisch ihr Lager am See aufschlagen. Sie würde das Kelpie wieder treffen, und es war nur eine Frage der Zeit, bis sie es reiten würde. Und dann …

Viola musste das verhindern! Sie würde ein ernstes Wort mit Ahi reden! Aber was war, wenn er nicht auf sie hörte?

»Shawna, du … du wirst es doch nicht reiten, oder?«, fragte sie schließlich fast tonlos. »Dieses Pferd …«

Shawna lachte. »Ich bin doch nicht lebensmüde!«, beschied sie Viola gelassen. »Ein Pferd, das ich nicht kenne, und ohne Sattel und Zaum, da müsste ich ja verrückt sein! Wer weiß, ob den überhaupt schon mal jemand geritten hat! Das geht nämlich nicht von jetzt auf gleich, weißt du. Man muss Pferde vorbereiten. Wenn man sich einfach so draufsetzt, kriegen sie Angst und buckeln einen herunter. Nein, nein, das kommt nicht infrage. Ich versuche jetzt erst mal herauszufinden, wem der Schönling gehört …« Sie lächelte verträumt. »Aber falls sich derjenige findet – und wenn das Pferd wirklich zugeritten ist … dann würde ich es natürlich für mein Leben gern mal reiten …«

Für ihr Leben gern. Viola zitterte innerlich. Aber vorerst hatte Shawna wohl nichts zu befürchten. Man musste schon »verrückt sein«, um ein Kelpie zu reiten. Verrückt wie die Touristen, die Weihnachten im Lough Dan schwammen. Wie Louise Richardson …

Viola hatte die Hoffnung eigentlich aufgegeben, Ahi noch an diesem Tag zu treffen. Es war bereits dämmerig, als Shawna sich endlich beruhigt hatte und mit Bills Ponys Richtung Stall abzog. Viola wanderte noch ein bisschen am See entlang, aber Ahi ließ sich nicht blicken. Bis sie zurück zum Campingplatz kam. Da sah sie ihn hinter dem Bootshaus. Er saß auf einem der Steine und wartete.

»Viola …«, sagte er sanft und streckte ihr die Hände entgegen.

Viola trat zu ihm, ergriff sie aber nicht.

Ahi senkte den Kopf. Selbst im Zwielicht sah Viola, wie sein Haar glänzte. Er wirkte erholt, sein Gesicht schien voller zu sein und seine seltsame, exotische Schönheit verschlug ihr den Atem. Allerdings wirkte er schuldbewusst.

»Du kannst mich anfassen«, flüsterte er. »Jetzt ist es nicht gefährlich.

»Weil du satt bist«, bemerkte Viola mit zitternder Stimme. Sie spürte den brennenden Wunsch, ihn zu berühren, aber sie hielt sich zurück. »Ich habe schon verstanden. Zu gut, fürchte ich.«

»Ich kann nichts für das, was ich bin«, sagte Ahi leise und hob den Kopf. »Ebenso wenig wie du.«

»Und was bist du?«, schleuderte ihm Viola entgegen. »Ein … Monster? Ein Geist?«

»Ein Kelpie«, gestand Ahi. »So jedenfalls nennen uns die Menschen. Wir nennen uns die Sänger der Seen. Amhralough … Und wir sind keine Geister. Wir haben Körper … auch wenn wir uns wandeln … Monster? Was sind Monster?«

»Ungeheuer!«, sagte Viola kalt. »Mörder, hinterhältige Raubtiere, die Menschen auflauern …«

»Ich habe dir nicht aufgelauert«, meinte Ahi gekränkt.

»Aber Shawna!« rief Viola triumphierend. »Ich habe euch gesehen. Vorhin bei der Pferdekoppel!«

Ahi nickte gelassen. »Ich dachte, du wärest es. Ich habe auf dich gewartet. Und ich wollte … ich wollte es dir diesmal zeigen … Was ich bin. Deshalb … deshalb bin ich in der Gestalt der Kleinen Seele gekommen. Aber dann war da dieses Mädchen …«

»Hat sie dir gefallen?«, rutschte es Viola heraus. »Ich meine …« Sie verhaspelte sich.

»Nicht so, wie du mir gefällst«, flüsterte Ahi. »Nicht so, dass ich geben möchte …«

Viola runzelte die Stirn. Wieder mal diese sonderbare Ausdrucksweise. Das Leben der Amhralough musste stark von Geben und Nehmen bestimmt sein. Und Nehmen bedeutete Töten!

»Aber zum Nehmen war sie gut genug, ja?«, schleuderte sie Ahi entgegen. »Zum Anlocken und … und auffressen oder was ihr sonst mit uns macht. Und du hast das gut gelernt, wie ich sehe. Letzte Woche hattest du noch Skrupel. Aber jetzt … Alle Achtung!«

Sie wollte ihn anblitzen, aber es war schwer, den Zorn aufrechtzuerhalten, wenn sie in seine Augen sah. Ahi wirkte einfach nicht wie ein Monster. Im Gegenteil, er war schön. Und er schien verletzlich und sanft, wie er jetzt da saß, die Füße auf den Felsen gezogen und die Arme um die angewinkelten Knie geschlungen, so wie Viola selbst bei ihrer Begegnung auf der Brücke.

»Ich hab sie nicht gelockt!«, rechtfertigte sich Ahi. »Es ist wahr, dass man mich ausgeschickt hat, um … zu jagen …, aber ich hab's noch nie getan. Mit deiner Freundin jetzt … sie war so freundlich. Also habe ich sie den Körper der Kleinen Seele berühren lassen. Ich wusste nicht, dass dich das kränkt.«

Violas Wut flammte wieder auf – auch, weil sie sich ertappt fühlte. Hatte Ahi ihre Eifersucht gespürt? Durchschaute er sie besser, als sie dachte?

»Ach was kränkt«, meinte sie böse. »Ich hab mir nur Sorgen gemacht …«

Ahi lächelte. »Das brauchtest du nicht«, beharrte er.

»Das brauchte ich nicht?«, fragte Viola, immer noch verärgert. »Ist ja schön und gut, wenn du keine bösen Absichten hattest. Aber was hättest du gemacht, wenn Shawna aufgestiegen wäre? Denn so läuft es doch, nicht wahr? Auch bei dir, erzähl mir nichts! Du hast dich so an sie rangeschmissen, sie konnte praktisch nicht anders!«

Ahi schüttelte den Kopf. »Sie konnte schon«, sagte er würdevoll. »Das hast du doch gesehen. Sie war nicht in Gefahr.«

»Aber wenn sie aufgestiegen wäre?«, beharrte Viola. »Hättest du sie dann mit in den See genommen? Hättet ihr sie in Stücke gerissen und ge… gefressen?« Es war fast zu ungeheuerlich, um es auszusprechen. Es konnte nicht wirklich so sein, dies war ein dummes Märchen … Louise Richardsons Leiche war unversehrt gewesen … Ahi würde sie auslachen.

Der Junge lachte jedoch nicht, sondern blickte eher gequält. »Es ist nicht so … wie du glaubst. Oder wie man es sich erzählt. Wir … wir fressen sie nicht. Nicht ihre Körper. Was wir wollen ist nur … ihre … ihre Lebenskraft …«

»Ihre was?«, fragte Viola. »Jetzt erzähl mich nicht, dass ihr den Leuten das Blut aussaugt wie Vampire!«

Ahi schüttelte den Kopf. »Nein, nicht so … Viola, du … du hast es doch selbst schon erfahren. Beim ersten Mal, als wir uns trafen. Du hast meine Hand gehalten, und ich habe bacha von dir genommen – Lebenskraft. Um mein Bein zu heilen … Du musst dich erinnern …«

Viola erinnerte sich nur zu gut an das Gefühl nach jeder seiner Berührungen. Diese seltsame Intimität, der Schwindel, die leichte Schwäche.

»Wenn ich mich nicht stark täusche, bin ich allerdings noch am Leben«, bemerkte sie eisig.

Das Kelpie nickte. »Und ich habe dir ebenfalls ein Geschenk gegeben. Ich habe dir gesagt, ich wollte dich nicht berauben ...«

»Ist ja zauberhaft!«, höhnte Viola. »Aber bei Shawna hättest du keine Hemmungen gehabt ... Und bei Louise Richardson ...«

Ahi seufzte. »Shawna war nicht in Gefahr!«, beharrte er. »Schau, Viola, ich muss einen Grund nennen, wenn ich an den Strand komme – und man beobachtet mich. Ich schwöre dir, ich habe noch nie einen Menschen in den See gelockt. Aber sie wollen, dass ich es tue. Deshalb habe ich ... ein bisschen mit Shawna gespielt. Aber ich wusste, es würde nicht funktionieren. Das Mädchen gehört zu den Guten ...«

»Zu den Guten?«, fragte Viola verwirrt. »Soll das jetzt heißen, ihr seid so eine Art Robin Hoods, die nur böse Menschen fressen?«

Ahi kaute auf seiner Lippe herum und wirkte damit rührend menschlich.

»Wir fressen sie nicht. Sie ertrinken«, erklärte er noch einmal. »Und wir nehmen ihre Kraft in uns auf. Aber es ist immer ein Angebot. Wir zerren niemanden in den See, es sind die Menschen, die Hand an uns legen. Niemand zwingt sie, ein Kelpie zu besteigen – und sie tun es immer in der Absicht, ihm die Freiheit zu rauben. Eine Seele gegen eine

Seele …« Ahi sah zu Boden. Er wirkte verletzlich und jung. Aber Viola hatte nicht die Absicht, ihn zu bedauern.

»Müsst ihr sie dazu gleich umbringen?«, fragte sie hart weiter. »Obwohl es doch offensichtlich anders geht?«

»Manchmal lassen wir jemanden entkommen«, flüsterte Ahi. »Deine … deine Freundin, die hätte ich gehen lassen … Selbst wenn sie aufgestiegen wäre. Um deinetwillen. Aber es ist riskant. Wenn die Menschen davonkommen, erzählen sie später von uns. Und das darf nicht zu oft passieren, verstehst du? Einmal in hundert Jahren – so entstehen die Legenden. Aber alle paar Wochen … irgendwann würde man uns suchen … und fangen … und versklaven …«

Ein Kelpie schien nichts mehr zu fürchten, als die Freiheit zu verlieren. Und dennoch rückte Ahi nun näher an Viola heran. Sie hatte ebenfalls auf dem Stein Platz genommen und hielt still, als er sich zurücklehnte und seinen Kopf leicht an ihre Schulter sinken ließ. Viola konnte nicht anders, die Geste rührte sie. Sie wünschte sich, ihren Arm um ihn zu legen und diesmal ihm zu zeigen, dass er sicher war.

Dennoch hielt sie sich zurück. Sie wollte jetzt alles wissen, sie musste alles wissen, bevor sie sich diesem seltsamen Geschöpf des Sees noch weiter auslieferte, als sie es wohl sowieso schon getan hatte. Geben und Nehmen … Ahi und Viola hatten ihre Pfänder bereits getauscht. Sie waren verbunden, es war zwecklos, das zu leugnen.

»Und wer war das nun, mit Louise Richardson?«, fragte Viola weiter.

»Eine Verwandte«, meinte Ahi ausweichend. »Eine Frau aus dem Volk. Du hast sie schon einmal gesehen, sie kam als cremeweiße Stute, um mich zu rufen. Eigentlich um mich zu warnen – oder anzuspornen. Es ist ihre Aufgabe. Sie soll mir zeigen, wie man jagt ...«

»Das Jagen scheint ja kein Problem zu sein ...«, bemerkte Viola sarkastisch. Ob als Junge oder als Pferd – Ahis Ausstrahlung war ziemlich unwiderstehlich.

Ahi schüttelte den Kopf. »Wir sind ein friedliches Volk, Viola. Wir müssen uns alle erst überwinden, bevor wir ... es tun. Deshalb ... also deshalb ... gibt es ja die Regeln. Wir locken, wir bieten an. Wir überfallen niemanden ...«

»Louise Richardson habt ihr entführt ...«, wandte Viola ein.

Ahi lachte gequält. »Die Frau von eurem Campingplatz? Die brauchte niemand zu zwingen. Sie war ganz wild darauf, Ahlajas Kleine Seele zu besteigen. Die hätte keinen Herzschlag lang gezögert, sie zu fangen ...«

»Sie hat sich auf diese Stute gesetzt? Ohne Zaum und Zügel?«, erkundigte sich Viola.

Ahi schüttelte den Kopf. »Nicht ... äh ... ganz. Es ist so, dass die Leute ... nun, sie sehen, was sie sehen wollen. Diese Frau sah einen Sattel auf Ahlajas Rücken und zerrissene Zügel.«

Viola hatte zwar nicht viel Ahnung vom Reiten, aber dies wunderte sie nun doch.

»Und da ist sie einfach aufgestiegen? Ich meine ... normal wäre doch gewesen, das Pferd irgendwo in den Stall zu bringen und dann den Reiter zu suchen. Der muss schließlich runtergefallen sein, wenn das Pferd gesattelt in der Gegend herumrennt. Vielleicht hat er sich verletzt und liegt irgendwo ...«

Ahi lächelte. »Jetzt verstehst du es. Du hättest versucht zu helfen. Ebenso wie deine Freundin. Aber diese Frau wollte sich nur bereichern, wollte einen kostenlosen Ritt … natürlich hätte sie hinterher gesagt, sie hätte den verletzten Reiter suchen wollen oder so was. Sie denken sich immer Ausreden aus. Aber im Grunde wollen sie nichts, als die Kleine Seele stehlen. Wir nehmen dafür die ihre …«

Auge um Auge, Zahn um Zahn … Viola dachte an das Bibelzitat. Eine primitive Gerechtigkeit. Die Kelpies mussten töten, um am Leben zu bleiben. Und sie suchten Gründe, sich zu rechtfertigen. Nicht gut, aber verständlich. Menschlich … Viola konnte Ahi und seine Familie nicht mehr als Monster sehen!

»Davon gibt es aber nicht viele, oder?«, fragte Viola nach kurzem Nachdenken. »Also Leute wie … wie Louise …«

Ahi nickte. »Es wird schwerer«, bestätigte er. »Die Menschen haben sich bestimmt nicht verändert. Aber sie haben jetzt … Automobile. Kaum noch jemand stiehlt Pferde, oft haben die Leute Angst vor ihnen. Deshalb gibt es auch nicht mehr viele von uns. Wir … wir sterben aus …«

»Ihr verhungert?«, fragte Viola entsetzt.

Ahi schüttelte den Kopf. »Nein, es gibt ja immer noch … Seelen. Aber wir bekommen keine Nachkommen mehr. In meinem Volk bin ich der Jüngste.« Er lächelte. »Manche sagen, wir sollten unsere Gestalt ändern. Eine andere Art zu jagen …«

»Vielleicht ein Auto mit steckendem Zündschlüssel?« Viola sprach den Gedanken aus, der ihr durch den Kopf schoss und musste unweigerlich kichern. Ahi lachte mit. Viola fühlte

Erleichterung. Also verstand er auch menschlichen Humor. Er war fremdartig, aber doch nicht so grundlegend anders als sie, dass sie … dass sie ihn nicht lieben konnte?

Viola gestattete sich, mit ihren Fingern leicht durch sein Haar zu fahren. Es war glatt und kühl wie reine Seide.

»Aber warum müsst ihr überhaupt jagen?«, fragte sie dann. »Wenn ihr euch … mit uns verständigen würdet … mit den – hm – guten Menschen. Wir könnten …«

Sie wollte weitersprechen, aber plötzlich legte Ahi seine kühle, sanfte Hand auf ihre Lippen. Alarmiert hob er den Kopf.

»Jemand kommt!«, sagte er. »Ich muss gehen!«

Viola griff nach seiner Hand. »Ich habe nichts gehört«, meinte sie. »Bist du sicher? Bitte … bleib …«

»Ich bin sicher.« Ahi zog ihre Hand an seine Lippen. »Viola …«

Viola zitterte, aber jetzt nicht mehr vor Angst, sondern vor Erregung.

»Ich hab dir noch gar nicht gedankt. Für … für neulich …«

Ahi wollte abwinken, aber Viola nahm jetzt ihren ganzen Mut zusammen. Bevor er von dem Felsen heruntergleiten konnte, küsste sie ihn leicht auf die Stirn, streifte seine kühle, glatte Haut mit ihren Lippen.

Und sah dann dem silbernen Pferd nach, das auf dem Pfad zum See verschwand …

»Täusche ich mich oder habe ich da gerade ein Pferd gesehen?«, fragte Violas Vater. Er kam hinter dem Bootshaus vor, also waren es seine Schritte, die Ahi gehört hatte. »Sind Bills Ponys nicht im Stall?«

Viola lächelte ihm zu. »Du bist verrückt, Dad. Hier war kein Pferd. Nur die Steine und ich – und vielleicht ein paar Feen. Hast du mich gesucht?«

Er nickte und lächelte ebenfalls. »Ein Pferd und du – das schließt sich ja auch aus. Aber was machst du hier allein? Es wird doch schon kalt jetzt – und es gibt Abendessen …«

Viola stand etwas schuldbewusst auf. Ainné nahm ihr zweifellos übel, dass sie nicht rechtzeitig zum Kochen nach Hause gekommen war. Wahrscheinlich hatte sie ihren Mann auch mit wenig freundlichen Worten ausgeschickt, nach seiner Tochter zu suchen. Aber verdammt, Viola hatte auch ein Privatleben! Und immerhin war sie vorgestern beinahe ertrunken, um Ainnés dämliches Kanu zu retten! Sie verdrängte die Schuldgefühle.

»Lass mich raten, Fish and Chips?«, bemerkte sie. »Garantiert salzfrei zubereitet, dafür ein bisschen verbrannt? Mein Lieblingsessen. In drei Minuten bin ich da!«

Sie folgte ihrem Vater zum Haus, konnte sich aber nicht auf die Unterhaltung mit ihm konzentrieren. Sie war noch zu aufgewühlt von der Begegnung mit Ahi und den Dingen, die sie über ihn erfahren hatte. Ahi war ein Kelpie. Gut. Aber er wollte nicht töten und musste nicht töten. Sie konnte ihm auch freiwillig Lebenskraft geben. Es war möglich, zu teilen …

Am Abend träumte sie vom friedlichen Zusammenleben zwischen Menschen und Kelpies. Es konnte nicht so schwierig sein, Menschen dazu zu überreden, ab und zu ein Kelpie zu berühren. Ahi und sein Volk würden dafür … Viola dachte nach. Sie musste unbedingt herausfinden, was diese seltsamen Wesen zu geben hatten …

7

Aus ihren früheren Treffen mit Ahi schloss Viola, dass ihr Kelpie meist die Abendstunden nutzte, um sie zu sehen. Außerdem hatten bislang fast immer Nebel über dem See gelegen, wenn Ahi auftauchte. Ob Kelpies also das Sonnenlicht fürchteten wie Vampire? Es gab noch so viel, das sie ihren fremdartigen Freund fragen musste, wenn sie ihn wiedersah – aber vorerst bemühte sie erst mal wieder das Internet, schon um die Wartezeit zu überbrücken. Sie war rastlos und aufgeregt und fieberte den Abendstunden und dem Wiedersehen mit Ahi entgegen, obwohl die beiden nicht mal ein Treffen ausgemacht hatten. Vielleicht würde – konnte? – er gar nicht kommen oder er brauchte erneut eine Ausrede. Aber seine einzige Ausrede war die Jagd! Wie lange mochte er damit durchkommen? Und wie gefährlich konnte es für Viola selbst und ihre Familie werden, wenn sie die Kelpies hier geradezu anlockte? Wäre Louise Richardson auch zum Opfer geworden, wenn sie nicht auf dem Campingplatz der O'Kelleys/McNamaras logiert hätte?

Dem Internet war weiter nichts Neues zu entnehmen. Interessant fand Viola nur die Informationen über die »Zähmung« des Kelpie. Wenn man sie sich – egal ob als Pferd oder in Menschengestalt – untertan machte, führten sie wohl ein völlig normales Leben als Pferd oder Mensch: Sie brauchten niemanden mehr seiner Seele zu berauben, um zu überleben, aber irgendwann starben sie natürlich. Sie musste Ahi fragen, ob er als Kelpie unsterblich war – wobei ihr schon der Gedanke wieder Angst machte. Ahi wirkte wie ein Siebzehn- oder Achtzehnjähriger. Aber was war, wenn er tatsächlich schon Hunderte von Jahren lebte?

Ahi lachte, als sie ihn schließlich wiedersah und ihre Fragen stellte. Er hatte erneut in der beginnenden Dämmerung auf sie gewartet und streckte ihr zur Begrüßung auffordernd die Hände entgegen. Viola überlegte, ob ein menschlicher Junge sie vielleicht umarmt hätte. Aber sicher kein so schüchterner und zurückhaltender Typ wie Ahi. Es gab hier schließlich charakterliche Unterschiede. Zumindest bei Menschen – und bei Kelpies?

Ahi wirkte heute fröhlicher und gelöster als beim letzten Treffen. Und das, obwohl Viola es wieder nicht schaffte, seine Hände zu ergreifen. Dabei hätte sie ihn gern berührt – sie hätte ihn sogar gern geküsst. Aber Viola ließ sich nicht gehen – sie hatte sich immer kontrolliert, war nie blind verliebt gewesen und hatte sich nie ohne nachzudenken auf irgendwelche Gefahren eingelassen. Vielleicht hatte sie sich auch deshalb nie für eine Sportart begeistern können, und ganz sicher war dies einer der Gründe, weshalb sie noch keinen Freund gehabt hatte. Viola wollte sich sicher fühlen – bei allem, was sie tat. Und seit einigen Monaten war sie da noch vorsichtiger als bisher. Schließlich war die Sicherheit ihres Zuhauses sehr plötzlich zerstört worden, als ihr Vater mit Ainné auf und davon ging. Viola hatte sich danach geschworen, einem Mann niemals völlig zu vertrauen, sondern immer mit Enttäuschungen zu rechnen. Und nun war sie drauf und dran, ihr Herz an ein Wesen zu verlieren, das noch viel fremdartiger und unverständlicher war als nur ein Vertreter des anderen Geschlechts! Viola war insofern entschlossen, zunächst so viel wie möglich über Kelpies herauszufinden. Sie konnte sich nicht überwinden, sich Ahis faszinierender Berührung auszuliefern, solange ihr seine Spezies so fremd war.

Jetzt, nachdem die ersten Fragen gestellt waren, betrachtete sie ihn voller Nervosität. Schließlich wollte sie ihn nicht kränken – und auf keinen Fall verschrecken. Sie wünschte sich einmal mehr, Gedanken lesen zu können. Ob Ahi mit der Zurückweisung von ihrer Seite gerechnet hatte? Oder hatte er gemeint, die Enthüllungen vom letzten Mal hätten Violas Neugier befriedigt? Fühlte er sich verärgert, ausgehorcht? Hatte er auf Vertrauen gehofft statt auf Nachhaken? Viola beobachtete ihn verstohlen von der Seite und versuchte, ihre Fragen so vorsichtig wie möglich zu formulieren. Aber Ahi machte es ihr leicht. Wenn er tatsächlich enttäuscht war, kam er offensichtlich mühelos darüber hinweg. Ahi schien sanft und anpassungsfähig. Manchmal erinnerte er Viola an Shawnas ähnlich gelassenes Wesen.

Als Viola weiterhin Abstand von ihm hielt, ließ er die Hände nur entschuldigend lächelnd sinken. Um ihr dann zu sagen, wie sehr er sich freue, sie wiederzusehen.

»Ich warte auf diese Stunde, Viola … Es ist … es ist, als zerrtest du an mir, ich fühle mich nicht ganz, ich finde meine Melodie nicht mehr, seit ich dich berührt habe. Wenn ich dich sehe, ist es, als ob ein Kreis sich schließt – und je näher du mir kommst, desto mehr füllt er sich mit Musik …«

Viola errötete. Noch nie hatte jemand so schöne Worte zu ihr gesagt – sie klangen nach alten Liedern oder Ritterromanen. Nicht mal den Autoren von Fantasy-Games war bislang so etwas eingefallen. Aber Ahi beschrieb hier auch nur zu genau, wie sie selbst sich fühlte. War dies normale Verliebtheit? Oder konnte ein Kelpie nicht von einer Seele lassen, wenn er sie einmal berührt hatte? Endete die Begegnung mit dem Volk des Sees auch deshalb meist mit dem Tod?

Um nicht ertappt zu werden, wanderten Ahi und Viola den Uferweg entlang, während sie miteinander sprachen. Ahi ließ seine Hand dabei an Violas Seite herabhängen, immer bereit, die ihre zu erfassen, wenn sie sich dazu entschloss. »Es ist immer ein Angebot …«

Sein Verhalten passte zu dem, was Viola bereits über Kelpies wusste: Sie verabscheuten Zwang.

»Nein, wir sind nicht unsterblich«, antwortete Ahi schließlich geduldig auf die erste ihrer vielen Fragen. »Auch dann nicht, wenn wir Lebenskraft aufnehmen. Wir werden geboren, wir wachsen … und irgendwann sterben wir. Aber ich weiß nicht, wie alt ich bin. Wir zählen die Jahre nicht …«

Viola fand das seltsam, beschloss aber, nicht weiter darauf herumzureiten. Ahi war jung und er würde altern. Ob im selben Rhythmus wie Viola, das musste die Zeit zeigen … Sie hätte fast über diesen Gedanken gelacht. Das klang ja, als wäre sie sicher, dass ihre Leben weiter miteinander in Verbindung blieben …

»Und das mit der … hm … ›Lebenskraft‹ …«, zwang sie sich schließlich, ihren Fragenkatalog weiter abzuhandeln. »Könnt ihr die nur von Menschen nehmen oder vielleicht auch von – Tieren?«

Ahi runzelte die Stirn. »Von den Kleinen Seelen? So wie ihr es tut, wenn ihr sie tötet und esst – obwohl es gar nicht nötig wäre, da ihr das Fleisch zum Leben nicht braucht?« Seine Stimme klang fast streng.

Viola unterdrückte ein hysterisches Kichern. Unterhielt sie sich hier wirklich mit einem Wesen, das einem Seeungeheuer am nächsten kam, über vegetarische Ernährung?

»Zum Beispiel«, antwortete sie, ohne sich auf weitere Diskussionen über richtig und falsch einzulassen.

Ahi schüttelte den Kopf. »Es würde nicht lange vorhalten. Das, was wir den Menschen nehmen … Du sagst immer Seele, aber das ist es nicht. Es ist mehr – na ja, wir sagen bacha – am ehesten wäre das Lebens…«

»Lebensenergie?«, versuchte es Viola.

Ahi nickte. »Ja. Das ist ein so neues Wort … Aber es trifft mehr oder weniger den Kern. Eine Seele hat jeder. Und man kann sie auch nicht – nehmen. Aber bacha … bacha ist … Die Kleinen Seelen haben weniger davon. Sie sind … gelassener …«

Viola lauschte gespannt.

»Und es wäre auch …« Ahi suchte nach Worten. »Also die Kleinen Seelen würden nicht zu uns kommen. Wir müssten sie zwingen …«

»Ihr zwingt die Menschen auch!«, beharrte Viola. Ahis dauernde Rechtfertigung mit dem freiwilligen Kommen seiner Opfer machte sie immer noch wütend. »Und erzähl mir jetzt nicht wieder, dass sie den Tod eigentlich verdienen …«

»Aber es ist schon so …«, meinte Ahi gequält. »Das ist auch der Grund, weshalb wir … auf diese Art jagen. Die Seelen, die das Kelpie unterwerfen wollen, haben meist mehr bacha als … na ja, als gute Menschen wie deine Freundin Shawna …«

Viola verspürte wieder einen Stich der Eifersucht. Aber seine Argumentation war nicht ohne Logik. Sie erinnerte sich nur zu gut an die durchdringende Stimme Louise Richardsons und die Art, wie sie Mann und Kinder im Wohnmobil und auf dem Campingplatz herumgescheucht hatte. Zweifellos hatte sie mehr Energie gehabt als die freundliche, geduldige Shawna.

»Und ich?«, fragte Viola – und es klang sehr viel dringlicher, als es eigentlich sein sollte. An sich hatte sie wissen wollen, wie gefährdet sie selbst und ihre Familie wären, wenn sie den Kontakt zu den Kelpies aufrechterhielt. Aber jetzt ging es ihr mehr darum, zu erfahren, wo Ahi sie einordnete. Bei den guten, aber ziemlich lebensuntüchtigen Menschen der Sorte Shawna oder bei den energiegeladenen, aber doch fragwürdigen Typen wie Louise Richardson?

Ahi lächelte. »Du bist sicher, Viola, das habe ich doch schon gesagt. Du trägst schließlich mein Geschenk … Nur schon wieder nicht auf der Haut …« Er schüttelte nachsichtig den Kopf.

»Den Amethyst?«, fragte Viola, zu verblüfft, um genauer nachzuhaken. Schließlich war dies keine wirkliche

Antwort auf ihre Frage. »Du meinst, er ist so was wie ein Amulett?«

Ahi nickte. »Niemand von uns wird dich anrühren, wenn du ihn am Körper trägst.«

Viola runzelte die Stirn. »Sicher? Auch dann nicht, wenn derjenige zum Beispiel … ziemlich wütend auf dich ist? Und es absolut nicht in Ordnung findet, dass du hier mit einem Menschenmädchen herumläufst?«

Ahi griff nach ihrer Hand und sie ließ es zu. Sofort durchflutete sie wieder dieses Gefühl des Fließens, des Austausches, des Nehmens und Gebens. Ahi schien derzeit voller Energie zu sein, und die seine schien mit der ihren zu tanzen. Die Berührung war belebend – ja berauschend …

»Das hat nichts mit mir zu tun. Es ist eher … der Stein bindet deine bacha und deine nama. Nama nennen wir die Seele. Der Amethyst macht sie unabhängig vom Körper. Würde man die bacha nehmen, müsstest du trotzdem nicht sterben. Es wäre, als würdest du schlafen …«

»Ich fiele ins Koma?«, erschrak Viola. »Während mein Geist kraftlos irgendwo herumirrt?«

»In … äh … gewisser Weise …«, murmelte Ahi.

»Vielen Dank«, bemerkte Viola. »Cooles Geschenk.«

Ahi lachte. »Wie gesagt, es schützt dich. Und nun hör auf, ständig zu fragen. Warum nimmst du mich nicht als das, was ich bin? Ich bin nicht böse, Viola …«

Er hielt sie an und sah ihr in die Augen. Die seinen wirkten heute heller, klarer, der See an einem Sonnentag … Viola meinte, darin einzutauchen, aber es machte ihr keine Angst. Sie löste vorsichtig ihre Hand aus der seinen und umarmte ihn – behutsam, tastend, aber dann spürte sie auch seine Arme wieder um sich, schmiegte sich an seine Schulter und verspürte erneut diese durch nichts zu erschütternde Sicherheit. Seine Haut war kühl, aber nicht kalt und abschreckend, seine Hände streichelten ihren Rücken und dann küsste auch er ganz sanft ihre Stirn – so wie sie es beim letzten Mal getan hatte, um sich zu verabschieden.

»Das ist schön …«, sagte er leise. »Das ist mehr als bacha – heute habe ich deine Seele berührt.«

Viola schmiegte ihre Wange an die seine. Da war wirklich etwas – etwas, das mehr war als Zärtlichkeit. Es war, als hätten sich ein Teil von ihm und eines von ihr ein Leben lang gesucht, aber nun hatten sie sich gefunden, und es war … wie Musik, wie Tanz … Viola empfand eine Art Unbeschwertheit, eine Leichtigkeit und vollkommene Freiheit von Angst. Sie kannte keine Vergangenheit mehr und keine Zukunft. Sie lebte im Hier und Jetzt, sie war das Hier und Jetzt! Um sie herum stiegen Nebel auf, entführten Ahi und Viola in eine Welt, die nur ihnen gehörte und in der ihre Seelen mit den Feen tanzten.

»Wir zählen die Jahre nicht …« Viola verstand jetzt. Ahi und sein Volk waren eins mit der Welt – zumindest dann, wenn sie satt waren von bacha … Der Gedanke riss sie aus ihrer Versunkenheit. Auch wenn er ihr keine Angst mehr machte. Vielleicht war es das ja wert …

Ahi lächelte ihr zu. »Du hast es auch gespürt, ja?«

Sie nickte, unfähig zu sprechen. Sie wusste nicht, ob sie je wieder Worte finden würde. Aber dann spürte sie einen Windzug vom See und Ahi löste sich von ihr.

»Es wird Zeit, ich muss gehen. Sie rufen mich …«, sagte er leise.

Viola fand zurück in die Welt. »Deine Leute? Dein Volk? Wissen sie … wissen sie von uns?«

Ahi verzog das Gesicht und sah plötzlich wieder aus wie ein ganz normaler, sehr verlegener Menschenjunge. »Sie … sind nicht begeistert.«

Viola erfüllte das mit Unbehagen, aber dennoch hätte sie fast gelächelt. Dieser Ausdruck passte nicht zu dem Ahi, den sie noch vor wenigen Wochen kennengelernt hatte. Nicht zu dem Märchenprinzen, der ihr schmeichelte wie ein Ritter aus längst vergangenen Tagen. So hätte sich eher Katja ausgedrückt – oder Viola selbst. Ahi lernte. Er passte sich an. Viola fühlte sich glücklich. Ahi würde immer menschlicher werden, je länger er mit ihr zusammen war. Vielleicht konnte er … vielleicht würde er … den See irgendwann für sie aufgeben?

»Darf ich dich noch einmal küssen?«, unterbrach er ihre Gedanken und zog Viola näher an sich heran. »Ich möchte mich an unsere Melodie erinnern …«

Viola strich zärtlich über seine Wange und führte seine Lippen an ihre. Er streifte sie nur – so vorsichtig, wie man ein kostbarstes Gut berührt. Aber es brachte Viola mehr aus der Fassung als all die wilden Zungenküsse, von denen Katja zu schwärmen pflegte. Noch einmal berührte sie gemeinsam mit Ahis Seele die Unendlichkeit. Dann ließ er sie endgültig los.

»Du findest heim, trotz des Nebels?«, fragte er besorgt.

Viola lachte. »Ich brauche nur dem Uferpfad zu folgen«, meinte sie. »Wirst du morgen wiederkommen?«

»Ich versuche es …«, sagte Ahi.

Dann verschwand er in der watteweißen, verzauberten Welt, zu der die Nebel Land und See verbanden.

8

Am nächsten Tag erschien Ahi allerdings nicht. Viola wartete eine Stunde, dann gab sie es auf und verzog sich an ihren Computer. Zunächst saß sie unschlüssig davor. Sie hatte das dringende Bedürfnis, Katja zu schreiben. Sie musste von Ahi berichten, von ihrer Verliebtheit und von ihrem ersten Kuss. Schließlich hatte sie bisher noch nie Geheimnisse vor Katja gehabt, und sie konnte es kaum mehr erwarten, all diese fantastischen Erlebnisse mit ihr zu teilen. Aber andererseits konnte sie der Freundin nichts von einem Volk im See erzählen, von namas und bachas und kleinen und großen Seelen.

Also konstruierte sie eine Geschichte rund um eine Tinkerfamilie, die angeblich in den Bergen lebte und zu der ihr neuer Freund gehörte. Sie behauptete, das fahrende Volk habe gänzlich andere Bräuche als die sesshaften Iren, sogar eine teilweise andere Sprache. Deshalb sei Ahi ihr zunächst so fremdartig erschienen. Außerdem konnte sie jetzt plausibel machen und mit Katja diskutieren, dass seine Familie sie ablehnte. Und es war auch logisch, dass Alistair, wie sie ihn weiterhin nannte, bei ihrer eigenen Familie nicht allzu willkommen sein würde.

Katja schrieb gleich zurück und äußerte sich erleichtert.

»Na also, ganz diesseitig, dein Typ. Und eine Art Zigeuner – das ist sooo romantisch! Haben die echt noch bunte

Wagen mit gescheckten Pferden davor? Wie vor hundert Jahren? Ich bin jedenfalls froh, dass du von diesem Trip mit den Geistern runter bist. Ein bisschen anders ist ja ganz schön, aber man soll's doch nicht übertreiben. Und jetzt bitte mehr Einzelheiten! Er hat dich auf den Mund geküsst, aber nicht mit Zunge oder was?«

Viola musste lachen. Aber die Frage kam ihr plötzlich ein bisschen kindisch vor. Sie war mit Ahi an die Grenzen des Universums gestoßen. Und Katja wollte wissen, was er dabei mit seiner Zunge gemacht hatte?

Am nächsten Abend erschien Ahi wieder beim Bootshaus – nachdem Viola Shawna losgeworden war, die erneut den grauen Hengst und diesmal auch die cremefarbene Stute gesehen hatte.

»Dummerweise war Bill auch dabei – und kriegte sich vor Aufregung kaum ein. So schöne Pferde, er fing gleich an, sich auszurechnen, was man dafür wohl in Dublin auf dem Pferdemarkt kriegen würde. Die Pferde waren natürlich gleich weg, als er mit Guinness im Schlepptau heranstapfte. Aber es wäre besser, sie hielten sich fern – oder ließen sich von mir einfangen. Wenn der Alte sie erwischt, prüft er garantiert nicht nach, ob sie gechipt sind.«

Viola machte sich kurz Gedanken, aber ihre Besorgnis um den alten Bill hielt sich in Grenzen. Er mochte versuchen, einem Kelpie ein Halfter anzulegen, aber reiten würde er es nicht.

Außerdem konnte sie Ahi auf die Begegnung ansprechen und ihn warnen. Aber dann vergaß sie alles um sich herum, als sie ihn endlich wiedersah. Er strahlte sie an und diesmal fanden ihre Hände ganz selbstverständlich die seinen. Er wirbelte sie herum wie im Tanz, und seine Augen lachten dabei, als spiegele sich der Sommerhimmel im See.

»Wo warst du gestern?«, fragte Viola, nachdem sie den Tanz ihrer Seelen wiederholt hatten. Diesmal war sie es gewesen, deren Lippen seine suchten, und wieder hatte allein eine zarte Berührung genügt, um sie miteinander zu verbinden. Sie mochten einander nun auch nicht mehr loslassen – ihre Hand blieb in seiner und sie schmiegte sich an ihn.

»Ich konnte nicht gehen«, seufzte Ahi. »Ich musste mit … mit den Amhralough singen. Sie … sie versuchen, mich einzubinden, damit ich die Zeit vergesse. Sie wollen nicht, dass ich dich jeden Tag sehe …«

Er führte sie auf einen Wanderweg, der bergauf führte. Weg vom Bootshaus und weg von eventuellen neugierigen Blicken aus blauen Pferdeaugen.

In Viola regte sich Unbehagen. »Das klingt nicht nach der großen Freiheit, von der du immer sprichst.«

»Es ist nicht, wie du denkst …«, meinte Ahi gequält. »Sie … sie haben Angst um mich. Sie fürchten, dass du mich einfängst und versklavst.«

Viola musste lachen. »Ich soll dir ein Halfter umlegen? Hast du ihnen nicht gesagt, dass ich mir nichts aus Pferden mache? Und mir liegt auch nichts ferner, als meinen Freund zu versklaven. Gute Menschen tun das nicht. Kannst du ihnen sagen!«

Ahi seufzte. Sie hatten unter einem Baum angehalten, um einander zu liebkosen, und er griff nach einem der welken Zweige. »Menschen zählen die Jahre …«, meinte er und zerbröselte ein Blatt zwischen den Fingern. »Sie wollen sich binden … Sie wollen den anderen besitzen …«

Viola runzelte verärgert die Stirn. »Das sagen sie, ja? Und gleichzeitig tun sie alles, um dich ihrerseits festzunageln. Du sollst Seelen jagen, du sollst Zeit mit den … Amhralough« – sie sprach das Wort zum ersten Mal aus – »… verbringen und was nicht alles. Egal ob dir das gefällt oder nicht. Vielleicht würdest du es ja sogar schöner finden, eingefangen zu werden und als Mensch zu leben …«

Ahi fuhr auf und ließ ihre Hand ebenso los wie das welke Blatt. Seine Augen weiteten sich. »Sag das nicht, Viola! Du machst mir Angst!«

Viola umfing ihn zärtlich. »Ahi, ich würde dich nie zu etwas zwingen. Aber denk doch mal nach: So anders als unser Leben erscheint mir eures gar nicht. Du hast Familie, Pflichten, du tust Dinge, die du nicht wirklich willst. Wo ist der Unterschied?«

Ahi streichelte über ihr Haar. »Es ist schwer zu erklären … aber du kannst gern mitkommen. Ich lade dich ein – du kannst mit uns singen …«

»Singen und tanzen wie die Feen?«, fragte Viola lächelnd. »Ist es das, was ihr da unten tut?«

»Tanzen, Musik machen, den Wellen lauschen, mit den Kleinen Seelen schwimmen … einfach da sein … es ist schön, Viola. Doch, du musst mitkommen. Gleich morgen nehme ich dich mit!« Er sah sie strahlend an, wie berauscht von seiner Idee.

Viola war nicht so begeistert. »Aber deinem Volk würde das nicht gefallen«, bemerkte sie.

Ahi zuckte die Schultern. »Es ist mir nicht verboten«, erklärte er.

Viola verdrehte die Augen. »Mag sein. Aber es könnte nicht zufällig passieren, dass deine Familie ihr – hm – Missfallen zeigt, indem sie mich einfach auffrisst?«

Ahi schüttelte den Kopf. Er wirkte verletzt. »Ich habe dir gesagt, du bist sicher. Warum glaubst du mir nicht? Ich glaube dir, wenn du sagst, dass du mich nicht versklavst.«

Viola dämmerte langsam, dass sie um einen Besuch bei den Amhralough kaum herumkommen würde. Dabei wusste sie nicht einmal, wie das gehen sollte. Sie war schon vor ein paar Tagen fast erfroren, als sie in den See gefallen war – und sie hatte auch nie einen Tauchkurs gemacht. Mal ganz abgesehen davon, dass ihr die Idee, der Familie ihres Freundes im Taucheranzug und mit einer Pressluftflasche auf dem Rücken einen Besuch abzustatten, ziemlich abwegig erschien.

»Vielleicht könnten wir uns ja erst mal … langsam annähern?« fragte sie. »Boot fahren oder so …«

Ahi lächelte. »Das möchtest du?« fragte er. »Dann warte.«

Die beiden hatten den Campingplatz inzwischen wieder erreicht und Viola blieb etwas beklommen auf einem der Felsen sitzen, während Ahi sich lautlos ins Bootshaus schlich. Seine Bewegungen waren auch jetzt voller Anmut, aber er war zudem erstaunlich kräftig. Patrick war es nicht gelungen, ganz ohne Hilfe eines der schweren Ruderboote vom Ständer zu wuchten und zu Wasser zu lassen. Aber Ahi schaffte das fast lautlos und war nicht einmal außer Atem, als er zu Viola zurückkehrte und ihre Hand nahm.

»So komm, meine Schöne!«, sagte er zärtlich und führte sie zum Steg wie ein Ritter seine Dame zum Tanz. Der See war heute ruhig, aber erste Nebelschwaden zogen darüber, und die Dämmerung kündigte sich an.

»Wir … wir bleiben aber nicht zu lange?« Violas Stimme klang ängstlich. Die Sturmnacht stand ihr noch zu deutlich vor Augen, sie fürchtete sich vor dem See in der Dunkelheit.

»Hab keine Angst …« Ahis Lippen streiften ihre Hand.

Dann saß er neben ihr im Boot. Viola erwartete, dass er nach den Rudern greifen würde, aber er ließ nur seine Hand am Kiel des Bootes ins Wasser hängen und bewegte leicht seine langen Finger. Das Boot setzte sich daraufhin wie eine Feenbarke in Bewegung. Sie glitten zunächst nah am Ufer dahin, versteckt zwischen Schilf und ins Wasser herabhängenden Weidenästen. Viola fühlte sich wieder wie in einem Fantasyfilm: das lautlos dahinziehende Boot, die Bäume am Ufer, die ihre Zweige danach ausstreckten, als wollten sie es nicht gehen lassen. Das glasklare Wasser, in dem grasgrüne Schlingpflanzen tanzten, bis sich das Boot vom Ufer entfernte und der Blick in die Tiefe zunächst nur die Nebelschwaden widerspiegelte, die über den See zogen. Irgendwann sah man gar nichts mehr, nur geheimnisvolles, unauslotbares Dunkel.

Viola lehnte sich an Ahi – sie hätte die Bootsfahrt fast romantisch gefunden, wenn sie nicht zu genau gewusst hätte, wer oder was da in den Tiefen des Wassers lauerte. Ahi legte beruhigend den Arm um sie.

»Ist es nicht schön?«, fragte er sanft. »Könntest du es nicht lieben?«

Als seine Lippen ihre Schläfe streiften, verlor Viola ihre Furcht. Wieder erfüllte sie dieses wunderbare Gefühl der Vereinigung ihrer Seelen – mit den Seelen des Sees, der Pflanzen, der Berge und der Wälder.

»Wir sind einfach da …« Viola verstand, was Ahi gemeint hatte, und verspürte nun fast etwas wie Neugier auf sein Volk. Aber dann fuhr sie doch wieder zusammen, als sie plötzlich, seitlich des Bootes, einen Pferdekopf auftauchen sah. Ein dunkles Pferd schwamm wohl zunächst dem Ufer zu, aber dann erblickte es das Boot und wechselte die Richtung. Ahi runzelte die Stirn, machte eine abwehrende Handbewegung, woraufhin das Pferd unter Wasser zu verschwinden schien. Stattdessen tauchte neben dem Boot ein Mädchen auf – und Viola stockte der Atem, als sie sah, wie schön es war!

Auch dieses Kelpie hatte glattes, weiches Haar, aber länger und dunkler als Ahis, quecksilberfarben, fast ins Bläuliche spielend. Die Züge des Kelpie-Mädchens waren noch feiner als seine, das Gesicht wirkte noch aristokratischer und exotischer, zumal seine Augen einerseits schräger gestellt waren als Ahis, andererseits azurblau leuchteten. Seine Nase war klein und gerade, die Lippen tiefrot. Ansonsten war seine Haut blass und durchscheinend klar, das schien allen Kelpies zueigen zu sein, wenn sie sich in menschlicher Gestalt zeigten. Das Mädchen hatte ebenso lange Glieder wie Ahi und es wirkte – lebendiger? So, als hätte es mehr bacha aus seinem letzten Opfer gesaugt als der Junge.

»Was tust du hier, Lahia?«, fragte Ahi misstrauisch.

Das Mädchen hielt sich mit langen, schmalen Fingern am Bootsrand fest und lächelte. »Ich dachte, ich schaue mich mal um. Dort oben, in dem Anwesen, hält ein Menschenmädchen ein beagnama. Vielleicht … möchte es auch mal ein anderes reiten …«

Das Mädchen lachte und entblößte dabei kleine, erstaunlich scharf wirkende Zähne. Bei ihrem Anblick musste Viola weit mehr an ein Raubtier denken als bei dem des sanften Ahi. Und das Mädchen, von dem sie sprach, musste Moira sein, die nichts ahnend ihren Fluffy pflegte. Vielleicht würde sie seine Koppel gern für ein fremdes Pferd öffnen. Und vielleicht war sie wirklich anfällig für Lahias Lockung …

»Schon wieder, Lahia?«, fragte Ahi gequält. »Wir haben doch erst gejagt. Wir sind alle satt …«

Lahia lachte verächtlich. »Ich bin nie satt, Ahi. Aber ich habe ja auch keine menschliche Freundin, die mir so bereitwillig bacha spendet wie dieses kleine Ding da dir! Du weißt, was du riskierst, wenn du ein Kelpie reitest, Menschenkind?« Sie befeuchtete sich die Lippen. Viola musste an eine Katze denken.

»Sie riskiert gar nichts!«, protestierte Ahi und zog die Kette mit dem Amethyst unter Violas Pullover hervor. »Du weißt, dass sie geschützt ist. Also lass sie in Ruhe, Lahia!«

Lahia lachte und stieß sich spielerisch vom Boot ab. »Oh, oh, sie hat dich wohl auch schon in Ketten gelegt, Ahi … aber du weißt, was du ihr antust! Und du, Mädchen, traust dir ein bisschen viel zu, wenn du ein Kelpie zähmen willst …«

Damit schwamm sie, anmutig wie ein Delfin, ein paar Züge, um wieder in der Tiefe zu verschwinden. Gleich darauf trat eine junge, dunkelgraue Stute am Seeufer an Land und galoppierte hinauf zum Herrenhaus.

Ahi legte beruhigend die Hand auf Violas um die Sitzbank geklammerte Finger. »Das Mädchen mit dem grauen Pony ist nicht in Gefahr«, erklärte er. »An der haben sich schon andere versucht. Früher ... in den Jahren, als die Menschen sich noch nicht vor Pferden fürchteten, hätten wir sie vielleicht bekommen. Aber jetzt ... Sie reitet ihr eigenes Pferd und sie macht große Worte, aber sonst ist sie ängstlich. Auf ein fremdes Pferd traut sie sich nicht, so gern sie vielleicht wollte.«

»Aber ... aber Lahia wird alle Register ziehen, oder?«, fragte Viola nervös.

Ahi nickte. »Sie ist nur wenig älter als ich, aber eine große Jägerin. Es ist, wie sie sagt, sie ist unersättlich. Sie giert nach bacha - sie wird überleben. Und Kinder haben ...«

Viola runzelte die Stirn. »Von wem?«, fragte sie beklommen.

Ahi schaute bekümmert zum Ufer hinüber. »Sie denken an mich ...«, sagte er leise. »Aber ich mag ihre Seele nicht berühren. Vergiss sie, Viola, sie wird dich nicht mögen, aber sie ist keine Gefahr für dich.«

Viola fuhr auf. »Das höre ich in der letzten Zeit ein bisschen zu oft! Kelpies sind keine Gefahr für mich, für Shawna, für Moira - aber diese Lahia strotzt vor Lebenskraft. Irgendwoher muss das wohl kommen! Und was meint sie mit ›du weißt, was du ihr antust‹?«

Ahis leises Seufzen klang wie eine melancholische Melodie. »Wir sind nicht alle gleich, Viola ... und was deine bacha angeht – wir wissen es nicht genau. Aber manche sagen, wenn Menschen es uns freiwillig gäben, müssten sie früher sterben. Deshalb ist es so ein kostbares Geschenk.«

Viola sog scharf die Luft ein. »Ist ja schön, dass ich das auch mal erfahre! Wie viele Jahre habe ich denn wohl schon verloren? Durch eine kleine Wunderheilung und ein paar Küsse?«

Sie tat erbost, aber sie verspürte nicht wirklich Wut, sondern eher Angst – und das nicht nur um ihr Leben. Tatsächlich war es so, dass es sie nicht reute, Ahi Lebenskraft gegeben zu haben. Im Gegenteil, sie wollte es immer wieder tun. Was ging da in ihr vor? Was machte er mit ihr?

»Ich weiß es nicht, meine Geliebte. Niemand weiß das. Und vielleicht stimmt es auch gar nicht. Es gibt andere, die sagen, dass sich die Lebenskraft der Menschen immer wieder erneuere – zumindest, solange ihre Seele jung ist.« Ahi sah sie ängstlich an und hielt ihr wieder die Hände hin. Ein Angebot. Eine sanftere, aber ebenso gefährliche Version von *Up, ride the kelpie!*?

Viola war es egal. Sie griff seine Hände und schmiegte sich an ihn. Zurzeit nahm er nichts von ihr, zumindest nicht so viel, dass sie es spürte, wie damals, als sie seine Verletzung heilte, und in jenen Tagen, in denen er sie nicht berühren wollte. Weil er zu hungrig war? Weil das Kelpie ihr Kraft rauben konnte, auch ohne es zu wollen?

»Es wird dunkel, bring mich zurück an Land«, forderte sie leise.

Ahi senkte die rechte Hand wieder ins Wasser, den linken Arm legte er um Viola und zog sie an sich. »Ich werde dir nie wehtun ...«, flüsterte er. »Bevor ich dein Leben nehme, gebe ich dir meines ...«

Diesmal öffnete sie die Lippen, als er sie küsste.

9

Als Viola nach Hause kam, herrschte dort helle Aufregung.

»Wo warst du bloß?«, fragte ihr Vater, der ziemlich ziellos herumlief und irgendwelche Sachen zu packen schien. »Wir müssen nach Dublin, das Baby kommt!«

Viola warf Ainné einen Blick zu. Die junge Frau saß am Kamin und hielt sich ihren inzwischen gewaltig angeschwollenen Bauch. Ob es diesmal wirklich ernst wurde? Zumindest hielt sie den Mund, was bei falschem Alarm bisher nie der Fall gewesen war. Und sie wirkte ziemlich blass und krümmte sich jetzt auch wie unter einer Wehe zusammen.

»Die Fruchtblase ist geplatzt …«, präzisierte ihr Vater, was den Wischmopp erklärte, mit dem er jetzt unsicher in der Küche hantierte. Viola hoffte, er würde sie nicht dazu heranziehen, hinter Ainné herzuputzen, aber zum Glück war er bereits so gut wie fertig. »Wenn ich bloß die Tasche finden könnte …«

Ainné hatte längst ihre Tasche für die Klinik gepackt, und sie stand natürlich da, wo sie immer stand – auf der Garderobe im Flur. Gewöhnlich hätte Ainné ihrem Mann dies entgegengeschleudert und ihn für sein kopfloses Verhalten gescholten. Wenn sie jetzt nur da saß und den Vorgängen in ihrem Körper nachzuspüren schien, musste das Kind wirklich kommen.

Viola wuchtete die Tasche von der Garderobe, trug sie zum Auto und machte sich Sorgen – ihr Vater war offensichtlich völlig durch den Wind. Ob er auch derart verrücktgespielt hatte, als Viola damals unterwegs war? Jetzt jedenfalls stützte er Ainné und schien entschlossen zu sein, den ganzen Weg über ihre Hand zu halten. Wie er dabei Auto fahren wollte, war Viola schleierhaft. Sie überlegte kurz, ob sie besser mitkam oder zu Hause blieb. Schließlich entschied sie sich dafür, ihren Dad zu begleiten, das war bestimmt sicherer: Sie konnte zumindest ein bisschen darauf aufpassen, dass er seine Hände am Lenkrad behielt!

Aber dann war das gar nicht nötig. Tatsächlich wartete jemand an der Bushaltestelle, an der sie auf dem Weg zur Schnellstraße vorbeimussten, und Viola erkannte Patrick!

»Halt an, Daddy! Wir können ihn mitnehmen!«, rief sie erleichtert. »Er kann fahren und du kannst dich um Ainné kümmern.«

Viola erinnerte sich jetzt auch daran, was Patrick hier machte. Shawna hatte schließlich seit Tagen von nichts anderem geredet als von seinem Besuch. Dabei war es nicht ganz klar, ob der wirklich Shawna galt oder vor allem Miss O'Keefe. Sie hatte ein paar alte Notensammlungen, die Patrick sich für eine Semesterarbeit leihen wollte.

Immerhin hatte er Shawna getroffen. Sie stand auch jetzt neben ihm an der Haltestelle, hatte sich mit Rock und himmelblauem Flauschpulli herausgeputzt, und sah glücklich aus. Als die McNamaras hielten und sie von Ainnés Baby erfuhr, wollte sie gleich helfen. »Soll ich für Bill kochen, Ainné?«, fragte sie eifrig. »Allein macht der sich doch nichts.

Und ich komme natürlich runter und helfe bei den Pferden. Ich kann das auch ganz allein machen, wenn Bill nach Dublin will und sein Enkelkind angucken. Oh, das ist so aufregend! Viel Glück, Ainné, ich kann es kaum erwarten!« Shawnas hellblaue Augen strahlten. Sie meinte es offensichtlich ernst.

Viola dagegen hatte die Autofahrt mit ihrem durchgedrehten Dad bislang für das Aufregendste gehalten, was in den nächsten Stunden passieren würde. Aber dank Shawna wusste sie jetzt wenigstens, welche Gefühle erwartet wurden. Patrick übernahm bereitwillig das Steuer, Alan verzog sich mit Ainné auf den Rücksitz und Viola rang sich ein paar Bemerkungen der Sorte »Das ist so spannend!« ab.

Patrick warf ihr dabei ungläubige Blicke zu. Ganz überzeugend klang sie wohl nicht.

Schließlich überließ sie Ainné und Alan ihrem aufgeregten Gemurmel, das von Ainnés Seite aus hauptsächlich aus Stöhnen, von Alans aus Wortfetzen bestand, die wohl beruhigend wirken sollten. Viola wandte sich Patrick zu. »Hast du gefunden, was du gesucht hast?«, erkundigte sie sich. »Sorry, dass ich nicht mit ins Café gekommen bin, um dich zu treffen, aber ich dachte … also Shawna wollte bestimmt lieber mit dir allein sein.« Viola lächelte verschämt. Tatsächlich hatte sie keinen Gedanken an Patrick und Shawna verschwendet, sie war viel zu sehr mit ihrer eigenen Liebesgeschichte beschäftigt.

Patrick erwiderte ihr Lächeln und schien verlegen. »Shawna ist süß«, bekannte er. »Ich … ich mach mir bloß Sorgen, dass sie vielleicht ein bisschen jung ist … Aber wenn sie … also wenn sie nicht ihre albernen fünf Minuten hat, mit den Pferden und so, dann …« Patrick wurde nun wirklich ein bisschen rot. Auf jeden Fall wechselte er rasch das Thema. »Miss O'Keefe konnte mir allerdings tatsächlich helfen«, erklärte er geschäftsmäßig. »Sie ist ja ein Fan von Childsongs und ich mache eine vergleichende Untersuchung zwischen einigen Liedern aus der irischen Folklore und denen der anderen Inseln. Es gibt da viele irische Einflüsse, auch aus vorchristlicher Zeit. Das ist alles sehr interessant.«

Viola riss das Thema zwar nicht vom Hocker, aber andererseits … Patrick studierte Musik und Literatur. Vielleicht wusste er ja auch etwas zum Thema Kelpies. Wie beiläufig berichtete sie von ihrer Beschäftigung mit dem Childsong Silkie und Shawnas und ihren darauf folgenden Beitrag über die Kelpies.

»Ja, tatsächlich, das Kelpie geistert nur durch die zeitgenössische Musikszene!«, lachte Patrick. »Die Folkszene scheint es nicht inspiriert zu haben. Dabei sind die Legenden uralt. Es gibt auch zig Namen dafür. Auf der Isle of Man nennt man es Glashtyn, auf Orkney Nuggle, auf den Shetlandinseln Tangi, in Norwegen Nokken und auf Island Nykur. Kelpie ist eigentlich eher schottisch, das irische Wort ist Aughisky …«

»So genau wollte ich es gar nicht wissen …«, unterbrach ihn Viola. »Aber … wenn es die … äh … Sage in so vielen Ländern gibt. Kann da nicht … äh … irgendwas dran sein?«

Patrick runzelte die Stirn. »Du meinst, ob es Wasserpferde wirklich gibt?«, erkundigte er sich. »Komm, Vio, mach dich nicht lächerlich. Da sind einfach nur mehrere Leute unabhängig voneinander auf die gleiche Idee gekommen: Stell wilde Ponys als möglicherweise gefährlich hin, und keiner wird sich trauen, sie zu stehlen ... Oft werden auch speziell Kinder vor Kelpies gewarnt. Wahrscheinlich zum eigenen Schutz. Sie klettern ja auch heute noch über die Zäune von Pferdeweiden und wollen reiten. Shawna holt so ziemlich jede Woche irgendwelche Blagen von Bills Ponys – wenn sie nicht selbst runterfallen und sich was brechen. Woraufhin die Eltern umgehend den Pferdebesitzer verklagen. Rechtlich wird dann Hausfriedensbruch gegen Tiergefahr abgewogen ...«

Die Gesetzgebung interessierte Viola weniger. »Aber man soll Kelpies doch zähmen können, indem man ihnen ein Halfter umlegt«, kam sie aufs Thema zurück. »Muss man das nicht eigentlich, um Pferde stehlen zu können?«

Patrick lachte. »Nein, man kann sie zum Beispiel wegtreiben. Ach ja, und es geht auch ohne Halfter: Wenn Kelpies in menschlicher Form auftauchen, fängt man sie mithilfe eines Brautschleiers. Dies nur so als Tipp, falls dir mal eins begegnet. Aber sei vorsichtig, sie sind äußerst besitzergreifend – und rachsüchtig. In einer schottischen Geschichte verliebt sich ein Kelpie in ein sterbliches Mädchen und sie geht auch zunächst mit ihm in den See und bekommt sein Kind. Aber dann möchte sie doch zurück zu den Menschen, und es endet damit, dass er das Kind umbringt und ihr dessen Kopf vor die Tür wirft. Also Vorsicht!«

Viola war einerseits entsetzt und abgestoßen, andererseits verarbeitete sie die Information, dass Kelpies und Menschen durchaus gelegentlich ein Paar wurden. Patrick bestätigte das, als sie nachfragte.

»Oh ja, und es geht auch mal glücklich aus. In einer anderen Geschichte verliebt sich ein kluges Mädchen in ein Kelpie und fragt einen Druiden um Rat. Der schafft es, den Kelpie-Mann zunächst zu bannen, und als er dann total verliebt in das Mädel ist, lassen sie ihn los, aber er bleibt freiwillig. Wie gesagt, die Geschichten sind Legion. Es gibt sie überall, wo Pferde halbwild leben. Shawna kampiert ja neuerdings auch mit einem Halfter am See, seit da wilde Ponys aufgetaucht sein sollen. Ich hab allerdings nie welche gesehen. Und auf Kelpie-Damen scheine ich auch nicht allzu attraktiv zu wirken …« Er zwinkerte ihr zu.

Viola dachte an Lahia, die Patricks Lebensenergie zweifellos einiges abzugewinnen wüsste. Aber trotz seines Interesses an alten Sagen wäre Patrick wohl eher auf das Auto mit steckendem Zündschlüssel hereingefallen als auf ein Pferd. Autofahren lag ihm und so brachte er die McNamaras heute ebenso schnell wie sicher nach Dublin und in die Klinik. Er fand auch in Sekundenschnelle heraus, wie man möglichst nah an den Kreißsaal herankommen konnte, und ließ Ainné und Alan direkt davor aussteigen.

»Viel Glück, Ainné!«, wünschte er vergnügt. »Und ich erwarte, dass Sie den Kleinen nun wenigstens Patrick nennen!« Er winkte den McNamaras zu, aber Alan und Ainné sahen sich nicht mehr um.

»Völlig weggetreten«, bemerkte Viola kopfschüttelnd und half dann noch bei der Parkplatzsuche. Wenigstens einer sollte am Ende schließlich wissen, wo das Auto stand …

Patrick lachte gutmütig. »Also: Lass dich nicht fressen!«, verabschiedete er sich schließlich von Viola und wandte sich der nächsten Bushaltestelle zu. »Oder sollen wir noch einen Kaffee trinken? Das da drin dauert sicher ewig.«

Viola glaubte das auch, lehnte aber trotzdem ab. Womöglich würde ihr Vater sie brauchen. Sie hatte keine Ahnung, ob er Blut sehen konnte und inwieweit er den Aufregungen einer Geburt überhaupt gewachsen war. Erst jetzt fiel ihr auf, wie sehr ihre Mutter und sie selbst Alan immer betüdelt hatten. War ihm das vielleicht auf die Nerven gegangen? Gefiel Ainnés Gekeife ihm besser? Weckte sie – bacha – in ihm?

Viola langweilte sich volle drei Stunden auf dem Flur vor dem Kreißsaal und schlief dort schließlich ein. Wohl gefördert durch das unbequeme Lager, fiel sie dabei von einem Albtraum in den nächsten. Sie sah Kelpies Kinder stehlen und fressen, und sie sah den abgeschlagenen Kopf des Kindes der Menschenfrau. Erst gegen Morgen wechselten die Träume zu freundlicheren Bildern und sie fand sich mit Ahi unter dem Mantel eines weisen Druiden.

Und dann schüttelte sie jemand und sie blickte in ein freundliches Gesicht unter der Haube einer Krankenschwester.

»Du bist die frischgebackene große Schwester?«, fragte sie lächelnd. »Du kannst jetzt reinkommen und dein Brüderchen bewundern. Dein Dad und deine Mom warten schon.«

Viola wollte erklären, dass Ainné alles andere war als ihre Mom, aber dann erschien ihr das zu kompliziert. Noch schlaftrunken folgte sie der Schwester in ein typisches Krankenhauszimmer, das allerdings mit ein paar bunten Wandbildern und einem Mobilé über dem Kinderbettchen freundlicher gestaltet war. Ainné lag im Bett und hatte ein dick in Decken gewickeltes Baby auf dem Arm, Dad saß daneben und konnte sich gar nicht darüber einkriegen, wie wunderschön der kleine Kevin sei und wie sehr er ihm ähnelte. Viola fand ihn bislang nur ziemlich runzelig und rotgesichtig – wenn er jemandem aus der Familie ähnelte, so folglich eher Bill. Aber sie wusste, was von ihr erwartet wurde, und lieferte die üblichen Begeisterungsbezeugungen. Schließlich nahm sie das Baby auch auf den Arm, weil ihr Dad darauf bestand, während Ainné eher besorgt und eifersüchtig wirkte.

Da ihr Dad sich kaum losreißen konnte, nahm Viola schließlich den Bus zurück nach Roundwood und versprach halbherzig, am Abend wiederzukommen. Dann könnte sie ihr Brüderchen noch einmal sehen und ihr Vater würde sie anschließend heimfahren. Viola hätte sich zwar erheblich lieber mit Ahi getroffen, aber ihr Daddy erwartete Begeisterung und sie erwarb sich damit immerhin einen schulfreien Tag. Viola gedachte, ihn zu verschlafen. Die Nacht im Krankenhausflur war nun wirklich nicht erholsam gewesen.

Aber dann erwartete sie schon am Eingang des Campingplatzes ein völlig verwirrter, todunglücklicher Guinness. Offensichtlich hatte Bill den Hund gestern Abend nicht mit ins Haus genommen. Auf jeden Fall drängte sich das Tier winselnd an Viola. Daraufhin gab sie ihre Tagesplanung seufzend auf. Schlafen konnte sie immer noch. Aber jetzt schien strahlend die Sonne, zur Schule zu gehen, lohnte nicht mehr und ein Spaziergang mit Guinness war durchaus verlockend. Obwohl Ahi sich am helllichten Tage sicher kaum würde sehen lassen.

Letzteres erwies sich als Trugschluss. Tatsächlich war Viola kaum eine Meile weit am See entlanggelaufen, als sie zwei Pferde auf einer Weide oberhalb des Baches stehen sah, der von Bayview House in den See floss: ein silbergrauer Hengst und eine dunkelgraue, rassige Stute. Lahia … Viola überlegte schon, ob sie umdrehen sollte, aber dann schienen die Pferde sie zu bemerken.

Die Stute zögerte kurz, verzog sich dann aber in Richtung Berge, als der Hengst kurz die Ohren anlegte. Der Silberschimmel trabte dagegen abwärts, folgte dem Bach und verschwand hinter einem kleinen Wasserfall, der in der Sonne so flirrend leuchtete und tausend Lichtpfeile zu bündeln schien, dass Viola wie geblendet war. Sie schloss kurz die Augen – und erblickte Ahi durch den Bach auf sie zukommen, als sie sie wieder öffnete.

»Viola …« Er strahlte und hob die Stimme, um das Rauschen des Wasserfalls zu übertönen. »Ich hörte die Musik des Wassers und ich dachte an deinen Namen. Ich sah das Herbstlaub und dachte an die Farbe deines Haars. Ich nahm den Duft der Wiesen auf und meinte, deinen Atem zu spüren. Aber ich hätte nie gedacht, dich zu treffen. Was machst du hier um diese Zeit. Musst du nicht zur – Schule?«

Er sprach das Wort Schule aus, als sei es für ihn nicht von allzu viel Sinn erfüllt.

Viola lachte und fühlte sich glücklich, wach und voller Lebensfreude. Sie nahm seine Hände und verband sich so selbstverständlich mit ihm, als öffne sich ein lang verschlossenes Tor, das die Welt in zwei Hälften geteilt hatte.

Ahis Lippen flogen für den Hauch eines Kusses über ihre Wange und sie legte die Hand auf seine und spürte die Kühle und Glätte seiner Haut.

»Was machst du hier?«, stellte sie dann die Gegenfrage. »Ich dachte ... ich dachte, ihr verlasst den See nur in der Dämmerung.«

Ahis schöne Augen, heute leuchtend blau schimmernd wie der See selbst, spiegelten Verwunderung.

»Hältst du uns für Geschöpfe der Nacht?«, erkundigte er sich. »Fürchtest du uns deshalb? Aber es ist nicht so. Die Sonne ängstigt uns nicht, im Gegenteil, wir lieben sie. Aber es ist nicht leicht, ungesehen zu kommen und zu gehen, wenn der Tag so klar ist wie heute ...«

»Und es ist leichter, müde Wanderer nach einem langen Tag auf der Straße zu einem Ritt zu verführen als am Morgen nach erfrischendem Schlaf ...« Viola meinte fast, Lahias schöne, aber spöttische Stimme zu hören. War sie durch Ahi auch mit ihr verbunden? Oder zählte Violas eigener Geist eins und eins zusammen, nachdem sie so viel über Kelpies gelesen hatte? Viele ältere Legenden erzählten davon, dass erschöpfte Wanderer zu den bevorzugten Opfern der Amhralough zählten.

»Wie macht ihr das überhaupt?«, erkundigte sie sich, jetzt wieder etwas streitlustiger. Wenn sie Ahi in seiner menschlichen Gestalt sah und berührte, verspürte sie grenzenloses

Vertrauen, aber sobald er sie an seine Existenz als Kelpie erinnerte, regte sich wieder Missbilligung. »Dieser Gestaltwechsel … das ist unheimlich. Welches ist überhaupt eure wahre Gestalt?«

Sie mochte nicht daran denken, womöglich in ein Pferd verliebt zu sein, das sich nur als Junge tarnte.

Ahi schien angestrengt nachzudenken. »Wie meinst du das? Wahre Gestalt?«, fragte er schließlich.

Viola verdrehte die Augen und ließ seine Hände los. Es fiel ihr sofort leichter, wieder klar zu denken, aber gleichzeitig empfand sie Verlust und Bedauern.

»Na, wie seht ihr wirklich aus?« Viola versuchte, sich an Gestaltwandler aus Fantasy- oder Science-Fiction-Filmen zu erinnern. »Wenn ihr schlaft zum Beispiel …« Mitunter brauchten die Wesen in den Filmen alle Konzentration dafür, ihre menschliche Gestalt aufrechtzuerhalten, und verwandelten sich in eine Art Gallertmasse, wenn sie schliefen. Der Gedanke war allerdings noch unheimlicher als die Vorstellung, Ahi suche zur Nachtruhe einen Stall auf. »Wie werdet ihr geboren?«, hakte sie nach.

Ahi lächelte verstehend. »Ich bin Amhralough …«, meinte er dann würdevoll. »Aber als solcher verbunden mit einer beagnama. Beagnama ist unser Name für die Kleinen Seelen …«

»Die wir Tiere nennen?«, erkundigte sich Viola.

Ahi nickte.

»Die Kleinen Seelen, die ihr Pferde nennt«, sprach er dann weiter, »leben manchmal bei den Menschen, aber manchmal auch frei in den Bergen, und dort haben sie ein hartes Leben.

Nicht alle ihre Kinder werden groß, manche haben nicht genug Lebenskraft, wenn sie geboren werden. Ein solches beagnama sucht eine Kelpie-Mutter, wenn sie ein Kind geboren hat. Sie nährt es mit bacha und sie verbindet die Körper und Seelen …«

»Mit Menschen-bacha?«, fragte Viola, wieder abgestoßen.

Ahi zuckte die Schultern. »Wo ist der Unterschied? Die Kelpie-Mutter nimmt ihre eigene Kraft und vor allem die ihres Kindes. Aber die entstammt wohl der Jagd. Ich weiß es nicht. Solange ich lebe, wurde uns kein Kind geboren.«

Für Viola klang das wieder wie eine Ausflucht, aber jetzt wollte sie alles wissen. »Und dann? Fühlt und denkt ihr wie ein Pferd oder wie ein Mensch? Wo wachst ihr auf, im Wasser oder an Land? Bei einer Stute oder einer – Kelpie-Frau?«

»Wir denken und fühlen wie Amhralough«, antwortete Ahi verständnislos. Er war Viola seit Langem nicht so fremd erschienen. »Und wir kennen beide Mütter. Wir leben im See und in den Bergen. So lernen wir die Sanftmut von den Kleinen Seelen, aber auch die Musik des Sees – und die Jagd, um zu überleben. So, wie wir sind.«

Viola dachte kurz nach. Das erklärte, warum es Kelpies nur da gab, wo auch Pferde wild oder halbwild lebten, und warum sie ohne weitere Jagden als Tiere überleben konnten, wenn man sie denn fing und bannte. Ohne Jagd kein Gestaltenwandel.

»Du hast mir nicht erzählt, warum du heute hier bist, Viola …« Ahi versuchte offensichtlich, auf weniger brisante Gesprächsthemen zurückzukommen. Er griff auch wieder nach Violas Hand und sie nahm die seine – erst widerstrebend, aber dann voller Freude. Die beiden wanderten Hand in Hand am See entlang wie ganz normale Verliebte. Er half ihr fürsorglich über die oft steinigen Wege und hob sie lachend hoch, als ein Bachlauf zu überwinden war.

Viola ließ das Thema Kelpie dann auch außen vor und berichtete von Ainnés Kind. Zu ihrer Verblüffung zeigte sich Ahi begeistert. Er wollte alles von Kevin wissen – offensichtlich hatte er wirklich noch nie ein Neugeborenes gesehen.

»Also ich finde ihn ziemlich zerknittert und nichts sagend«, erklärte sie. »Und knallrot im Gesicht, eher verbiestert als süß. Nun soll sich das wohl irgendwann ändern. Mein Dad meint, ich hätte auch so ausgesehen …«

»Du könntest niemals zerknittert aussehen!«, protestierte Ahi und schaute sie mit leuchtenden Augen an. »Sicher warst du schon als Baby schön …« In seinem Blick lag Bewunderung, fast Anbetung. Viola war das beinahe ein bisschen peinlich, zumal sie heute sicher übernächtigt wirkte. Geschminkt oder auch nur gewaschen hatte sie sich nicht – sie war gleich mit Guinness losgezogen.

»Ich war als Baby ziemlich fett«, lachte sie, schon um Ahi ins Diesseits zurückzubringen. »Das sagen jedenfalls die Fotos. Ihr … macht wohl keine Fotos, oder?«

Womit sie wieder beim Thema waren.

Ahi schüttelte den Kopf. »Nein. Wir haben keine Technik, wie ihr sie benutzt. Wir brauchen sie nicht. Wir bewahren Bilder in unserer Seele …«

Viola verdrehte die Augen. »Schön gesagt. Aber nicht allzu praktisch, oder? Ich meine – ihr könnt euch vielleicht erinnern, aber andere können sich die Bilder nicht ansehen. Was ja eigentlich der Sinn von Fotos ist.«

»Nicht?«, fragte Ahi überrascht. »Na ja, wir öffnen unsere Seelen nicht jedem. Warum sollten wir unsere Bilder auch Fremden zeigen?«

Viola dachte an endlose Film- und Diaabende bei Freunden ihrer Eltern. Sie musste fast kichern. Bei den Amhralough schien es zum guten Ton zu gehören, seine Gäste nicht zu langweilen …

»Aber bei verbundenen namas …« Ahi sprach gelassen weiter. »Komm …«

Er führte die verwunderte Viola in den Schatten einer Weide am Ufer und suchte einen trockenen, moosbewachsenen Platz, wo sie sich hinsetzen konnten. Dort legte er den Arm um sie, zog sie an sich und schloss damit wieder den Kreis, der sie verband. Viola wiegte sich in der Sicherheit ihrer alles umfassenden Liebe – und schien die Welt plötzlich mit seinen Augen zu sehen. Der See wurde zur Heimat, die Wiesen lockten mit einem süßen, fast unwiderstehlichen Duft – wie Heuduft, aber noch stärker. Viola nahm ihn mit den Sinnen der Kleinen Seele auf, mit der Ahi seit seiner Geburt verbunden war.

»Schau auf den See …«, sagte Ahis Stimme – in Wirklichkeit oder in ihrem Kopf? Aber wie auch immer es war, aus der Wasserfläche schienen jetzt Bilder aufzusteigen. Bilder wie Erinnerungen, nicht allein Projektionen, sondern vermischt mit Gefühlen und Gedanken.

Viola sah ein Baby, das sich an die glatte, kühle Haut seiner Mutter schmiegte, und hörte ein betörendes Wiegenlied.

Das Kind war nicht rot und faltig wie Kevin, sondern zart und süß, mit langen Wimpern über schrägen Augen, in denen sich jetzt schon das Blau des Sees spiegelte. Sie hörte noch mehr fremdartige Musik und sah ein lebloses Fohlen im Gras. Aber dann spürte sie Lebenskraft in sich aufsteigen und empfand ungläubige Freude, als sie plötzlich vier Beine zu haben schien. Lange, noch ungeschickte Beine, die einen schmächtigen Fohlenkörper in tapsigen Bocksprüngen über eine mit Felsen bedeckte Weide in den Bergen wirbelten. Sie fühlte das eiskalte Wasser des Sees, aber empfand es als streichelnd und belebend, als sie später im Körper eines übermütigen Kindes mit Fischen um die Wette schwamm. Sie genoss die Bewegung, die so ganz anders war als die mühseligen Schwimmstöße der Menschen – Viola sah eine jüngere Lahia, die Ahi neckte und an den Haaren zog. Sie erlebte, wie der silberne Hengst neben der schiefergrauen Stute aus dem Wasser stieg, durchs Schilf galoppierte. Sie sah Ahi in menschlicher Gestalt in einem Kreis anderer Kelpies sitzen und seltsame Instrumente spielen, folgte seinem geschmeidigen Körper in einen Tanz mit Wellen und Strömungen zu unwirklich schöner Musik.

Und dann sah sie den silbernen Hengst aus dem See treten, an einem verhangenen Abend, fühlte sein Erschrecken, als etwas vor ihm aus dem Schilf sprang – wieder ein Gefühl der Kleinen Seele, der Ahi sich damals überlassen hatte. Viola verstand jetzt auch das. Es war schön, in eine Welt einzutauchen, in der alles einfach war und nichts zählte, außer der Süße des Grases und der wärmenden Sonne auf dem Fell. Sie erlebte die kraftvollen Galoppsprünge, mit denen der

Hengst davonstürmte – und sah einen Zaun vor ihm aufragen, wo bisher nur trockene, weitläufige Wiesen gewesen waren. Viola spürte das Entsetzen des Kelpies, rettete sich in einen Sprung – und fiel …

Dann brach die Bilder- und Gefühlsflut ab, Ahi schien das »Album« zugeschlagen zu haben.

»Wow!«, sagte Viola, woraufhin Ahi sie verwundert ansah. Den Ausdruck hatte er noch nie gehört, und sie musste fast darüber lachen, wie es hinter seiner Stirn zu arbeiten schien. Mittlerweile sah sie ihm an, was er dachte – oder war da immer diese leichte, nicht greifbare Verbindung zwischen ihren Seelen?

»Das Lieblingswort meiner Freundin Katja, um Verblüffung auszudrücken«, erklärte sie. »Jedenfalls bin ich beeindruckt. Das schlägt jede Multimediashow. Aber du hast mir nicht alles gezeigt!« Als Ahi sie losließ, um weiter am See entlangzuwandern, regte sich ihre Skepsis wieder. »Was ist mit … der Jagd?«

Ahi sah sie unwillig an. »Du weißt, dass ich noch nie gejagt habe!«, erklärte er heftig.

Aber Viola ließ ihn nicht so leicht davonkommen. »Und das …« Beinahe hätte sie Fressen gesagt, beherrschte sich dann aber gerade noch. »Aufnehmen von bacha?«, formulierte sie freundlicher.

Ahi senkte den Kopf. »Ihr fotografiert auch nicht alles …«, bemerkte er dann. »Es gibt Dinge, die … Ach, Viola, nun stellst du es dir wieder derart blutrünstig vor. Aber das ist es gar nicht. Es ist nur – nichts für Außenstehende …«

»Auf einmal bin ich außenstehend?«, bohrte Viola, jetzt wirklich verärgert. »Eben waren wir noch verwandte Seelen.«

Ahi seufzte. »Ich werde dich mitnehmen. Du musst … es mit eigenen Augen sehen.«

»Das Aufnehmen von bacha?«, fuhr Viola entsetzt auf. »Vielen Dank, kein Bedarf. Ich stehe ungern auf der falschen Seite der Speisekarte.«

Ahi rieb sich die Stirn. Er wirkte angestrengt. Seine »Diashow« schien eine Menge bacha zu verbrauchen. »Natürlich nicht nach einer Jagd. Aber du musst meine Welt sehen, meine Leute. Wir sind keine Ungeheuer, du musst dich einfach davon überzeugen. Wirst du morgen mit mir kommen, Viola? Wenn deine Schule aus ist, aber die Sonne noch hell am Himmel steht? Nein, denk jetzt nicht, dass wir in der Dämmerung gefährlich sind. Es ist nur … unsere Welt ist schöner, wenn das Licht sich im Wasser bricht. Wenn die Sonne unsere Täler erreicht und unsere Haine beleuchtet. Ich …«

Er wollte ihr seine Heimat von der besten Seite zeigen. Viola war gerührt. Auch von der Liebe, die aus seinen Worten sprach und die sie vorhin mitgefühlt hatte. Die Liebe zu dem See, den Wellen, den Pflanzen, die ihn streichelten, wenn er nah am Boden des Sees schwamm.

»Also schön«, stimmte sie schließlich zu. »Aber wie soll das konkret gehen? Mir werden bis morgen keine Kiemen wachsen, Ahi. Und ich kann auch nicht allzu lange die Luft anhalten. Ich kann nicht mal gut schwimmen …«

Ahi lächelte und zog sie in die Arme. Dabei bemerkte sie erstmals wieder das leichte Ziehen, den Schwindel, der sie am Anfang überkommen hatte, wenn er nach ihr griff. Bacha, das von ihr zu ihm wanderte? Nachdem sie in den letzten Tagen nur die überschäumende Energie geteilt hatten, die ihn seit der letzten Jagd erfüllte? Sie wollte nicht schon wieder fragen …

»Du gehst nur mit deiner Seele, deiner nama – ich sagte dir doch schon, der Stein ermöglicht die Trennung. Für die Menschen wirst du schlafen …«

Viola hätte dazu noch einiges wissen wollen, aber sie bezähmte sich. Für heute hatte sie Ahi wirklich genug ausgequetscht, und sie fühlte sich jetzt auch zu müde, um möglichst vorsichtig zu formulieren. Es war schwierig, ihn auszuhorchen, ohne ihn zu beleidigen, und im Moment quälte sie auch die Frage, ob ihre Erschöpfung aus dem Austausch von bacha resultierte oder einfach aus der fast durchwachten Nacht. Ahi brachte sie jedenfalls bereitwillig nach Hause. Und dann überreichte er ihr überraschend noch einen Stein. Wieder ein Amethyst, aber diesmal winzig und nicht sehr ansehnlich.

»Hier, für deinen Bruder. Ich will nicht, dass du dich um ihn sorgst – als wir vorhin verbunden waren, sah ich die Bilder eines bösen Traums. Und es ist üblich, zur Geburt etwas zu schenken. Bei euch und auch bei uns …«

Viola nahm den Stein dankend, aber mit schlechtem Gewissen an. Sie würde sich wirklich besser fühlen, wenn Kevin ihn trug. Aber wie sollte sie das Ainné erklären? Wie sollte sie ihr das Geschenk überhaupt erklären? Kleine Aufmerksamkeit von meinem Freund, dem Kelpie, damit seine Familie unsere Familie nicht versehentlich frisst?

Auf dem Campingplatz traf sie Shawna, die mal wieder in heller Aufregung war. Erneut hatte sie wilde Pferde gesehen, diesmal eine wunderschöne schiefergraue Stute.

»Und sie war auch so zutraulich!«, erzählte sie, nachdem Viola vom Krankenhaus und dem kleinen Kevin berichtet hatte. »Meine ich jedenfalls. Also alles in allem – lach mich nicht aus, Vio, aber die Sache war ganz seltsam. Zuerst dachte ich, das Pferd trüge einen Sattel. Und ein Zaumzeug. Ich dachte, jemand wäre vielleicht gefallen. Jedenfalls wollte ich sie fangen und in den Stall bringen. Und dann die Polizei anrufen. Aber irgendwie … also es sah aus, als hätte sie ein Zaumzeug, aber wenn ich danach greifen wollte, hatte sie keins. Dabei stand sie immer ganz ruhig, als wollte sie, dass ich aufsteige. Wenn ich seitlich heranging, schienen da auch Zügel zu sein … Aber nicht, wenn ich sie einfangen wollte. Kann es sein, dass ich spinne, Viola?« Shawna war ernstlich besorgt.

Viola wünschte sich die Telefonnummer eines Pferdemetzgers. Diese verdammte Lahia! Hatte sie es also auch bei Shawna probiert – mit allen Tricks!

Viola wusste nicht genau, wie sie reagieren sollte, aber sie versuchte erst mal, das Ganze ins Lächerliche zu ziehen. »Ganz klar Halluzinationen. Dabei hatte ich doch die durchwachte Nacht, nicht du!«, neckte sie die Freundin.

Sie wunderte sich, als Shawna sie daraufhin anstrahlte. »Ach, ich hab auch nicht viel geschlafen!«, erklärte sie, klang aber nicht müde, sondern begeistert. »Ich helfe doch manchmal beim Tierarzt aus, weißt du. Seitdem ich das Schulpraktikum bei ihm gemacht habe. Und diese Nacht rief er an, dass seine Helferin nicht kommen kann, aber er hätte einen Kaiserschnitt bei einer Hündin zu machen. Allein könne er das nicht und ich sei doch immer ganz anstellig gewesen. Ach, Vio, es war wundervoll! Zehn Welpen haben wir geholt, stell dir vor! Zehn Border Collies, ich glaube, Geschwister von Guinness, die Hündin kommt jedenfalls von der gleichen Farm. Und der Züchter möchte mir einen schenken, als Dankeschön. Ist das nicht großartig?«

Dann verdüsterte sich jedoch ihre Miene. »Brauchst mir aber nicht zu gratulieren«, meinte sie traurig. »Meine Eltern haben schon Nein gesagt.« Shawna seufzte. »Aber noch ein paar Jahre, Vio, dann hab ich selbst so eine Praxis und mindestens zehn Hunde und fünf Pferde!« Das blonde Mädchen lächelte schon wieder, obwohl ihr dabei Tränen in den Augen standen.

Auf jeden Fall bot die durchwachte Nacht – in deren Folge Shawna natürlich wie sonst auch zur Schule gegangen war – eine gute Begründung für die optische Täuschung bei Lahias Annäherungsversuch.

»Die Sonne hat dich einfach geblendet«, meinte Viola. »Denk nicht mehr dran. Und wem sollte das Pferd auch gehört haben? Du kennst hier doch jeden Gaul im weiten Umfeld.«

Shawna stimmte dann auch zu und bot sich überraschend an, am Abend mit Viola nach Dublin zu fahren. »Ich möchte das Baby gern sehen«, erklärte sie. »Ich finde Babys süß. Wenn ich nicht Tierärztin würde, könnte ich auch Hebamme werden. Sie sind so winzig und runzelig, wenn sie rauskommen … Aber am süßesten sind natürlich Fohlen …«

Im Bus fasste Viola sich dann ein Herz und zeigte ihrer Freundin den winzigen Amethyst für Kevin. Am liebsten hätte sie ihn gleich ihr geschenkt – seit Lahias Angriff fürchtete sie wieder ernsthaft um ihre Sicherheit. Aber das ging natürlich nicht, Ahi würde enttäuscht sein. Besser kaufte sie bei Gelegenheit eine Amethystkette und schenkte sie Shawna zum Geburtstag.

Shawna redete Viola zu, Ainné das Geschenk gleich zu geben. »Ein Glücksstein, genau wie deiner! Bruder und Schwester, das passt doch total. Ainné freut sich bestimmt riesig. Auf jeden Fall ist das viel persönlicher als irgendein Strampler oder so was. Wo hast du ihn übrigens gefunden? Ich hab hier noch nie Amethyste gesehen, aber der geheimnisvolle Spender von deinem Stein muss ihn ja auch irgendwo herhaben. Oder hat der ihn in Deutschland gefunden?«

Shawna zwinkerte Viola zu. Sie war zweifellos neugierig auf ihren unsichtbaren Freund, aber nachdem all ihre vorsichtigen Nachforschungen in der Umgebung nichts erbracht hatten, vermutete sie ihn an Violas früherem Wohnort. Sicher fand sie es merkwürdig, dass Viola nie direkt von ihm sprach, aber Shawna war geduldig und diskret. Viola dachte manchmal sogar daran, ihr Ahis Geheimnis zu verraten. Verdammt, bevor sie zuließ, dass Lahia ihr etwas antat, würde sie es tun!

Ainné teilte Shawnas Begeisterung über Violas Geburtsgeschenk für Kevin leider nicht. »Ein Stein?«, fragte sie verwirrt. »Was soll er denn damit anfangen? Ja, klar kann man einen Anhänger daraus machen wie aus deinem. Aber Kevin ist ein Junge! Und das Steinchen ist auch so winzig, er könnte es verschlucken. Babys nehmen zunächst alles in den Mund, Vio …« Ainné ließ den Amethysten nachlässig auf den Nachttisch gleiten. Wahrscheinlich würde sie ihn im Krankenhaus vergessen.

Aber immerhin zeigte Violas Vater eine gewisse Rührung. »Aber es ist doch ganz reizend von Vio, dem Kleinen eine Art Geschwisteramulett zu schenken!«, versuchte er zu vermitteln. »Wir werden ihn jetzt erst mal weglegen, Vio, aber wenn ich Zeit habe, lasse ich den Stein einfassen – schön schlicht, sodass auch ein Junge ihn tragen kann. Und dann mag Kevin ihn vielleicht umlegen, wenn er größer ist.«

Dann konnte es nur bereits zu spät sein … Viola kämpfte ein ungutes Gefühl nieder. Aber es musste andere Möglichkeiten geben, Kevin vor den Kelpies zu schützen. Am besten brachte man ihm einfach bei, keine fremden Pferde anzufassen. Im Grunde konnte sie hier guten Mutes sein. Ainné war schließlich selbst Reiterin und hing eifersüchtig an ihrer Stute Gracie. Sicher würde sie Kevin in diesem Sinne erziehen, und bestimmt bekam er ein eigenes kleines Pony, wenn er reiten wollte.

Ainné lobte jetzt erst mal den winzigen dunkelblauen Strampelanzug, den Shawnas Eltern mitgeschickt hatten.

»Sie kommen auch mal vorbei, wenn sie Zeit haben, aber im Moment sind noch Herbsttouristen da, und irgend so ein Unternehmen vermarktet jetzt auch ›Irland im Winter‹«, entschuldigte Shawna ihre Familie. »Keine Ahnung, was die hier sehen wollen, es regnet doch nur dauernd, und wenn gerade nicht, dann ist alles neblig …«

»Aber Dolmen im Nebel sind romantisch!«, lachte Violas Vater. »Und Ringsteine für Liebespaare … Was ist, Ainné, heiraten wir nicht doch lieber nach keltischem Ritus?« Er zwinkerte seiner Frau zu.

Ainné verzog den Mund und Viola wäre fast vom Stuhl gefallen. »Heiraten?«, fragte sie verwirrt. »Aber … seid ihr das nicht längst?«

Soweit sie und ihre Mutter wussten, hatte Dad seine Ainné einen Tag nach dem Scheidungstermin aufs Standesamt geschleppt.

Ihr Vater nickte. »Doch, natürlich. Aber nur standesamtlich. Und Ainné möchte gern noch in der Kirche getraut werden. Während ich so eine keltische Zeremonie … mit einem Druiden und einem Tanz um den Ringstein …«

»Red keinen solchen Unsinn, Alan!«, unterbrach ihn Ainné scharf. Die Trauung war offensichtlich ein Streitpunkt. Ainné und Bill waren streng katholisch, aber Alan ging nicht zur Kirche. Viola hatte während der letzten Monate häufig mit angehört, wie die zwei sich um die Taufe des kommenden Kindes stritten. Die stand nun natürlich an. Und womöglich taufte der Priester kein Kind aus einer nicht kirchlich geschlossenen Ehe. Viola wusste das nicht und es war ihr auch egal. Aber sie empfand immer noch eine Art Schadenfreude, wenn Ainné und Alan sich stritten. Wobei sich Ainné im Übrigen meistens durchsetzte. Irgendwann gab Alan grundsätzlich nach und so stand demnächst sicher auch eine Taufe an. Wenn nicht gar eine Hochzeit!

Ainné wollte ihren Sohn jetzt stillen, und Shawna versicherte ihr noch einmal, wie hinreißend sie den Kleinen fände. Viola wollte dagegen endlich nach Hause und schließlich riss sich auch ihr Dad widerstrebend los. Viola und Shawna hatten am nächsten Tag Schule. Es ging nicht, dass er sie erst nach Mitternacht nach Hause brachte.

Viola lag also um elf im Bett, aber trotz des langen Tages, der unruhigen Nacht davor und ihrer bleiernen Müdigkeit fand sie noch lange keinen Schlaf. Jetzt, da sie allein in ihrem Zimmer lag, ließ sie das Versprechen nicht los, das sie Ahi am Morgen gegeben hatte. Sie würde mit ihm in seine Welt im See gehen – und sie hatte nach wie vor keine Idee, wie sie das schaffen sollte, ohne Schaden zu nehmen – an Körper, Geist und Seele – bacha, nama und ... sie hatte keine Ahnung, wie die Amhralough ihre sterbliche Hülle nannten ...

10

Viola verbrachte praktisch den ganzen folgenden Nachmittag vor dem Spiegel. Dabei war es sicher Unsinn, einen Rock anzuziehen – die einzig wirklich angemessene Bekleidung, die ihr für dieses Unternehmen einfiel, war schließlich ein Neoprenanzug! Dennoch machte Viola sich endlos Gedanken um ihr Outfit und gab sich unendliche Mühe mit ihrer Frisur. Sie sollte weder zu brav noch zu aufreizend wirken. Das Beste wäre eine Flechtfrisur. Schließlich flocht sie ihr Haar nicht ganz – es war zu dicht und schwer für Zöpfe, und Viola fand auch, dass sie aus dem Zopfalter heraus war –, sondern zog sich einen Mittelscheitel und flocht nur zwei Strähnen rechts und links ihrer Schläfen. Die Zöpfe fasste sie dann am Hinterkopf zusammen, sodass sie ihr das Haar wie ein natürliches Stirnband aus dem Gesicht hielten. Aber im Wasser würden sie sich wahrscheinlich trotzdem lösen, wie damals bei Louise Richardson …

Sie schauderte, wenn sie an Shawnas Schilderung der Leiche dachte: »Das Gesicht hab ich nicht gesehen, da war ihr Haar drübergefallen …«

Aber das alles war Unsinn! Viola würde nicht ertrinken! Sie konzentrierte sich auf das Make-up – sie musste gut aussehen, auf keinen Fall wollte sie gegen Lahia abfallen! Und sie würde sich jetzt auf dieses seltsame Treffen vorbereiten wie auf jedes normale Date – oder wie auf einen Besuch zum Tee bei den Eltern ihres Boyfriends. Ansonsten würde sie verrückt werden!

Ahis Augen weiteten sich vor Bewunderung, als sie schließlich zum Treffpunkt hinter dem Bootshaus kam. Sie hatte einen weiten, grün-braun karierten Rock gewählt und einen Pullover in hellem Grün. Der verschwand allerdings weitgehend unter der Wachsjacke, es nieselte schon wieder. Viola dachte mit Galgenhumor, dass sie so wohl schon vor dem Tee bei den Amhralough wie eine nasse Katze aussehen würde.

Ahi streichelte allerdings bewundernd über ihr Haar und lächelte, als er den Amethysten wieder über ihrem Pulli um ihren Hals hängen sah.

»Du siehst wunderschön aus!«, sagte er andächtig. »Und der Stein leuchtet – das ist ein gutes Zeichen! Du bist eins mit ihm, er lädt sich auf mit deiner Kraft!«

Viola dachte bei sich, dass die Silberschmiedin ihn vielleicht einfach nur ein bisschen poliert hatte. »Muss ich ihn … gleich nicht auf der Haut tragen?«, fragte sie unsicher.

Ahi nickte. »Sicher. Aber erst später, das hat noch Zeit. Wir müssen ein Stück gehen, du kannst hier nicht schlafen. Nicht auszudenken, wenn jemand dich fände! Wir brauchen einen verschwiegenen Ort.«

Der verschwiegene Ort war dann das Inselchen mit dem Sommerhaus, eine Meile vom Campingplatz entfernt. Es lag heute wie eine Zauberinsel im Zwielicht des verregneten

Herbstnachmittags. Die Ruine darauf ragte wie ein Mahnmal der Vergänglichkeit in den verhangenen Himmel. Viola dachte an Horrorfilme und gruselte sich. Aber Ahi führte sie mit aller Selbstverständlichkeit ans Ufer, wo ein kleines Ruderboot auf sie wartete.

»Seit wann brauchen Kelpies Boote?«, fragte sie mit gespielter Heiterkeit.

»Es hat sich losgerissen. Vom Anleger bei einer der Farmen. Der Mann war gestern fischen, aber er hat's nicht ordentlich angebunden. Ich bringe es nachher zurück«, meinte Ahi.

Er reichte Viola fürsorglich die Hand, um ihr ins Boot zu helfen. Sie zögerte, bemühte sich aber, es ihn nicht merken zu lassen. Ahi hatte recht. Niemand würde sie auf der Insel suchen, zumindest nicht so bald. Wenn ihr – oder ihrem Körper? – irgendetwas passierte, würde es keinen Notarzt geben und keine Wiederbelebung oder was auch immer.

»Kann ich … nicht erfrieren?«, fragte sie erstickt.

Ahis kühle, starke Hand legte sich um die ihre und sie fühlte sich sofort besser.

»Viola …«, sagte er sanft. »Denkst du wirklich, ich täte irgendetwas, um dir zu schaden? Dein Körper wird weiter atmen, dein Herz wird weiter schlagen. Etwas langsamer als sonst, vielleicht wirst du frieren, wenn du erwachst. Aber geschehen wird dir nichts, du wirst nicht einmal nass werden …«

Tatsächlich führte Ahi sie zu dem einzigen Eckchen des alten Gebäudes, das noch ein paar Dachstreben aufwies. Das üppige Grün auf dem Eiland hatte sich ihrer längst als Halt für Schlingpflanzen bemächtigt und so bot sich hier tatsächlich eine Art Unterschlupf, eine Mauernische unter einem Dach aus Ranken und Laub.

Ahi musste gestern schon Moos darin aufgehäuft haben, denn auf Viola wartete ein trockenes Lager.

»Leg dich entspannt hin«, forderte er sie auf. »Wenn du schief liegst, wird dir nach dem Aufwachen alles wehtun.«

»Du hörst dich an, als wäre ich nicht das erste Mädchen, das du hierherbringst ...«, meinte Viola argwöhnisch. »Woher weißt du das alles? Bekommt ihr öfter menschlichen Besuch?«

Ahi schüttelte den Kopf. »Du bist das erste Mädchen, das ich jemals angesehen habe«, beteuerte er, »mit den Augen meiner Seele. Und das erste, das ich berührt habe. Das erste, mit dem ich meine Gedanken geteilt habe. Du ...«

»Und Lahia?«, fragte Viola. »Du hast mit ihr gespielt, als du klein warst, das hast du mir gezeigt ...«

»Das ist etwas anderes ...«, meinte Ahi und wandte den Blick ab. »Lahia und ich ... teilen unsere Lieder. Und früher, sehr viel früher, sind auch menschliche Sänger und Harfner gekommen, um unsere Lieder zu teilen. Ich erinnere mich nicht daran – und auch keiner der anderen Amhralough, es ist zu lange her. Aber die Alten sagen, dass es einmal so war, in den goldenen Zeiten, in denen die Tore zwischen den Welten noch offen waren. Ein Teil der Seelen wusste damals zu wandern ...«

Viola dachte an eine Geschichte aus Glendalough: Der heilige Kevin, der Gründer des Klosters, hatte damals in Frieden mit einem Seeungeheuer zusammengelebt und die Vögel hatten in seinen Händen ihre Nester gebaut ...

»Du weißt, wir zählen keine Jahre«, sprach Ahi weiter. »Aber wir bewahren Erinnerungen. Deshalb weiß ich, wie es geht … und deshalb heißen die Alten dich auch willkommen. Du bist der erste Mensch, der uns seit langer, langer Zeit besucht …«

Von den Jagdopfern mal abgesehen, dachte Viola unbehaglich, sagte aber nichts. Stattdessen setzte sie sich immer noch etwas unschlüssig auf das Lager aus Moos. Ahi hockte sich neben sie und zog sie in die Arme.

»Vergiss jetzt die Jäger, Viola! Denk an die Sänger … Verbinde dich mit mir, du weißt, es ist einfach …«

Zögernd überließ Viola sich ihm. Sie zitterte, als er jetzt vorsichtig nach ihrem Amulett griff und den Stein auf ihren Hals legte. In die winzige Grube, die Hals und Brust dort bildeten, wo sie ineinander übergingen. Ahis lange, schmale Finger ertasteten ihren Puls. Er schlug schneller, beruhigte sich aber, als der Stein seinen Platz fand. Sie meinte, ihn im Rhythmus ihres Atems pulsieren zu sehen.

»Müsste ich jetzt müde werden?«, fragte sie unsicher.

Ahi schüttelte den Kopf. »Nein, du wirst ja nicht schlafen. Entspann dich nur. Lass uns gemeinsam reisen …«

Seine Lippen streiften ihre Stirn, wanderten entlang ihrer Schläfe zu ihrer Wange, liebkosten sie wie ein Hauch … und dann endlich schwand auch diesmal ihre Angst, sie fühlte sich leicht, glücklich und sicher, berührte Ahis arglose, freundliche Seele.

»Von mir aus können wir gehen …«, sagte sie, jetzt endlich optimistisch und neugierig.

Ahi lächelte ihr zu. Sie stand auf, wollte seine Hand nehmen und ihn ebenfalls auf die Füße ziehen – aber dann sah sie, dass er noch damit beschäftigt war, ihren erschlafften Körper bequem ins Moos zu betten.

»Wie … wie ist das möglich, ich …«, stammelte Viola. Sie hatte schon von Astralreisen und Out-of-Body-Erlebnissen gehört und gelesen, aber sie hatte das nie wirklich glauben können. Und jetzt gab es sie plötzlich zweimal! Sie schaute auf ihre Hände und bewegte sie vor ihrem Gesicht. Alles war normal, sie hatte nicht das Gefühl, ein Geist zu sein. Und dennoch lag da ihr lebloser Körper im Moos …

»Nicht mehr dran denken!«, sagte Ahi leise. »Fürchte dich nicht. Sonst zieht deine Angst dich zurück. Komm einfach. Wir werden bald zurück sein …«

Ahi war jetzt auch aufgestanden und nahm ihre Hand. Er führte sie zum Ufer, aber diesmal nahmen sie nicht die Barke. Viola meinte ein Lachen zu hören und sah dann das schieferfarbene Pferd im See verschwinden. Ob Lahia sie belauscht hatte? Oder war sie das Willkommenskomitee? Viola hätte sich einen wohlwollenderen Empfang erhofft als ausgerechnet den durch die Jägerin. Aber Lahia ließ sich vorerst auch nicht mehr sehen. Überhaupt zeigten sich weder Mensch noch Tier, als Ahi Viola nun sanft ins Wasser zog. Es war kühl, aber angenehm, einladend. Viola betrat es ohne Furcht.

»Wir müssen zunächst durch die Gärten …«, sagte Ahi.

Tatsächlich durchquerten sie erst seichtes Wasser, dessen Grund mit üppigem Grün bewachsen war. Die Pflanzen schienen nach ihnen zu greifen … Viola meinte, früher einmal vor Schlingpflanzen am Boden von Gewässern gewarnt worden zu sein. Aber Ahi wehrte sie spielerisch ab. Er schwamm jetzt und hielt Viola dabei an der Hand. Sie selbst war zu fasziniert, um sich aufs Schwimmen zu konzentrieren. Zu seltsam und berauschend schön war der Weg durch das klare Wasser, in das Sonnenstrahlen tauchten wie goldenes Licht. Viola hatte das Gefühl, die Pflanzen am Boden müssten Schatten werfen, aber so stark war die Sonne hier nicht mehr. Sie bemerkte jetzt auch eine Strömung – wohl die gleiche, die vor Kurzem ihr Boot hinausgezogen hatte. Der Sog bewegte die Schlingpflanzen und Viola wurde fast schwindelig vom gleichmäßigen, trägen Tanz der Wassergräser.

»Spürst du den Rhythmus?«, fragte Ahi. »Er ist Teil des Liedes … Hör genau hin. Es kann etwas dauern, bis du verstehst …«

Ahis Stimme schien in ihrem Kopf zu erklingen. Unter Wasser konnte man doch nicht sprechen! Viola war verwundert. Aber eigentlich war es auch egal. Auf jeden Fall hörte sie jetzt Musik! Sehr fremdartige Musik, vielleicht am ehesten vergleichbar der australischen Didgeridoos. Aber dann mischten sich auch perlende Klänge hinein.

»Hörst du es? Das sind wir. Die Amhralough. Sie machen Musik. Sie werden auf mich warten …« Über Ahis Gesicht spielte ein Lächeln, aber kein besorgtes, wie sonst, wenn sein Volk nach ihm rief. Eher schien sich Vorfreude zu regen. Ahi und Viola waren jetzt tiefer im See und der üppige Bewuchs des Bodens wich immer öfter Felsen, auch Gebilden, die Dolmen oder Ruinen glichen. Ahi schüttelte jedoch den Kopf.

»Nein, wir bauen nicht, Viola. Wir richten nichts auf, wir verändern nichts. Wir sind nur da – wir singen …«

Und dann tat sich der Blick auf eine Art Felsengrotte auf, in der Viola Gestalten erkannte. Sie erschrak zunächst, aber die Frau, die ihr entgegenkam, lächelte. Sie bewegte auch die Lippen, aber Viola konnte sie nicht hören.

»Du musst erst Teil des Kreises werden«, sagte Ahis Stimme in ihrem Kopf. »Komm, setz dich zu uns, hör die Musik, lass dich treiben …«

»Kann ich nicht irgendetwas tun?«, Viola formulierte die Frage in ihrem Kopf und war nicht wirklich verwundert, als sie die Worte dabei zu hören meinte. Wie konnte sie Teil von etwas werden, indem sie einfach nur da saß? »Soll ich … was weiß ich, eine Trommel schlagen oder so was?« Sie sah jetzt, dass jedes der Wesen im Kreis ein Instrument spielte. Auf Ahi selbst wartete etwas, das entfernt an eine Harfe erinnerte. Er ließ Viola los und griff danach, woraufhin sich flirrend leichte, hohe Klangfolgen in die tiefen Grundtöne des Liedes mischten.

»Sei einfach nur da!«, meinte Ahi.

Viola versuchte es. Aber es dauerte lange, bis sich ihr der Rhythmus der Musik wirklich erschloss und sie begann, auf ihm dahinzutreiben. Vorerst hatte sie zu viel damit zu tun, die Wesen zu sondieren, die sich hier zu einer so offensichtlich friedlichen und schönen Beschäftigung zusammengefunden hatten. Insgesamt zählte Viola vierzehn, die meisten in mittlerem Alter, drei offensichtlich sehr alt und nur wenige jüngere. Ahi und Lahia waren deutlich die jüngsten – wobei Lahia die Einzige war, die keins der merkwürdigen Instrumente spielte. Sie saß nur da und formte mit ihren langen, zarten Fingern Zeichen im Wasser. Ob sie dirigierte? Auf jeden Fall war Viola wieder wie geblendet von ihrer Schönheit. Wobei das auf sämtliche Kelpies zutraf. Sie alle hatten glatte Haut und edle Gesichtszüge, selbst die Greise wirkten nicht runzelig und verbraucht, sondern nur dünner und abgeklärter als die Jüngeren. Ihre Züge waren kantiger, die Haut schien sich über den Knochen zu spannen und ihr Haar war lichter und kürzer. Es trieb nicht im Rhythmus mit der Strömung wie das der Jüngeren – eine Bewegung, die Viola an die Wasserpflanzen nahe des Ufers erinnerte. Obwohl das Haar der Kelpies natürlich nicht grün war, sondern in allen Schattierungen zwischen weiß und dunklem Silber schimmerte. Eine alte Frau, die eine Art Saiteninstrument spielte, lächelte Viola zu. Und nickte dann fordernd in Lahias Richtung. Die schien zu widersprechen, Viola sah, wie sich ihre Lippen bewegten und sie die Stirn runzelte.

Die alte Frau blitzte sie daraufhin fast böse an, woraufhin Lahia den Blick senkte. Und dann begann sie zu singen! Das also war es, was hier noch gefehlt hatte, um jeden Hörer völlig in den Bann zu ziehen. Lahias Stimme war unfassbar hoch, aber klar und nicht schneidend – noch nicht zumindest. Viola ahnte, dass ihr Lied nicht so betörend bleiben musste. Diese Stimme war unzweifelhaft fähig, einem Opfer die Seele aus dem Leib zu schneiden. Setzte man so bacha frei? Jetzt jedenfalls wollten die Kelpies nur betören. Viola vergaß ihre Bedenken und versuchte, nicht in Lahias Gesicht zu blicken. Das Kelpie-Mädchen hatte seinen Rhythmus gefunden und sah triumphierend auf. Ihr Blick auf Viola war nicht freundlich – obwohl sie die Besucherin jetzt wirklich in den Kreis holte. Viola wurde Teil der Musik, ihre Seele ging im Zusammenspiel der anderen auf. Es war nicht ganz so wie bei der Vereinigung mit Ahi, es blieb oberflächlicher, weniger intim, und vor allem wurde es nicht von einem allumfassenden Rausch der Freude begleitet. Aber sie erfasste doch die Präsenz der anderen im Kreis – und teilte zumindest ansatzweise ihre Gefühle!

Die alte Frau dort, die mit Lahia geschimpft hatte, war ihr freundlich gesinnt. Sie blickte mit Interesse auf das Menschenwesen. Vielleicht war sie es gewesen, die Ahi von den Besuchern zur Zeit der Druiden erzählt hatte. Die anderen Alten schauten ebenfalls mit Gleichmut auf Viola, aber einige der Jüngeren auch mit Argwohn, und besonders von einer der Frauen schlug Viola offene Ablehnung entgegen. Das musste Ahlaya sein, die Ahi in Gestalt der cremefarbenen Stute beobachtet hatte und zum Jagen anleiten sollte. Viola erfasste nicht ganz, was Lahia über die Neue im Kreis dachte. Aber ihr Eindruck vom Charakter des Mädchens bestätigte sich: Lahia war zweifellos die Gefährlichste der Kelpies. Während die Gesellschaft als solche friedlich wirkte, ging von ihr Aggressivität aus. Sie schien das gemeinsame Lied auch nicht wirklich zu genießen, sondern fast ungeduldig vorwärtszutreiben. Lahia saß ohne Zweifel nicht gern still – sie jagte lieber als zu singen.

Und dann ertönte eine andere als Ahis Stimme in Violas Kopf. Ähnlich singend und zweifellos freundlich.

»Nun, hat dir unser Lied gefallen, Menschenkind?«

Viola nickte, noch sprachlos.

»Es ist ein sehr altes Lied, man sagt, die Amhralough und die Menschen haben es einmal gemeinsam gesungen. Damals, als die Welt noch jung war …«

Die alte Frau mit dem Saiteninstrument lächelte. Es war eindeutig ihre Stimme, die Viola vernommen hatte.

»Bist du gekommen, um mit uns zu singen, Menschenkind?«, fragte einer der anderen Greise.

Viola hatte das Gefühl, sich zu räuspern, aber das war eigentlich lächerlich. Wenn sie überhaupt Töne erzeugte, dann sicher nicht in ihrer Kehle …

»Ich … kann nicht besonders gut singen«, bemerkte sie.

Die Amhralough schienen zu lachen.

»Was willst du dann hier?«, fragte die Frau schneidend, die Viola bislang nur als weiße Stute kannte. »Warum hast du dich an einen der Unseren herangemacht, wenn du nicht mit uns singen willst?«

Die Dame hielt sich zumindest nicht mit Höflichkeitsfloskeln auf!

»Ich wusste nicht, dass dies hier ein Casting ist!«, gab Viola wütend zurück, erntete aber nur Unverständnis. Niemand von ihnen schien zu wissen, was ein Casting war. »Ich bin hier, weil Ahi mich eingeladen hat. Weil er …« Ja was? Weil er ihr Freund war? Ihr Geliebter? »Weil unsere Seelen einander berührt haben«, formulierte Viola schließlich, wobei sie das eigentlich zu intim fand, um es auszusprechen.

»Was du ja geschickt eingefädelt hast, indem du ihm gerade so viel bacha gabst, um ihn an dich zu binden!«, geiferte die Frau.

Viola sah schutzsuchend zu Ahi hinüber. Und fragte sich, ob diese Ahlaya vielleicht seine Mutter war.

»Sie hat es mir nicht gegeben, ich habe es genommen!«, verteidigte er sie. »Sie wusste gar nicht, was sie tat. Aber jetzt sind wir eins – wir haben einander erwählt …« Ahi warf Viola einen scheuen Blick zu.

Viola empfand Rührung, aber auch Scham und Verwirrung. Das klang wunderschön. Aber doch mehr wie Liebesgeflüster, das zwei Menschen untereinander tauschten. Nicht wie etwas, das man gleich bei der ersten Einladung der Freundin vor der ganzen Familie verkündete! Eigentlich klang es sowieso ein bisschen zu bombastisch. Viola war fünfzehn, Ahi kaum älter! Aber »erwählen« war für ihn vielleicht einfach nur der Begriff für »Wir gehen miteinander«. Nur: Was bedeutete dann »Eins sein«?

Viola hatte das Gefühl zu erröten.

»Du hast sie erwählt, aber sie will nicht mit uns singen?«, fragte einer der Männer skeptisch. »Wie wollt ihr dann zusammen leben?«

Ahi schien keine Worte zu finden.

»Bislang war keine Rede von Heirat.« Viola reichte es jetzt.

Lahia leckte sich die Lippen. »Aller Achtung, Ahi«, lächelte sie. »Sie hat tatsächlich bacha für zwei!«

»Hör nicht auf sie, Viola!«, sagte Ahi. Er hatte sein Instrument jetzt sinken lassen und kam zu ihr. Als er ihre Hand fasste, fühlte sie sich besser. Und schien die Stimmen der anderen auch gleich besser zu verstehen.

»Ich dachte …«, sagte er dann. »Ich wollte … Wir könnten vielleicht einmal hier sein und einmal dort …«

»Und ich helfe auch gern mal mit ein bisschen bacha aus«, erklärte Viola mit einem bösen Blick auf Lahia. »Aber kein Neid, Lahia, du kannst dir ja jederzeit auch eine Menschenseele anlachen. Dazu müsstest du nur ein bisschen netter sein. Und ich würde es auch nicht unbedingt als Pferd versuchen …«

Lahia blitzte sie an. Ahi schlug die Augen nieder. Viola spürte, dass die Stimmung in der Runde sich abkühlte. Dabei war der Angriff doch von Ahlaya ausgegangen. Viola wusste, dass sie sich zurückhalten sollte. Aber jetzt war sie in Fahrt. »Mal ganz abgesehen davon, dass es der Seelenverwandtschaft äußerst abträglich ist, wenn man seinen Partner aussaugt.«

»Sie wird ihn versklaven …«, meinte eine der Frauen mit verzweifeltem Ausdruck und Blick auf Ahi.

»Ich bin aus freiem Willen bei ihr!«, sagte der Junge ruhig und legte den Arm um Violas Schulter.

»Warum versuchst du nicht einfach, mit uns zu singen?«, beschwichtigte die alte Frau und sah Viola in die Augen. »Du könntest ein Teil von uns werden, Menschenmädchen.«

Viola fragte sich, ob sie das wollte. Sie ahnte, dass ›miteinander singen‹ so etwas wie eine Aufnahme in den Stamm bedeutete. Und so schwer konnte es eigentlich nicht sein, den Rhythmus der Musik aufzunehmen und irgendetwas beizusteuern. Aber was gewann sie dadurch? Und was gab sie auf? War es das wert?

»Es ist schön bei uns, Mädchen …«, sagte eine andere Stimme. »Gefällt der Gesang dir nicht? Wir tanzen auch. Wir sind. Du könntest mit uns ›sein‹.«

Viola empfand plötzlich Angst. Obwohl Ahi nach wie vor ihre Hand hielt. Doch, der Gesang war zweifellos schön gewesen. Aber gab es womöglich kein Zurück mehr, wenn sie ihn aufnahm? Und wollte sie hier ihr Leben verbringen? Von einem Lied zum anderen treiben – unterbrochen von einem Tanz mit der Strömung – und gemeinsamer Labung an geraubter bacha?

Die Kelpies hatten ihr Spiel wieder aufgenommen. Nur Ahi war noch nicht an seine Harfe zurückgekehrt, sondern stand nach wie vor neben Viola. Die Musik war jetzt noch betörender und berauschender. Viola fühlte sich an die Märchen vom Feenland erinnert: Es war traumhaft schön, erfüllt von Musik und Liebe. Aber wer dort einmal aß oder trank, kam nie mehr zurück …

Sie schrak zusammen. Nein, sie wollte nicht zum Teil dieser fremdartigen Melodie werden! Nicht dahintreiben, ohne die Jahre zu zählen. Es gab mehr als süßes Gras und einschmeichelnde Weisen. Und Ahi musste das auch spüren. Sonst wäre er nicht zu ihr gekommen.

»Ich will gehen, Ahi!«, wisperte sie. »Bitte, lass uns gehen …«

»Schon?«, fragte er – hin- und hergerissen zwischen dem Druck ihrer Hand und dem Locken der Musik. »Du hast unseren Tanz noch nicht gesehen. Lahias Tanz mit den Sonnenstrahlen, die in den See tauchen …«

»In der Außenwelt regnet es«, bemerkte Viola. »Und ich habe heute schon genug von Lahia gesehen. Vergiss nicht, ich bin Teil des Kreises. Ich spüre sie. Und sie ist« – ein Ungeheuer, wollte sie sagen, beherrschte sich dann aber – »unheimlich. Du weißt das auch, Ahi, du magst sie nicht ...«

»Nicht hier, Viola ...« Ahi schien zu erschrecken. Er wirkte blass und angestrengt, versuchte offenbar, ihre kleine Auseinandersetzung vor den anderen zu verbergen. Viola spürte die Barrieren, die er um ihr Gespräch errichtete. Sie drückte seine Hand, um ihm bacha zu geben, aber das schien hier nicht zu funktionieren. Dazu brauchte sie ihren Körper zurück. Und plötzlich sehnte sie sich nach dem Lager im Sommerhaus, nach echten Gerüchen und Geräuschen. Nach lauten Stimmen, die auch mal streiten konnten. Hier dagegen lebte man in vollkommener Harmonie, ausgedrückt durch die gemeinsamen Lieder. Viola wusste nicht, was geschah, wenn man sich verspielte, aber sie konnte sich plötzlich vorstellen, wie sehr es die Kelpies verletzte und erboste, wenn jemand aus der Reihe tanzte. Oder aus dem Kreis trat ...

Katja hätte zweifellos gesagt, diese Leute hätten schlicht keine Streitkultur. Viola sehnte sich nach Katjas scharfer Zunge. Sie wollte hier heraus. So schnell wie möglich.

»Dann komm ...«, sagte Ahi resignierend.

»Farewell, Menschenkind ...«, hörte sie noch einmal die freundliche Stimme der Alten und meinte, deren Namen zu vernehmen – Ahlanija. »Denk nicht, dass du nicht willkommen bist. Du bist immer eingeladen, mit uns zu singen. Lass dich nicht schrecken von den Ängsten der anderen. Jeder kann singen – wir können deine Töne zu unseren machen ...«

Viola antwortete nicht. Auch sie baute jetzt mit an der Barriere, die Ahi um sie errichtete. Es war schlimm genug, dass er spürte, wie unangenehm sie sogar von den freundlichen

Worten der Greisin berührt wurde. »Deine Töne zu unseren machen« – das klang einfach zu sehr wie eine höflichere Formulierung für »Deine Lebenskraft in uns aufnehmen«. Ahlanijas Angebot machte ihr Angst.

Auch wenn Viola längst wusste, dass die Kelpies ihre Opfer nicht in Stücke rissen: Das Wort Auffressen wollte ihr nicht aus dem Kopf.

Nun folgte sie Ahi ein bisschen wie in Trance zurück durch die grünen und felsigen Täler am Grund des Sees und dann über die Gärten, die jetzt, da das Tageslicht rasch schwand, dunkelgrün und verstörend wirkten. Aber schließlich durchbrachen sie die Wasseroberfläche. Viola sah die Ruine des Sommerhauses wieder vor sich und den Strand der kleinen Insel. Und dann lag sie – ohne eine große Veränderung zu spüren – erneut in ihrem Körper in Ahis Armen. Es war fast, als seien sie gar nicht weggewesen, er hielt sie so zärtlich wie vorhin, half ihr jetzt aber, sich aufzusetzen, nachdem er den Amethysten vorsichtig von ihrer Haut gehoben hatte. Sie fühlte sich etwas steif, schwindelig – und empfand die bekannte, halb wohlige, halb beängstigende Schwäche, wenn sie Ahi mit bacha aushalf. Ihn hatte das Abenteuer erkennbar Kraft gekostet, er nahm ihr Geschenk dankbar an. Viola schmiegte sich an ihn und erwiderte seine zärtliche Umarmung. Eine Zeitlang saßen sie schweigend in ihrem grün verhangenen, mittlerweile dämmrigen Unterschlupf, während der Nieselregen sich langsam zu einem Wolkenbruch steigerte. Allein hätte Viola sich vor der kurzen Rückfahrt zum Festland gefürchtet, aber Ahi würde schon mit der Strömung zurechtkommen.

»Es hat dir nicht gefallen«, bemerkte Ahi schließlich in einem Tonfall zwischen resignierter Feststellung und doch noch hoffnungsvoller Frage.

Viola atmete tief aus und ein. »Ach, Ahi … nicht gefallen …« Sie seufzte. »So kann man das nicht sagen. In gewisser Weise hat es mir natürlich gefallen. Eure Welt ist – wunderschön. Diese Landschaft unter Wasser – das ist faszinierend, ich verstehe endlich, was die Taucher daran finden. Und eure Musik … eure Musik ist unglaublich. Mitreißend und erregend und … sie würde jedem gefallen. Aber sie ist auch – gefährlich. Auf jeden Fall fühlte es sich so an. Sie … lullt einen ein, nimmt einen gefangen …«

Ahi lächelte. »Gibt es süßere Fesseln als die der Musik?«, fragte er leise.

»Fesseln sind niemals süß«, erwiderte Viola ernst. »Bist du es nicht, der immer von Freiheit spricht? Aber deine Familie hält dich ganz fest an der Angel – oder am Zügel, das passt bei Kelpies vielleicht besser.« Viola versuchte zu scherzen, aber Ahi lauschte nur mit angstvoll geweiteten Augen.

»Aber niemand befiehlt mir etwas …«, wandte er ein.

Viola verdrehte die Augen. »Mensch, Ahi, hast du noch nie was von Manipulation gehört? Natürlich wenden sie keine Gewalt an. Das läuft ganz subtil. Über ihre Musik, ihre Harmonie, die sie unbedingt aufrechterhalten wollen, auch wenn man das Gefühl hat, sie würden am liebsten übereinander herfallen. Himmel, Ahi, macht diese dauernd beschworene Harmonie dich nicht wahnsinnig?« Viola setzte sich auf und sah ihn mit blitzenden Augen an. »Möchtest du nicht manchmal einfach losschreien und dich streiten, bis die Fetzen fliegen?«

Ahi sah sie verständnislos an. »Wir streiten nie«, sagte er dann. »Nur ... nur jetzt, als du da warst ... Warum hast du dich mit ihnen gestritten, Viola?«

Viola hätte ihn am liebsten geschüttelt. Ahi war sonst so sensibel, aber was zwischen ihr, Lahia und Ahlaya abgegangen war, hatte er überhaupt nicht begriffen.

»Ich habe mich nicht gestritten, Ahi. Ich habe mich nur gewehrt. Mensch, Ahi, deine Leute haben mir unterstellt, ich hätte dich – gejagt!« Vielleicht verstand er ja besser, wenn sie Vergleiche aus seiner Welt anstellte. »Lahia tut, als hätte ich dir aufgelauert, dir hinterrücks meine bacha aufgedrückt, und jetzt wollte ich dich an Land zerren und verspeisen.«

Ahi lachte beklommen. Aber Viola würde jetzt sagen, was gesagt werden musste.

»Ahi, wenn das mit uns gut gehen soll, müssen wir unsere Umgebung dringend davon überzeugen, dass keiner von uns beiden den anderen fressen will! Und vielleicht überlegst du dir, was du von mir willst. Doch bestimmt nicht, dass ich die dritte Stimme in eurem Konzert übernehme, oder?« Viola stand auf. Es wurde Zeit, nach Hause zu gehen. Vielleicht war ihr Vater ja noch in Dublin, aber wenn er zurückkam, würde er sich fragen, was sie im Regen am See machte.

Ahi kaute auf seiner Lippe. »Was ... willst du denn von mir?«, fragte er leise.

Viola wusste keine Antwort.

11

Alan McNamara war noch nicht zurück, als Viola heimkam. Das war einerseits gut, weil sie in Ruhe ein Bad nehmen und sich nach dem Rückweg durch den Regen aufwärmen konnte. Aber andererseits hätte sie gern mit jemandem gesprochen. Wenn schon nicht über die aufwühlenden Erlebnisse dieses Nachmittags, so doch über irgendetwas Alltägliches. Über Kevin und Ainné oder über den Campingplatz – auf jeden Fall nicht über Kelpies und Menschen und ihre seltsame, zerbrechliche Beziehung.

Schließlich setzte sie sich an den Computer und schrieb an Katja. Vorsichtig, immer bemüht, sich ja nicht zu verraten, schilderte sie ihren Besuch bei der Familie ihres Tinker-Freundes Alistair. Sie erzählte, dass man dort die Tage mit Tanzen und Musizieren verbrachte und nur das Mindeste an Arbeit leistete. Dass man sie halbwegs freundlich aufgenommen habe, aber doch argwöhnte, sie wollte Ali in die Welt der Sesshaften hinüberziehen.

»Es war einerseits schön, aber andererseits auch nervig. Wie so ein Lebenshilferatgeber: Mach ein bisschen Musik, denk positiv und alles wird gut. Aber ich könnte nicht so dahinleben, ich meine – man hat doch so was wie ein Ziel, oder? Und dann, wie sie miteinander umgehen – immer total freundlich, aber darunter brodelt es. Die Stammesältesten –

ich weiß, das klingt verrückt! – scheinen überhaupt keinen Streit zu dulden, aber natürlich gibt es trotzdem Meinungsverschiedenheiten. Und Ali hat es bestimmt nicht leicht, jetzt, wo er mit mir zusammen ist.«

Katja antwortete umgehend. »Komische Typen. Vor allem – also Tinker sind doch an sich so was wie Zigeuner, nicht? Sollen die nicht eher aggressiv sein? Ich denk da noch an letztes Jahr, diese Oper ...« Katjas und Violas Musiklehrer hatte die ganze Klasse in *Carmen* geschleppt. »Das Mädchen da haut doch ständig um sich, aus den nichtigsten Gründen. Na ja, ist ja nur eine Oper. Aber die Leute von deinem Alistair wollen sich nicht streiten? Merkwürdig. Zumal wenn man so eng aufeinanderhockt. Eine Sippe in zwei oder drei Wohnwagen – also bei unserer Familie gibt es schon jedes Jahr zu Weihnachten ein Hauen und Stechen, wenn wir nur ein paar Stunden zusammen unterm Baum sitzen ...«

Viola musste lachen. Aber es stimmte. Ahis Volk war extrem eng verbunden und wohl sehr aufeinander angewiesen. Vielleicht war das der Grund, warum sie so dringend versuchten, Streit zu vermeiden.

»Aber letztlich kommt es auf diesen Ali an. Er muss wissen, was er will, und er kann doch nicht ernstlich glauben, dass du demnächst Flamenco tanzt, während seine Sippe Gitarre spielt, oder was immer die da machen. Und wenn dieses Mädchen aus seinem Stamm so hübsch ist, wie du sagst, aber er macht sich gar nichts aus ihr ... Wahrscheinlich hat er sich schon ganz gezielt nach einem normalen Mädchen umgesehen. Du, der sucht nur nach einer Möglichkeit, seiner Sippe zu entkommen! Auch wenn er sich das vielleicht nicht eingesteht. Damit solltest du ihn vielleicht mal konfrontieren!«

Viola zerbiss sich die Lippen, während sie die Mail las. Wollte Ahi wirklich weg? Wollte er im Grunde von ihr gezähmt werden? Zum Menschen werden – aus Liebe oder warum auch immer? Katja hatte recht, sie musste es herausfinden. Und sie musste eine Antwort auf Ahis Frage finden. Was wollte sie von ihm?

Viola grübelte die gesamte Nacht und den folgenden Vormittag in der Schule intensiv darüber nach. Was hatte Ahi, was kein anderer Junge gehabt hatte, den sie bisher gekannt hatte? Abgesehen von seiner gewöhnungsbedürftigen Familie und der irritierenden Eigenschaft, sich seine Seele mit einem Pferd zu teilen? – Da waren seine sanfte Art, seine Vorsicht im Umgang mit ihr, der ständige Versuch, sie nicht zu verletzen. Sie fühlte sich sicher in seinen Armen, er war nicht flatterhaft und witzig wie ihr Vater, er schien ernst und mitunter gequält von zu vielen Gedanken. Viola fand sich hier in ihm wieder. Auch sie war schließlich oft übervorsichtig, überängstlich. Sie war nicht wie Ainné, sie stritt sich nicht gern. Natürlich konnte sie sich verteidigen, wenn sie musste, aber sie konnte auch gut darauf verzichten. Und Ahi würde sie niemals in die Ecke drängen. Seine Liebe war ein Angebot … genau das war es, was ihr an ihm gefiel! Und natürlich war er einzigartig. Er redete nicht über Motorräder und rannte nicht sinnlos Bällen hinterher. Er spielte sich nicht auf und gab nicht an. Und er brauchte sie! Viola gestand es sich ungern ein, aber es gefiel ihr, Ahi von ihrer Lebenskraft abzugeben und dafür diese tröstliche Gemeinsamkeit zu erleben. Diese Verschmelzung ihrer Seelen, die keine Geheimnisse kannte. Ahi würde sie nie belügen und betrügen. Viola empfand tiefste Zuneigung, wenn sie an ihn dachte, Ekstase, wenn sie ihn berührte. Es war nicht die Verliebtheit, die Katja ihr oft in glühenden Worten beschrieb. Viola vermutete, dass es Liebe war.

Es würde schwierig sein, Ahi das alles zu erklären. Aber das musste sie ja gar nicht! Sie beschloss, den Versuch zu wagen, ihm einfach ihren Geist zu öffnen. So wie er ihr Bilder von seiner Zeit als Kind und als Fohlen gezeigt hatte.

Aber am Tag nach ihrem Ausflug in den See blieb er dem Bootshaus fern.

»Tut mir leid, aber … aber mein Volk wünschte, dass ich bei ihnen bleibe …«, sagte Ahi mit gesenktem Kopf, als er am nächsten Abend wieder auf Viola wartete. Er wagte offensichtlich nicht, ihr die Hände entgegenzustrecken. Vielleicht fürchtete er ihren Zorn – oder hatte seine Familie es ihm verboten?

»Ein paar von uns … empfanden die Harmonie als gestört. Wir – mussten uns erneut einstimmen. Indem wir gemeinsam sangen …«

»Lahia und Co. mögen das singen nennen«, unterbrach Viola. »Bei uns heißt es ›nach ihrer Pfeife tanzen‹! Ich glaube, sie haben mich mit Absicht attackiert. Jetzt habt ihr einen gemeinsamen Feind, der euch nur noch stärker zusammenschweißt.«

Ahi seufzte. »Ich kann es nicht ändern, Viola«, flüsterte er. »Es ist mein Leben. Das Volk ist meine Bestimmung.«

Viola ergriff seine unglücklich und schlaff herabhängenden Hände. Sofort spürte sie bacha überströmen und in seinen schönen, heute das Blaugrau des Sees an einem wolkigen Tag widerspiegelnden Augen flackerte eine Art Feuer auf.

»Du kannst es durchaus ändern, Ahi!«, sagte sie. »Deine Lahia hat es selbst gesagt: Ich habe bacha für zwei! Wenn du keine Lust hast, dauernd nur Harfe zu spielen und dich zwischendurch vor der Jagd zu drücken, wegen der du obendrein ständig ein schlechtes Gewissen hast, dann versuch es doch einfach mal über Wasser! Bleib bei mir, Ahi! Leb ein bisschen bei den Menschen. Wenn es dir nicht gefällt, kannst du immer noch zurück. Aber lass dir nicht einreden, du hättest keine Wahl!«

»Aber … ich kann ihr Lied nicht zerstören …«, murmelte Ahi. »Und … und du kannst auch nicht bacha für zwei haben … das … das geht nicht …« Es klang unschlüssig. Aber doch nicht so hoffnungslos wie seine ersten Worte über seinen Stamm.

Viola zog ihn in ihre Arme und fühlte sich glücklich, als er den Kopf auf ihre Schulter sinken ließ. Er schien alles Unglück der Welt mit sich herumzutragen, aber mit ihrer Hilfe konnte er die Last abwerfen!

»Natürlich geht es!«, sagte sie bestimmt. »Zumindest können wir's versuchen. Und was das Lied der Kelpies angeht: Das zerstörst du nicht! Ich habe es doch gehört: Ob sie einen Harfenspieler mehr haben oder weniger, hört man kaum heraus. Und Lahia musste auch erst gebeten werden, bevor sie mal mitsang. Wobei sie garantiert Stimme für zwei entwickelt, wenn es wirklich darauf ankommt. Denn das Lied ist doch Bestandteil der Jagd, oder?«

Ahi senkte wieder schamhaft die Augen. »Es nimmt und verteilt bacha …«, gab er dann zu.

Viola konnte sich das lebhaft vorstellen. Vorgestern hatte sich der Stamm auf sie eingestimmt, um mit ihr reden zu können. Ein Opfer würden sie nicht nur anrühren, sondern aussaugen. Wahrscheinlich nicht mal ein schlimmer Tod. Viola fragte sich, ob die Kelpies ihr Lied anstimmten, bevor oder nachdem sich die Lungen der Körper ihrer Opfer mit Wasser gefüllt hatten.

»Dabei«, flüsterte Ahi. Viola war seiner Seele nahe genug, um seine Scham zu fühlen. »Sobald sich ihre nama im Lied verliert, nehmen wir die Kraft ihrer Körper.«

Viola spürte, dass er Barrieren in seinem Denken errichtete. Er wollte sie nicht an dieser Erinnerung teilhaben lassen und sie hatte auch kein Bedürfnis danach. Stattdessen öffnete sie ihm ihren Geist. Sie antwortete auf seine Frage: »Ich will, dass du glücklich bist. Dass du wirklich frei bist. Ich biete dir meine Liebe …«

Und dann lagen auch seine Gedanken wieder offen vor ihr: »Ich will bei dir sein! Ich liebe mein Volk, und möchte niemanden verletzen. Aber ich sehe die Fesseln seiner Lieder, und ich will sie zerreißen – mit dir!«

»Aber wie stellst du dir das praktisch vor?«, fragte Ahi. Sie hatten ihren Bund mit einem Kuss besiegelt und wanderten jetzt Hand in Hand über die immer noch regennassen Wiesen. Diesmal weg vom See, niemand von Ahis Volk sollte sie belauschen. »Wenn ich als Mensch lebe, brauche ich ein Haus, eine Arbeit – ich kann nicht kommen und gehen, wie ich will ...«

Viola lachte. Sie fühlte sich herrlich unbeschwert, sicher und geliebt, und ausnahmsweise sogar hübsch. Es war ein trockener Tag und sie versank nicht in ihrem Regenmantel, sondern trug einen bunten Rollkragenpullover zu Jeans. Der Amethyst glänzte an seiner Kette. Er baumelte über dem Pullover, Viola brauchte keinen Schutz vor Ahi!

»Es wäre zweifellos etwas unkonventionell, würdest du dich nach der Schule zu Bills Ponys auf die Koppel stellen und etwas Gras knabbern«, neckte sie ihren Freund. »Isst du überhaupt? Also – abgesehen von ... äh ...«

Ahi lächelte verschämt. »In unserer Welt nehmen wir keine Nahrung zu uns – also nicht in dem Sinne, wie ... äh ... nicht gesagt.« Er blickte Viola unter gesenkten Lidern an und es war fast ein Zwinkern. Noch jemand, der sich erleichtert und zum Scherzen aufgelegt fühlte! Viola war glücklich.

»Aber in Gestalt des beagnama schon, sogar gern ...«

Natürlich! Viola erinnerte sich daran, den süßen Geschmack des Grases auf den Hügeln mit dem Kelpie geteilt zu haben, als Ahi ihr die Bilder aus seinem Leben zeigte.

»Unsere beagnama essen allerdings keine anderen kleinen Seelen ...«, fügte Ahi hinzu.

Viola hatte nicht die Absicht, das mit ihm zu diskutieren. »Also schön, dann bist du Vegetarier«, bemerkte sie gelassen. »Das ist kein Problem. Shawna zum Beispiel isst auch kein Fleisch. Und Salat kriegst du sogar in der Schulkantine ...«

»Soll ich denn mit in deine Schule gehen?«, fragte Ahi verwundert, aber durchaus aufgeschlossen für die Idee. »Und eure Lieder singen? Werden deine Leute das zulassen?«

»Gesungen wird eigentlich nicht so viel ...«, meinte Viola und hoffte, dass er diesbezüglich keine allzu falschen Erwartungen hegte. Seit sie Ahi von Miss O'Keefe und ihrer Harfe erzählt hatte, brannte er darauf, das irische Bildungswesen kennenzulernen. Shakespeare, *Der Fänger im Roggen*, Physik- und Biologiestunden würden ihm dagegen fremd sein. Aber die Schule war einfach das Naheliegendste, um ihn in die Welt der Menschen einzuführen!

»Zulassen werden sie dich bestimmt«, erklärte Viola. »Soweit ich weiß, besteht in Irland Schulpflicht – wobei es natürlich sein kann, dass du dafür schon ein bisschen zu alt bist ...« Sie überlegte. »Andererseits haben ein paar von den Neandertalern in meiner Klasse bestimmt auch schon ihre Ehrenrunden gedreht. Hank und Mike sind sicher sechzehn oder siebzehn. Und wir müssen dich sowieso als Austauschschüler ausgeben. Kannst du ... kannst du eigentlich lesen?« Die Frage erschien ihr einerseits absurd – bisher hatte sie nie daran gedacht, dass jemand in Ahis Alter möglicherweise nicht lesen gelernt hatte. Aber andererseits ... Ahi war nie in eine Schule gegangen und im See hatte es nicht ausgesehen, als schrieben die Kelpies irgendetwas auf.

»Euer Spiel, die Melodie der Worte zu Zeichen zu formen?«, fragte Ahi munter. Zumindest war er nicht beleidigt. »Nein, das habe ich bisher nicht gelernt. Aber du kannst es mir rasch zeigen, es scheint nicht sehr schwer zu sein.«

Während Viola fast in Panik verfiel – sie erinnerte sich nicht mehr genau daran, wie lange sie als Kind gebraucht hatte, um Lesen und Schreiben zu lernen, aber es hatte sicher mehrere Wochen gedauert –, intensivierte er den Griff um ihre Hand und zog sie sanft an die Lippen. Die Berührung ließ Viola erglühen, sie vergaß ihre Bedenken und verlor sich in der Einheit mit Ahis freundlicher Seele. Beide sahen einander mit strahlenden Augen an, als der flüchtige Moment verstrichen war – und Ahi zeigte lächelnd auf einen Wegweiser.

»Glendalough, sechs Meilen«, las er langsam. »Richtig?«

Viola konnte es kaum glauben. »Du hast das … jetzt von mir gelernt?«, fragte sie verblüfft.

Ahi nickte, ein bisschen verunsichert. »Sollte ich nicht? Wolltest du es nicht teilen? Es war ganz offen da, aber ich … ich hätte fragen müssen …« Er biss auf seiner Lippe herum und sah rührend menschlich aus.

Viola lachte. »Es ist wirklich kein Geheimnis. Ich wunderte mich nur … Oh Mann, wenn du demnächst schlechte Noten bekommst, wirst du mein löchriges Gedächtnis dafür verantwortlich machen! Aber das vereinfacht natürlich alles, du kannst gern den ganzen Stoff der letzten paar Jahre von mir haben.« Sie kicherte. »Als ob man Notizbücher austauscht! Ich fasse es nicht!«

Andererseits wusste sie selbst inzwischen auch, wie Gras schmeckt, wie man delfingleich schwamm, und sogar ungefähr, wie man die Wasserharfe zupfte, die Ahi spielte. Zu Letzterem fehlte ihr zwar sicher die Fingerfertigkeit, aber das Prinzip der Tonfolgen war ihr klar. Eine sonderbare, aber sehr angenehme Art zu lernen!

»Wir werden dir andere Kleidung kaufen müssen …«, kam sie dann zu praktischen Überlegungen zurück. Ahi trug wie immer das glänzende, fließende Seidengespinst – Viola hatte seinen Gedanken entnommen, dass die Amhralough es aus dem Haar ihrer beagnama webten –, das ihn offenbar selbst an diesem kühlen Herbstabend warm hielt. Aber barfuß und in diesem graublauen Gewand konnte er sich um diese Jahreszeit auf keinen Fall unter Menschen begeben. »Was hast du für eine Kleidergröße?«

Noch während sie sprach, wurde ihr bewusst, wie absurd ihm die Frage erscheinen musste. Sie lachte. »Ich werde dich morgen einfach ausmessen«, meinte sie. »Und dann kaufe ich dir Jeans und ein paar Pullis … Puh, eine Jacke wirst du auch brauchen … hoffentlich habe ich noch so viel Geld!«

»Geld ist dir wichtig, nicht wahr?«, fragte Ahi interessiert.

Viola fühlte sich brüskiert. »Also so wichtig auch wieder nicht …«, bemerkte sie beleidigt. »Wenn du meinst, ich wäre geizig oder so …«

Ahi blickte sie verwirrt an. In seinen schönen, jetzt fast nebelgrauen Augen stand pures Nichtverstehen. »Was habe ich gemacht?«, fragte er. »Womit habe ich dich verletzt?« Er hob vorsichtig die Hand, um ihr Gesicht zu streicheln.

Viola schalt sich für ihre allzu menschlichen Gefühle. Natürlich, für Ahi hatte Geld nicht die geringste Bedeutung! Aber sie musste ihm wieder ihre Seele öffnen, um ihm zumindest die Grundbegriffe des Finanzwesens zu erklären. Zum Glück war das einfach, liebkoste seine Hand doch bereits ihre Wange und die Berührung ebnete den Weg. Aber danach merkte sie, wie müde sie wurde – und Ahi sah fast noch erschöpfter aus. Seine Augen schienen tiefer in den Höhlen zu liegen und sein Gesicht war blass. Die »mühelose« Art des Austauschs von Wissen forderte offensichtlich Tribut.

»Ich kann versuchen, Geld zu verdienen«, erklärte er nun aber ganz geschäftsmäßig und als habe er immer gewusst, was Zahlungsmittel in der Menschenwelt bedeuteten. Viola hatte eben selbst kurz über eine Arbeit nach der Schule nachgedacht und Ahi musste das aufgegriffen haben. Allerdings würde es damit wahrscheinlich schlecht aussehen. Im Sommer gab es in dem Ferienort Roundwood reichlich Jobs, auch für Schüler. Aber jetzt im Winter war nichts los.

Nun, darüber konnte sie später nachdenken. Erst mal gab es drängendere Fragen. Und Ahis offensichtliche Erschöpfung ließ ihn gleich eine der wichtigsten stellen. »Wo soll ich denn schlafen?«, erkundigte er sich fast schüchtern. »Ich kann nicht in den See zurück, wenn ich jetzt fortlaufe.«

»Du kannst auf keinen Fall draußen schlafen!«, erklärte Viola fest. »Allein der Gedanke, dass ich jeden Tag nachsehen müsste, ob du Moos im Haar hast – oder Stroh wie ein Pferd!«

Ahi lachte, aber es klang etwas befangen. Viola lag gar nicht so falsch. Natürlich hätte er in der Gestalt seines beagnama in den Hügeln genächtigt.

»Deine Familie würde mich nicht wollen, oder?«, fragte Ahi.

Viola verdrehte die Augen. Wie konnte er so naiv sein? Aber wieder schalt sie sich für ihr mangelndes Einfühlungsvermögen. Moralvorstellungen waren dem Kelpie natürlich fremd – viele davon waren ja schon für aufgeschlossene Menschen kaum nachvollziehbar. Wie sollte sie Ahi zum Beispiel klarmachen, dass ihre Eltern zwar sicher nichts gegen eine mehrstündige Wanderung mit ihrem Freund hätten, ihr aber keineswegs erlauben würden, denselben in ihrem Zimmer übernachten zu lassen? Dad und Ainné würden Zeter und Mordio schreien, wenn Viola einen männlichen Begleiter mitbrachte.

»So schön, Lieber, kannst du gar nicht singen …«, seufzte sie, ohne auf Ahis erneut verwirrten Blick einzugehen. »Aber pass auf: Du weißt doch, dass wir im Sommer einen Studenten als Helfer hierhatten, Patrick …«

Ahi nickte gelassen. Viola fragte sich, ob Lahia ihre Künste an Patrick erprobt hatte. Aber dann erinnerte sie sich daran, dass er einmal behauptet hatte, nie wilde Ponys in der Nähe des Campingplatzes gesehen zu haben.

»Auf jeden Fall hat er in einem Wohnwagen gewohnt – hinten am Spielplatz, etwas abseits von den anderen Stellplätzen.«

Vor allem nicht allzu nah am See … Ahi nickte wieder. Oberflächliche Gedanken las er wohl auch ohne direkte Verbindung.

»Jetzt im Winter steht das Ding leer und es kommt auch kaum jemand dahin. Zumindest, solange du keinen Lärm machst und nicht zu viel Licht.«

»Ich kann besser sehen als du, Viola«, verriet Ahi. »Ich brauche wahrscheinlich gar kein Licht.«

»Umso besser!«, bemerkte Viola. »Wenn du also magst, kannst du gleich einziehen.«

Ahi rieb seine Schläfe. »Das Mädchen wird es wissen«, bemerkte er dann.

Viola runzelte die Stirn. »Welches Mädchen?« Aber dann hatte sie Shawnas Bild vor Augen.

»Sie führt die Kleinen Seelen daran vorbei und sie … Ich weiß auch nicht, was sie da manchmal macht, aber sie setzt sich einfach vor den Wohnwagen und starrt in den Himmel, als suche sie ein Lied … Meistens abends, bei Vollmond oder wenn die Sterne scheinen.«

Viola lachte. »Im Ernst? Aber das können wir nutzen. Ist sowieso gut, jemanden einzuweihen, der sich mit der Schule und dem ganzen Drumherum hier besser auskennt. Pass auf, wir erzählen ihr …«

»Er ist deinetwegen gekommen?«, quietschte Shawna. »Aus … aus Dänemark, nur um dich zu sehen? Oh, Vio, das ist so süß, so romantisch! Und er ist weggelaufen? Wirklich?«

Es war Samstagnachmittag und Viola hatte die Freundin scheinbar aufgeregt hinter das Bootshaus gezogen, um ihr die Neuigkeit zu berichten. Endlich enthüllte sie die Identität des geheimnisvollen »Boyfriends«, der ihr den Amethyst geschenkt hatte, um ja nicht vergessen zu werden.

»Ich kenne ihn halt aus dem Urlaub. Letzten Sommer, als ich mit meinen Eltern in Dänemark war …« Es war der letzte Urlaub gewesen, den Viola mit beiden Eltern gemeinsam verbracht hatte, und das Ferienhaus am See war wirklich nett gewesen. Allerdings genauso einsam wie ähnliche Anlagen hier am Lough Dan. Viola hatte kaum einen Jungen zu Gesicht bekommen. Jetzt fragte sie sich allerdings, ob es in dem Gewässer vielleicht Kelpies gegeben hatte, die sie, hungrig nach bacha, vom See aus beobachtet hatten. »Er wohnte in der Nähe unseres Ferienhauses und er war so süß … Wir haben uns total verliebt, es war unheimlich schön. Am Ende hat er mir versprochen, zu mir zu kommen, wenn er mit der Mittelschule fertig ist …« Viola hatte keine Ahnung vom Schulwesen in Dänemark, aber sie ging davon aus, dass Shawna sich da auch nicht auskannte. »Aber ich hab's natürlich nicht geglaubt. Und jetzt ist er tatsächlich da. Er sagt, seine Eltern hätten getobt, aber er wollte zu mir … verrückt, nicht?«

»Wunderschön!«, sagte Shawna verklärt. »Aber wie hat er das geschafft? Hat er unterwegs gearbeitet?«

Viola bewunderte es immer wieder, wie realitätsnah ihre Freundin trotz aller Träumereien blieb.

»Für die Reise hatte er wohl noch Geld. Jetzt wollte er sich eigentlich einen Job suchen, aber das ist doch Wahnsinn im Winter. Es wäre viel besser, hier weiter zur Schule zu gehen …«, führte Viola aus. »Und wohnen könnte er in Patricks Wohnwagen. Das darf bloß niemand wissen. Wenn Ainné ihn findet, flippt sie aus!«

Shawna nickte. Offensichtlich hielt sie das für mühelos machbar. »Warum sollte sie ihn finden?«, meinte sie. »In der nächsten Zeit hat sie garantiert nur Augen für Kevin, und Bill geht da auch nicht hin. Deinen Dad musst du fernhalten, aber so schwer kann das nicht sein. Du darfst dich bloß nicht erwischen lassen, wenn du ihn besuchst.« Shawnas hellblaue Augen blitzten. Sie freute sich offensichtlich mit Viola über das Abenteuer. »Ich kann ja auch mal aushelfen und ihm was zu essen bringen oder so«, bot sie sich an. »Und im Sommer, wenn Patrick wiederkommt, kann er vielleicht bei uns aushelfen. Wir haben eine Wohnung für Sommerhelfer. Und Moiras Eltern beschäftigen auch Studenten. Da findet sich schon was.«

Viola verstand die Botschaft: Shawna wollte Viola und ihren Freund gern decken, aber im Sommer musste der Wohnwagen für Patrick frei sein.

»Und das mit der Schule ...« Shawna sprach weiter und rutschte dabei übergangslos erneut in den »Romantik-Modus«. »Oh, Vio, du musst total glücklich sein! Dein Freund und du in der gleichen Klasse! Alle Mädchen werden dich beneiden ...«

Viola war eigentlich gar nicht so wild auf derart viel Aufmerksamkeit. Aber zumindest hielt Shawna die Schule nicht für ein Problem. »Denkst du denn, er kann sich da einfach so anmelden?«, erkundigte sie sich.

Shawna nickte unbesorgt. »Klar. Ist doch alles Europa. Einen Pass wird er ja wohl haben und seine Eltern werden sicher auch einverstanden sein. Mensch, Vio, die freuen sich doch, von ihm zu hören! Und ob er nun hier in die Schule geht oder in Dänemark ...«

Viola biss sich auf die Lippen. Ahi hatte natürlich keinen

Pass. Aber andererseits – das Sekretariat der Highschool in Roundwood war auch nicht das FBI.

Sie verbrachte den Abend im Internet, suchte nach dänischen Flaggen und Wappen, sowie nach einem Übersetzungsprogramm und stellte schließlich mithilfe ihres Grafikprogramms ein hübsches Kärtchen zusammen, das durchaus als dänischer Personalausweis durchgehen konnte. Als Namen notierte sie Alistair Nokken, dazu eine Adresse aus dem Ort in Jütland, in dem sie mit ihren Eltern Ferien gemacht hatte. Jetzt noch zuschneiden und laminieren – dann konnte Alistair seinen Pass vorzeigen.

Ahi lächelte, als er den Namen auf dem gefälschten Dokument las. Viola fragte sich, ob er das norwegische Wort für Kelpie kannte, aber dann wurde ihr wie selbstverständlich klar, dass er es ihren Gedanken entnommen hatte. Es war irritierend, aber alltägliche Worte brauchten Viola und Ahi kaum noch zu wechseln. Sie teilten flüchtige Überlegungen und schnappten Kommentare auf, bevor der andere sie aussprach.

»Das sollten wir uns allerdings nicht zur Gewohnheit machen«, meinte Viola. Sie kuschelten auf dem nicht sehr bequemen Bett im Wohnwagen, nachdem Viola zunächst eingekauft und Ahi sich dann in die für ihn ungewohnten und unbequemen Kleidungsstücke gezwängt hatte. Er empfand das Flanellhemd als kratzig und die Jeans engte ihn ein. Viola schnappte diese Gefühle auf, während Ahi verwundert ihre Begeisterung über seinen Anblick in den neuen Sachen registrierte. Sein schmaler, aber athletischer Körper hatte ihr von Anfang an gefallen, doch in der Kleidung der Amhralough hatte er immer fremdartig gewirkt. Die Jeans und das Holzfällerhemd in den Grau- und Blautönen, zwischen denen seine Augenfarbe schwankte, betonten die vom Schwimmen gestärkten Muskeln seiner Brust, seine langen Beine und schmalen Hüften. Seine Haut war blass, aber die Aufregung über das Zusammensein mit Viola ließ sie von innen her leuchten – und bei einem Nordländer erwartete man wohl auch keine intensive Bräune. Ahis heller Teint und sein silberblondes Haar hatten Viola überhaupt erst auf die Idee gebracht, ihn als Dänen auszugeben. Das passte viel besser als die Tinker-Geschichte, die sie Katja aufgetischt hatte. Viola ärgerte sich ein bisschen, dass sie jetzt zwei Lügengebäude hatte, die sie aufrechterhalten musste. Katja drängelte auch schon. Sie wollte unbedingt ein Foto von Violas Boyfriend.

»Dann erklär mir jetzt, was ein Märchenprinz ist …«, neckte Ahi sie und platzierte kleine Küsse auf ihrer Hand. Violas Kopf lag an seiner Brust und sie versuchte, das Gefühl von »kratzig« auszuschalten. »So hast du mich eben in Gedanken genannt. Ein Märchenprinz, der sich in die Wirklichkeit verlaufen hat …«

Viola wurde glühend rot. Es war nur so dahergedacht. Aber ein bisschen Angst schwang schon darin mit und sie hoffte, dass Ahi die nicht wahrgenommen hatte. Morgen würde sich der Prinz in der Wirklichkeit bewähren müssen …

12

Ahi und Shawna verstanden sich sofort – so gut, dass Viola fast eifersüchtig wurde. Aber tatsächlich hatten das Kelpie und das blonde Mädchen vieles gemeinsam. Das sanfte Wesen zum Beispiel, das beiden das Leben nicht gerade erleichterte. Ob Shawna sich von ihrer Familie und obendrein Bill und Ainné herumstoßen ließ oder ob Ahi beflissen mit der seinen sang, war eigentlich das Gleiche …

Aber nein, das wollte Viola nicht denken! Ahi war schließlich auf dem besten Wege dazu, sich von all dem zu befreien und – das hoffte sie zumindest – dabei auch sein eigenes bacha zu entwickeln. In den langen Nächten seit der Erkenntnis, in ein Kelpie verliebt zu sein, hatte sie sich ihre eigene Theorie zurechtgelegt: Allen Geschichten zufolge konnten Kelpies zu Menschen werden, wenn sie liebten beziehungsweise von sich aus entschieden, an Land zu leben. Also mussten sie auch ihre eigene Lebensenergie erschaffen können. Vielleicht funktionierte das ja automatisch, wenn Ahi nicht mehr sang und nicht mehr die Gestalt wechselte. Und es hatte zweifellos seinen Grund, dass er sich dabei in Viola verliebt hatte statt in die eher schwache und geduldige Shawna, die den Kelpies nicht mal als Jagdopfer wirklich attraktiv erschien. Ahis Augen leuchteten auch nicht auf, wenn er Shawna betrachtete – Viola wollte davon überzeugt sein, dass sie nicht mehr für ihn sein konnte als eine Freundin! Und sie hoffte nur, dass Ahi sich endlich an das Wort Tiere gewöhnte und aufhörte, von Kleinen Seelen zu sprechen, wenn Shawna das Gespräch auf ihr Lieblingsthema brachte.

Vorerst ging es allerdings nur um die Schule und die Anmeldung. Shawna war nach dem Füttern von Bills Pferden zu Viola und Ahi in den Wohnwagen gekommen – und überschüttete die beiden mit Bewunderung für ihre romantische Liebe und Alistairs Mut.

»Ich wusste gar nicht, dass Alistair ein dänischer Name ist«, bemerkte sie und spielte mit ihrem blonden Haar, das sie sich heute mit einem breiten, bunt bestickten Stirnband aus dem Gesicht hielt. Gewöhnlich trug sie einfach eine Schirmmütze, wenn sie zum Füttern herunterkam, aber heute hatte sie sich für den Freund ihrer Freundin hübsch gemacht. Viola vermerkte argwöhnisch, dass sie auch etwas Lidschatten aufgelegt hatte. »Ich dachte, er wäre mehr schottisch.«

Ahi zuckte die Schultern und lächelte sein unnachahmliches Lächeln, während Viola rasch nach einer Erklärung suchte. »Alis Familie kommt … äh … von den Faröer-Inseln und da gab es wohl immer … äh … Handelsbeziehungen mit Schottland …«

Shawna blickte trotz der schnellen Antwort etwas verwundert. Viola konnte es ihr nicht verdenken. Irgendwelche Handelsbeziehungen erklärten schließlich nicht die Namensgebung für ein Kind.

»Der Name ist schon sehr lange in meiner Familie«, sagte Ahi schließlich würdevoll. »Du kannst – Ali zu mir sagen.«

Viola atmete auf. Dies war allerdings schon das Äußerste an Improvisation, das man von ihrem Freund erwarten konnte. Sie hatte längst gemerkt, dass er ungern log – zumindest hatte er keine Übung in dieser Kunst. Und auch jetzt hatte er die reine Wahrheit gesagt – der Name war bestimmt schon lange in seiner Familie. Kelpies mochten sich auf der Jagd verstellen und deshalb als hinterhältig gelten, aber untereinander hatten sie keine Geheimnisse.

Shawna lächelte Ali zu. »Du musst in der Schule von Dänemark erzählen!«, sagte sie. »Ich glaube, niemand von uns war bisher da. Wir reisen nicht viel hier in Roundwood, jedenfalls nicht in kalte Länder. Im Sommer kommen schließlich all die Touristen, da können wir nicht weg. Und im Winter fliegen wir dann lieber auf die Kanaren oder sonst wohin, wo die Sonne scheint.«

Viola konnte das nur hoffen. Sie hatte zwar einen Reiseführer über Dänemark für Ahi aufgetrieben, den er pflichtschuldig gelesen hatte, aber einer ernsthaften Befragung durch jemanden, der das Land kannte, wäre er sicher nicht gewachsen.

Im Schulbus ging aber erst mal alles gut. Die Schüler interessierten sich nicht sonderlich für Alis Herkunftsland, er fiel vorerst eher durch sein fremdartiges Aussehen auf. Die Mädchen tuschelten auch schon über sein Verhältnis zu Viola – und sie verfielen reihenweise seinen Traumaugen und seinem sanften Lächeln. Der See lag an diesem Tag unter verhangenem Sonnenlicht – am Morgen hatte es geregnet, und jetzt stand ein Regenbogen über den Bergen. Seine Farben schienen sich in Ahis Augen zu spiegeln, es war, als tanzten heute Lichter vor der fahlblauen Iris. In Verbindung mit dem blauen Hemd, der Jeans und einer dunkelblauen Wachsjacke, die Violas letztes Taschengeld verschlungen hatte, sah das atemberaubend aus. Die grüne Schuluniform würde ihm weniger gut stehen, aber die würden sie erst anschaffen, wenn die Klippe der Anmeldung genommen war.

Während die Mädchen Ahis Erscheinung rückhaltlos bewunderten, beäugten die Jungen ihren neuen Mitschüler skeptisch. Besonders Hank und Mike gefiel es nicht, dass er Moiras und Jennys Blicke von ihnen abzog, und auch sonst wirkte er fremdartig. So hatte sich Ahi entschlossen geweigert, sein langes Haar abschneiden zu lassen. Um trotzdem nicht allzu sehr aufzufallen, hatte ihn Viola überredet, es wenigstens im Nacken zusammenzubinden. Sie hätte ihm dabei zu einem schlichten Band geraten, aber er wählte lächelnd die silberne Spange, mit der sie selbst ihren Pferdeschwanz bevorzugt bändigte.

»Schenkst du mir die?«, fragte er fröhlich. »Sie hat mir von Anfang an gefallen, sie sieht so schön aus in deinem Haar. Und dann habe ich auch etwas von dir bei mir, so wie du meinen Stein trägst.«

Viola wusste nicht, wie sie ihm erklären sollte, dass Jungen in ihrem Volk selten Silberschmuck trugen, und er ließ ihre Bedenken auch nicht gelten. Stattdessen verwies er auf das Bild eines Filmstars in einer der Zeitschriften, die sie ihm mitgebracht hatte, um ihn vorsichtig an ihre Kultur zu gewöhnen. »Schau, der trägt sein Haar genauso. Und seine Spange ist noch auffälliger. Warum sollte ich also nicht deine tragen?«

Viola schnappte nun schon im Bus die Worte Weibisch und Schwul auf, mit denen die Jungs den Neuen argwöhnisch bedachten.

»Spielste Hurling?«, versuchte sich schließlich Hank, der gefeierte Star in dem irischen Nationalsport, mit einer Kontaktaufnahme.

Ahi sah ihn freundlich erstaunt an und Viola hätte sich prügeln können. Warum zum Teufel hatte sie ihn nicht darauf vorbereitet?

»Ich spiele Harfe«, sagte Ahi mit seiner fein modulierten Stimme.

Die Jungen grölten vor Lachen.

»Er kommt aus Dänemark, da spielt man kein Hurling!«, nahm Shawna Ahi in Schutz. »Und ihr werdet es zwar nicht glauben, aber man kann trotzdem überleben«, fügte sie hinzu. »Funktioniert in so ziemlich allen anderen mehr oder weniger zivilisierten Gegenden.«

Hank und seine Jungs pfiffen sie aus.

Aber zum Glück hielt der Bus jetzt vor der Schule und Shawna lotste Ahi auf dem direkten Weg ins Sekretariat. Die Mädchen hatten vereinbart, dass Shawna den Austauschschüler einführen sollte. Das erschien plausibler als eine Vorstellung durch Viola, die schließlich selber neu war. Dennoch konnte Viola sich nicht losreißen und schloss sich mit einer an sich nichtigen Frage an, die ihre Benotung in Gälisch betraf. Sie wartete damit geduldig, bis Shawna und Ahi ihr Anliegen vorgetragen hatten.

»So, und du willst mal ein bisschen Gälisch und Hurling lernen?«, neckte die Schulsekretärin den Neuen.

Viola fiel ein Stein vom Herzen, dass sie ihn in Empfang nahm und nicht die Direktorin. Mrs Murphy war nett, aber nicht die hellste.

Ahi schaltete allerdings auch nicht sehr schnell. »Ich möchte in allen Fächern unterrichtet werden«, sagte er höflich. »Wenn Sie es erlauben. Am meisten interessiert mich Musik und Ihre Sprache. Shakespeare war ein großer Dichter.«

Ahi fand das tatsächlich. Während Viola elisabethanischen Dramen wenig abgewinnen konnte, begeisterte er sich geradezu für Shakespeares Sprache. Die Inhalte gingen ihm dagegen nicht immer ein. Deutlich zu viele Disharmonien in den Familien von Macbeth und Co.

Mrs Murphy setzte ein angesäuertes Gesicht auf. Sie war Irin, Shakespeare war Engländer – und die Truppen Elisabeths der Ersten waren nicht gerade zimperlich mit ihren irischen Untertanen umgegangen. Zudem unterrichtete Mrs Murphy Gälisch. Englisch betrachtete sie nicht als ihre Sprache.

»Er meint Yeats«, behauptete Shawna und versuchte, die Missstimmung wegzulächeln. »Und er brennt darauf, gälische Dichter kennenzulernen. Aber dazu muss er die Sprache natürlich erst mal lernen. Brauchen Sie noch mehr für die Anmeldung als seinen Pass?«

»Eigentlich eine Einwilligung deiner Eltern. Und gewöhnlich bekommen wir auch Bescheid von der Schule, die uns die Austauschschüler schickt …« Mrs Murphy wandte sich wieder an Ahi. Sie schien etwas verunsichert.

»Ich glaube, Ali hat die Mittelschule schon abgeschlossen …«, versuchte sich Viola in der Vermittlung. Das hätte Ahi auch selbst einfallen können! Aber er schwieg nur und musterte Mrs Murphy neugierig.

Dafür erwies sich allerdings Shawna als unerwartet geschickte Schwindlerin. »Ich bin überzeugt, die Schule hat einen Bescheid geschickt. Und die Einwilligung von Mrs Nokken müsste auch dabei sein. Ich hab letzte Woche noch am Telefon mit ihr gesprochen, wegen der Unterkunft für Ali …« Die Mädchen hatten vereinbart, eventuelle Post für den neuen Schüler an Shawnas Adresse schicken zu lassen. Ihre Eltern hatten ein Postfach im Dorf und Shawna nahm ihre Post gewöhnlich nach der Schule mit hinauf. Zudem war nicht zu erwarten, dass Shawnas Eltern versehentlich irgendetwas aufklärten. Sie erwiesen sich als gänzlich desinteressiert an der Schulkarriere ihrer Tochter, hatten seit Jahren keinen Elternsprechtag mehr besucht und hätten vermutlich keinen ihrer Lehrer auch nur erkannt.

»Vielleicht ist ja was verloren gegangen … Aber Sie können mir das Formular noch mal mitgeben. Wir faxen es dann einfach an die Nokkens und die senden es per Post zurück.«

Viola biss sich auf die Lippen. Das war gewagt, die Schule besaß schließlich selbst ein Fax. Es bestand im Prinzip kein Grund, auf Shawnas Gerät zurückzugreifen. Aber Mrs Murphy war eine einfache Seele – und hielt offenbar auch noch Jahre nach Einführung des Computers Faxgeräte, Drucker und Scanner für Teufelszeug. Insofern dankte sie

Shawna herzlich für das Angebot, ihr die komplizierte Anwahl des fernen Dänemarks abzunehmen, händigte ihr ein Formular aus und beschriftete ein paar andere für Ahi.

»Dann also herzlich willkommen, Alistair!«, sagte sie schließlich und drückte ihm auch noch einen Einkaufszettel für Schulkleidung in die Hand. »Ich freue mich schon, dich in meinem Unterricht zu haben. Wir wollen doch mal sehen, ob wir in Irland keinen Barden finden, der dich die Poesie des Master Shakespeare vergessen lässt!«

Viola und Shawna atmeten auf. Bevor Ahi noch etwas erwidern konnte, zog ihn Shawna aus dem Büro. Das zumindest war geschafft. Fehlten noch Englisch, Physik, Geschichte und – Hurling.

Ahi überstand den ersten Vormittag an Violas Seite ohne größere Probleme. Wie sie selbst an ihrem ersten Tag wurde auch er von den Lehrern freundlich aufgenommen. Sie stellten jeweils ein paar Fragen zu seiner Familie und seinem Herkunftsland, die er zur allgemeinen Zufriedenheit beantwortete. Eine große Familie, die gemeinsam musizierte – und ein Land wie aus dem Reiseführer. Ahi hatte das Buch anscheinend auswendig gelernt, und wenn er auch von sich aus nichts erzählte und sich vor allem keine Geschichten ausdachte, so antwortete er doch völlig korrekt. Sein manchmal altertümlich wirkendes Englisch fanden die Lehrer offensichtlich entzückend – zumindest veranlasste es niemanden zu Argwohn. Auch unter den Mitgliedern des

Lehrkörpers hatte keiner Skandinavien je bereist. Alistairs angebliches Heimatland kannten sie nur aus Shakespeares Hamlet, und gegen das darin gesprochene Englisch ging Ahis Ausdrucksweise geradezu als Slang durch.

In der Mittagspause gesellte Ahi sich selbstverständlich zu den Mädchen – was Shawna nicht aufzufallen schien und Violas übrige Mitschülerinnen entzückte. Viola selbst machte sich allerdings Sorgen. Bei Hank und Co. würde das Verhalten des Neuen nicht ankommen. Er fiel jetzt schon auf, und das hatte sie eigentlich vermeiden wollen. Hoffentlich kam es beim Sport am Nachmittag nicht zum völligen Eklat!

Wie fast immer im Sportunterricht ging es auch diesmal wieder um den irischen Nationalsport. Demnächst standen Schulwettkämpfe an und es wurde ernst mit der Auswahl der Mannschaft.

Viola hätte an diesem Tag eigentlich mit der Mädchenmannschaft Bälle schlagen müssen, aber sie entschuldigte sich mit Bauchschmerzen und wanderte zu den Jungen hinüber, um zuzusehen, wie Ahi zurechtkam. Shawna tat es ihr besorgt nach, was ein Opfer war. Viola hatte keine Chance, in die Schulmannschaft aufgenommen zu werden, aber für Shawna konnte ihr Abschneiden irgendwann über ein Universitätsstipendium entscheiden. Sie zeigte deshalb meist Kampfgeist, obwohl sie das Spiel nicht wirklich mochte. Raufereien um einen winzigen Lederball lagen ihr fern.

Auch Ahi schaute zunächst eher verblüfft auf das Treiben auf dem Spielfeld. Die Jungs lieferten sich schon vor dem offiziellen Beginn der Stunde ein lebhaftes Gefecht zum Warmwerden. Dann erst kam der Trainer und begrüßte den Neuen.

»Ich nehme nicht an, dass du schon mal Hurling gespielt hast, oder?«, fragte er, freundlich, aber leicht resigniert. Einen Neuling einzuführen, würde ihn aufhalten – und dabei fiel es den Roundwood Cougars ohnehin schwer, sich gegen die anderen Mannschaften aus Wicklow und erst recht aus den Countys Cork und Killarney zu behaupten.

Ahi schüttelte natürlich den Kopf.

»Irgendwelche anderen Ballsportarten? Baseball? Hockey? – Soccer?«

Bei Erwähnung des englischen Fußballspiels grölten und pfiffen die Jungs unwillig. Insgeheim mochten sie durchaus Fans der bekannten englischen Mannschaften sein, aber hier bewiesen sie Nationalstolz. In Irland spielte man Hurling!

Der Trainer seufzte allerdings, als Alistair auch keine andersartigen Spielerfahrungen aufweisen konnte.

Mühsam begann er zu erklären. »Also, Junge, im Grunde ist es nicht schwer: Hier hast du einen Schläger, man nennt ihn Hurley. Damit schlägst du den Ball ins gegnerische Tor. Du darfst ihn auch fangen und maximal vier Schritte tragen oder mit der Hand weiterschlagen. Aber nicht werfen! Wie du siehst, sind die Pfosten des Tors ziemlich hoch. Die Querstange liegt auf zwei Meter fünfzig. Wenn du richtig ins Tor triffst, dann gibt es drei Punkte. Wenn du drüber triffst, nur einen. Verstanden?«

»Warum?«, fragte Ahi.

Der Trainer sah ihn irritiert an. »Warum was? Die unterschiedliche Punktzahl? Na ja, es ist einfach leichter, den Ball über die Stange …«

»Warum macht man das?«, erkundigte sich Ahi noch einmal. »Das Ganze?«

»Warum man – hm – Hurling spielt?«, fragte der Trainer verblüfft. »Mensch Junge, warum spielt man Fußball? Oder Basketball oder …«

»Ja?« Ahi war ehrlich interessiert und erwartete wohl eine umfassende Erklärung dafür, warum Menschen Bälle in Tore schlugen.

Der Trainer blickte inzwischen argwöhnisch – und selbst Shawna runzelte die Stirn. Viola suchte verzweifelt nach irgendeiner schnellen Erklärung, die in das Weltbild des Kelpies passte.

»Ali, es gehört einfach … zum … Sein«, versuchte sie es schließlich. »Man bildet Mannschaften. Es ist wie … als ob man zusammen singt.«

Der Trainer verzog nun ernstlich das Gesicht, während die Jungs teilweise laut lachten.

»Wir sind schon lauter Chorknaben!«, höhnte Hank und die anderen grölten eine stark gewöhnungsbedürftige Version von *The Fields of Athenry*.

Shawna fügte mit sanfter Stimme hinzu, dass Hurling durchaus Ausdruck der nationalen Identität der Iren sei.

Ahi dachte über Violas Worte nach und nickte dann. »Gut, dann mache ich es eben«, erklärte er. »Darf ich es erst einmal allein versuchen? Also diesen Sliotar auf dem Hurley balancieren?«

Ahi hatte sich die Namen der Spielgeräte sofort gemerkt und griff ganz ernsthaft nach dem Schläger, während die Jungs um ihn herum feixten und der Trainer sich das Grinsen kaum verkneifen konnte. Hank hatte den Ball vorhin aus purer Angeberei ein paar Meter weit auf dem Schläger getragen – eine Technik, die viel Geschick und jahrelanges Training erforderte und am ehesten dem Balancieren eines Eis auf einem Löffel glich. Anfänger brauchten meist Wochen, bevor es ihnen überhaupt gelang, den Ball gezielt mit dem Schläger aufzufangen und weiterzuschlagen. Viola konnte das bis jetzt noch nicht. Aber dieser neue Schüler sorgte für eine Überraschung! Mit anmutigen, leichtfüßigen Bewegungen trabte Ahi über den Platz und lächelte dem Trainer gewinnend zu, der ihm daraufhin den Ball zuwarf. Ein einfacher Wurf, aber Viola hätte ihn nie zurückgeben können. Ahi dagegen stoppte den Ball mit traumhafter Sicherheit mit seinem Schläger, wirbelte leicht herum, um dessen Wucht abzufangen, und balancierte ihn dann auf dem breiten Ende des Schlägers aus. Mühelos lief er mit dem Ball, der am Holz zu kleben schien, aufs Tor zu, wirbelte den Lederball kurz in die Luft, traf ihn und ließ ihn auf das Tor zufliegen.

Viola klatschte, während die anderen sprachlos dastanden.

»Du ... hast das vorher noch nie gemacht?«, fragte der Trainer ungläubig. »Das ist kein Witz oder so was, und du hast vorher in Tipparary gespielt? Auf Meisterschaftsebene?«

Ahi schüttelte den Kopf. »Es ist nicht besonders schwer«, erklärte er gelassen. »Wenn auch seltsam. Vorhin konnte ich keine besondere Harmonie erkennen … Wollen wir jetzt zusammen … spielen?«

Shawna konnte sich das Kichern kaum verbeißen, was ihr einen bösen Blick des Trainers einbrachte. Die fehlende Harmonie der Roundwood Cougars war eines ihrer Hauptprobleme. Die Mannschaft bestand aus fünfzehn Raufbolden, die nichts anderes im Kopf hatten, als sich selbst in Szene zu setzen. Komplizierte Spielstrategien waren ihnen fremd.

»Da hört ihr's!«, wandte sich der Trainer missmutig an seine Mannschaft. »Selbst ein Totalanfänger merkt, woran es bei euch hapert. Also los jetzt! Wir üben ein paar Pässe, zeigt dem Neuen mal die wichtigsten Spielzüge. Dann haben wir nachher noch Zeit für ein kurzes Match.«

Alistair folgte den Jungs auf das Spielfeld und imitierte eine halbe Stunde lang jeden Schlag, den Hank und Co. ihm vormachten. Wenn er angespielt wurde, gab er die Schläge mühelos zurück, allerdings begriff er keine Finten, er schien sich einfach nur zu wundern, wenn Hank den Ball plötzlich und unerwartet nicht direkt auf seinen Schläger zuschoss, sondern ganz woandershin.

Der Trainer tobte, als er dem Lederball verdutzt nachschaute.

»Was ist los, willste dem Ding nicht hinterher? Beweg dich, Junge! Und versuch mal vorauszuahnen, wohin der Gegner den Ball schlägt!«

Ahi runzelte die Stirn. Im Gegensatz zu den Gesichtern der anderen Spieler war seines noch nicht schweißüberströmt und sein Atem ging auch noch völlig ruhig. »Dafür bin ich nicht genug mit Hank verbunden«, erklärte er dem ungläubig lauschenden Trainer. »Es würde helfen, wenn wir vielleicht mal miteinander singen würden …«

Viola ahnte Fürchterliches. Während die anderen Jungen sich schon wieder vor Lachen bogen, rief sie Ali zu sich.

»Was soll das denn jetzt wieder?«, erregte sich der Trainer. »Junge, geflirtet wird später, du kannst nicht jedes Mal zu deinem Mädchen rennen und dich ausheulen, wenn dir ein Schlag misslingt …«

Shawna ergriff die Initiative. »Viola spricht … äh … ein bisschen Dänisch«, behauptete sie. »Sie kann ihm das in seiner Sprache erklären, er hat da wohl irgendwas missverstanden. Das mit der Singerei …« Für sie musste es genauso unverständlich sein wie für den Trainer und die Jungs, aber vielleicht glaubte sie ja wirklich, dass Singen in Dänemark eine andere Bedeutung hatte als in Irland.

»Ahi, du musst dir das wie Jagen vorstellen«, wisperte Viola inzwischen. »Also wie eine Mischung zwischen Jagen und Singen: Mit deiner Mannschaft singst du und die andere – hm – also den Ball … den jagst du. Verstanden?«

»Aber das stört die Harmonie …«, wunderte sich Ahi.

Viola verdrehte die Augen. »Vergiss jetzt mal die Harmonie!«, erklärte sie energisch. »Denk einfach gar nicht groß nach, sondern versuch, diesen Ball zu kriegen und weiterzuschlagen. Das Runde muss in das Eckige. Okay?«

Ahi begriff das sichtlich nicht, war aber guten Willens, der Anweisung zu folgen. Er begab sich gelassen zu seiner Mannschaft, als der Trainer die Schüler jetzt in zwei Gruppen einteilte. Hank war der Kapitän der einen Mannschaft, sein

Freund Mike, ein fast ebenso großer, schwerer Junge, leitete die andere. Ahi gehörte zu Mikes Leuten und lächelte ihm freundlich zu.

»Soll ich den Ball allein ins Tor bringen oder möchtest du, dass wir ihn uns gegenseitig ein paarmal zuschlagen?«, erkundigte er sich ernst.

Mike klopfte sich vor Lachen auf die Schenkel. »Kleiner«, meinte er dann. »Wenn du gegen die Jungs von Hank auch nur einen Punkt machst – egal wie begabt du ja offensichtlich bist –, dann heiß ich Bonzi!«

Mikes Bemerkung erntete allgemeines Gelächter. Bonzi O'Brien war der Name des Mannschaftsmaskottchens – eines grün gewandeten Kobolds.

Ahi verstand den Witz offensichtlich nicht, mochte aber auch nicht nachfragen. Er schien inzwischen begriffen zu haben, dass es nichts Wünschenswertes war, wenn die Jungs über ihn lachten.

Viola verfolgte mit klopfendem Herzen, wie er sich jetzt auf den Platz im hinteren Feld begab, den Mike ihm angewiesen hatte. Keine sehr wichtige Position – die Jungs hatten zwar verblüfft zugesehen, wie Alistair im Vorfeld seine Ausnahmebegabung bewies, aber dies hier war der Ernstfall. Im Spiel entschied nicht nur Geschick, sondern auch Kraft und Körpergröße. Und was dies anging, würde Hank den zwar großen, aber eher schmächtigen Neuen einfach überrennen. Viola hatte so etwas schon oft miterlebt und die Opfer dann mit Platzwunden oder hinkend vom Feld wanken sehen. Jungs, die das Spiel kannten! Ahi dagegen würde der Gewalt völlig arglos ausgeliefert sein. Sie begann, sich um ihn zu sorgen, und sah sich Hilfe suchend nach dem Trainer um. Der lachte jedoch mit über Mikes Scherz – und brannte wahrscheinlich darauf, zu sehen, wie der Neue sich schlug.

Ahi sorgte jedoch erneut für eine Überraschung. Er war zweifellos kein Kämpfer, aber er erwies sich als unglaublich schnell. Während Hank und Mike versuchten, sich den Ball gegenseitig abzujagen, überholte der Neue mühelos die ganze Gruppe, ergriff die erste Chance, den Ball an sich zu bringen, als einer der Jungs ihn ziellos aus dem Gewimmel in der Mitte des Spielfelds herausschlug, und balancierte ihn locker in Richtung Tor. Natürlich stürzte sich gleich ein gegnerischer Stürmer auf ihn, woraufhin Ahi den Ball in hohem Bogen in die Luft schoss, sich unter dem Angriff des Gegners wegduckte und so blitzschnell an ihm vorbei war, dass er den Ball an der Stelle wieder aufnahm, wo er hinunterkam. Diesmal fing er ihn mit den Händen, behielt ihn aber nur die vorgeschriebenen vier Schritte lang – wobei er diese Schritte zu fliegen schien! – und wirbelte ihn dann mit einem gewaltigen Schlag Richtung Tor. Der Torwart war völlig machtlos, er sprang dem Ball hinterher, aber Ahis Schuss unterlief die Querstange mit einem Abstand von nur wenigen Millimetern. Lediglich ein Känguru hätte ihn erreichen können.

»Das war doch jetzt richtig, oder?«, fragte Ahi den sprachlosen Mike. »Bonzi?«

Viola und Shawna kriegten sich noch eine Stunde später vor Lachen kaum ein – obwohl es sicherlich nicht klug gewesen war, beim ersten Auftreten in der Hurling-Mannschaft zunächst das gesamte Spiel an sich zu reißen und dann den Kapitän zu blamieren. Aber Ahis Frage war so unschuldig und arglos erfolgt, und Mike hatte so unendlich dämlich geguckt, als der Neue das Tor schoss. Die Mädchen konnten sich einfach nicht beherrschen.

»Er wollte doch so genannt werden ...«, wunderte sich Ahi auch jetzt noch. »Ich wollte ihn nicht beleidigen ... Am besten schenke ich ihm morgen etwas, damit er es mir nicht übel nimmt.«

Viola seufzte. Das würde sie ihm noch ausreden müssen – wenn Ahi dem Ober-Raufbold der Roundwood Cougars morgen einen Schmuckstein verehrte, dürfte das nicht zu seiner Anerkennung in der Mannschaft beitragen.

»Lad ihn irgendwann zu einem Bier ein«, meinte Shawna. »Aber ich fürchte, das nutzt auch nicht viel. Die ganze Mannschaft hat sich über ihn totgelacht – das vergisst er nicht so schnell. Und bei den anderen hast du dich auch nicht beliebt gemacht, Ali. Nach deinem Auftritt kommt der Trainer nicht an dir vorbei. Du wirst zwar noch etwas am ... hm ... Verständnis der Regeln arbeiten müssen, aber einen Platz in der Schulmannschaft hast du sicher. Dafür muss ein anderer zurückstecken. Das wird ihnen nicht gefallen.«

13

Im Schulbus auf der Rückfahrt herrschte folgerichtig eisiges Schweigen in den Reihen der Jungen. Ansonsten war der Nachmittag für Ahi ganz gut gelaufen. An diesem Tag stand weder Musik noch Gälisch auf dem Stundenplan, aber die Schüler hatten noch zwei Stunden Kunst und Ahi begeisterte sich für die Aquarellfarben, mit denen sie malten. Er hatte zwar vorher noch nie einen Pinsel in der Hand gehabt, aber zu Violas Erleichterung verzichtete er darauf, dies dem Kunstlehrer mitzuteilen. Stattdessen entwarf er ein abstraktes Bild in vielen Blautönen, die einen seltsamen Rhythmus auszudrücken schienen. Viola dachte an die Kräuselwellen, die der See an sonnigen, aber windigen Tagen schlug. Der Kunstlehrer war hell begeistert. Die Mädchen ebenfalls, die Jungs feixten – und straften den seltsamen Neuling mit Missachtung. Viola hoffte, dass es dabei blieb. Wenn Mike und seine Freunde über Ahi hinwegsahen, war das kein Problem. Er durfte nur nicht zur Zielscheibe ihres Spotts werden.

Nun stieg sie am Campingplatz aus, während Ahi Shawna begleitete. Offiziell wohnte er schließlich bei ihren Eltern.

Viola wollte ihn später im Wohnwagen treffen.

Jetzt wurde sie aber erst mal von Guinness stürmisch begrüßt, um den sich nach wie vor niemand richtig kümmerte. Ainné und Kevin waren immer noch im Krankenhaus und

Violas Dad besuchte sie praktisch ganztags. Insofern war im Moment auch nur Bill zu Hause und hatte sich gerade ein Sandwich geschmiert. Er schob Viola Brot und Aufschnitt zu, aber die griff zum Käse. Ahis Gerede von den Kleinen Seelen machte ihr langsam ein schlechtes Gewissen. Wenn das so weiterging, wurde sie auch noch zum Vegetarier!

Bill bemerkte das gleich. »Du bist zu viel mit Shawna zusammen …«, grummelte er. »Wirst noch ihre ganzen Ticks übernehmen … Wo steckt das dumme Ding überhaupt? Heute Morgen war sie zum Füttern nicht da – dabei muss ich was mit ihr besprechen. Diese wilden Ponys am See, ich seh sie immer öfter. Irgendwann muss sie mir mal helfen, die Biester einzufangen. Sind zum Teil ganz hübsch …«

Viola fuhr der Schreck in die Glieder. »Aber … aber wenn sie doch wild sind?«, gab sie zu bedenken. »Dann kann man sie doch nicht reiten …«

Bill lachte. »Wetten, dass die kleine Shawna nur drauf brennt, mir die Viecher einzureiten?«, behauptete er. »Und wenn nicht, ist es auch egal, die erzielen selbst roh einen ganz guten Preis. Gestern hab ich so 'n Grauschimmel gesehen …«

Viola biss sich auf die Lippen. Einen Grauschimmel? Womöglich Ahi? Aber der wollte sich doch nicht mehr verwandeln! Ob Lahia als Grauschimmel durchging? Viola schlang ihr Käsebrot eilig herunter und verzog sich dann zu Ahis Wohnwagen. Eigentlich konnte er noch nicht wieder da sein, zu Fuß brauchte man eine halbe Stunde vom Lovely View bis zum Campingplatz. Aber zu Violas gleichzeitiger Sorge und Erleichterung saß er bereits auf seinem Bett und brütete über einem Mathematikbuch. War er den Weg buchstäblich heruntergaloppiert?

»Wozu ist das gut?«, fragte er und deutete auf eine Gleichung. Aber dann spürte er Violas Erregung.

»Komm zu mir!«, sagte er leise und Viola schmiegte sich in seine Arme. Sie meinte, endlich wieder frei atmen zu können, als er sie liebevoll an sich zog. Bisher hatte sie den ganzen Tag unter Spannung gestanden – aus Angst vor seinem möglichen Versagen in der Welt der Menschen, aber auch, weil er ihr so nahe war und doch keine Möglichkeit bestand, auch nur seine Hand zu halten. Jetzt schloss sich der Kreis um sie beide wie selbstverständlich. Viola wurde erneut von Glück und Sicherheit erfüllt, fühlte aber auch, dass Ahi bacha von ihr nahm. Wieder einmal waren sie eins – ihre Seelen öffneten sich einander und sie genoss sein Streicheln und die Küsse, die er leicht wie der Wind auf ihr Gesicht hauchte, bis sie ihm ihre Lippen öffnete und seine unbändige Freude darüber teilte. Viola fühlte ihren Körper glühen und auch von Ahi schien ein sanftes Licht auszugehen. Alle Zweifel und Ängste fielen von ihr ab.

Aber Ahi hatte sie dennoch erspürt. Als sie sich voneinander lösten und Viola seufzend nach dem Mathebuch griff, schüttelte er den Kopf. »Ich war es nicht, Viola«, erklärte er. »Ich habe die Kleine Seele nicht gerufen, weder gestern noch heute. Ich bin einfach nur schnell gelaufen, ich wollte bei dir sein. Deshalb war ich schon wieder hier. Dein – Großvater? – wird andere von meinem Volk gesehen haben. Sie sind unruhig, ich spüre sie singen. Sie suchen mich, aber es wird auch wieder Zeit für die Jagd. Und es ist nicht leicht in den Monden, in denen der Regen fällt und das Gras nicht wächst ...«

»Winter, Ahi, man nennt das Winter«, berichtigte Viola. »Aber dir geht es doch gut, nicht wahr? Du brauchst kein neues bacha?« Sie sah ihn forschend an. In den Wochen vor der letzten Jagd hatte er müde und krank ausgesehen, aber zurzeit wirkte er kräftig und wach.

Ahi nickte. »Aber ich ängstige mich, ich fürchte, ich beraube dich ...« Er spielte mit ihrem Haar. Sie wusste inzwischen, dass dessen Farbe ihn entzückte. Die Amhralough waren alle mehr oder weniger hellhaarig. Zumindest gab es keinen von ihnen, dessen Haar in Rot- oder Brauntönen leuchtete.

»Bisher geht es mir erstklassig!«, beruhigte ihn Viola. »Mach dir bloß keine Sorgen! Aber wir müssen Shawna davon abhalten, mit Bill auf Pferdejagd zu gehen. Gut, du meinst, für sie bestünde keine große Gefahr, aber es wäre mir doch lieber, sie hielte sich von den Kelpies fern.«

Shawna tippte sich aber ohnehin nur an die Stirn, als Bill ihr am nächsten Tag seine Ideen vortrug. »Er denkt allen Ernstes daran, eine Art Corral zu bauen wie im Wilden Westen und die Ponys da hineinzutreiben!«, erzählte sie Moira im Bus. »Und dann will er ihnen Schlingen um den Hals werfen – angeblich hat er so was schon mal gemacht. Als er klein war, meint er, hätte es noch mehr wilde und halbwilde Ponys in den Bergen gegeben und einmal im Jahr hätte man sie eingefangen und versteigert.«

Moira zuckte die Schultern. »Das macht man heute auch noch«, bemerkte sie. Wie immer, wenn sie mit Shawna über Pferde sprach, ein bisschen von oben herab. »Wenn auch nicht hier. Aber die Ponys, die sich am See rumtreiben, sind wirklich hübsch, ich hab sie auch schon gesehen. Eine Stute ist richtig zutraulich, wer weiß, ob die nicht irgendwo weggelaufen ist. Ich find die Idee mit dem Einfangen jedenfalls ganz gut. Wenn ihr wollt, mache ich mit.« Ein bisschen Wildwest schien sie durchaus anzuziehen.

Shawna schüttelte allerdings den Kopf. »Ich mache jedenfalls nicht mit! Das ist viel zu gefährlich, die Pferde geraten doch total in Panik. Ich hab Bill gesagt, er soll die Ponys lieber anfüttern. Jetzt im Winter wächst doch kaum was. Wenn er denen dann Hafer rausstellt, werden sie ganz schnell zahm und gehen von selbst in die Corrals.«

Viola beeilte sich, dem zuzustimmen, auch wenn Moira über ihre Einmischung erst recht milde lächelte. Mit Hafer waren Kelpies ganz sicher nicht zu fangen! Bezüglich Lassos war Viola nicht so sicher. Sie musste Ahi nachher fragen, ob eine Schlinge um den Hals schon als Halfter galt.

Ahi fiel heute Morgen weniger auf. Viola hatte sich gestern noch um seine Schuluniform bemüht, und der Laden in Roundwood hatte immerhin einen Blazer in seiner Größe vorrätig gehabt. Den trug er nun zu seinen Jeans und einem alten grünen Sweatshirt, das Patrick wohl im Wohnwagen vergessen hatte. Die restliche Schulkleidung mussten sie in Dublin kaufen. Viola hatte ihren Vater bereits gefragt, ob er sie und ihren neuen Klassenkameraden mitnehmen konnte, wenn er an diesem Abend zu Ainné fuhr. Besonders begeistert war er nicht gewesen. »Ausgerechnet heute, Vio? Wo ich Ainné und den Kleinen doch endlich mit nach Hause nehmen kann?«

Viola verdrehte die Augen. »Eben deshalb heute, Dad. Morgen fährst du schließlich nicht mehr nach Dublin! Und das Auto ist doch wohl groß genug für vier...einhalb. Du setzt uns an der Grafton Street raus, holst Ainné und das Baby ab und lädst uns wieder ein. Wir brauchen nicht lange, es ist doch nur Schulkleidung. Und sie steht ihm sowieso nicht.«

Alan McNamara grinste seine Tochter an. »Oh, da haben wir uns den jungen Mann aber schon ganz genau angesehen, nicht?«, neckte er sie. »Ein Prinz aus Dänemark, sieh an! Insofern nicht schlecht, wenn ich ihn mal kennenlerne. Also gut, Vio. Aber Punkt fünf ist Abfahrt. Also seid pünktlich!«

Viola hoffte seitdem, dass erstens Miss O'Keefe ihren Musikunterricht nicht überziehen würde und dass es Ahi zweitens gelang, einen einigermaßen guten Eindruck auf ihren Vater zu machen. Zumindest einen normalen Eindruck, was ihm unter männlichen Wesen ja eher schwerzufallen schien. Die Jungs aus der Hurling-Mannschaft zeigten heute jedenfalls deutlich ihre Ablehnung, während die Mädchen sich durchweg mehr aufgebrezelt hatten als sonst an Schultagen üblich. Praktisch jede trug Make-up und so viel Schmuck, wie zur Schuluniform gerade noch erlaubt war.

Die Jungs bemerkten das und neckten Ahi mit seiner Silberspange. »Fällt gar nicht auf unter den Mädchen, der Neue!«, bemerkte Hank bereits im Bus. »He, Silberlocke, kommst du zu den Mannschaftsspielen auch mit dem Ding im Haar oder trägst du dann ein Schleifchen?«

Viola ahnte schon weitere Komplikationen. Der Trainer würde zweifellos verlangen, dass Ahi sein Haar abschnitt.

Die Jungen wurden zusehends boshafter, als der Neue auf ihren Spott nicht reagierte. Erneut fielen Worte wie Schwuchtel, und Hank stellte Ahi sogar ein Bein, als er aus dem Bus stieg. Ahi bemerkte das allerdings gar nicht. Mit der Anmut des geborenen Tänzers wich er dem Hindernis unbewusst aus und lächelte Hank sogar an.

Shawna und Viola deuteten die Episode jedoch richtig und beide begannen, sich Sorgen zu machen.

»Wobei ich das Schlimmste noch abgewendet habe«, verriet Shawna Viola auf dem Mädchenklo. »Im Andenkenladen verkaufen wir doch Leprechaun-Figuren – du weißt schon, diese Kobolde – in Schneekugeln. Die hab ich Alistair gestern gezeigt, um ihm sozusagen Bonzi O'Brien vorzustellen, und er wollte gleich eine mitnehmen und sie Mike schenken! Das hielt er für eine nette Art, sich zu entschuldigen. Mike hätte ihn erschlagen! Sag mal, findest du nicht, dass Ali manchmal ein wenig … hm … unbedarft ist? Ich meine, Dänemark liegt bestimmt ein bisschen abseits, aber so aus der Welt kann es doch auch nicht sein, dass er gar nicht kapiert, was vorgeht! Typen wie Mike und Hank gibt's doch wohl überall!«

Viola konnte dem nur zustimmen. Ahi musste unbedingt lernen, besser mit der Welt zurechtzukommen. Vor Shawna schob sie seine Probleme erst mal auf die Fremdsprache. »Ich weiß, er spricht gut Englisch, aber ich denke ihm fehlt …

etwas das Gefühl für Zwischentöne. Das geht mir auch manchmal so …«

Shawna runzelte die Stirn. »Also so subtil bringt Mike seine Gefühle aber nicht rüber«, bemerkte sie. »Im Gegenteil – eigentlich versteht man den auch ohne Worte!«

Worte waren es eigentlich nicht, die Ahi fehlten. Im Gegenteil, Mrs Murphy war bass erstaunt, wie schnell er die ersten Sätze Gälisch sprach. Viola wunderte das auch, aber dann ging ihr auf, dass viele gälische Worte der Sprache der Amhralough ähnlich waren. Lough hieß wohl in beiden Sprachen See, und auch andere Worte wie beag für klein fanden sich wieder.

Ahi und Mrs Murphy waren nach einer halben Stunde beste Freunde, während Viola sich wünschte, ihr Freund hätte sich wenigstens ein bisschen dummgestellt. So war es wieder sie, die vermitteln musste. »Ich glaube, Dänisch und Gälisch sind sich einfach ein bisschen ähnlich …«, behauptete sie, woraufhin Mrs Murphy die Stirn runzelte.

»Ja? Aber Dänisch muss doch eine germanische Sprache sein, und die hat mit dem Keltischen so gar nichts zu tun. Eigentlich gibt es überhaupt keine verwandten Sprachen, allenfalls das Baskische …«

»Ich meinte natürlich den örtlichen Dialekt«, verbesserte sich Viola schnell. »Da in der Ecke von Jütland, aus der Alistair kommt. Das … das Land ist wohl von irischen Mönchen christianisiert worden.« Der Einfall erwies sich als goldrichtig. Die rege Missionstätigkeit irischer Mönche im frühen Christentum, deren Reisen sie sogar bis Amerika geführt hatten, gehörte zu Mrs Murphys Lieblingsthemen. Viola hatte zwar keine Ahnung, ob davon auch Dänemark betroffen gewesen war, aber es konnte durchaus sein. Mrs Murphy jedenfalls strahlte programmgemäß auf. Wieder eine umschiffte Klippe! Aber langsam fühlte sich Viola gestresst und müde. Hoffentlich verlief wenigstens der Musikunterricht ohne Extraeinlagen! Ansonsten standen an diesem Tag fast nur naturwissenschaftliche Fächer auf dem Programm, und die schienen Ahis menschliche Seite anzusprechen. Er lauschte interessiert und lernwillig, stellte aber keine absonderlichen Fragen und fiel auch sonst nicht auf.

In Musik war das natürlich anders. Miss O'Keefe begrüßte den neuen Schüler herzlich, wie es ihre Art war, und freute sich an seinem Interesse an ihrem Instrument. Sie erlaubte ihm, die Harfe kurz anzuschlagen, und Viola betete, dass er keine ganze Symphonie spielte. Das ließ er zum Glück, begeisterte Miss O'Keefe aber gleich darauf durch seine Singstimme. Sie ließ ihn erst Töne singen und dann eine einfache Klangfolge. Ahi traf jeden Ton exakt und füllte den Raum – und die Seelen der Zuhörer! – mit seiner weichen und ungeahnt kräftigen Stimme, die mühelos drei Oktaven umfasste. Violas Herz klopfte nicht nur vor Nervosität über seine Einführung bei Miss O'Keefe, sondern auch, weil sie schon das einfache Lied, das er anschließend vortrug, in die Verschmelzung mit seiner Seele zog. Sie hatte das Gefühl mitzusingen und spürte fast körperlich, wie auch Miss O'Keefe und die anderen Schüler in den Kreis drängten. Die Lehrerin summte die Melodie dann tatsächlich mit – es handelte sich um ein dänisches Volkslied, das Viola im Internet gefunden und mit Ahi eingeübt hatte. Schließlich war zu erwarten gewesen, dass Miss O'Keefe den Neuen um ein Lied aus seiner Heimat bat. Viola selbst hatte sich an ihrem ersten Tag mit *Es waren zwei Königskinder* unsterblich blamiert.

»Ein Singvögelchen!«, höhnte Mike, als die Schüler schließlich aus dem Unterricht kamen. »Und wie es die hohen Töne piepst … man möchte fast meinen, da fehlt was in der Hose …«

Viola drängte Ahi, der sich von Miss O'Keefes Harfe gar nicht trennen wollte, zum Schulbus. »Mein Dad wartet nicht, der ist ganz scharf darauf, seine Ainné und ihren Schreihals nach Hause zu holen. Also mach …« Sie reagierte gereizt, als Ahi sich stattdessen Mike zuwandte, um zu einer neuen Entschuldigung anzusetzen – oder noch schlimmer zu der Frage, was in seiner Hose fehlen könnte!

Schließlich blitzte Viola den feixenden Mike an, bevor es zu einem weiteren Schlagabtausch kam. »Und du, Bonzi …«, sie sprach den Namen laut und deutlich aus, sodass möglichst jeder ihn hörte, »übst vielleicht noch ein bisschen Hurling, sonst läuft dir Ali morgen wieder weg!«

Auch das war nicht klug gewesen, aber Viola fühlte sich anschließend trotzdem besser. An irgendjemandem hatte sie jetzt einfach auslassen müssen, wie müde und genervt sie sich fühlte.

Im Auto mit ihrem Daddy wurde das nicht besser, obwohl sie dabei verstohlen Ahis Hand halten konnte. Die beiden saßen auf dem Rücksitz und Alan konnte beim Fahren nicht auf sie achten. Allerdings warf er schon manchmal verstohlene Blicke in den Rückspiegel und musterte Ahis blasses, etwas fremdartiges Gesicht und sein silbriges Haar.

»Sehr dänisch siehst du aber nicht aus«, hatte er auch gleich am Anfang bemerkt, nachdem er Ahi freundlich begrüßt hatte. »Also ich hatte mir jetzt so einen breitschultrigen blonden Hünen vorgestellt, halt so wikingermäßig …« Er lachte, aber ein bisschen Argwohn schwang doch in seiner Stimme mit.

Viola fiel siedend heiß ein, dass Dad natürlich schon in Dänemark gewesen war. Mit ihr und ihrer Mutter – wie hatte sie das vergessen können! Und möglicherweise hatte er sich deutlich mehr als sie über Land und Leute gemerkt. Als Reisebürokaufmann interessierte ihn das schließlich. Verdammt, es war doch keine so gute Idee gewesen, ausgerechnet mit Daddy nach Dublin zu fahren!

Ahi machte es dann noch schlimmer. »Die Wikinger waren Seefahrer und Krieger«, ließ er Alan an seinem neu erworbenen Geschichtswissen teilhaben, das vor allem die irische Geschichte betraf. In seinem dänischen Reiseführer waren die Wikinger wohl nicht so oft vorgekommen. »Sie wüteten in irischen Ansiedlungen, vor allem um das zehnte Jahrhundert herum. Das war …« Er zählte Jahrhunderte, während Viola ihn am liebsten geschüttelt hätte. »Das war vor tausend Jahren. Warum sollte ich denen ähnlich sehen?«

»Die Wikinger kamen aus Norwegen«, versuchte Viola zu retten, was zu retten war. »Und Island. Nicht so sehr aus Dänemark.«

Ihr Dad lachte. »Na, ihr müsst es ja besser wissen«, meinte er gutmütig. »Und woher genau in Dänemark kommst du, Alistair? Überhaupt ein seltsamer Name für einen Dänen ...«

Viola biss sich auf die Lippen. Wenn Ali darauf antwortete, redete er sich um Kopf und Kragen. Sie floh in die Konfrontation. »Kann ja nicht jeder seinen Sohn ortstypisch benennen«, bemerkte sie. »In Irland hätten wir sonst ausschließlich Kevins ...«

Ihr Dad sprang sofort darauf an. »Ach, komm, Viola, was hast du bloß gegen den Namen? Gut, er ist etwas konventionell, aber der Name klingt gut – vor allem, wenn die Alternative dazu William lautet ...«

Ainné hätte Bills Wünschen durchaus entsprochen und das Kind nach ihrem Vater benannt. Mit Kevin hatte sich ausnahmsweise Alan durchgesetzt.

»William heißt er doch sowieso mit Zweitnamen, oder habe ich das falsch verstanden?«

Bis die drei in Dublin ankamen, hatten Viola und ihr Vater sich so in ihren Streit hineingesteigert, dass Alan gar nicht mehr dazu kam, Ahi zu examinieren. Aber das war unglaublich anstrengend ... Auf die Dauer musste Ahi einfach lernen, sich auch selbst mal aus der Affäre zu ziehen. Viola war fast etwas zornig auf ihn, aber das legte sich, als die beiden endlich neben dem Denkmal von Molly Malone standen und Ahi wieder ganz offen ihre Hand nahm. Vielleicht machte sie sich völlig unnötige Sorgen. In den nächsten Wochen würde das allgemeine Interesse an Alistairs Herkunft schließlich ganz von allein abflauen. Viola erinnerte sich, dass man auch sie in den ersten Tagen andauernd nach Deutschland gefragt hatte. Inzwischen tat das niemand mehr. Sie war ein Mädchen aus Roundwood wie jedes andere auch. Allerdings benahm sie sich auch so! Wenn Ahi dagegen weiter auffiel … Viola mochte gar nicht daran denken. Lieber sang sie Ahi auf seine Frage hin das Lied von Molly Malone vor und ertrug, dass die Leute stehen blieben, als Ahi die Melodie dann mit seiner schönen Stimme aufnahm. Dies zum Thema unauffälliges Verhalten. Viola seufzte. Immerhin würde sie ihren exotischen Freund gleich in den Schulfarben von Roundwood einkleiden. Dann fiel er zumindest optisch nicht mehr derart aus dem Rahmen.

Zum Glück spuckte der Geldautomat problemlos zweihundert Euro von dem Geld aus, das Viola per Internet auf ihr neues, irisches Konto überwiesen hatte. Der anschließende Einkauf ging ebenfalls rasch vonstatten, sodass Viola und Ahi noch fast eine halbe Stunde warten mussten, bis Alan und Ainné sie wieder abholten.

Viola war dabei etwas angespannt. Die Rückfahrt mit Ainné machte ihr Sorgen, denn Dads scharfzüngige neue Frau war nicht so leicht abzulenken. Wenn Ainné sich Alistair vorknöpfte, würde sie nicht von ihm ablassen, bis er sich hoffnungslos in Widersprüche verstrickt hätte. Aber die Angst erwies sich als unbegründet. Sowohl ihr Vater als auch

Ainné hatten nur Augen für den kleinen Kevin und zeigten sich geschmeichelt, als Alistair ehrliche Begeisterung für das Kind äußerte.

Ainnés Examination des jungen »Dänen« beschränkte sich schließlich auf ein paar kurze Fragen zu Ahis Familie und seinem Aufenthalt in Roundwood, die er problemlos beantworten konnte. Nein, er habe keine Geschwister, ja, seine Großeltern lebten mit seiner Familie zusammen, doch, es gefiele ihm in Irland. Ainné fragte nicht einmal nach seiner Gastfamilie, was sich zum Problem hätte auswachsen können. Die O'Kelleys und McNamaras trafen öfter mit Shawnas Eltern zusammen als praktisch alle anderen Bewohner von Roundwood. Viola atmete folglich auf, fühlte sich am Abend nach diesem Tag aber wieder wie zerschlagen. Dazu brüllte das Baby die halbe Nacht und Ainné und Alan liefen abwechselnd mit ihm im Haus herum. Viola sehnte sich nach Ruhe – und nach Ahi. Sie konnte es kaum erwarten, ihn am Morgen wiederzusehen.

In den nächsten Tagen pendelte sich das Leben der McNamaras und ihres heimlichen Logiergastes ein, aber es wurde nicht unbedingt einfacher. Dabei kam Ahi in der Schule überraschend gut mit – der Unterricht in den meisten Fächern schien ihm Spaß zu machen und er nahm den Lehrstoff mühelos auf. In Musik und Kunst zeichnete er sich aus, was kein Problem darstellte. Die künstlerische Begabung passte zu Ahis Erscheinungsbild als sensibler Schöngeist. Niemand wunderte sich darüber, und gewöhnlich hätten sich auch Neandertaler wie Hank und Mike auf ein paar Frotzeleien darüber beschränkt. Da Ahi Schmähungen wie weibisch und schwul nicht persönlich zu nehmen schien, wäre das Ganze bald im Sande verlaufen. Schließlich machte es keinen Spaß, jemanden aufzuziehen, der sich einfach nicht beleidigt fühlte.

Wenn da nur nicht die Angelegenheit Hurling gewesen wäre! Viola verfluchte sich jeden Tag wieder für ihre Erklärungen und Anregungen bei jenem ersten Training im irischen Nationalsport. Hätte Ahi das Spiel einfach dumm gefunden, so hätte er sich kaum die Mühe gemacht, es zu erlernen – soweit man hier von Lernen sprechen konnte. Die Bewegungen hatte er schließlich sofort brillant beherrscht und das Regelbuch konnte er nach zwei Nächten auswendig. Danach war er der restlichen Mannschaft endgültig um Lichtjahre voraus, und wenn es den anderen doch einmal gelang, ihm den Ball abzujagen, so höchstens durch ein besonders perfides Foul. Hank zum Beispiel schlug ihm einmal frontal den Hurley in die Rippen und Ahi taumelte atemlos rückwärts. Benommen wankte er zum Spielfeldrand und die besorgte Viola machte sich zum Klatschobjekt der ganzen Schule, indem sie zu ihm lief und sich neben ihn ins Gras setzte. Ohne an die Folgen zu denken, nahm sie ihn in den Arm und gab ihm bacha – was die angeschlagenen Rippen zwar schnell heilte, die beiden aber endgültig als Liebespaar outete. Viola war sich nicht sicher, ob das ihrer Sache dienlich war. Bisher war nur darüber gewitzelt worden, dass sich sämtliche Mädchen wie verrückt um Alistair bemühten, aber jetzt war auch das letzte Argument der Hurlingmannschaft gegen den Neuen entkräftet: Ali mochte ja etwas verweichlicht sein, aber schwul war er nicht. Die Mädchen der Schule diskutierten inzwischen ausführlich die Frage, was Viola ihnen allen voraushatte, und Hank ärgerte sich schwarz über den Rüffel des Trainers und eine empfindliche Strafe. Er musste während zwei Trainingseinheiten aussetzen und verlor den Wettstreit mit Mike um den Rang des Mannschaftskapitäns.

Als schließlich die Mannschaftsaufstellung bekannt gegeben wurde, steigerte sich seine Enttäuschung noch weiter. Während Ahi die wichtigste Stürmerposition des Full-Forward einnahm, postierte der Trainer Hank ganz hinten als Corner-Back.

»Geht schließlich nicht, dass du die Gegner genauso zusammenschlägst wie hier den Neuen«, brummelte der Lehrer, als Hank wild protestierte. »Diesmal wird nicht geprügelt, diesmal handeln wir strategisch!«

Zur Begeisterung des Trainers teilte Ahi diese Ansicht und nahm Anweisungen problemlos entgegen – auch wenn er eher von Harmonien als Strategien sprach. Der Trainer hätte ihn am liebsten gleich zum Mannschaftskapitän ernannt, aber er sah natürlich ein, dass ein derart unbeliebter Junge keine Chancen hatte, sich durchzusetzen.

»Ach, das wird sich schon bessern, wenn dein Ali erst mal ein paar Meisterschaftstore schießt«, beruhigte Shawna die besorgte Viola, der Hanks offene Gewaltbereitschaft Angst machte. »Bis jetzt ist es ja nur Training, aber wenn die Kerls mal gewinnen, vergessen sie alles bis auf den Pokal. Howard wird Ali natürlich bis an sein Lebensende böse sein, aber das ist nicht zu ändern ...« Howard war der Junge, dessen Platz in der Mannschaft Ahi übernommen hatte. Er saß jetzt auf der Reservebank und schmollte. »Hast du deinen Teil des Bio-Referats endlich fertig? Ach nein, sag bloß nicht, du bist wieder nicht dazu gekommen!«

Viola musste genau das gestehen. Sie hatte gerade noch versucht, in der Mittagspause ein paar Informationen zusammenzusuchen, aber in der Schulbibliothek war es mühsam. Mittels Internet wäre es schneller gegangen ...

»Was soll ich machen, bei mir zu Hause herrscht die Hölle!«, verteidigte sie sich und schlang heißhungrig ein paar Bissen Käsesandwich herunter. »Die blöde Internetverbindung ist alle drei Minuten gestört, und wenn es gerade mal nicht regnet und kein Wind herrscht und keine atmosphärischen Störungen bestehen oder was weiß ich, krallt mich Ainné! Lach nicht Shawna, die Frau macht mich fertig! In der Schwangerschaft kam sie mir vor ... na ja, ein bisschen wie ein übellauniger Wal, der irgendwo rumhing und von da aus die Stimmung verpestete. Aber die Flucht war doch relativ einfach. Jetzt dagegen – die Tante ist hyperaktiv!«

Tatsächlich hatte Ainné die Strapazen der Geburt schnell überwunden und auch der Schlafentzug durch den pausenlos brüllenden Kevin schien ihr nichts auszumachen. Wieder zu Hause, hatte sie zunächst damit begonnen, das Haus »für Kevin herzurichten«. Viola sollte ihr gefälligst dabei helfen. Schließlich war es ja ihre Schuld, dass das Kind jetzt kein eigenes Zimmer hatte. So verbrachte die eher ungeschickte Viola Stunden mit dem Anbringen von Kindersicherungen an allen möglichen Schränken und Schubladen, verhedderte sich in den Schnüren von Mobilés und verschmierte das Glas beim Aufbringen von Fensterbildern. Ainné entfernte derweil sämtlichen Nippes – selbst auf dem Kaminbord, den Kevin wahrscheinlich erst mit sieben oder acht Jahren erreichen würde!

Dabei entsorgte sie eine ziemlich kitschige Zierharfe, ein kleines Instrument, auf dem man gerade so die Tonleiter spielen konnte. Viola rettete es für Ahi, zu dem sie endlich floh.

Sie fand ihn auf dem Bett in seinem Wohnwagen, wo er der Melodie des Regens vor dem Fenster lauschte. Nach dem Hurlingtraining und dem Weg von Lovely View bis zum Campingplatz wirkte er etwas blass.

Viola schmiegte sich neben ihn und genoss die wohlige Müdigkeit, die ihren Ärger über Ainné vertrieb, als sie Ahi Kraft gab. Am liebsten wäre sie gleich eingeschlafen … Auch so eine Sache, die sie langsam nervös machte. Am Anfang hatte sie es auf den Stress durch all die Veränderungen und den nächtlichen Radau im Kinderzimmer geschoben. Aber inzwischen konnte sie nicht mehr leugnen, dass ihr die Beziehung zu Ahi Energie raubte. Sie liebte ihn und nach wie vor beflügelten sie seine sanften Zärtlichkeiten und der Tanz ihrer Seelen. Aber bacha für zwei aufzubringen, war schwierig. Viola hatte dauernd Hunger und war ständig müde. Auch ein Grund für die Schwierigkeiten, sich in der Schule zu konzentrieren und alle Hausaufgaben fristgerecht zu erledigen. Dabei stand jetzt der Trimesterabschluss bevor, und besonders Partnerarbeiten mit Shawna mussten gut ausfallen, wenn sie die Freundin nicht herunterziehen wollte. Ihre eigenen Noten waren nicht allzu wichtig. Es konnte sowieso passieren, dass sie ein Schuljahr wiederholen musste, wenn sie nach Braunschweig zurückging. Auch dies eine Entscheidung, die spätestens im Frühjahr anstand und die Viola zu schaffen machte. Sie hätte Ainné und Bill lieber heute als morgen verlassen – aber was wurde dann aus ihr und Ahi?

»Sie singen ...«, flüsterte Ahi. Er hielt Viola im Arm und liebkoste ihr Haar mit seinen Lippen. »Ich höre sie bis hierher, sie haben bacha im Überfluss ...«

Viola erschrak, aber ihr fehlte die Kraft, sich enerviert aufzusetzen. Ahi merkte also auch, dass er sie »aussaugte«. Sah man es ihr womöglich an? Und was hieß, die Kelpies hätten bacha im Überfluss?

»Sie haben ... gejagt?«, fragte sie entsetzt.

Ahi nickte. »Die Leute, von denen Moira erzählte ... Ich wusste, dass sie sich als Beute eignen konnten. Und heute morgen ... vor dem Regen ... Ich glaube, Lahia und Ahlanija, aber sicher bin ich mir nicht.«

Viola dachte mit Schaudern an Moiras Erzählung von der seltsamen Reisegruppe, die sich im Hotel ihrer Eltern eingemietet hatte. »Ihr werdet's nicht glauben, aber die Typen fahren nach Irland, um 'ne Runde zu hungern. Fastenferien nennen sie das. Sie essen nur Gemüsebrühe und trinken Tee und dabei wandern sie und machen sonst was. Soll irgendwie zur Darmreinigung beitragen oder zur Seelenwanderung oder was weiß ich. Fett sind sie eigentlich alle nicht, das ist wohl mehr was Spirituelles ...«

Shawna hatte seufzend genickt. Das Restaurant Lovely View hatte sich selbstverständlich unverzüglich auf die neuen Gäste eingestellt und Shawna hatte Stunden mit Gemüseputzen und Verkochen desselben zu klarer Brühe verbracht. Außerdem hatte Bill sie angerufen.

»Zwei reiten auch. Haben für morgen Pferde bei Bill gebucht. Wobei es ihnen nichts ausmacht, wenn es regnet …«, berichtete sie im Bus.

Die anderen Mädchen lachten. »Und lass mich raten«, meinte Moira, »der alte Bill hat dir großzügig ein paar Gratisreitstunden auf seinen wunderbaren Ponys angeboten, wenn du die Typen durch den Wolkenbruch lotst.«

Shawna nickte, wobei sie nicht sehr glücklich wirkte. »Was soll ich machen?«, fragte sie. »Bill geht natürlich nicht selbst mit ihnen raus, wenn's gießt, und Ainné auch noch nicht. Dabei ist sie gestern schon wieder geritten. Gracie war ganz fertig …«

Die restliche Busfahrt war über Shawnas düsteren Schilderungen von Ainnés erstem Ausritt nach der Schwangerschaft vergangen, der wohl ziemlich schwunghaft verlaufen war. Nach Shawnas Meinung zu schwungvoll für die Kondition der Stute Gracie.

Die »schneidige Reiterin« Ainné kannte da wohl wenig Gnade. Sie hatte das Pferd erschöpft und schweißüberströmt in den Stall gestellt, wo Shawna es dann fand und abrieb.

An diesem Nachmittag hätten die Fastengäste von Bayview House nun reiten sollen. Viola ahnte, dass Shawna vergeblich auf sie warten würde …

»Du willst nicht wirklich hingehen und am … Verteilen der Beute teilhaben, oder?«, vergewisserte sich Viola.

In Ahis schöne, heute regengraue Augen schlich sich ein Anflug von Verzweiflung und Trauer, als er den Abscheu in ihrer Stimme hörte. »Natürlich nicht, aber sie rufen mich. Und es wäre … es wäre eine Erleichterung …« Ahi griff nervös nach der kleinen Harfe und begann sie zu stimmen. Als die ersten Töne erklangen, zog wieder ein Lächeln über sein Gesicht. »Auch für dich. Du hast viel Kraft, Viola, aber so viel auch nicht! Wenn ich jetzt … wenn ich jetzt mit den anderen singen würde, könntest du dich erholen …«

Viola schüttelte entschlossen den Kopf. »Niemals, du hast mir versprochen, diesem … diesem Seelenraub fernzubleiben, und ich habe dir versprochen, dass ich dir bacha gebe. Und bisher funktioniert es doch gut. Wahrscheinlich muss ich nur mehr essen. Und mit diesem Grünzeug aufhören. Tut mir leid, Ahi, aber manchmal habe ich einfach einen Heißhunger auf gebratene Kleine Seelen.«

Viola stand auf, eigentlich verärgert, dass sie wieder mal gereizt reagiert hatte. Ahi drängte sie keinesfalls zur vegetarischen Ernährung, ebenso wenig Shawna. Aber jetzt sah er sie mit einem Blick an, den sie lieber nicht deuten wollte. Ahi machte sich nichts aus einem Schinkensandwich – aber auch er mochte Heißhunger auf Seelen kennen …

14

Zwei Stunden später – Viola hatte gerade den Computer in Gang gebracht und fragte sich, ob sie lieber Katja eine Mail schicken oder sich endlich an das Bio-Referat machen sollte – klingelte Shawna an der Tür der McNamaras. Viola hörte ihre Stimme unten und hätte sie am liebsten gleich heraufgerufen, aber das blonde Mädchen musste sich erst mit Bill auseinandersetzen.

»Ich bin bestimmt nicht zu spät gekommen, Bill, und ich hab mich auch nicht mit der Zeit vertan. Die Pferde waren pünktlich fertig, aber die Leute sind einfach nicht aufgetaucht. Ich hab auch noch in Bayview House angerufen und Moira hat nachgesehen, ob sie im Hotel waren. Aber die Schlüssel waren an der Rezeption – keine Chance, die Typen zu erreichen.«

Bill schnaubte. »Haste wenigstens noch ’n bisschen gewartet?«, fragte er missmutig. Er schien fest entschlossen, Shawna die Schuld an dem ausgefallenen Ausritt in die Schuhe zu schieben.

»Die Gäste kommen manchmal bis zu einer halben Stunde zu spät!«, fiel auch Ainné ein.

»Ich bin hier, Ainné!« Viola hörte es Shawnas Stimme an, wie genervt die Freundin war. Das Mädchen blieb allerdings höflich wie immer, auch wenn sie ein bisschen schärfer klang. »Das heißt, ich habe seit fünf Uhr gewartet. Ich habe die Pferde fertig gemacht, gewartet, abgesattelt, gefüttert und noch ein bisschen Sattelzeug geputzt. In der ganzen Zeit hat sich keiner blicken lassen. Die haben es einfach nicht ernst gemeint mit ›auch im Regen‹. Hat man doch immer mal wieder.« Shawna war sauer und bestimmt durchnässt und verfroren, aber nicht beunruhigt. In den nächsten Minuten besänftigte sie Ainné, indem sie Kevin ein bisschen herumtrug. Dann endlich stieg sie die Treppe hoch und ließ sich aufatmend auf Violas Bett fallen. Ihr Haar war nass und klebte am Kopf. Sie trug Jeans, einen uralten Pulli und roch nach Pferd.

»Puh, was für ein Tag! Es regnet Katzen und Hunde, kein Wunder, dass die Typen keine Lust hatten zu reiten. Ich hab auch zu nichts Lust. Außer vielleicht … kann ich gerade E-Mails checken, Viola? In der Schule bin ich nicht dazu gekommen – aber gerade heute bräuchte ich was Aufbauendes von Patrick!«

Patrick würde nicht besonders aufbauend mailen, sondern eher schimpfen, wenn er von Shawnas verlorenem Nachmittag in Bills Pferdestall hörte. Schließlich hatte sie wieder kostenlos gearbeitet – und dafür noch Tadel bezogen. Aber Viola hielt ihr das jetzt lieber nicht vor. Stattdessen schob sie der Freundin den Laptop hin. Shawna klickte sich zu ihrem Mailanbieter. »Deshalb bin ich aber eigentlich nicht gekommen«, bemerkte sie dabei. Es schien ihr immer etwas peinlich sein, Viola um Internetzugang zu bitten. »Eigentlich geht's mehr um Ali. Hast du dem einen CD-Spieler hingestellt? Jedenfalls dudelt er da Harfenmusik ab. Total schön, wenn's dir nichts ausmacht, kannst du die CD vielleicht mal für mich brennen. Aber dein Daddy ist doch noch draußen, nicht? Und Bill oder Ainné könnten auch mal dort vorbeikommen, gerade Ainné. Früher hat sie abends immer noch einen Rundgang gemacht ...«

Den machte zurzeit Violas Vater. Aber bei diesem Regen konnte man davon ausgehen, dass er bestenfalls das Bootshaus inspizierte und wahrscheinlich sowieso nur den Zeitungsständer im Laden. Aber Viola erkannte die Gefahr natürlich gleich.

»Verdammt, die Harfe!«, rutschte es ihr heraus. »Dabei hatte ich das eher als Gag gemeint, kann doch kein Mensch spielen auf den kleinen Dingern. Aber ...«

»Du meinst, Ali spielt selbst?«, fragte Shawna verblüfft.

Viola gratulierte sich zu dieser neuen, hausgemachten Komplikation. Konnte sie Shawna nicht in dem Glauben lassen, dass Ahi einfach Musik hörte?

»Doch nicht auf dieser Miniharfe, die Ainné rausgeschmissen hat? Komm, Vio, wo soll er denn das gelernt haben?«

Viola biss sich auf die Lippen. »Er spielt wohl Klavier«, behauptete sie. »Und die Harfe zupft man ja wohl so ähnlich ...« Das hatte Miss O'Keefe gesagt, aber es erklärte natürlich nicht, dass ein völliger Anfänger einem Einfachstinstrument Töne entlockte, die Shawna für die Arbeit eines Profimusikers hielt.

Das Mädchen runzelte dann auch die Stirn, aber Viola war schon aufgestanden und suchte in ihrem Schrank nach Pullover und Windjacke.

»Ist doch auch egal«, beschwichtigte sie. »Hauptsache, er hört damit auf! Bevor mein Daddy was mitkriegt oder irgendwer sonst. Check gerade deine Mails und dann bringe ich dich noch ein Stück. Sag einfach, du hast ein Buch für mich im Stall vergessen. Ich brauche einen Grund, um bei dem Wetter rauszugehen.«

»Ich kann's ihm auch allein sagen«, meinte Shawna abgelenkt. Sie hatte tatsächlich eine Mail von Patrick erhalten und beantwortete sie jetzt, wobei ein verklärtes Lächeln über ihr Gesicht tanzte wie ihre Finger über die Tastatur.

Viola erwog diese Möglichkeit, entschied sich dann aber dagegen. Shawna allein mit Ahi im Wohnwagen – Harfenklang und der Geruch nach Pferd, der für Ahi sicher etwas Heimeliges hatte … In Viola regte sich schon bei dem Gedanken daran Eifersucht. Stattdessen nahm sie lieber selbst die erneute Himmelsdusche auf sich.

Ahis Musik hielt die Mädchen dann schadlos für den Weg durch Regen und Schlamm. Die Klänge, die er der Spielzeugharfe entlockte, hatten etwas Überirdisches, sie trugen weiter, als sie eigentlich sollten, und sie sprachen von Sehnsucht und Liebe. Ahi beschwor Harmonien – Viola meinte, genau das herauszuhören, was ihn mit ihr verband und glücklich machte –, aber die Harfe sang auch von Verlust und Verzicht.

Shawna lauschte fasziniert. »Das muss eine CD sein!«, meinte sie dann.

Viola warf derweil einen Blick in den Wohnwagen. Ausnahmsweise hatte Ahi ein Licht entzündet. Nur eine Kerze, aber es reichte, um sein ganz in die Musik versunkenes Gesicht zu erkennen, die umflorten, traurigen Augen und flüsternde Lippen, die sich versagten zu singen. Das Kerzenlicht warf Schatten auf seine fremdartigen Züge, aber auch von Ahis Körper selbst schien wieder dieses sanfte, fahle Licht auszugehen, das Viola manchmal spürte, wenn er sie in den Armen hielt. Aber jetzt teilte er es mit niemandem. Das einsame Kelpie empfing die Melodien des Sees, aber es konnte nicht daran teilhaben.

Viola hätte weinen mögen. Aber stattdessen klopfte sie energisch an die Tür des Wohnwagens. »Ali, mach auf! Bist du von allen guten Geistern verlassen?«

Sie musste laut sein, sie musste ihn aus seiner Versunkenheit reißen, bevor Shawna den Ausdruck auf seinem Gesicht sah.

Tatsächlich verstummte die Harfe und wenig später öffnete Ahi die Tür. Noch etwas verträumt und verwirrt, aber doch ein Wesen, das als Alistair durchgehen konnte.

»Vio, Shawna …« Er lächelte, aber gleich darauf wich sein Lächeln der Besorgnis. »Ist etwas passiert? Hat man … sie gefunden?«

Irgendwann in dieser Nacht würde der See die Körper der Menschen freigeben, deren Lebensenergie den Kelpies heute als Nahrung diente.

Bloß nicht hier!, dachte Viola. Nicht auszudenken, dass wieder Polizei und Wasserwacht den Campingplatz durchstreiften. Der bewohnte Wohnwagen könnte auffallen. Und hoffentlich hatte Shawna Ahis Frage nicht gehört oder würde sie zumindest nicht richtig interpretieren, wenn morgen wirklich herauskam, dass ihre Reitgäste ertrunken waren.

»Nichts ist passiert!«, beschied Viola ihn nervös. »Und ich habe das … Kabel für den CD-Spieler …« – sie betonte die Worte überdeutlich – »auch noch nicht gefunden. Aber du hast ihn ja trotzdem zum Laufen gebracht …« Sie warf einen vielsagenden Blick auf die Harfe und schüttelte dabei leicht den Kopf.

Aber Shawna stellte zum Glück keine Fragen. Anscheinend war sie noch zu erfüllt von ihrer Korrespondenz mit Patrick und sie hatte ja auch einen schweren Tag gehabt. Jedenfalls informierte sie Ali nur, dass man seine Musik auf dem halben Campingplatz hörte, und erklärte dann, sie müsste jetzt gehen. »Ich bin sowieso schon zu spät, meine Mom mag es nicht, wenn ich im Dunkeln und im Regen mit dem Mofa unterwegs bin. Wir sehen uns dann morgen in der Schule!« Sie winkte Ahi.

Viola war hin und her gerissen. Zu gern wäre sie noch bei Ahi geblieben und hätte ihn getröstet oder auch einfach seine Trauer geteilt. Sie spürte das drängende Verlangen, sich an ihn zu schmiegen, seine Seele an sich zu ziehen, um sie den Kelpies und ihrem beschwörenden Gesang zu entwinden. Aber wenn sie nicht bald zurückkam, würde Ainné Fragen stellen. Und auch ihr Vater konnte sie vom Laden aus kommen sehen und sich Gedanken über die Richtung machen. Es war besser, noch ein bisschen Schlammtreten mit Shawna zu betreiben und dann von woanders zurück zum Haus zu laufen.

Also küsste sie Ahi nur leicht auf die Wange und versuchte, all ihr Verständnis und ihre Liebe in diesen Hauch einer Berührung zu legen. Dann folgte sie Shawna in den Regen.

»Seltsam«, meinte Shawna, während sie sich ihren Weg durch Matsch und Platzregen bahnten. »Patrick hat die Musikanlage nie zum Laufen gebracht. Irgendwie kam dafür nie genug Strom an. Und dann auch noch ohne Kabel?«

Viola antwortete nicht. Sie konnte nur hoffen, dass Shawna die Sache bis morgen vergaß. Oder sicherheitshalber die Nacht im Internet verbringen, um ein paar Harfensongs herunterzuladen, zu versuchen, ihre eigene, ziemlich alte Musikanlage mit Batterien zu bestücken und Ahi morgen früh noch dahingehend zu instruieren, dass er Shawna die Sache erklären konnte. Und dabei war sie jetzt schon todmüde …

Das Verschwinden der beiden Touristen war am nächsten Tag natürlich Stadtgespräch in Roundwood. Der Gruppenleiter hatte sie am Abend alarmiert als vermisst gemeldet und der Polizei Dampf gemacht: Wer fastete, war wohl kreislaufschwach und gefährdeter als normal essende Leute. In der Schule wurde dies ausgiebig diskutiert, während Viola mit ihrem eigenen Kreislauf kämpfte. Heute war es sonnig, und sie schob es erfolgreich auf die dauernden Wetterwechsel, dass ihr schwindelig und übel war. Der Blick in Ahis gequältes Gesicht, wenn die Sprache auf die Vermissten kam, trug allerdings auch nicht dazu bei, dass sie sich besser fühlte.

In der Mittagspause sprach sich dann herum, dass man die Leichen gefunden hatte.

»Die Wasserwacht nimmt an, dass mindestens eine von den Typen schwimmen wollte!«, erzählte Bridie, die Tochter des Police Officers. Sie ging zum Mittagessen nach Hause und hatte natürlich die letzten Informationen. »Jedenfalls hatte sie wohl einen Badeanzug an – oder drunter, irgend so was. Und sie hatte auch dem Reiseleiter gesagt, dass sie bei jedem Wetter draußen schwimmt! Überall, sogar in der Nordsee! Er hat sie noch gewarnt, aber das ist wohl nicht angekommen. Na ja, und der andere hat sie vielleicht retten wollen …«

Die Geschichte wurde von niemandem angezweifelt. Wieder ein bedauernswerter Unfall – an dem die Opfer nach allgemeiner Einschätzung selbst nicht ganz unschuldig waren. Die Kelpies sahen das zweifellos genauso. Auch wenn sich der Ablauf für sie anders darstellte. Viola war nun endgültig übel. Sie gab das – ohnehin nur mit Überwindung heruntergewürgte – Schinkensandwich auf der Toilette wieder von sich.

Shawna, ebenfalls leicht grün im Gesicht, stellte keine Fragen. Schließlich stand an diesem Nachmittag auch noch ein anderes Ereignis an, das Viola und Shawna seit Langem Bauchschmerzen bereitete. Beide Mädchen waren in der Bio-AG – Shawna aus Interesse und Viola vor allem deshalb, weil es keine Informatik-AG gab. Seit Ahi mit zur Schule ging, hatte er sich den Mädchen angeschlossen. Vielleicht, weil er sich wirklich für Biologie interessierte – aber vielleicht auch, weil ihm das Prinzip der halb freiwilligen Arbeitsgemeinschaften fremd war. Wahrscheinlich hätte er sich in der Englisch- oder Schauspiel-AG besser amüsiert, aber er war Viola einfach gefolgt.

Die Bio-AG beschäftigte sich nun ausführlich mit Anatomie, und die Lehrerin hatte den Ehrgeiz, ihre Schüler optimal auf ein künftiges Studium der Biologie oder auch der Medizin vorzubereiten. »Wer meine Klasse besucht, kann sich die ersten zwei Semester fast schon sparen!«, war ihr Lieblingsspruch, und als Höhepunkt des Jahres betrachtete sie das eigenhändige Sezieren eines Frosches! Die Schüler übten seit Wochen den Umgang mit dem Skalpell und verschiedenen anderen Instrumenten zur Körperöffnung und Präparation der Organe, und bislang hatte dies zumindest Shawna immer Spaß gemacht. Viola befürchtete allerdings stets, sich zu schneiden, und Ahi musste der Sinn von Obduktionen erst mal klar gemacht werden.

»Man muss zu medizinischen Zwecken einfach wissen, wie es in einem Menschen oder einem Tier aussieht«, erläuterte Viola, möglichst ohne eine Diskussion aufkommen zu lassen. »Das hilft, Krankheiten besser zu verstehen und Heilmittel zu finden – ohne das bacha von irgendjemandem anzapfen zu müssen.«

Ahi kaute auf seiner Lippe herum und wirkte etwas verletzt. »Dazu … tötet man die Kleine Seele?«, erkundigte er sich.

Viola zuckte die Achseln. »Manchmal«, antwortete sie. »Wenn man was Neues entdecken will. Aber meistens werden tote Tiere seziert und nur tote Menschen. Das gehört auch zur Ausbildung von Ärzten und Tierärzten. Bevor sie an lebenden Wesen herumschnippeln dürfen, üben sie an toten.«

Ahi sah das ein und beherrschte sein Skalpell nach kurzer Übung virtuos. Gekonnt häutete er Bananenschalen und sezierte Karotten, bis Shawna ihn damit neckte, dass niemand so elegant Gemüse schneiden könne wie er. Er sollte das anführen, wenn er sich im Sommer wirklich um einen Job im Restaurant ihrer Familie bewarb.

Aber für diese Stunde hatte Miss Rourke nun den Ernstfall angekündigt und nicht nur Viola und Shawna grauste davor. Ahi brachte es nicht zur Sprache, möglicherweise hatte er nicht verstanden, worum es ging. Auf jeden Fall stand er zunächst erfreut, dann aber ziemlich fassungslos vor dem Terrarium voller grünbrauner Amphibien, das Miss Rourke anschleppte.

Jenny quiekte »Sind die süß!« und zog sich damit sofort einen tadelnden Blick der Lehrerin zu. Die anderen Schüler enthielten sich eines Kommentars, nur Hank und Howard auf einer der hintersten Bänke gaben Geräusche von sich, die wohl denen eines Neandertalers vor dem Zerlegen der Beute gleichkamen.

»Also …«, erklärte Miss Rourke, »ihr arbeitet zu zweit. Jedes Paar bekommt ein Tier, die Arbeitsschritte besprechen wir jeweils, bevor wir loslegen. Ich habe hier auch noch eine Karte …«, sie entrollte das Bild eines aufgeschnittenen Frosches, »der ihr die Lage der Organe entnehmen könnt.«

Noch während sie sprach, zog sie rasch Handschuhe über und setzte einen Frosch nach dem anderen geschickt in Laborgläser, die sie dann verteilte. Viola beobachtete, dass die Tiere vor ihr zu fliehen versuchten.

»Die kleinen Seelen haben Angst!«, wisperte Ahi empört und hatte gleich darauf nichts Besseres zu tun, als den Frosch, den Miss Rourke auf seinen Tisch stellte, aus dem

Glas zu befreien. Auf seiner kühlen Hand – die Anweisung, Handschuhe überzuziehen, musste Ahi überhört haben – schien sich das Tier zu beruhigen.

Shawna sah das allerdings anders. »Er ist ganz starr ...«, sagte sie mitleidig.

Ahi schien sich auf sein Tier zu konzentrieren, nach sehr kurzer Zeit lächelte er. »Es sind so kleine Seelen ...«, sagte er sanft. »Es ist ganz einfach, eins mit ihnen zu werden. Versuch es mal, Vio!«

Er hielt ihr die Hand mit dem Frosch hin. Viola widerstrebte es, zuzugreifen. Nicht, dass sie sich ekelte, sie fand das Tier nicht abstoßend. Aber es widerstrebte ihr, ihre Seele mit jemandem zu verschmelzen, den sie gleich mittels Chloroform in einen hoffentlich existierenden Amphibienhimmel befördern sollte.

Verdammt, jetzt dachte sie schon als jemand an den Frosch – und nun krabbelte das Tier auch noch mit aller Seelenruhe von Ahis auf ihre Hand hinüber ... von Angst nichts mehr zu sehen.

Ahi meldete sich. »Was sollen wir jetzt mit den Fröschen tun, Miss Rourke?«, fragte er. »Ich meine nur – wenn wir sie bloß angucken sollten, dann wäre es besser, sie jetzt wieder rauszubringen. Sie fühlen sich nicht sehr wohl in diesen Gläsern und sie sind auch nicht so gern allein. Sie singen zusammen, wissen Sie ...« Ahi drückte sich so höflich aus wie immer, aber Viola vernahm doch andere Nuancen in seiner Stimme. Ahi sprach schärfer und bestimmter als sonst. Seine gewohnte Gelassenheit schien von ihm abzufallen.

Hank und die anderen Jungen lachten.

»Alistair, hast du denn nicht aufgepasst?«, fragte Miss Rourke unwillig. »Wir werden diese Frösche heute sezieren – das heißt aufschneiden, gucken, wie sie von innen aussehen …« Die Lehrerin nahm offensichtlich Sprachprobleme an.

»Aber sie sind noch am Leben«, bemerkte Ahi.

Wenn Ahi seltsame Fragen stellte, pflegte Viola sich gewöhnlich Sorgen zu machen, aber gerade fiel ihr das schwer. Sie betrachtete ihren Frosch und ihr Denken schien sich dabei zu reduzieren. Kleine Seelen, das hatte Ahi schon öfter gesagt, denken nicht allzu viel, sie »sind«. Wobei der Frosch sich jetzt verhältnismäßig sicher zu fühlen schien. Viola sah zu Shawna hinüber.

Die hatte es ihr und Ahi inzwischen nachgemacht. Auch Shawnas Frosch saß in ihrer Hand und sie schaute ihn mit der charakteristischen Verzückung an, die sie für jedes Tier aufbrachte, außer für Stechmücken.

»Streichle seine Stirn, das mag er«, flüsterte Viola und wusste selbst nicht, woher sie das wusste.

Shawna hob die linke Hand und tupfte den Hauch einer Berührung auf die Stelle zwischen den Augen ihres Frosches. Das Tier hielt still. Shawna strahlte.

»Das werden wir gleich ändern«, erklärte Miss Rourke rigoros. »Ich verteile jetzt Chloroform, eine farblose Flüssigkeit, wie ihr seht, die ihr dann einfach in das Glas mit dem Frosch einbringt und es dann schließt …«

»Aber warum?« Ahi ließ sich nicht abwimmeln. »Warum sollen wir den Frosch aufschneiden? Wissen wir nicht, wie er von innen aussieht?« Er schaute irritiert auf die Karte, welche die Organe des Tieres aufs Genaueste zeigte.

Miss Rourke verdrehte die Augen. »Ali, natürlich wissen wir, wie ein Frosch aufgebaut ist. Aber dies ist eine Übung. Ihr sollt selbst erfahren …«

»Wie man tötet?«, fragte Ahi verwirrt. »Ich meine … für Sie mag das eine Übung sein, aber die Kleine Seele ist hinterher tot.«

Shawna nickte eifrig.

»Können wir den Frosch nicht im Internet sezieren, Miss Rourke?«, versuchte Viola abzulenken. Sie musste sich dazu aus der faszinierenden Begegnung mit dem winzigen Geschöpf lösen, aber das war leicht. »Es gibt eine Seite dazu, ich hab's nachgesehen. Und es soll unheimlich wirklichkeitsnah sein …«

Miss Rourke wirkte langsam verärgert. »Viola, dies ist kein Internetkurs, wir machen hier Biologie. Und die Grundlagen des Sezierens lernt man an Fröschen. Seit Urzeiten. Jeder Medizinstudent, jeder Biologiestudent macht seine ersten Erfahrungen mit einem Frosch …«

»Man tötet tausende Kleine Seelen?«, fragte Ahi entsetzt. »Für nichts?«

»Alistair, ein Frosch hat keine Seele!« erklärte Miss Rourke. »Das ist sentimentaler Unsinn …«

»Aber sie haben Angst!«, wandte Jenny ein und zeigte auf ihren Frosch. Sie wollte das Tier ebenfalls aus dem Glas holen, aber es floh vor ihr.

»Das ist keine Angst, das ist ein Fluchtreflex. Also können wir jetzt endlich anfangen? Wie gesagt, ihr nehmt das Chloroform – aber aufpassen, dass ihr nicht selbst dran riecht …«

»Ich mache das nicht«, sagte Ahi ruhig. »Es ist etwas Böses. Und es ist überflüssig. Niemand lernt etwas dabei, niemandem wird dadurch geholfen. Das kleine Ding hat ja nicht mal genug bacha, um irgendwas zu nähren …«

Miss Rourke schaute jetzt sehr verärgert. »Du redest völligen Unsinn, Alistair, ich nehme zu deinen Gunsten an, dass es am mangelnden Sprachverständnis liegt. Aber wenn du meinst, dass du nicht mitmachen möchtest, kannst du selbstverständlich gehen. Dies ist eine Arbeitsgemeinschaft, die Teilnahme ist freiwillig. Aber halt meinen Unterricht nicht länger auf!«

Ali stand auf, vorher fixierte er aber noch kurz die Kleine Seele auf Violas Hand, die sofort auf seine hinüberhüpfte. Viola konnte es kaum glauben. Vorhin hatte es noch Zufall sein können, aber jetzt wirkte der Frosch wie dressiert.

»Ich gehe dann auch.« Das war Shawna. Und das erste Mal, dass Viola irgendetwas wie Aufmüpfigkeit an ihr bemerkte. »Er hat recht. Es ist falsch.« Sie legte vorsichtig die Hand über ihren Frosch, obwohl sie vorhin sicher auch eine Verbindung hergestellt hatte. Allerdings traute sie ihr nicht. »Hab keine Angst, Kleiner …«, wisperte sie dem Tierchen zu. »Wir finden einen hübschen Tümpel …«

»Shawna, ich glaube es nicht!« Miss Rourke sah ihre bisherige Lieblingsschülerin fassungslos an. »Du kannst dich doch davon nicht anstecken lassen. Und um das Sezieren kommst du ohnehin nicht herum, du willst doch Medizin studieren …«

Shawna zuckte die Schultern. »Bis ich studiere, dauert es noch ein paar Jahre. Bis dahin setzt sich vielleicht diese Internetsache durch, die Vio aufgetan hat. Das findet sich dann schon. Aber heute bringe ich niemanden um.«

»Ich gehe auch!«, meldete sich Jenny.

»Und ich.« Moira stand auf.

»Seid aber vorsichtig mit den Kleinen Seelen …«, rutschte es Viola heraus. »Nicht irgendwo aussetzen, am besten geht ihr mit Ali, der weiß schon …«

»Ihr könnt auf keinen Fall die Frösche mitnehmen …« Miss Rourke stand vor den Trümmern ihrer Unterrichtseinheit. Die Einzigen, die noch bereit waren, ihren Frosch auseinanderzuschneiden, waren Hank und Howard. Allerdings kaum in der Absicht, irgendetwas zu lernen. Viola entzog ihnen beherzt das Glas mit dem glubschäugigen Versuchsobjekt und folgte den anderen hinaus.

»Shawna, das wird Folgen haben …«, donnerte Miss Rourke ihnen nach.

Shawna seufzte. »Der Hopser kostet mich wohl gerade meine gute Bionote …«, murmelte sie, während sie ihren Frosch vorsichtig die Schultreppe heruntertrug. »Aber was soll's. Jenny hat recht. Er ist süß.«

Die Schüler waren aufgedreht und voller Freude, als sie die Tiere schließlich in den Schlamm rund um einen Tümpel setzten, in dem vorher auch Ahi seiner Kleinen Seele die Freiheit wiedergegeben hatte. Er selbst war inzwischen verschwunden, obwohl die Klasse bereit schien, ihn zu feiern. Viola hoffte, dass das seltene Gemeinschafts- und Hochgefühl, das plötzlich alle zu verbinden schien, auf den erfolgreichen Aufstand gegen die Lehrerin zurückging und nicht auf eine kollektive Seelenverschmelzung mit ein paar glücklichen Amphibien … Aber das war wohl wirklich Blödsinn! Wahrscheinlich waren die anderen Schüler einfach nur erleichtert darüber, ihren Frosch nicht töten und sezieren zu müssen. Jenny war darüber so aufgedreht, dass sie ihr verhindertes Versuchsobjekt sogar zum Abschied küsste.

»Na, zumindest hättest du nicht aus Versehen einen Prinzen seziert«, kommentierte Moira, als der Hopser daraufhin floh, statt sich zu verwandeln.

Die Mädchen schauten ihren zufriedenen Versuchsobjekten aufatmend nach und gestanden einander, dass sie sich seit Wochen davor gefürchtet hatten, die Tiere abzuschlachten.

»Aber dein Ali traut sich was!«, bemerkte Moira bewundernd zu Viola. Die nickte, obwohl ihr Herz schwer war. Ahi war weit davon entfernt, normal zu sein.

Die geplatzte Bio-AG bescherte der Klasse fast zwei freie Stunden, bevor der Schulbus sie abholte. Shawna und die meisten anderen Mädchen verbrachten sie im Café, aber Viola fand keine Ruhe. Sie fragte sich voller Sorge, wo Ahi steckte. Also machte sie sich zu Fuß auf den Weg nach Hause und hoffte, irgendeine Mitfahrgelegenheit zu finden. Tatsächlich hielt ein Farmer an, der nur eine Meile vom See entfernt wohnte. Er wäre sogar bereit gewesen, sie rasch heimzufahren, aber Viola mochte ihm den Umstand nicht zumuten. Außerdem würde Ainné Fragen stellen. So dankte sie ihm, als er sie an seinem Hof herausließ, und lief den Rest des Weges zu Fuß. Wobei ihr ein Horrorszenario nach dem anderen durch den Kopf ging. Die Menschen hatten Ahi heute zweifellos enttäuscht. Was, wenn er zu den Kelpies zurückgegangen war und sich in diesem Moment mit Lahia über das seltsame Verhalten ihrer Jagdziele austauschte? Bei einem gehörigen Schluck bacha?

Am Ende rannte Viola fast und fand ihre Befürchtungen auch gleich bestätigt. Ahi lag nicht wie sonst im Wohnwagen auf dem Bett und er wartete auch nicht auf den Steinen hinter dem Bootshaus. Schließlich wanderte sie ziellos am See entlang und fand ihn dann endlich auf der Brücke zur Insel. Er hockte auf einem der baufälligen Brückenbögen, die Arme um die Beine geschlungen und den Kopf auf die Knie gelegt. Er trug Jeans und Holzfällerhemd, aber keine Schuhe.

Viola fühlte sich schwach vor Erleichterung. »Ahi, da bist du ja!« Sie hatte nur noch den Wunsch, ihn zu umarmen, aber sein schwankender, erhöhter Sitz machte das unmöglich. Die Kletterpartie wäre zu gefährlich.

»Warum kommst du nicht herunter? Ich hab dich gesucht!«

Ahi hob langsam den Kopf. Er hatte bisher starr ins Wasser geblickt, aber jetzt schien er Viola endlich zu bemerken. Seine Augen waren von einem tiefen dunklen Blau wie der See in hellen Nächten. Und in ihnen stand Verwirrung und Trauer.

»Ich verstehe euch nicht!«, brach es dann aus ihm heraus. »Ich liebe dich, Viola, aber dein Volk verstehe ich nicht! Ihr nennt uns Ungeheuer, weil wir manchmal, alle paar … Wochen …« – Ahi fiel es nach wie vor schwer, Zeitabläufe zu benennen – »jagen. Aber ihr selbst findet es völlig normal, jedes Jahr Tausende Kleine Seelen zu töten. Einfach nur so, damit sich auch ein Dummkopf wie Hank mal wie ein Chirurg fühlen kann – oder damit er mit eigenen Augen sieht, was er auch überall nachlesen könnte. Ich kann verstehen, dass ihr Tiere tötet, um sie zu essen. Aber das …«

Viola zuckte die Achseln. »Uns hat's auch nicht gefallen«, bemerkte sie. »Aber letzten Endes – es sind nur Frösche, Ahi!«

Er sah ungläubig zu ihr herab. »Nur Frösche?«, wiederholte Ahi. »Hast du ihre nama nicht gespürt?«

Viola stöhnte. »Doch … schon …«, gab sie zu. »Aber Ahi – du hast selbst gesagt, sie denken nicht viel. Sie haben praktisch keine … bacha …«

Sie brach ab, um wieder mal über den Begriff bacha nachzudenken. Bisher hatte sie ihn mit Lebensenergie übersetzt. Aber war es nicht eher Widerstandsfähigkeit? Kraft und Wille zum Kämpfen?

»Und?«, fragte Ahi heftig. »Darf man sie deshalb töten? Sie haben doch Gefühle, sie paaren sich, sie rufen ihre Frauen, sie singen gemeinsam … Ich selbst hab auch nicht viel bacha, Viola!«

Sein Blick schien jetzt müde. Schon der kurze Ausbruch hatte ihn Kraft gekostet. Die Harmonie war gestört. Viola wünschte sich sehnlichst, sie wiederherstellen zu können. Aber um den Kreis zu schließen, musste er sie berühren.

»Bei dir ist das etwas anderes …«, sagte sie lahm – und wand sich unter seinem verständnislosen Blick. Bis sie endlich begriff, was ihre Weltsicht unterschied. Für Ahi waren alle Wesen gleich – zumindest gleich wertvoll. Er machte keinen Unterschied zwischen Prinz und Frosch. Und ein Übermaß an bacha machte ein Wesen zwar zur interessanteren Beute, aber nicht zwangläufig zur sympathischeren Persönlichkeit …

Viola seufzte. »Und was willst du jetzt tun?«, fragte sie mühsam.

Ahi zuckte die Schultern. »Ich weiß nicht. Werden sie mich hinauswerfen?«

Viola schüttelte den Kopf. »Aus der Schule, meinst du? Sicher nicht. Höchstens aus der Bio-AG. Sonst müssten sie uns ja alle rauswerfen. Die Frösche haben sämtlich überlebt.« Sie lachte nervös. »Und die Mädchen sind ganz verrückt nach dir. Selbst Moira, und die stand sonst auf Hank. Aber heute bist du der Held des Tages. Glaub mir, Ahi, niemand killt gern Frösche! Kannst du's nicht so sehen wie die Sache zwischen Ahlaya und dir? Sie wollte dich zum Jagen zwingen, aber du hast es nicht getan?«

Das war etwas anderes und Viola wusste es. Aber vielleicht brachte es ihr Ahi trotzdem zurück. Der Junge überlegte.

»Gut«, sagte er schließlich. »Dann versuche ich es weiter. Gibst du mir die Hand?«

Viola streckte ihm mit klopfendem Herzen die Hand entgegen und half ihm von der Brücke. Er nahm sie in den Arm, als er wieder auf festem Boden stand.

»Ich wollte gehen«, flüsterte er. »Aber ich konnte nicht. Du tust etwas mit mir, Viola … Ich weiß jetzt, was Ahlaya fürchtete. Ich selbst knüpfe das Halfter, das mich bindet …«

15

Die Sache mit den Fröschen hatte kein großes Nachspiel. Miss Rourke beschwerte sich zwar bei der Direktorin, aber die schien eher ein Herz für Amphibien zu haben als für übereifrige Biologielehrer. Auf jeden Fall bestand niemand darauf, dass die Klasse die Übung am lebenden Tier wiederholte. Stattdessen fand die übernächste Stunde im Computerraum statt und die Schüler sezierten den Frosch virtuell. Viola erfuhr das aber nur von Shawna, die weiter die Bio-AG besuchte. Sie selbst war mit Ahi zu Literatur gewechselt und las Gedichte von Robert Frost. Im Gegensatz zu Shakespeare schrieb der ein leicht verständliches Englisch und sie erkannte die Harmonie in seinen Versen. Ahi berauschte sich regelrecht daran und Viola atmete auf.

Kurz darauf begannen auch die Weihnachtsferien, eine Zeit, die Viola gefürchtet hatte. Ihre Mutter war immer noch in Amerika, sodass niemand fragte, warum sie Weihnachten nicht nach Deutschland flog. Aber Ahis Bleiben würde auffallen und Viola grübelte nächtelang über mögliche Ausreden. Tatsächlich wurden dann aber gar keine komplizierten Erklärungen gebraucht, da praktisch sämtliche Mitschüler über Weihnachten verreisten. Sogar Shawnas Eltern trennten sich für ein paar Tage von ihrem geliebten Restaurant – schließlich war die Tourismus-Saison nun wirklich vorbei.

Die Berge lagen fast immer im Nebel und es regnete praktisch unausgesetzt. Shawna freute sich insofern auf die Dominikanische Republik und ihre exotische Tierwelt.

»Ich grüße ein paar Frösche von dir!«, neckte sie Ahi, verabschiedete sich von Bills Ponys und war dann erst mal weg.

Viola verbrachte ein enervierendes Weihnachtsfest mit der neuen Familie ihres Vaters und fand praktisch alles ätzend. Bill versuchte, Viola zur Hilfe im Stall heranzuziehen, nachdem Shawna ihn schnöde »im Stich gelassen« hatte. Da sie sich weiterhin standhaft weigerte, wandte Ainné ihre Vielleicht-Taktik bei Alan an. Violas Dad verbrachte also höchst widerwillig halbe Tage im Pferdestall, bestand aber darauf, dass Bill die Tiere vor dem Misten aus den Boxen entfernte. Der alte Mann konnte noch so oft Schmähungen wie Weichei vor sich hin grummeln. Violas Vater kam Pferden nicht zu nahe. Dennoch roch er anschließend durchdringend nach Mist und schien sich selbst nicht mehr leiden zu können. Kevin wurde zwar mit Geschenken überschüttet, schrie aber trotzdem die ganze Zeit. Der Geruch seiner Windeln vermischte sich mit dem Duft von Tannen und Mistelzweigen zu einer betäubenden Mischung. Zu allem Überfluss lief Ahi ihrem Vater an Heiligabend auf dem Campingplatz in die Arme und wurde prompt bedauert und zum Mittagessen eingeladen.

»Die McLaughlins haben dich wirklich allein hiergelassen? Die haben Nerven! Und nun wolltest du zu Viola? Komm rein, du musst doch frieren nach dem langen Weg im Regen –

nachher fahre ich dich eben rauf, keine Widerrede. Und morgen kommst du zum Essen, Mensch, es ist Weihnachten, da soll keiner allein sein!«

Viola verbrachte die nächsten Stunden damit, Ahi wenigstens halbwegs einen Eindruck davon zu vermitteln, was unter Weihnachten zu verstehen war. Zudem versuchte sie, ihm ein paar dänische Weihnachtsbräuche einzupauken. Trotzdem fiel er erst mal in Ungnade, weil er sich prompt als Vegetarier outete und absolut nicht gewillt war, Ainnés Truthahn zu probieren. Der war allerdings auch zum Weglaufen – Viola erbat im Stillen die Verzeihung seiner »Kleinen Seele« für die posthume Misshandlung mit Ainnés salzloser, klebriger Füllung. Der übrige Besuch – Ainnés Vetter Brian und seine Frau – schlang trotzdem Unmengen davon herunter und machte sich dann über den Whiskey her. Immerhin ersparte die Notwendigkeit, die zwei zu unterhalten, Viola und Ahi peinliche Befragungen. Und dann konnte Ahi unerwartet punkten, als Brian unbedingt Weihnachtslieder singen wollte. Ahi hatte sich in dieser Richtung alles gemerkt, was in der Schule von Roundwood, im Radio und auf den Straßen zu hören gewesen war. Er sang es jetzt mit seiner schönen hellen Stimme und schaffte es damit, sogar Kevin einzuschläfern. Ainné war danach deutlich besser auf Violas Freund zu sprechen und hatte auch gar nichts dagegen, als sich die beiden in einer Regenpause zu einem Spaziergang verabschiedeten.

»Na, wenn die mal nicht im Bootshaus knutschen!«, kicherte der schon stark angeheiterte Brian. »Und dann gibt's womöglich bald die nächste Hochzeit …«

Viola wollte etwas Ärgerliches erwidern, aber ihr Vater griff die Bemerkung überraschend auf. »Nichts da, Brian, verkuppele mal keine Kinder! Feiern kannst du demnächst genug: Ainné und ich lassen uns kirchlich trauen. In einem Aufwasch mit Kevins Taufe, am fünfzehnten März. Alles klar?«

Die Erwachsenen hoben darauf noch einmal die Whiskeygläser, während Viola nicht schnell genug wegkommen konnte.

»Hat sie ihn also doch weichgekocht!«, erregte sie sich, als sie mit Ahi unter einem wolkenverhangenen Himmel zum Seeufer lief. »Und ich darf wahrscheinlich Brautjungfer spielen! Oder Patentante für das Baby ...«

Ahi lachte ausgelassen. Auch er hatte Whiskey getrunken, zum ersten Mal in seinem Leben. Es schien ihn zu beflügeln und Viola fragte sich, ob die irische Bezeichnung für Whiskey »uiske beatha« vielleicht etwas mit dem bacha der Amhralough zu tun hatte. Immerhin sprach es sich »ischke baha« – »Wasser des Lebens«. Sprachlich verwandt war es also bestimmt. Aber konnte man das eine vielleicht durch das andere ersetzen? In einem Anflug von Albernheit stellte sie sich einen See voller betrunkener Kelpies vor.

Auf jeden Fall würde sie auf Brian aufpassen müssen. Ainnés Vetter war jetzt schon ziemlich beschwippst und hatte begonnen, mit seinen Erfahrungen als Reiter anzugeben. Wenn dem jetzt ein Kelpie über den Weg lief ... Viola fragte sich, wann Ahis Familie wieder jagen musste.

Ahis Umarmung ließ sie dann aber alles vergessen. Sie küssten sich tatsächlich im Bootshaus und sahen hinaus auf den See, über dem jetzt der Vollmond stand. Meistens versteckte er sich zwar hinter Wolken, aber in den seltenen Regenpausen kam er hervor und tauchte das Wasser in ein silbriges Licht. Der unwirkliche Glanz spiegelte sich in Ahis Augen und Viola sah wieder den Märchenprinzen in ihm, der sie schon beim ersten Treffen in seinen Bann gezogen hatte. Schließlich fand sie einen Stein am See, der im Mondlicht golden leuchtete. Sie legte ihn auf ihre Handfläche und bewunderte ihn, und Ahi schloss seine kühle, sanfte Hand darüber.

»Glaubst du, dass Steine sich mit Energie aufladen?«, fragte sie heiser. »In Glendalough legen die Menschen die Hände auf die alten Mauern, weil sie glauben, sie könnten den heiligen Kevin darin spüren.«

Ahi zuckte die Schultern. »Wenn du es glauben willst, dann ist jetzt etwas von uns beiden in diesem Stein«, sagte er zärtlich. »Aber dann darfst du ihn auch nie verlieren …«

Alan lud Ahi auch zu Silvester ein, was Viola diesmal weniger beunruhigte, da sich nicht nur Brian angesagt hatte, sondern noch zwei weitere Verwandte von Ainné mit Anhang. Die Party wurde also wieder feuchtfröhlich. Viola und Ahi waren weitgehend sich selbst überlassen und Ahi fiel nur um Mitternacht etwas auf, als Violas Vater nach deutscher Sitte partout ein Feuerwerk zünden wollte. Das Kelpie erschrak zu Tode vor dem Krach und den künstlichen Sternen am regenverhangenen Himmel. Ahis Gehör war weitaus empfindlicher als das der Menschen. Die Explosionen bereiteten ihm geradezu körperlichen Schmerz und Viola fand ihn schließlich zitternd im Pferdestall, wo Bills Ponys ebenfalls ausflippten. Wieder ein nach Ahis Ansicht völlig überflüssiger Brauch, dessen Sinn er nicht verstand. Viola dachte dagegen mit einem unguten Gefühl an die Ursprünge des Silvesterfeuerwerks, die Vertreibung böser Geister.

Was das anging, war ihr Vater in dieser Nacht erfolgreich: Brian und den anderen Betrunkenen am Ufer drohte keine Gefahr. Lahia und Ahlaya hielten sich zweifellos im tiefsten See die Ohren zu.

Schließlich waren die Ferien zu Ende. Shawna und die anderen Mädchen überboten einander mit ihrer Sonnenbräune und ein paar Tage lang redete man nur von Sonne, Meer und Urlaubsflirts. Aber dann gab es andere Gesprächsthemen: Am zweiten Sonntag nach den Ferien fand das erste Hurlingspiel der Wintersaison statt. Die Ausscheidungswettbewerbe für die Landesmeisterschaften sollten beginnen. Roundwood spielte dabei zunächst gegen andere Mannschaften aus dem County Wicklow. Und natürlich würde Ahi dabei sein.

Am Tag des Spiels wetteiferten die Mädchen aus Roundwood nur so um das schönste Outfit. Sie brauchten keine Schuluniform zu tragen und konnten sich also ganz darauf konzentrieren, den Jungs und vor allem dem neuen Liebling der weiblichen Schülerschaft zu imponieren. Spätestens seit der Sache mit den Fröschen war praktisch jedes Mädchen in

Alistair verliebt. Jetzt schwenkten sie Fahnen mit seinem Namen und Spruchbänder mit Aufschriften wie *Ali – Go!* oder *Ali for Roundwood!*.

Hank und der restlichen Mannschaft stieß das wieder mal übel auf. Nicht einmal Mike, der Kapitän, erfuhr ähnliche Aufmerksamkeit, und Hank holte sich kurz vor dem Spiel sogar eine Abfuhr von Moira. Er versuchte, ihr rasch einen Kuss zu rauben, aber Moira spielte nicht mit, sondern verpasste ihm eine schwungvolle Ohrfeige. »Erst fragen, dann küssen!«, beschied sie ihn und entrollte ihr Spruchband für Ali. Hank stürmte wutentbrannt in die Kabine.

Viola fühlte sich etwas genervt von all dem Rummel rund um ihren Freund. Ein Teil der Mädchen trieb es einfach zu bunt: Ahi konnte sich ihrer kaum erwehren. Schließlich fand sie, es sei Zeit für ein Zeichen. Als sich die Mannschaft auf dem Spielfeld warm lief, sauste sie zu Ahi, stoppte ihn und küsste ihn vor aller Augen leicht auf den Mund.

Der überraschte Ahi wollte sie an sich ziehen, aber der Trainer pfiff sie energisch auseinander. Die Zuschauer johlten und klatschten – auch wenn es einigen der Mädchen sicher schwerfiel. Viola kehrte leicht zerzaust und rot im Gesicht auf die Tribüne zurück. Sie war heute so aufgedreht, dass sie sich nicht mal schwindelig fühlte, obwohl Ahi in der letzten Zeit mehr und mehr bacha von ihr brauchte. Inzwischen sah man ihr die Auszehrung auch manchmal an. Shawna hatte sich schon besorgt erkundigt, ob sie abgenommen hatte, aber bisher war es Viola gelungen, das Ganze auf einen Infekt zu schieben. Im Winter war jeder erkältet, da fiel das nicht auf.

Shawna erwartete Viola lachend auf der Tribüne. Sie strahlte vor Glück – kein Wunder, denn neben ihr saß Patrick.

»Er hat Miss O'Keefe die Noten zurückgebracht«, verriet Shawna mit leuchtenden Augen. »Und als er dann hörte, dass wir Hurling spielen ...«

»Ich bin dem Charme dieses Spiels einfach verfallen«, grinste Patrick. »Wie sagte mal ein ziemlich kluger Mann: ›Ein Spiel von Raufbolden für Raufbolde‹.« Er wies auf Hank, der unten schon vor Spielbeginn Streit anfing.

»Und der Kleine ist nun der dänische Wunderknabe?«, erkundigte sich Patrick und fixierte Ahi. Der trabte gelassen um den Platz und schoss rasch ein paar Bälle. Viola wusste, dass er sich nicht aufwärmen musste. Aber er spielte mit, um den Schein zu wahren. »Sieht gar nicht aus wie ein Hurlingchampion. Und wie 'n Däne auch nicht ...«

»Woher weißt du denn, wie Dänen aussehen?«, neckte ihn Shawna.

Patrick zuckte die Schultern. »Ich wohn mit einer ganzen Horde davon zusammen.« Viola erschrak, als er weitersprach. »Unser Studentenwohnheim ist fest in nordischer Hand, irgendein College-Austauschprogramm. Sie studieren alles Mögliche. Einer auch Musik, aber wenn sie blau sind, singen sie eigentlich alle.«

Viola atmete auf. Wenigstens das hatten die Typen also mit Ahi gemeinsam. Und jetzt war auch keine Zeit mehr, weiter darüber nachzudenken. Das Spiel begann, indem der Schiedsrichter den Ball von der Mittellinie aus einwarf. Ahi fing ihn sofort – und gleich auf die eleganteste Art mit dem

Schläger. Er gab ihn an einen anderen Spieler weiter, rannte nach vorn und war kurze Zeit später wieder im Ballbesitz. Es dauerte keine fünf Minuten, bis Roundwood das erste Tor erzielte.

Patrick konnte es kaum glauben. »Und das will der in drei Monaten gelernt haben?«, fragte er fassungslos. »Mädels, ich hab das selbst gespielt und ich war gar nicht mal so schlecht. Aber das hier ... Der würde auch in der Championsleague nicht auffallen. Oder höchstens positiv ... Guckt mal, er hat den Sliotar schon wieder!«

Der Jubel der Schüler von Roundwood kannte inzwischen keine Grenzen mehr. Sie feierten Ahi frenetisch, obwohl dieser deutlich versuchte, sich nicht zu sehr in den Vordergrund zu spielen. Er gab den Ball häufig ab, verhielt sich absolut regelgerecht und ließ den Ball lieber in die Hand der Gegner fallen, als ein Gerangel oder ein Foul zu riskieren. Meistens wich er dem aber einfach aus, er war atemberaubend schnell. Schon am Ende der ersten Spielzeit führte Roundwood mit sensationellen drei Toren und zwölf Punkten. Ahi hatte zwei Tore erzielt und den Ball dreimal über die Torstange gebracht, das dritte Tor schaffte Mike. Hank machte nur durch ein Foul von sich reden, dem prompt ein Freistoß für die Gegner folgte. Ihr Stürmer nutzte die Chance und erzielte das einzige Tor für die anderen.

Die zweite Spielzeit verlief ähnlich, wobei Ahi allerdings erste Müdigkeit zeigte. Viola betrachtete das mit etwas Sorge – allerdings wirkte ihr Freund eher traurig als erschöpft. Auf jeden Fall überließ er seinen Mannschaftskameraden häufiger den Ball. Hank prügelte sich damit bis knapp vor die Torlinie durch. Dann stoppte ihn jedoch der Schiedsrichter wegen eines Regelverstoßes und der Trainer wechselte ihn aus. Hank schimpfte auf irgendjemanden ein, Ahi wirkte peinlich berührt. In dieser Halbzeit reichte es nur noch zu einem richtigen Tor, aber immerhin sechzehn Punkten. Die andere Mannschaft schaffte ebenfalls ein Tor und acht Punkte. Insgesamt war sie hoffnungslos abgeschlagen.

Roundwood High feierte Alistair Nokken.

»So heißt er?«, fragte Patrick verwundert. »Komischer Name. Aber komm, Shawna, gehen wir ihm gratulieren. Vio schleust uns doch sicher ganz nah an die Spieler ran. Oder willst du ihn diesmal nicht vor versammelter Mannschaft küssen?«

Viola hätte die Begegnung zwischen Patrick und Ahi zwar gern verhindert, aber ihr fiel keine Möglichkeit dazu ein. Also zog sie widerstrebend mit ihrem Anhang aufs Spielfeld, wo die Jungs von Roundwood sich gegenseitig feierten und umarmten wie üblich. Nur Ahi rührte keiner an. Insofern nickte der Trainer auch fast erleichtert, als Viola auf ihn zulief. Ahi schmiegte sich nicht triumphierend, sondern eher schutzsuchend in ihre Arme. »Sie reden nicht mit mir«, meinte er unglücklich. »Sie bauen Barrieren um sich herum auf, ich weiß manchmal nicht mal, wen ich anspielen soll. Findest du das wirklich eine gute Idee, hier mitzumachen? Du hast mal was von Harmonie gesagt – aber da ist keine …«

Viola fand es inzwischen überhaupt keine gute Idee mehr, aber ihr fiel auch nichts ein, wie Ahi jetzt wieder aus der Sache herauskommen sollte. Der Trainer würde seinen neuen Star auf keinen Fall problemlos gehen lassen und aus dem

Publikum brandete ihm ein Schwall von Zuneigung entgegen.

Zum Glück mischte sich Shawna jetzt ein. Viola fragte sich, ob sie Ahis Frust gespürt hatte oder ob sie ihre Mitschüler einfach gut kannte und die Stimmung insofern richtig deutete. »Mach dir nichts aus Hank und Co.!«, tröstete sie. »Hör lieber zu, was sie oben singen! Die Fans lieben dich!«

Hoch auf den Rängen intonierten ein paar Typen irische Folksongs. Ahi lächelte schwach, schien aber nicht wirklich getröstet.

In dieser ohnehin schon geknickten Stimmung erwischte ihn dann auch noch Patrick. Natürlich war der Student aus Dublin überaus freundlich, stellte nur wenige Fragen und brachte Ahi sogar nochmals zum Lächeln. Aber Viola gab sich keinerlei Illusionen hin. Ahis Tarnung überzeugte Patrick nicht.

»Und du kennst den Typen wirklich aus Dänemark?«, fragte Patrick dann auch, als sie später in einem Hamburgerrestaurant neben dem Pub saßen. Patrick hatte die Mädchen eingeladen und Ahi natürlich auch, aber der wollte lieber nach Hause. Sein gleichzeitig verwirrter und zutiefst unglücklicher Blick beim Abschied zerriss Viola das Herz, aber sie mochte sich nicht ebenfalls ausklinken. Lieber hörte sie aus erster Hand, was Patrick zu ihrem Freund zu sagen hatte.

Jetzt nickte sie. »Natürlich, woher denn sonst!«, beharrte sie. »Ich hab ihn in Jütland kennengelernt, in den Ferien.«

»Aber er ist kein Däne!«, erklärte Patrick überzeugt. »Vio, ich hör den Akzent jeden Tag – auf dem Flur meines Wohnheims … im Gemeinschaftsraum … Ich kann ihn nachmachen, wenn du willst! Und dein Ali drückt sich zwar manchmal ein bisschen komisch aus, aber er spricht akzentfrei Englisch. Glaub mir, ich hör das. Ich studiere Sprachwissenschaft!«

»Aber warum sollte Vio denn schwindeln?«, sprang Shawna für ihre Freundin in die Bresche. »Sie hat doch nichts davon, wenn sie uns Märchen erzählt.«

Viola fühlte sich sofort schuldig.

»Die Frage ist nicht, ob Vio schwindelt, sondern was der Typ zu verbergen hat!«, meinte Patrick grimmig. »Was hat er dir denn in Dänemark noch so erzählt, Vio? Hast du seine Familie kennengelernt? Und waren die normal?«

»Ach, was heißt schon normal …« Viola spielte mit ihrem Cola-Glas. »Er hat eine ziemlich große Familie. Und manche sind – natürlich etwas komisch …«

»Aber du musst doch zugeben, dass es auch ziemlich seltsam ist, sie plötzlich zu verlassen und einer Urlaubsliebe nach Irland nachzureisen!«

Shawna hatte Patrick natürlich Violas ganze Geschichte erzählt. Viola selbst hätte das gern verhindert, aber Patrick hätte sonst womöglich gefragt, ob er in McNamaras Wohnwagen übernachten konnte.

»Ich find das romantisch …«, meinte Shawna, aber Patrick verdrehte nur die Augen.

»Und das mit dem Hurlingspiel … Also wenn dieser Ali vorher noch kein Hurling gespielt hat, dann bestimmt

Hockey oder Baseball oder irgendwas. Er muss Leistungssportler sein, sonst hätte er die Bewegungsabläufe nie so schnell erfassen können. Und was war da mit dem Frosch?«

Shawna berichtete.

»Militanter Tierschützer also auch noch«, kommentierte Patrick. »Jedenfalls ein ganz komischer Vogel. Ich mache mir schon ein bisschen Sorgen, Vio, dass du mit dem rumziehst.«

»Vielen Dank, Daddy!«, gab Viola gereizt zurück. »Aber ich suche mir meine Freunde immer noch alleine aus! Und was sollte er mir denn bitteschön tun?« Damit stand sie auf und rauschte davon – Richtung Toilette. Sie musste Luft holen und zu klaren Gedanken kommen. Das fiel ihr heute sowieso schwer, der Tag war anstrengend gewesen. Zum ersten Mal hatte sie Ahis Seele berührt, und nicht nur Glück über ihr Zusammensein, sondern auch seine Unsicherheit und Angst gespürt.

Auf der Toilette spritzte sie sich kaltes Wasser ins Gesicht und erneuerte ihr Make-up. Neuerdings benutzte sie Grundierung – nicht nur, um ein paar Pickel zu überschminken, wie sie Shawna sagte, sondern auch um Augenringe und Blässe abzudecken. Sie fühlte sich etwas besser und vor allem wieder mal sehr hungrig, als sie an ihren Tisch zurückkam. Das gab sich allerdings, als sie die letzten Gesprächsfetzen hörte, während sie sich Patrick von hinten näherte.

»Ich kann mir nicht helfen, Shawna, aber der Typ ist mir unheimlich! Und den Jungs aus der Hurlingmannschaft scheint das auch so zu gehen. Gut, sie mögen neidisch sein, aber nach einem gewonnenen Spiel knutschen sie sonst doch selbst Frankensteins Monster! Nur euren Ali fasst keiner an … Pass bloß auf Vio auf!«

Die folgenden Wochen vergingen ohne besondere Vorkommnisse. Zumindest, wenn man die sensationelle Siegserie der Roundwood Cougars beim Hurling nicht mitzählte. Ahi führte seine Mannschaft mit schöner Regelmäßigkeit zu spektakulären Punktgewinnen. Am Ende der ersten sechs Wochen Spielzeit stand fest, dass sie County Wicklow bei der National Championship vertreten würden. An Alistairs Ansehen in der Mannschaft änderte sich dadurch jedoch nichts. Nach wie vor nahmen ihm die Jungs seine Spielstärke eher übel und schnitten ihn nicht nur in der Kabine und beim Training, sondern auch offen bei den Spielen. Den meisten Zuschauern schien das nicht sonderlich aufzufallen, aber Viola machte sich Gedanken. »Du … nimmst doch kein bacha von ihnen, wenn sie dich umarmen oder so?«, fragte sie besorgt.

Ahi zuckte die Schultern. »Nicht bewusst. Aber du weißt ja, wie es ist, es passiert oft einfach. Gerade nach solchen Spielen, wenn ich ausgepowert bin …«

Immerhin glich sich seine Ausdrucksweise langsam der Violas und der anderen Schüler an und er fiel auch seltener durch merkwürdige Fragen auf. Dies hier war jedoch weitaus alarmierender. Es durfte nicht sein, dass Ahi jeden »anzapfte«, der ihn zufällig berührte. Viola selbst merkte es kaum noch und empfand es vor allem nicht als unangenehm, ihm bacha zu geben. Aber sie wusste noch genau, wie man sich am Anfang dabei fühlte, und wie schwer es war, diese Gefühle zu erklären.

Unheimlich … Patricks Bemerkung wollte ihr nicht aus dem Kopf.

16

In den nächsten Wochen besiegten die Roundwood Cougars auch die Mannschaften aus Cork und Tipperary – eine kleine Sensation, denn die gehörten zu den Favoriten für die Meisterschaft. Die Jungs in der Mannschaft lehnten ihren überragenden Stürmer Alistair jedoch weiterhin ab und mittlerweile konzentrierte sich auch der Hass aus anderen Mannschaften auf Roundwoods Ausnahmespieler. Ahi litt unter den geballten, negativen Gefühlen, die ihm geradezu entgegenschlugen, sobald er das Spielfeld betrat. Vom frenetischen Jubel der Zuschauer und der Begeisterung der Mädchen wurde dies nur ungenügend aufgewogen, und Viola machte sich obendrein Sorgen, wenn die Girls vor und nach den Spielen nicht von ihrem Freund lassen wollten. Einige drängten sich dabei sogar aufs Spielfeld, um ihn zu herzen und zu küssen. Falls er dabei bacha von ihnen nahm, schienen sie es einfach nicht zu bemerken. Viola wunderte das zunächst, aber dann sagte sie sich, dass es für Fans wohl völlig normal war, sich nach der Begegnung mit ihrem Idol etwas schwach zu fühlen.

Ihr selbst fiel es immer schwerer, genug Lebenskraft für zwei aufzubringen und obendrein mit Ahis Depression fertig zu werden. Der Junge merkte, dass sie dünner und nervöser wurde, und machte sich deswegen Vorwürfe. Viola hatte das

Gefühl, in einen Teufelskreis hineinzurutschen: Je weniger Glück und Sicherheit sie empfand, desto weniger bacha brachte sie auf.

Aber natürlich gab es auch schöne Momente. In einer klaren Winternacht zum Beispiel schien der Himmel ein natürliches Silvesterfeuerwerk für Viola und Ahi abzubrennen. Viola entfloh dem Haus, in dem Kevin wieder mal schrie wie am Spieß, und küsste Ahi in einem Regen von Sternschnuppen. Die märchenhafte Atmosphäre versetzte beide in eine Art Rausch, und wieder einmal sprengten ihre vereinten Seelen die Grenzen von Raum und Zeit. Während die Sterne explodierten, liefen sie lachend über die Wiesen und versuchten, die flüchtigen Lichter einzufangen.

»Grüße von fernen Sternen ...«, flüsterte Viola. »Hast du sie vom Himmel geholt?«

Ahi schüttelte lachend den Kopf. »Sie kommen freiwillig, wenn man sich wirklich liebt ... oder die Seele des Universums leitet sie ... Hier, hier, ich glaube, ich habe einen!« Er schloss lachend die Hand um einen Windhauch und dann ließen sie beide den Stern wieder frei ...

Traumhaft war auch ein Schulausflug auf die Aran-Inseln. Miss O'Keefe und Mrs Murphy, beide begeistert von Irlands keltischer Vergangenheit, begleiteten die Schüler und Miss O'Keefe spielte Harfe in einem uralten Fort auf einer Klippe. Viola lehnte sich an Ahi und spürte ihn mit den Melodien verschmelzen und Shawna suchte Silkies in der Seehund-Kolonie.

»Wir könnten mit ihnen singen ...«, regte Ahi an, zum Glück nicht laut, sondern nur zu Viola. »Lass uns hinuntergehen und sie begrüßen ...«

Gewöhnlich betrachtete man die Seehunde nur von Weitem, aber als die Schüler schließlich Freizeit hatten, war Ahi nicht mehr zu halten. Viola schloss sich ihm zögernd an, aber die anderen Schüler pfiffen nur ein bisschen hinter ihnen her und machten anzügliche Bemerkungen. Schließlich sah niemand zu, wie sie im Sprühregen zu den Tieren hinuntergingen und auf deren dunkle Stimmen lauschten. Es war, als zögen sie Ahi und Viola sofort und ohne Zögern in ihren Kreis, und in ihren Träumen schwamm Viola mit ihnen in der See und sang die Melodie des Meeres.

Später erklärte Mrs Murphy keltische Hochzeitszeremonien bei einer uralten Kapelle, und Viola und Ahi steckten ihre Finger durch den Ringstein, um sich symbolisch zu vereinigen. Zuerst schien es nur ein Spiel zu sein, aber das Gefühl dabei war überwältigend, ähnlich der allerersten Berührung ihrer Seelen. Hinterher fühlte Viola sich jedoch nicht schwach, sondern wie aufgeladen mit der Liebe all der Menschen, die hier seit undenklichen Zeiten die Verschmelzung von Körpern und Seelen suchten.

Die anderen Schüler neckten sie, aber Viola und Ahi konnten die Hände auch auf der Fähre nach Galway nicht voneinander lassen. Sie standen am Heck des Schiffes und strahlten in das aufgewühlte Meer, waren hinterher nass von der Brandung und berauscht von dem überwältigenden Gefühl, zusammen und glücklich zu sein.

Aber dann kamen wieder der Alltag, Ahis Zweifel und Violas zunehmende Schwäche. Sie verlor weiter an Gewicht und inzwischen machten Shawna und die anderen Mädchen Bemerkungen darüber.

»Macht ihr eine gemeinsame Diät, oder was?«, erkundigte sich Moira vor einem der Hurlingspiele. Ihr war aufgefallen, dass auch Ahi zwischen den vierschrötigen anderen Spielern immer schmaler und blasser wirkte.

Und selbst Katja schien etwas zu merken. Sie beschwerte sich immer häufiger, dass Viola nur noch selten mailte.

»Beschäftigt dein Süßer dich derart, dass du gar keine Zeit mehr für alte Freunde hast?«, fragte sie eifersüchtig. »Mittlerweile bin ich mehr als neugierig auf den Typen! Kriege ich vielleicht endlich mal ein Foto, auf dem er auch zu erkennen ist?«

Viola hatte ihr auf ihr Drängen hin ein Bild gemailt, allerdings zeigte es Ahi beim Hurling – mit Helm und Gesichtsschutz. Und was das Mailen anging – inzwischen wusste Viola kaum noch, was sie Katja über Alistair schreiben sollte, ohne sich irgendwie zu verraten. Die Idee, ihn als Tinker auszugeben, erwies sich immer mehr als Eigentor. Katja hatte sich über die Lebensweise des fahrenden Volkes kundig gemacht und kommentierte Violas Erlebnisse mit Ahi verwundert.

»Komisch, dass der Typ so ein Tierfreund sein soll. Also laut Internet sind Tinker häufig Pferdehändler. Und die gehen doch selten zimperlich mit ihren Viechern um. Und Vegetarier? Das kann kaum funktionieren bei nomadischer Lebensweise. Man bleibt einfach nicht lange genug an einem Ort, bis die Kartoffeln reif sind. Bist du sicher, Vio, dass der Typ dir nichts vom Pferd erzählt?«

Viola wusste nicht, was sie darauf antworten sollte, und da sie abends ohnehin meist todmüde war, schrieb sie gar nicht. Katja äußerte darüber zunächst Beunruhigung, schien es dann aber aufzugeben – bis zu einem Brückenwochenende kurz vor Ainnés Hochzeit. Die Schüler in Braunschweig würden insgesamt vier Tage freihaben und am Dienstag davor erreichte Viola eine als wichtig gekennzeichnete Mail.

»Hi, Vio! Ich hoffe, du hast am nächsten Wochenende noch nichts vor. Wenn doch, musst du's aufschieben, denn ich komme zu Besuch! Ja, im Ernst, ich lande Donnerstagmittag in Dublin. Billigflieger Last Minute – hat nur ein paar Euro gekostet. Sonntag bist du mich auch schon wieder los, aber zwischendurch will ich so viel von Irland und deinem sagenhaften Boyfriend sehen wie eben möglich. Schreib mir, ob du mich abholen kommst! Gruß, Katja«

Violas erste Regung war überschäumende Freude, aber dann wurde sie doch etwas nervös. Katja hatte scharfe Augen – es würde schwer sein, Ahis Andersartigkeit vor ihr zu verbergen oder zu erklären. Außerdem reagierte Ainné gar nicht begeistert auf einen Hausgast.

»Eine Woche vor der Hochzeit? Hast du den Verstand verloren, Vio? Du siehst doch, wie es hier drunter und drüber geht …«

Viola konnte das nicht leugnen, bezweifelte aber, dass Katjas Anwesenheit das Chaos irgendwie beeinflussen würde. Ohnehin spielte sich der Stress schwerpunktmäßig in Ainnés Kopf ab. Schließlich gab es gar nicht mehr so viel zu regeln. Die McNamaras würden im Lovely View feiern. Shawnas Eltern machten also das Catering und die Gäste von auswärts waren in den drei Apartments im Lovely View sowie im Hotel von Moiras Eltern untergebracht. Nur Brian und seine Frau mochten kein Zimmer bezahlen und würden bei den McNamaras wohnen, aber die hatte man Weihnachten und Silvester schließlich auch überlebt.

Ainné machte allerdings viel Gewese um ihr Brautkleid und das Taufkleid für Kevin – Letzteres ein Familienerbstück, während Ainnés Kleid genäht werden musste.

»Als gäbe es in Dublin keine Hochzeitskleider«, bemerkte Viola genervt zu Shawna. »Sie könnte einfach hingehen und eins aussuchen. Und vor allem sollte sie sich langsam mal entscheiden, wie weit sie sich noch reinhungern will ...« Das Brautkleid hatte schon zweimal geändert werden müssen, weil Ainné Gewicht verloren hatte. Sie rückte ihren Schwangerschaftspfunden mit einer eisernen Diät zuleibe, was natürlich zur Folge hatte, dass auch die anderen Mitglieder des Haushalts keine regelmäßigen Mahlzeiten bekamen. Viola kochte zwar immer mal wieder, aber Ainné gab ihr deutlich zu verstehen, dass jede Versuchung unerwünscht war. Bill und Viola verpflegten sich also mit Sandwiches, Alan hungerte aus Solidarität mit seiner Frau.

»Ich wünschte vor allem, sie würde nicht jeden Tag zehn Stunden reiten«, fügte Shawna ebenso unwillig hinzu. Sie war zurzeit sehr schlecht auf Ainné zu sprechen. »Anscheinend meint sie, dadurch abzunehmen, aber vor allem verliert Gracie Pfunde. Und gelahmt hat sie auch schon zweimal! Es ist der reine Wahnsinn: Sechs Monate wurde gar nicht geritten, aber auf einmal soll das arme Pferd Leistungssport betreiben.«

Dazu plante Bill, zwei seiner Ponys vor eine Hochzeitskutsche zu spannen, und hatte sich auch schon eine ausgeliehen. Das Geschirr passte den Pferden allerdings nicht sonderlich und die Kutsche war eigentlich auch zu schwer für das kleine Gespann. Shawna trieb so etwas zum Wahnsinn und Viola dachte manchmal nervös an die Kelpies. Ob sich Lahia und Ahlaya auch anspannen lassen würden, um bacha zu erjagen?

Auf jeden Fall war nicht daran zu denken, dass Violas Vater oder sonst jemand zum Flughafen fuhr, um Katja abzuholen. Viola gab ihrer Freundin das zu bedenken, aber Katja reagierte unbekümmert. »Egal, dann nehme ich eben den Bus. Mein Englisch ist zwar nicht perfekt, aber für den Fahrplan wird's schon reichen. Wie heißt euer Kaff noch mal? Steht es auf irgendeiner Landkarte?«

»Deine Freundin ist echt mutig!«, meinte Shawna, als Viola ihr Bericht erstattete. »Also ganz allein vom Airport nach Dublin – gut, das geht ja noch mit dem Zubringerbus. Aber dann zum Busbahnhof und nach Roundwood ... Willst du sie nicht wenigstens in Dublin abholen, Vio? Okay, du müsstest die Schule schwänzen, aber ich erzähle was von Virusinfektion. Schlecht genug siehst du sowieso aus ... Du solltest wirklich mal zum Arzt gehen. Jedenfalls kann es nicht nur daran liegen, dass Ainné nicht kocht. Ich meine ... sie ist doch sonst auch nicht die Hausfrau des Jahres ...«

Viola hatte versucht, ihren Gewichtsverlust mit dem aktuellen Diätwahn bei den McNamaras zu erklären.

Ahi schloss sich an, als Viola nach Dublin fuhr. Ihr Einwand, dies würde auffallen, stieß auf taube Ohren. »Sollen sie doch denken, was sie wollen. Vielleicht sind wir ja beide krank.

Ich hab dich angesteckt oder du mich … Aber ich will bei dir sein …«

»Du verpasst das Training vor dem großen Spiel nächste Woche«, wandte Viola weiter ein. Ausgerechnet an Ainnés Hochzeitstag fand ein entscheidendes Spiel statt: Roundwood stellte sich dem amtierenden irischen Meister, einem Team aus Killarney. Viola würde es wahrscheinlich nicht schaffen, zum Zuschauen zu kommen, und Ahi wollte am liebsten gar nicht teilnehmen.

Das hatte sie ihm allerdings ausgeredet. Die Schulmeisterschaften funktionierten nach dem Knock-out-Verfahren: Wenn Roundwood verlor, war die Schule aus dem Rennen. Und ohne Ahi hatten Mike und seine Leute keine Chance.

Jetzt zuckte er die Achseln. »Ach, Vio, ob ich trainiere oder nicht, ist sowieso gleich. Egal wie viel der Trainer von Strategie spricht: Im Grunde muss ich alles allein machen. Und es obendrein so aussehen lassen, als ob Mike auch mal ein Tor schießt. Von Hank gar nicht zu reden. Auf jeden Fall komme ich mit dir nach Dublin, keine Widerrede!«

Der Donnerstag war dann ein relativ klarer Tag und Viola und Ahi genossen ihre gemeinsame Freiheit. Sie hatten Zeit für einen Spaziergang, bevor sie den Bus nehmen mussten, schließlich würde Katja erst gegen Mittag in Dublin sein. So schlenderten sie am See entlang, suchten das Ufer spielerisch nach einem Amethysten für Katja ab und Viola erzählte von ihrer lebenslangen Freundschaft. Ahi kannte aus seiner Kindheit nichts Vergleichbares. Die Kelpies lebten in Familienverbänden, gewöhnlich nur einer in einem Gewässer. Gelegentlich stießen zwar neue Mitglieder dazu, wenn sich irgendwo eine Gemeinschaft auflöste, weil die Gruppe zu klein oder der See aufgegeben wurde – Letzteres meist aufgrund extremen Tourismusaufkommens, das den Gesang der Kelpies störte und das Auftauchen wilder Ponys am Seeufer unwahrscheinlich machte. Aber dann dauerte es lange – Vio nahm an, dass Ahi von Zeitabschnitten sprach, die sich zu Jahren ausdehnten –, bis die Gruppe erneut zu vollkommener Harmonie gefunden hatte.

»Ihr heiratet nicht?«, fragte Viola vorsichtig.

Ahi schüttelte den Kopf. »Wir paaren uns in der Gruppe, wenn die Verwandtschaft nicht zu eng ist. Oder wir … besuchen eine andere Familie, um einander zu lieben. Wir … laden einander ein, miteinander zu singen …«

Viola konnte sich nicht recht vorstellen, wie das aussehen sollte, aber zu genau wollte sie es auch nicht wissen. Sie fragte zudem nicht, wie eng der Verwandtschaftsgrad zwischen Ahi und Lahia war …

Jetzt jedenfalls sang Ahi mit Viola. Die beiden kletterten lachend zum Sommerhaus auf der Insel hinüber und versteckten sich in ihrer Nische, um sich zu küssen. Aber plötzlich hielt Ahi inne, setzte sich auf und lauschte.

»Rühr dich nicht!«, wisperte er. »Da drüben …«

Erschrocken und doch voller Faszination beobachtete Viola, wie zwei Kelpies dem See entstiegen und mit wehenden Mähnen an Land trabten. Sie schienen einander zu necken, sprangen aneinander hoch und bissen spielerisch nacheinander, wie Pferde das manchmal tun. Schließlich verschwanden sie auf dem Weg nach Baywiew House. Ahi schien den Atem angehalten zu haben.

»Hayu und Liaya ...«, sagte er mit sehnsüchtig klingender Stimme.

»Liaya war ... war schon etwas wie eine Freundin ... und ich habe mit Hayu gespielt ... Aber komm jetzt, Viola, wir sollten gehen. Ich ... möchte keinen von ihnen treffen ...«

Viola wollte fragen, ob das gefährlich wäre, aber sie las die Antwort in Ahis grau umflorten Augen: nicht gefährlich, nur schmerzlich.

Zum Glück gelang es ihr, ihren Freund während der Busfahrt wieder aufzuheitern. Ahi fand die Beförderungsmöglichkeiten der Menschen faszinierend. Er hätte gern selbst einmal ein Auto oder Motorrad gelenkt, aber Viola befürchtete, er könne das ebenso instinktiv beherrschen wie das Hurlingspiel – und es graute ihr davor, ihm Dinge wie Geschwindigkeitsbegrenzungen zu erklären.

In Dublin hatten sie immer noch Zeit, und Viola nutzte sie, um den Amethysten für Kevin zu der Silberschmiedin im Celtic-Shop zu bringen. Wie erwartet hatte Ainné ihn im Krankenhaus liegen lassen, und Alan hatte ihn zwar eingesteckt, dann aber in eine Krimskrams-Schachtel im Büro gelegt und dort vergessen. Viola hatte den Stein gefunden und beschlossen, einen zweiten Anlauf zu wagen.

»Wenn wir ihn ganz schlicht fassen lassen und dem Kleinen zur Taufe schenken, gefällt er Ainné vielleicht«, hoffte sie. »Er schützt doch auch Kinder, nicht wahr? Also bisher finde ich Kevin zwar echt nervig, aber deshalb muss man ihn ja nicht gleich ... Ich meine, wenn er auch nur halbwegs nach seiner Mutter kommt, wird er sich auf jedes Pferd stürzen, kaum dass er krabbeln kann ...«

Ahi nickte beruhigend und versicherte Viola zudem, dass für Kevin vorerst kaum Gefahr bestand. Ein so kleines Kind hatte wenig bacha, es lohnte die Jagd nicht. Erst ab sieben oder acht Jahren wurden Kinder für die Kelpies interessant.

Wenn sie so richtig nervige, kleine Biester sein können, ergänzte Viola in Gedanken. Sie kam immer mehr zu dem Ergebnis, dass bacha nicht nur Lebenskraft, sondern vor allem Widerstandskraft und Aggressivität bedeutete.

Die Silberschmiedin war im Laden und begrüßte Viola freundlich. Ahi warf sie forschende Blicke zu. Seine exotische Ausstrahlung, die er auch in Jeans und Wachsjacke nicht verleugnen konnte, schien sie zu faszinieren.

»Irgendwie erinnerst du mich an jemanden …«, überlegte sie. »Oder ein Bild … ja, ja das ist es, wartet mal!« Sie kramte in der Auslage herum und förderte ein Songbook zutage. Child-Songs, sehr hübsch gestaltet mit Illustrationen. Viola lief es kalt über den Rücken, als sie die Geschichte vom Silkie aufschlug. Das Wesen, das hier gezeichnet war, seine leuchtende helle Haut, sein silbriges langes Haar und sein seltsamer Gesichtsschnitt mit den etwas zu hohen Wangenknochen, hätte Ahis Bruder sein können.

Zum Glück dachte die junge Frau sich nichts dabei. »Lustig, nicht? Ich hab das Bild immer vor Augen, wenn ich das Lied höre. Und ich kann verstehen, dass die sterblichen Mädchen dem Silkie verfallen. Es sieht ja aus wie ein Märchenprinz.« Sie lachte.

Ahi wirkte verlegen, Viola wurde rot.

»Du bist aber nicht zufällig aus Sule Skerrie?«, neckte die Schmiedin Ahi.

»Nein … aus … aus Dänemark …«, behauptete Viola heiser und nannte dann rasch ihr Anliegen.

Die Schmiedin sah sich den Stein für Kevin an, polierte ihn mittels einer kleinen Maschine und fasste ihn sehr schlicht in Silberdraht.

»Nicht so schön wie deiner …«, kommentierte sie und schaute befriedigt auf Violas Anhänger, den sie über ihrem Pullover trug, wie fast immer, wenn sie mit Ahi zusammen war. »Aber es ist nett, mal den Jungen kennenzulernen, der ihn dir wohl geschenkt hat. Nicht nur äußerlich ein Prinz.« Sie zwinkerte Viola zu. »Du bist zu beneiden!«

Viola war froh, als sie wieder auf der Straße standen.

An der Endstation des Shuttle-Busses vom Flughafen brauchten sie nicht lange zu warten. Katja musste in Rekordzeit durch die Kontrollen gekommen sein und sich dann blitzschnell orientiert haben. Jedenfalls erreichte sie nur eine Dreiviertelstunde nach der Landung ihres Fliegers die Innenstadt.

Johlend vor Freude fiel sie Viola in die Arme. »Oh Mann, bald sechs Monate! Ich hatte schon vergessen, wie du aussiehst!«

Viola selbst hatte ganz und gar nicht vergessen, wie ihre Freundin aussah: Katja war ein großes, schlankes Mädchen mit vollem dunklem Haar, das sie kurz geschnitten trug und in das sie immer wieder gewagte Highlights färbte. Heute betrachtete der verwirrte Ahi karottenrote Strähnen in der sonst ebenholzfarbenen Mähne. Katja hatte leuchtend blaue Augen, sehr wach und schnell skeptisch. Ihre aktuelle Stimmung, ihre Gefühle und Launen spiegelten sich darin, wie der See in Ahis seltsamer, heute vage graublauer Iris.

Bei Katjas Ankunft hatten ihre Augen gestrahlt, als hätte man dahinter ein Licht angezündet, aber nachdem sie sich von Viola gelöst hatte und ihre Freundin richtig anschaute, blickte sie nur noch entsetzt, und das breite Lächeln auf ihren knallig rubinrot geschminkten Lippen erstarb. »Wobei du dich allerdings auch verändert hast …«, sagte sie tonlos. »Was um Himmels willen machst du, Vio? Diät? Oder zu viel Sport? Oder schleppst du nächtelang euer Baby rum? Du siehst aus, als hättest du Magersucht!«

Viola versuchte, sie mit einem Lächeln zu beschwichtigen.

»Ich war erkältet«, behauptete sie. »Und mit dem Blag hast du nicht ganz unrecht, viel Schlaf krieg ich nicht. Aber jetzt hör mal auf mit der Unkerei. Schau, das ist Ali!«

Ahi schaute schon wieder schuldbewusst drein, rang sich jetzt aber ebenfalls ein Lächeln ab. »Hallo! Ich … ich hab schon viel von dir gehört.«

»Ich von dir auch …«, meinte Katja und sah ihn prüfend an. Sie schien seinem Charme nicht auf Anhieb zu verfallen.

Ein paar Sekunden herrschte peinliches Schweigen. Niemand wusste so recht, was er sagen sollte. Schließlich nahm Katja ihren Rucksack.

»Gibt's hier ein McDonalds oder so was?«, erkundigte sie sich. »Ich komme um vor Hunger, im Flieger gab es nichts. Und wenn ich dich so angucke, Vio … dann hoffen wir besser nicht drauf, dass deine Ainné nachher für uns kocht!«

Dublin hatte natürlich Hunderte von Schnellrestaurants und Viola zerstreute dort zumindest Katjas Befürchtungen in Richtung Magersucht. Wie fast immer war sie heißhungrig und stopfte gewaltige Mengen von Essen in sich hinein, während Ahi verlegen Salat knabberte und Katja ihren Lieblingshamburger verdrückte. Sie fand dabei ausreichend Zeit, Violas Freund weiter zu mustern und auch ein bisschen zu examinieren. Immerhin hatte Ahi in den letzten Wochen gelernt, etwas geschickter auf neugierige Fragen zu antworten. So erklärte er ihr, seine Familie ernähre sich natürlich nicht vegetarisch, das tue nur er.

»Ali ist eben ganz anders als seine Familie!«, erklärte Viola. »Deshalb ist er da ja auch weg …«

Schließlich ließ Katja das Thema Ali vorerst auf sich beruhen und sie redeten über die Schule und ihre Freunde in Braunschweig. Mit der Zeit verlor sich Violas Nervosität. Gut, Katja konnte wohl nicht viel mit Ahi anfangen, aber sie schien auch keine Einwände gegen ihn zu haben.

Die entscheidenden Fragen prasselten dann allerdings gleich auf sie ein, als sie beide allein waren. Ahi hatte sich bei ihrer Ankunft auf dem Campingplatz verabschiedet. Er wirkte wieder mal etwas traurig, aber Viola mochte ihn nicht zum Bleiben auffordern, zumal er sich mit Hausaufgaben herausredete.

Katja begrüßte artig Ainné, behauptete, Kevin süß zu finden, und entschuldigte sich für die Umstände, die sie möglicherweise machte. Dann verzogen sich die Mädchen in Violas Zimmer – und Katja legte sofort los. »Ein Tinker soll das sein, Vio, ein Zigeuner? Nie, der sieht mehr aus wie ein …

was weiß ich, ein Asiate mit hellen Haaren? So als Prinz von Siam ließe ich den durchgehen. Aber doch nicht als irischen Traveller! Und er ist ja ganz niedlich, aber … aber irgendwie komisch, Vio. Irgendwie … Erzähl noch mal genau, wie du an den gekommen bist!«

Viola biss die Zähne zusammen, entschied sich dann aber, nicht mehr zu lügen als nötig. »Das weißt du doch genau, Katja. Und damals hast du mich für verrückt erklärt. Ali ist ein bisschen eigen, das hab ich dir immer gesagt. Aber wenn man ihn näher kennt …«

»Wenn man ihn näher kennt, raubt er einem den Schlaf und den Appetit, ja? Mensch Vio, guck dich doch mal an! Du hast bestimmt fünf Kilo abgenommen oder mehr. Und du siehst aus wie … wie ein Mädchen aus dem Horrorfilm, nachdem der Vampir sich satt gegessen hat …«

»Er ist kein Vampir!«, sagte Viola heftig. »Es liegt auch gar nicht an ihm … Es ist mehr … also alles hier … Ainné …« Verzweifelt bemühte sie sich, das Leben auf dem Campingplatz der McNamaras zu schildern wie einen Horrortrip. Ainnés Ansprüche, ihre schlechte Laune, das Dauerbrüllen des Babys …

»Na ja, und die Schule ist auch ziemlich anstrengend. Ganztags, und winzige Klassen, man muss richtig was tun … Mit Ali hat das jedenfalls nichts zu tun. Ali ist total süß …«

Sie schilderte die Nacht der Sternschnuppen und den Ausflug auf die Aran-Inseln. Katja schien allerdings nur begrenzt beruhigt.

Immerhin verstand Katja sie etwas besser, als die Mädchen unten die Tür schlagen hörten und Bill ins Wohnzimmer trat. Er schaltete sofort den Fernseher ein, woraufhin Kevin zu schreien begann.

»Musikantenstadl mag er gar nicht«, seufzte Viola und versuchte, ihre Tür noch fester zu schließen. »Womit er immerhin einen guten Geschmack beweist.«

Bill schien das egal zu sein. Um das Baby zu übertönen, drehte er den Ton einfach lauter. Ainné brüllte ihn daraufhin an. Alan verlegte sich auf höfliche Bitten.

Katja hielt sich entsetzt die Ohren zu. »Oh, Gott! Komm, lass uns flüchten. Zeig mir den Campingplatz und den See, und meinetwegen besuchen wir deinen Ali. Aber das hier hält ja kein Mensch aus!«

Viola nickte und suchte nach ihrer Jacke. Kurz darauf standen die Mädchen im Freien.

»Das Haus ist einfach zu klein«, erklärte Viola. »Vor allem, wenn niemand bereit ist, sich anzupassen, und das liegt Bill ja nun leider gar nicht. Das Beste wäre, er würde ausziehen. Aber Ainné und Bill kleben aneinander wie Pattex, wahrscheinlich war sie deshalb auch nie verheiratet. Wenn ein Mann nicht total in sie vernarrt ist, macht er das nicht mit. Aktuell kriege andauernd ich die Schuld für das Chaos, weil ich Kevins Zimmer blockiere.«

Katja fasste sich an die Stirn. »Das komplette Tollhaus! Aber nun hast du's ja bald geschafft. Wann kommt deine Mom wieder? Übernächsten Monat?«

Viola biss sich auf die Lippen und wies ihrer Freundin den Weg zum See. »Ende nächsten Monats. Aber ich ... also ich weiß nicht ... vielleicht bleibe ich doch noch hier, zumindest bis zum Ende des Schuljahrs ...«

Katja sah sie von der Seite prüfend an. »Das meinst du nicht ernst!«, erregte sie sich dann. »Du glaubst doch nicht wirklich, dass du hier etwas lernst, was du zu Hause nicht mitkriegst! Na ja, darum geht es ja wohl auch nicht, oder, Vio? Es geht einzig und allein um Ali ...«

Viola seufzte. »Es würde mir jedenfalls schwerfallen, ihn zu verlassen«, gab sie dann zu.

Im Prinzip war das die Untertreibung des Jahres. Allein der Gedanke, Ahis Berührungen nicht mehr zu spüren, seine singende Stimme nicht mehr zu hören und sein seltsam perlendes Lachen, verursachte ihr fast körperliche Schmerzen. Er und sie waren eins – man durfte sie nicht auseinanderreißen! Ahi empfand sicher genauso. Aber ob er die Kraft aufbrachte, sich auf Dauer von seinem See zu trennen? Ganz und gar bei den Menschen zu leben, ohne jede Möglichkeit einer Rückkehr? Das Singen seines Clans nicht einmal mehr zu erahnen?

»Aber du kannst dich hier unmöglich auf Dauer einnisten!«, gab Katja zu bedenken. »Bis jetzt ist es ja Blödsinn, dass du dem Blag von dieser Ainné im Weg stehst. Aber wenn das Kind älter ist, braucht es wirklich ein eigenes Zimmer.

Viola blitzte sie an. »Ich sprach von ein paar Monaten, nicht davon, zu bleiben, bis Kevin achtzehn ist ...«

Katja hob beschwichtigend die Hand. »Schon gut, reg dich nicht auf! Aber was ist damit gewonnen, dass du das Problem bis zum Sommer aufschiebst? Willst du Ali mit nach Braunschweig schleppen? Als irischen Austauschschüler ausgeben?«

Die Idee war Viola bereits gekommen. In Roundwood hatte das schließlich problemlos funktioniert und in Braunschweig spielte man kein Hurling. Allerdings war das Sekretariat ihrer Gesamtschule sicher besser organisiert als das der Roundwood High. Ganz abgesehen davon, dass Ahi schon für die Reise bessere Papiere brauchte als einen am Computer gebastelten Ausweis.

»Ich weiß es einfach noch nicht …«, hob sie an, aber eine Bewegung von Katja gebot ihr Schweigen. Die Mädchen hatten inzwischen das Bootshaus passiert und wanderten am See entlang – im weitesten Sinne auf Ahis Wohnwagen zu, aber der lag natürlich nicht in der ersten Reihe am Wasser, sondern am äußersten Ende des Platzes zwischen Bäumen versteckt. Dennoch hörte man jetzt unverkennbar Harfenklänge. Violas Herz krampfte sich zusammen. Nicht nur wegen Katja, sondern auch, weil Ahis Melodie so unsagbar traurig und sehnend klang.

»Was ist das denn?«, erkundigte sich Katja. »Klingt ja irre, wie Sphärenmusik oder so was …«

»Harfe«, verriet Viola und hoffte auf Katjas eher schwach ausgeprägte Musikkenntnisse. Shawna hatte gleich gehört, welch ein Meister hier am Werk war, aber Katja konnte sie Ahis Spiel mit etwas Glück als Hausmusik verkaufen. »Ali spielt ganz gut. Aber er soll das nicht, man könnte ihn vom Haus aus hören …«

Entschlossen machte sie sich auf den Weg zum Wohnwagen. Katja folgte ihr kopfschüttelnd. Natürlich hätte Ahi bei dem Krach im Haus auch Schlagzeug spielen können, ohne bemerkt zu werden. Aber Viola wusste, dass auch ihr

Vater mitunter die Flucht ergriff. Wenn Bill und Ainné es zu bunt trieben, redete er sich gern mit irgendeiner Inspektion heraus und verschwand ins Bootshaus, um eine Zigarette zu rauchen. An sich hatte er sich das vor Jahren abgewöhnt.

»Und … das da?« Viola hatte gar nicht aufgesehen, aber für Katja waren der See und die Berge im Mondschein verständlicherweise ein spektakulärer Anblick. Nun wies sie atemlos auf zwei silbrig leuchtende Pferde, die im Gras am Ufer standen. Der Nachtwind spielte mit ihren langen, seidigen Mähnen und Schweifen, aber sonst lauschten sie regungslos dem Harfenspiel. Die Köpfe hoch erhoben, die kleinen, feinen Ohren gespitzt und die hellen Augen weit geöffnet. Augen, in denen sich das Mondlicht spiegelte. Menschenaugen? Feenaugen? Die Kelpies wirkten, als wären sie geradewegs einem Märchenbuch entstiegen. Katja konnte sich an ihrem Anblick kaum sattsehen.

»Sie sind wunderschön!«, flüsterte sie. »Aber wo gehören sie hin? Ich seh gar keine Zäune …«

Viola murmelte irgendetwas von wilden Ponys aus den Bergen, aber es fiel ihr schwer, ihre Gedanken zusammenzuhalten. Ahi zog sie in den Ring – in eine Gemeinschaft, von der er seine Familie ausschloss, die Hayu und Liaya aber trotzdem erspürten. Sie drängten hinein – und im Gegensatz zu Katja, die nur bezaubert war und es genoss, Teil der Musik zu werden, verstand Viola die »Worte« der Harfe und spürte die Gefühle der Kelpies auf den Weiden. Sehnsucht … so tiefe Sehnsucht, dass es fast schmerzte. Und auch etwas wie Hoffnung, wobei Ahis Harfe nur von Harmonie sang – die anderen aber dachten an Vereinigung mit dem Clan.

Viola rannte jetzt fast. Sie musste die Musik beenden, sonst kamen die Kelpies womöglich noch näher heran und lockten Ahi mit ihren süßen Stimmen. Bacha im Überfluss … Harmonie, die keiner störte … Ganzheit statt Zerrissenheit …

Viola, gefolgt von der verwirrten Katja, hämmerte an Ahis Tür. Der Junge öffnete nicht gleich. Er schien ein paar Augenblicke zu brauchen, um aus seiner Versunkenheit aufzutauchen.

Viola sah es in seinen Augen. Automatisch griff sie nach seinen Händen, um ihm das zu geben, was die Kelpies versprachen. Aber sie durften sich jetzt nicht in einer Umarmung oder einer Verschmelzung ihrer Seelen verlieren. Katja …

Viola zwang sich zur Normalität.

»Bist du verrückt, Ali?«, wisperte sie. »Du weißt doch, dass du so laut nicht spielen darfst. Mein Vater …« Sie brach ab, als sie die Verletzung in Ahis Augen sah. »Ich hab's nicht so gemeint …«, flüsterte sie. »Es ist nur … meine Freundin …« Sie brauchte die Kelpies nicht zu erwähnen. Ahi musste sie gespürt haben. Und nun zog er Viola in seine Umarmung.

Sie vergaß Katja, die sich neugierig in dem spartanisch eingerichteten, unbeleuchteten Wohnwagen umsah. Viola vergaß die Welt um sich herum, das Harfenspiel, das sie eben noch geärgert hatte, und die Worte, mit denen sie Ahi eigentlich hatte schimpfen wollen.

»Hi! Erde an Vio!«, hörte sie dann aber Katja. »Auf welchem Planeten steckst du gerade?«

Viola löste sich unwillig von Ahi. Sie lachte nervös. »Sorry, ich …« Sie wusste nicht, was und wie sie erklären sollte, aber Katja machte eine abwehrende Handbewegung.

»Schon gut, schon gut, ich sehe, ihr seid verliebt«, lachte sie, aber es klang etwas gezwungen. »Du bist ein fantastischer Harfner, Ali. Du spielst all das … auf diesem kleinen Ding?« Sie wies ungläubig auf die winzige Zierharfe.

Ahi lächelte, während Viola schon wieder nach einer Erklärung suchte. »Er … lässt oft eine CD mitlaufen … und begleitet sie …«

Katja sah sie kurz forschend an und schien etwas sagen zu wollen. Dann schwieg sie aber doch.

»Klingt jedenfalls cool …«, bemerkte sie nur abschließend. »Können wir ins Haus gehen, Vio? Ich bin kaputt wie 'n Hund, ich musste schon um fünf Uhr am Flughafen sein. Und ihr habt morgen Schule?«

Viola nickte und verabschiedete sich bereitwillig. Ahi würde in dieser Nacht nicht mehr spielen. »Tja, wir haben keinen freien Tag«, meinte sie bedauernd. »Aber wenn du Lust hast, komm doch mit! Jedenfalls nachmittags, zum Hurlingtraining.«

»Das ist dieser komische Sport, ja?«, fragte Katja. »Werde ich mir garantiert nicht entgehen lassen!«

17

Katja schlief aus – heftig beneidet von Viola, die kaum aus dem Bett kam. Immerhin hatte sich Kevin in dieser Nacht verhältnismäßig ruhig verhalten und sie sollte eigentlich ausgeruht sein. Aber Viola hatte das Gefühl, seit Wochen keinen wirklich erholsamen Schlaf mehr bekommen zu haben.

Erschöpft schleppte sie sich durch den Schulvormittag – wobei Shawna ihr wenigstens die Erklärung abnahm, sie hätte die halbe Nacht mit Katja geklönt.

»Und ein bisschen Whiskey war da auch beteiligt oder zumindest Guinness, nicht?«, fragte Shawna augenzwinkernd. »So verkatert, wie du aussiehst …«

In der Mittagspause, in der Viola verzweifelt versuchte, sich die verlorene Energie mittels ziemlich verkochtem Irish Stew wieder anzufuttern, stieß Katja dann zu ihnen. Unverfroren, wie es ihre Art war, spazierte sie einfach in die Schule und die Cafeteria. Die anderen Schüler starrten sie ein bisschen an, sagten aber nichts.

»Also Anonymität gibt's hier ja null, oder?«, lachte Katja und ließ sich auf einen Stuhl gegenüber Viola fallen. Viola saß zwischen Shawna und Ahi und verputzte gerade die Hälfte von seinem Käsesandwich. Sie hatte bereits zwei Portionen Stew gegessen und mochte nicht auffallen, indem sie sich einen weiteren Nachschlag holte. »Gott, ich weiß nicht, ob mir das so gefallen würde ... jeder kennt jeden ...«

»Vor allem weiß jeder alles über jeden!«, bemerkte Shawna. »Das kann einem manchmal auf die Nerven fallen.« Sie lächelte und streckte Katja die Hand entgegen. »Hallo, Katja, ich bin Shawna. Die mit dem Pferdetick ...« Nachdem sie Katja begrüßt hatte, wies sie auf die beiden anderen Mädchen, die eben mit ihren Tabletts neben ihnen Platz nahmen. »Dies hier sind Moira und Jenny ...«

Die uns vor allem deshalb mit ihrer Anwesenheit beehren, weil Ahi an unserem Tisch sitzt, dachte Viola böse. Aber das würde Katja nicht entgehen. Sie hatte einen Blick für so etwas – und ohnehin zu scharfe Augen ...

Moira und Jenny kriegten sich gar nicht ein über ein Aquarell, das Ahi gerade im Kunstunterricht gemalt hatte. Es war noch nass und er hatte es vorsichtig auf einen Stuhl gelegt, um es trocknen zu lassen. Katja warf einen Blick auf die abstrakte Landschaft, schillernd in allen Regenbogenfarben, die sich in einem nur angedeuteten Gewässer spiegelten. »Das ist wirklich sehr gut!«, bemerkte sie. »Ich hab gestern schon die in deinem Wohnwagen ...«

»In deiner Wohnung«, verbesserte Shawna freundlich und warf ihr einen warnenden Blick zu. »Du kannst auch Apartment sagen ...«

Katja schaute verblüfft von Shawna zu Viola, die ihr mit den Augen Zeichen gab. Moira und Jenny durften auf keinen Fall erfahren, dass Ali in einem Wohnwagen hauste.

»Jedenfalls die Bilder an deinen Wänden bewundert«, vervollständigte sie ihren Satz. »Du bist ein unheimlich begabter Maler!«

Jenny und Moira lauschten dem Lob mit so verklärten Gesichtern, als hätte es ihnen persönlich gegolten.

»Und du musst ihn erst Hurling spielen sehen!«, schwärmte Jenny. »Er ist … überirdisch …« Sie strahlte ihn an.

Viola sah, wie Katja die Augen verdrehte. Sie selbst fand die Bemerkung allerdings gar nicht so komisch, sondern machte sich eher Sorgen. Aber dann war es Zeit, in die Sporthalle zu gehen. Auch Viola und Shawna zogen sich zum Training um – jedes Mal konnten sie sich schließlich nicht davor drücken, selbst zu spielen, und Shawna kämpfte immer noch um ihren Platz in der Mädchen-Schulmannschaft. Der Trainer forderte Katja lächelnd auf, sich ihnen anzuschließen. Katja outete sich jedoch als bekennend unsportlich und erklärte, lieber bei den Jungs zusehen zu wollen.

»Ihr habt's gehört, Jungs!«, erklärte der Coach. »Aber dann wollen wir der jungen Dame auch was bieten. Wir machen ein Trainingsspiel: Mannschaftsführer: Mike und Ali. Sucht euch die Mitspieler aus …«

Das Ganze war bestimmt freundlich gemeint, aber Ali schaute, als habe er in eine Zitrone gebissen. Bei der anschließenden Wahl der Mannschaftsmitglieder war auch unverkennbar, dass sämtliche Jungs sich lieber dem vierschrötigen Mike angeschlossen hätten als dem in der Trainingskleidung noch graziler wirkenden Ali.

Aber dann begann das Spiel und Katja verfolgte es mit ungläubigem Gesichtsausdruck. Ahi schoss in kurzem Abstand drei Tore, und obwohl er zweifellos der schwächeren Mannschaft vorstand, führte seine Gruppe schon in der Halbzeit mit uneinholbarem Vorsprung.

»Du willst laufen?«, fragte Viola unwillig. Sie war müde nach dem Sport und hatte nicht die geringste Lust, im Nieselregen drei Meilen zu wandern. Katja ließ sich jedoch nicht erweichen. Auf ihrem Gesicht lag ein Ausdruck, dem man besser nicht widersprach.

»Okay, wir sehen uns dann nachher!«, beschied Viola folglich Ahi und Shawna. Sie hatte die Freundin später zum Tee eingeladen, damit sie Katja besser kennenlernte. Ainné würde darüber nicht begeistert sein, aber wenn es nicht zu kalt war, konnten die Mädchen vielleicht ins Bootshaus ausweichen oder es sich im Laden gemütlich machen. Letzteres war schon wegen des Plätzchenvorrats in den Regalen verlockend, ging aber nur, wenn Ainné anderweitig beschäftigt war. Auf jeden Fall war es besser, die Aussprache mit Katja bis dahin hinter sich zu haben.

Katja wartete exakt so lange, bis die Mädchen Roundwood hinter sich gelassen hatten. Viola bog hier auf einen Wanderweg ab, der die Strecke abkürzte. Der Wald schien Katja ausreichend Einsamkeit zu bieten, um das drängende Thema anzuschneiden.

»Also schön, Vio, und jetzt ohne Erklärungen und Drumherumreden: Wer oder was ist er?«

Viola schaute nervös unter ihrer Kapuze zu ihr hinüber.

Der Regen war gut – unter dem Mantel konnte sie sich verstecken.

Katja schien allerdings nicht bereit, sich auf irgendetwas einzulassen. Sie blickte jetzt so lauernd auf Viola, dass letztlich auch die ihre Tarnung fallen ließ. »Wer …?«, fragte sie dann aber doch ausweichend. »Ich … weiß nicht, was du meinst …«

»Du weißt das ganz gut, Viola!«, erklärte Katja und wischte sich die Regentropfen von der Stirn. »Es geht um deinen Tinker. Oder deinen Dänen oder als was du ihn noch ausgibst. Ich bin nicht blöd, Viola, ich hab das durchaus aufgeschnappt. Und auch die Story, dass er angeblich bei Shawna wohnt.«

Viola atmete auf. Wenn es nicht mehr gab, das Katja wusste …

»Na ja, er ist natürlich kein Däne …«, lachte sie nervös. »Das haben wir nur so gesagt, weil Tinker … Sie haben halt einen schlechten Ruf …«

»Viola, nun hör auf mit der Schwindelei!«, raunzte Katja sie an. »Ich habe den Jungen eben im Sport gesehen. Und so, wie der sich bewegt … so … so läuft kein Däne oder Tinker, so … läuft überhaupt kein Mensch …«

Es war heraus. Katja holte tief Luft und Viola lachte – mehr als gezwungen. »Und woher willst du so genau wissen, wie Mensch Hurling spielt?«, versuchte sie zu scherzen. »Wenn sonst niemandem was aufgefallen ist? Dem Trainer, den Zuschauern …«

»Den anderen Jungs ist verdammt viel aufgefallen!«, fuhr Katja sie an. »Auch wenn sie's nicht benennen können, aber sie meiden ihn. Und ansonsten: Ihr seid einfach alle blind, ihr dreht völlig ab, weil einer bei diesem beknackten Sport endlich mal Tore erzielt! Und dabei merkt ihr gar nicht, wie schnell er rennt. Und wie anders er sich bewegt. Mensch, Vio, wenn den mal ein Sportmediziner sieht, fängt er ihn ein und seziert ihn zu Versuchszwecken! Nachdem er ihn vorher durch alle Hamsterräder der sportwissenschaftlichen Fakultäten zwischen hier und Washington hat rennen lassen. Das ist nicht normal, Viola!«

Viola lachte nervös. »Na ja, das sagen ja alle«, erwiderte sie. »Er ist ein Ausnahmetalent …«

»Im Hurling, ja?«, fragte Katja. Es regnete inzwischen in Strömen und Viola hätte sich gern untergestellt. Die einzige Möglichkeit dazu bot allerdings ein Dolmen, der mitten in Farmer O'Tooles Kornfeld stand. Viola graute es ein bisschen davor, das urzeitliche Heiligtum einfach als Regenschutz zu nutzen. Und außerdem ließ Katja sie ohnehin nicht gehen …

»Und was ist mit der Malerei? Das Aquarell heute Mittag war das Geilste, was ich je gesehen habe. Und du weißt das …«

Viola nickte. Katjas Mutter arbeitete in einer Galerie und war absolut scharf darauf, den Kunstsinn ihrer Tochter zu fördern. Katja machte sich zwar nicht viel aus Bildern und Skulpturen, aber sie konnte sie zweifellos besser einschätzen als Jenny und Moira – und womöglich auch die Kunstlehrerin an der Roundwood High.

»Wobei wir noch gar nicht von der Harfenspielerei reden, Vio!«, hielt Katja ihr weiter vor. »Ich versteh ja nicht viel von Musik, aber dass man mit dem Spielzeug, das dein Ali da hat, nicht den halben Campingplatz beschallen kann, packe ich noch ganz ohne Hörgerät. Und erzähl mir jetzt nichts von CDs! Ein CD-Player hat ein Display oder irgendwelche roten oder sonstigen Lämpchen, die anzeigen, dass er eingeschaltet ist. Aber bei deinem Ali im Caravan herrschte tiefste Dunkelheit. Also verrat mir jetzt, was los ist …«

Viola dachte nach, während ihr der Regen in den Kragen rann. Immerhin hatte Katja die Pferde nicht erwähnt … Aber eigentlich war es jetzt egal. Und es würde eine Erleichterung sein, es jemandem zu erzählen.

»Ich hab's dir schon mal gesagt …«, flüsterte sie. »Aber da hast du mich für verrückt erklärt …«

Katja verdrehte die Augen. »Das war, bevor ich festgestellt habe, dass in diesem Land alle etwas spinnen. Los jetzt, Vio!«

»Er ist ein Kelpie«, sagte Viola tonlos. »Sie selbst nennen sich Amhralough, die Sänger des Sees. Und nein, sie fressen niemanden auf. Aber sie … sie nähren sich von … von deinem Leben …«

Die Mädchen landeten schließlich doch unter dem Dolmen – was beide sonst unheimlich gefunden hätten. Bis heute wusste niemand, wer die gewaltigen Steine so übereinandergetürmt hatte, dass eine Art monströser Tisch entstand, und welchem Zweck die Bauten gedient hatten. Vielleicht waren es sogar Gräber … aber angesichts von Violas Beichte verblassten diese Überlegungen.

»Jetzt weißt du jedenfalls alles ...«, endete Viola schließlich und schaute unter dem tonnenschweren Stein hervor in den Regen, der einen Schleier um das steinerne Relikt aus der Vorzeit zu weben schien. »Glaub es oder nicht, ich kann es selbst kaum glauben. Aber er ist ein Kelpie und ich liebe ihn.«

»Ich werde ihn anfassen!«, sagte Katja entschlossen und wandte die Augen gen Himmel, als sie Violas misstrauischen Blick sah.

»Krieg dich wieder ein, Vio, das Letzte, wonach ich strebe, ist eine Beziehung zu einem Wassergeist ... Ich will das nur spüren – dieses ...«

»Er ist kein Geist ...«, flüsterte Viola. Sie musste sich wenigstens daran festhalten, dass Ahi real war.

»Oder ein Gestaltenwandler, was immer er ist. Ich hab mit meinem eigenen Freund schon genug Probleme, und mit dem teile ich nicht gleich die Seele, sondern nur ein paar zusammen gekaufte DVDs ... Aber ich muss das mal spüren ... dieses ... Anzapfen ...«

»Er will dir nichts rauben«, erklärte Viola verzweifelt.

Katja verzog das Gesicht. »Er tut es aber, Viola! Sieh dich doch an. Gut, du machst das freiwillig, aber es macht dich kaputt. Und erzähl mir jetzt nicht wieder, wie sehr er darunter leidet. Er kann es abstellen, Vio! Er muss nur wieder runter in den See und irgendeinen Pferdedieb aussaugen ...«

»So wie du das sagst, klingt es ... klingt es ...« In Violas Augen standen Tränen.

»Ich sage es, wie es ist, Vio. Und ehrlich gesagt, wenn du die Alternative bist, dann sollen die lieber ein paar Gauner fressen! Wenn du mit ihm zusammen sein willst, musst du das akzeptieren. Kelpies scheinen ja so eine Art Raubtiere zu sein. Im Allgemeinen durchaus nett und friedlich … Wölfe sind wohl auch ganz reizend untereinander. Aber du kannst keinen Wolf vegetarisch ernähren! Und auf keinen Fall rettest du irgendwas, indem du dich selbst nach und nach an das liebe Tier verfütterst!«

Vio sah zu Boden. »Er ist kein Tier …«, sagte sie leise.

»Aber ein Mensch ist er auch nicht!«, beharrte Katja. »Und wenn du nicht damit leben kannst, was er ist, und wenn seine Familie dich wahnsinnig macht, und seine Cousine, oder was diese Lahia darstellt, ein derart großes Miststück ist, dass du nicht ab und zu mal ein Liedchen mit ihr singen kannst, dann – dann musst du dich eben trennen!«

Ahi berührte Katja mit gesenktem Kopf und ohne sie anzusehen. Aber er nahm das bacha, das sie ihm bereitwillig gab – schon um Viola zu schonen. Katja hatte die Berührung zuerst zufällig arrangieren wollen, aber das Band zwischen Ahi und Viola war zu stark. So wichtige Dinge wie ihr Geständnis gegenüber Katja konnte Viola ihm nicht verheimlichen. Er entnahm es ihren Gedanken, als die Mädchen sich seinem Wohnwagen nur näherten. Viola versuchte allerdings, den genauen Wortlaut der Unterredung abzuschirmen. Vor allem Katjas letzte Worte sollte Ahi auf keinen Fall mitkriegen. Trennung kam nicht infrage – weder für ihn noch für sie!

Katja selbst verriet nichts, aber sie nahm Ahis Abschiedsgeschenk, einen wunderschönen Schmuckstein, aber keinen Amethysten, freundlich entgegen.

»Du brauchst wohl keinen … Schutz …«, entschuldigte er sich. Schutzsteine waren für ihn selten und kostbar. Und einem Menschen, der fern der Ansiedlungen der Amhralough lebte, nutzten sie nichts.

Viola hörte nicht, was Katja antwortete. Für sie selbst fand die Freundin jedoch deutliche Worte. »In spätestens zwei Monaten bist du in Deutschland!«, wisperte sie Viola zu. »Sieh zu, dass du das hier beendest oder von mir aus führ eine Fernbeziehung! Das wäre auf jeden Fall gesünder. Aber bleib nicht hier, Vio! Das hältst du nicht aus.«

18

Viola konnte Ahi nicht versprechen, zu seinem Hurlingspiel am Samstag zu kommen. »Klar ist die Trauung vormittags«, beschied sie ihn, als er sie darauf hinwies, dass zwischen Ainnés Hochzeit und dem Einwurf im Spiel mehrere Stunden lagen. Inzwischen verstand er sich auf die Zeit. »Aber danach müssen wir erst zum Fotografen. Und wir fahren nicht mit dem Auto, sondern mit Bills Pferdekutsche – Shawna meint, die Ponys würden ewig brauchen bis zum Lovely View. Da gibt's dann ein Menü mit so ungefähr tausend Gängen und anschließend wird getrunken und getanzt. Nach den ersten paar Whiskeys kann ich mich vielleicht unbemerkt wegschleichen, aber das klappt kaum vor vier oder fünf Uhr. Dann ist das Spiel bald vorbei – mal ganz abgesehen davon, dass ich nicht in meinem zartgrünen Seidenkleid erscheinen kann. Rechne also bloß nicht zu fest mit mir. Und du schaffst das auch ohne mich. Die ganze restliche Schule wird dir zujubeln. Du gewinnst die Sache, egal ob Mike oder Hank da sind, um mal einen Ball aufzufangen oder nicht.«

Ahi sah das alles ein, blickte aber dennoch verloren und unglücklich, als er sich am Samstagmorgen von Viola verabschiedete. Sie trug bereits das Kleid der Ehrenjungfrau – eine überraschend schöne, sehr schlichte Kreation der Näherin, die auch Ainnés Hochzeitskleid entworfen hatte. Viola hatte mit einem schrecklich kitschigen Entwurf mit Blümchen und Schleifen gerechnet, aber die junge Frau, eine alte Freundin von Ainné, erwies sich als moderne Designerin. Nun hatte sie für Viola und Shawna – die zweite Brautjungfer – hauchfeine, fließende Kleider aus changierender, ins Aquamarin spielender Seide genäht. Die Farbe passte sowohl zu Violas grünen wie zu Shawnas blauen Augen und Ahi konnte sich vor allem an Violas Erscheinung kaum sattsehen.

»Du bist wunderschön …«, flüsterte er und richtete den Blumenkranz, den die Mädchen im Haar tragen sollten. »Die Farben des Sees im Frühling, an den verzauberten Tagen, wenn die Elfen tanzen. Heute müsstest du dich in Acht nehmen vor ihrem König!«

Viola lachte und hoffte, dass Ahi das nicht ernst meinte. Mit den Kelpies hatte sie sich langsam abgefunden, aber wenn sie die Welt auch noch mit Elfen und Feen teilen sollte, wurde ihr das entschieden zu viel. »Ich würde lieber mit dir tanzen!«, bemerkte sie. »Komm doch einfach ins Restaurant, wenn das Spiel vorbei ist. Bis dahin sind da alle so blau, da weiß keiner, wer eingeladen ist und wer nicht. Und mein Dad und Ainné mögen dich doch auch ganz gern. Bestimmt haben sie nichts dagegen.«

Ahi strahlte überirdisch. »Kann ich nicht gleich kommen? Muss ich …«

Viola wandte die Augen gen Himmel. »Ahi, wenn du zu diesem Spiel nicht erscheinst, kocht dich der Trainer auf kleiner Flamme! Sofern die Spieler dich nicht vorher in der Luft zerreißen. Ja, ich weiß, sie mögen dich nicht. Aber wehe, du kommst nicht und sie verlieren! Und sie verlieren garantiert, die sind doch gar nicht mehr dran gewöhnt, selbst was zu tun. Also lauf da auf und schieß ein paar Tore! Ob ich komme oder nicht. Auf Ainnés Hochzeit wird noch bis morgen früh getanzt. Da verpasst du überhaupt nichts!«

Entschlossen verabschiedete sie sich mit einem aufmunternden Kuss auf seine Wange und wandte sich Shawna zu. Auch sie würde es nicht zum Spiel schaffen und bedauerte das wirklich. Das Match gegen die Mannschaft aus Killarney – noch dazu auf eigenem Platz! – galt an der Roundwood High als Jahrhundertereignis. Vorerst stritt sie sich allerdings mit Bill über irgendetwas rund um die Anspannung der Ponys, und Viola musste sie wegzerren, damit sie ihr Kleid nicht mit Lederfett verdarb.

»Shelly hat hinterher garantiert Druckstellen …«, lamentierte sie und betrachtete bedauernd eines der zwei Schimmelponys, die vor der Hochzeitskutsche wirklich ziemlich winzig wirkten. Viola fragte sich, warum Bill nicht größere Pferde eingespannt hatte, brachte das Thema dann aber besser nicht zur Sprache. Shawna hätte zweifellos einen dreistündigen Vortrag dazu gehalten.

Allerdings war auch Ainné nicht begeistert, als sie jetzt in ihrem cremefarbenen Brautkleid aus dem Haus trat. Viola sah sie erstmals in vollem Staat, und Alan war so hingerissen von ihrem Anblick, dass er beinahe das Baby hätte fallen lassen. Die junge Schneiderin hatte ganze Arbeit geleistet. Auch Ainnés Kleid war nicht eng anliegend, sondern umtanzte sie wie das Schleiergewand einer Orientalin. Dem war wohl auch der Brautschleier nachempfunden. Er war weniger eine Hutkreation als ein Schal, der geschickt um ihr Haar gewunden wurde, den sie dann aber auch sinken lassen konnte, um den schlichten Blütenkranz auf ihrem offenen roten Haar wirken zu lassen. Außerdem war sie natürlich perfekt geschminkt. Nur das Lächeln fehlte. »Was hast du dir denn dabei gedacht, Daddy, diese kleinen Mäuse anzuspannen! Sie sehen ja aus wie Eselchen vor der riesigen Kutsche. Konntest du nicht die großen …«

»Die großen sind gescheckt«, gab Bill brummig zurück. »Und du willst doch wohl nicht zur Hochzeit fahren wie die Tinkers! Ideal wären die wilden Ponys gewesen, dieser Dunkelschimmel und der Weiße. Aber um die einzufangen, hatte ja keiner Zeit … Wenn wir's gleich vor ein paar Wochen gemacht hätten, hätt ich sie einfahren können und …«

Shawna verdrehte die Augen. Anscheinend fand sie es nicht so eine Kleinigkeit, wilde Pferde an Kutsche und Straßenverkehr zu gewöhnen.

Ainné winkte genervt ab. »Schon gut, Daddy, wir kümmern uns ja darum … sobald die Hochzeit vorbei ist – rechtzeitig vor dem Pferdemarkt in Dublin. Aber heute … egal, jetzt muss es so gehen. Wenn du jetzt noch umspannst, kommen wir zu spät.«

Viola hatte ein etwas schlechtes Gewissen gegenüber den Kleinen Seelen vor dem Wagen, und Shawna sah aus, als wäre sie am liebsten gelaufen. Aber schließlich kletterten sie doch alle in die Kutsche mit den Ponys davor, die überraschend schwungvoll anzogen.

Die Messe in Roundwood war dann sehr feierlich – das halbe Dorf hatte sich eingefunden und würde bestimmt auch später im Lovely View auftauchen, um einen Whiskey auf das Wohl des Brautpaars zu trinken. Allerdings erst nach dem Hurlingspiel. Die Roundwood High spielte diesmal vor wirklich ausverkauften Rängen. Jetzt, da die Meisterschaft näher rückte, stand der ganze Ort hinter seiner Mannschaft. Zum Teil waren sogar die Schaufenster der Läden mit grünroten Bändern und Figuren des Maskottchens Bonzi geschmückt.

Viola und Shawna folgten Ainné gemessenen Schrittes zum Altar, während Shawna sich Sorgen darum machte, ob Bill die Ponys ordentlich angebunden hatte, und Viola an Ahi dachte. Hoffentlich gewann er wirklich. Und hoffentlich entlud sich die Spannung nicht in Gewalttätigkeit. Viola hatte seit Tagen ein ungutes Gefühl. Irgendetwas lag in der Luft: Hank und Mike schienen Adrenalin geradezu auszuschwitzen. Sie atmeten Aggression und Ahi litt unter der angespannten Atmosphäre. Viola versuchte sich einzureden, dass prickelnde Spannung vor so einem wichtigen Match ganz normal war, aber Kelpies peitschten sich offenbar nicht auf, sondern schöpften ihre Kraft aus einem Kokon der Harmonie. In den letzten Tagen beobachtete Viola besorgt, dass Ahi versuchte, dazu wenigstens die Mädchen in seinen Kreis zu ziehen. Er schien die rückhaltlose Anbetung seiner Fans jetzt als Ersatz für das gemeinsame Singen zu betrachten und Mädchen wie Jenny und Moira zu ermutigen, statt sie abzuwehren. Sie luden ihn denn auch bereitwillig mit bacha auf. Viola konnte sich erholen, fühlte sich aber genervt und unruhig. Eifersucht? Oder dunkle Vorahnungen? Viola wäre gern zum Spiel gegangen. Diese Hochzeit machte sie rasend, sie wünschte nur, alles ginge schnell vorbei.

Das war natürlich illusorisch. Nach der Trauung gab es endlose Glück- und Segenswünsche, sämtliche Verwandte wollten fotografieren und ein Profifotograf war auch zugegen und schleppte das Brautpaar und die Ehrenjungfern zu allen möglichen Hainen, Dolmen und Ruinen, in beziehungsweise vor denen man in Roundwood bei Hochzeiten zu posieren pflegte. Wenigstens regnete es bis jetzt noch nicht, obwohl sich die Wolken bereits zusammenzogen. Viola fand das Licht bedrohlich, aber der Fotograf beruhigte Ainné mit den Möglichkeiten der Bildbearbeitung. Am Schluss würde alles märchenhaft aussehen. Viola seufzte. Warum gestaltete man diese Bilder eigentlich nicht gleich am Computer?

Als die Gesellschaft endlich zum Lovely View aufbrach, stand das Hurlingspiel schon kurz bevor – sicher auch ein Grund dafür, dass der Fotograf es endlich eilig hatte. Viola und Shawna warfen einander genervte Blicke zu. Beide hatten gehofft, es vielleicht noch zur zweiten Halbzeit zu schaffen, aber das war inzwischen unmöglich geworden. Bills Ponys ermüdeten rasch und kamen nur schleppend voran. Vor dem Restaurant gab es weitere Glückwünsche und Fotos, und als das Spiel schließlich begann, wurde gerade die zweite Vorspeise serviert.

»Aber wenn das Essen vorbei ist, verkrümeln wir uns!«, wisperte Shawna Viola zu. »Ich bin vorhin extra zu Fuß runtergelaufen, mein Moped steht hier. Wenn ich dich hinten draufnehme, sind wir in null Komma nix da. Vielleicht kriegen wir ja wenigstens die letzten Minuten noch mit.«

Das Essen zog sich allerdings endlos hin und vor dem Dessert wurden auch noch Reden gehalten. Viola, sonst praktisch immer heißhungrig, schob ihre Speisen nur auf dem Teller hin und her. Ihre Unruhe wuchs, je mehr Zeit verstrich. Schließlich war aber doch die Torte angeschnitten, die Tische wurden abgeräumt und die Band formierte sich, um zum Tanz aufzuspielen.

»Wir hauen ab, wenn sie tanzen!«, verkündete Shawna. »Beim Ehrentanz des Brautpaars achtet keiner auf uns. Sei bloß vorsichtig, dass sie dir nicht noch das Baby zum Aufpassen aufdrücken!«

Zum Glück gab es heute reihenweise Frauen jeden Alters, die sich darum rissen, den kleinen Kevin im Arm zu halten – und Viola war inzwischen auch so angespannt, dass sie sich den Zwerg kurzerhand auf den Rücken geschnallt und mitgenommen hätte. Egal wie, sie wollte zu Ahi ... Wobei sie auch die Idee aufgab, sich dazu noch umzuziehen. Selbst wenn sie nass werden und frieren würde.

Von Deutschland war Viola langsame, feierliche Tänze gewöhnt, Brautpaare eröffneten den Abend meist mit einem Walzer. Hier in Irland schien man das anders zu handhaben. Die Band spielte sofort schnelle Rhythmen und Ainné zog ihren Alan lachend in eine Art Stepptanz. Der Schleier behinderte sie dabei und sie zog ihn zunächst herunter, um ihn dann geschickt auch von ihrem Hals zu winden und vergnügt damit zu spielen. Das Ganze wirkte ziemlich gekonnt, wahrscheinlich hatte auch Ainné als Mädchen Ceili Dance betrieben und im Theater vor Touristen getanzt. Alan fielen die Schritte nicht so leicht. Vor allem der Versuch, jetzt auch noch den Schleier zu fangen und ihn Ainné anmutig zurückkommen zu lassen, überforderte ihn. Er ließ ihn fallen und

Viola schnappte ihn sich schnell. Ohne recht zu wissen, was sie damit tun sollte, hielt sie ihn in der Hand, während die Tanzfläche sich nun langsam füllte. Bis Shawna sie von hinten anstupste.

»Kommst du jetzt?«

Viola ließ sich das nicht zweimal sagen. Shawna musste sich in Lichtgeschwindigkeit umgezogen haben, auf jeden Fall trug sie Jeans und Regenmantel und hatte auch für Viola eine Wachsjacke mitgebracht. Allerdings ohne Kapuze. Viola zögerte kurz, schlang sich dann aber Ainnés Schleier um den Kopf. Besser ein Seidenschal als gar nichts – und Ainné würde ihn sicher in den nächsten Stunden nicht vermissen.

Viola zog ihr Kleid hoch und schwang sich auf Shawnas Gepäckträger. Der Sitz war mehr als unbequem, aber ein paar Minuten würde es gehen. Sie klammerte sich an die Freundin, während Shawna durch den Sprühregen bergab knatterte. Die Geschwindigkeit erschien Viola atemberaubend, aber das lag sicher eher an ihrem unsicheren Sitz als am Tempo des Mopeds.

»Die Karre ist so langsam …«, schimpfte Shawna. »Gut, dass es wenigstens bergab geht … Festhalten, Vio, ich fahre auf den Feldweg …«

Shawna kannte so ziemlich alle Abkürzungen und lenkte ihr Zweirad nun derart halsbrecherisch querfeldein, dass Viola vergaß, sich um Ahi Sorgen zu machen. Erst mal wollte sie selbst überleben. Aber dann kam die Straße wieder in Sicht und gleich darauf passierten sie auch das Ortseingangsschild von Roundwood. Viola sah auf die Uhr. Noch fünf Minuten zu spielen!

Die Mädchen stürmten auf den Sportplatz, der an diesem Nachmittag einem brodelnden Hexenkessel glich. Die kleinen Tribünen barsten vor Menschen, die schrien und tobten. Shawna warf einen Blick auf die Anzeigetafel:

»Unentschieden, bisher unentschieden!«

Viola suchte Ahi auf dem Platz. Eigentlich erkannte sie ihn immer sofort, Katja hatte recht, sein Laufstil unterschied sich vollkommen von dem der anderen. Aber jetzt war nichts von ihm zu sehen. Ob er doch nicht gekommen war? Aber dann hätte Killarney Roundwood längst geschlagen! Ohne Ahi wären niemals fünf Tore gegen eine nationale Spitzenmannschaft gefallen.

Shawna hatte inzwischen bereits Jenny und Moira auf der Ehrentribüne erspäht. Hier waren eigentlich nur die Freundinnen und Eltern der Spieler zugelassen, aber vielleicht hatten die zwei sich ja von Mike und Hank einladen lassen – oder von Ahi? Zuzutrauen wäre es ihm, er hegte sicher nicht die Befürchtung, Viola damit zu verletzen. Ihre Neigung zur Eifersucht war ihm nach wie vor unverständlich. Aber jetzt war es sowieso egal.

»Wo ist Ali?«, herrschte sie die Mädchen an. »Ist … ist was passiert?«

Auf dem Feld wurde das Spiel gerade abgepfiffen. Nach sehr kurzer Pause würde es in die Verlängerung gehen.

Jenny und Moira waren beide rot im Gesicht und heiser vom Schreien. »Ja … nein …«, antwortete Jenny. »Also Ali ist nichts passiert, aber es war … irgendwie war es total komisch, es …«

»Was war?«, fragte Viola wild. »Was war komisch?«

»Nun reg dich nicht auf ...«, beschwichtigte Moira. »Sie meint nur, dein Ali hätte sich ein bisschen komisch benommen. Im Grunde war es nur ein Foul, er hat einen von den anderen Jungs überrannt ...«

»Überrannt?« Das sah Ahi nicht ähnlich. In keinem der bisherigen Spiele hatte er jemanden gefoult.

»Wahrscheinlich unabsichtlich«, präzisierte Moira. »Er rannte mit dem Sliotar auf dem Hurley Richtung Tor. Aber es standen gegnerische Spieler vor ihm, also spielte er ab, und das Ding landete dann auch praktisch auf Mikes Schläger – Ali ist da ja einfach ... also irgendwie unglaublich! Aber er selber hatte sich wohl zu sehr auf den Ball konzentriert und fiel dabei über diesen anderen Jungen. Ganz heftig, wie gesagt, er rannte voll in ihn rein und muss ihn wohl böse getroffen haben. Der andere blieb jedenfalls liegen.«

Violas Augen suchten die Reservebank ab.

»Und dann haben sie ihn gesperrt?«, fragte Shawna.

Jenny und Moira schüttelten fast im gleichen Rhythmus die Köpfe. »Ach was, nur verwarnt. Der Schiri hat ja auch gesehen, dass es ein Unfall war. Aber Ali hat sich sozusagen selbst rausgestellt! Er war unheimlich besorgt um den anderen Jungen und hat ihm aufgeholfen und ist mit ihm in die Kabine oder was weiß ich ...«, berichtete Moira.

»Jedenfalls ist er weg«, erklärte Jenny. »Seit zehn Minuten. Killarney hat seitdem schon ein Tor geschossen und sechs Punkte gemacht. Wenn Ali in der Verlängerung nicht auftaucht, schafft Roundwood es nie.«

Viola fragte sich, wie sie von hier aus am schnellsten in die Kabine kam. Die Gäste aus Killarney mussten irgendwo in der Sporthalle untergebracht sein. Dummerweise lag sie am anderen Ende des von Fans umlagerten Spielfelds. Viola würde es niemals schaffen, bis zum Ende der Pause dorthin durchzukommen. Dabei rasten tausend Fragen durch ihre Gedanken: Was um Himmels willen machte Ahi? Konnten Kelpies Menschen bacha geben? Viola war sich nicht sicher, aber es fand zweifellos ein Austausch statt, wenn sich ihre Seele mit Ahis verband. Und was vermochten die Wesen aus dem See womöglich noch? Durch Violas Kopf jagten Horrorszenarien. Zumindest konnten Kelpie-Mütter Fohlen vor dem Tod retten, indem sie ihre Seele mit einem Amhralough verbanden. Schaffte Ahi so etwas auch? Konnte er einem schwer verletzten, vielleicht sterbenden Mitspieler helfen, indem er … Viola wurde schlagartig klar, wie wenig sie von dem Jungen wusste, den sie liebte. Kannte sie Ahi überhaupt?

Aber nein, sie fantasierte! Ahi konnte keine Toten zum Leben erwecken, indem er sie mit Tierseelen verband. Und überhaupt lag der Junge aus Killarney garantiert nicht im Sterben. Vielleicht hatte er eine gebrochene Rippe und sicher ein paar blaue Flecken, allerschlimmstenfalls eine Gehirnerschütterung. Aber sie hatte nie gehört, dass jemand beim Hurling zu Tode gekommen war. Inzwischen waren die Mannschaften wieder auf dem Feld. Nach wie vor ohne Ahi, der Coach hatte einen Ersatzmann benannt. Aber auch mit dem frischen Spieler war Roundwood dem Gegner natürlich haushoch unterlegen. Schon in den ersten zehn Minuten der Verlängerung schoss Killarney ein weiteres Tor – Mike und seinen Leuten gelang nichts mehr.

»Das war's dann wohl«, meinte Moira unglücklich, als der Schiedsrichter zur Halbzeit pfiff. Die Verlängerung betrug zweimal zehn Minuten. Dazwischen war eine kurze Pause. Viola dachte ein weiteres Mal über einen Vorstoß nach. Und diesmal fiel ihr etwas ein. Sie musste außen herumlaufen! Gut, das war ein weiter Weg, aber wenn sie rannte, schaffte sie es vielleicht bis zum Ende der Pause. Und wenn nicht, konnte der Coach Ahi ja auch zwischendurch wieder einwechseln. Er musste nur auftauchen und Bereitschaft zeigen mitzumachen. Die Tore schoss er dann im Notfall im Alleingang. Viola wusste genau, dass er den Ball nur abgab, um die anderen Spieler nicht zu brüskieren.

»Ich gehe ihn suchen!« erklärte sie den anderen Mädchen und machte sich auf den Weg.

Hank und Mike auf dem Spielfeld schienen ähnliche Gedanken zu hegen. Statt sich, wie die anderen, erschöpft zu Boden fallen zu lassen oder Energiedrinks herunterzuschütten, trabten die beiden Richtung Sporthalle. Natürlich würden sie schneller sein als Viola. Irgendwie hatte sie plötzlich noch mehr das Gefühl, sich beeilen zu müssen. Sie rannte, wie sie noch nie gerannt war, behindert durch ihr Partykleid und die hohen Schuhe. Schnell brachte sie die Hälfte des Weges hinter sich, aber dann – passierte etwas in ihrem Kopf! Es war ähnlich dem Gefühl der Leere, bevor Ahi seine »Diashow« abgespult hatte, aber damals war alles langsam passiert – fast so, als ob Violas eigener Gedankenstrom bereitwillig einer weißen Leinwand Platz machte. Jetzt dagegen schienen ihre eigenen Wahrnehmungen plötzlich wie abgeschnitten. Viola konnte nicht weiterlaufen. Sie lehnte sich gegen einen Pfeiler der Tribüne und sah sich entsetzt den Bildern und Gefühlen ausgesetzt, die auf Ahi einströmten. Sie meinte, in seinem Körper zu stecken – und eigentlich gar nicht so unzufrieden zu sein. Der Junge, den er vorhin gerammt hatte, ging schließlich nur leicht hinkend neben ihm her und scherzte sogar mit ihm. Zwischen den beiden herrschte offensichtlich Harmonie. Ob Ahi mit bacha ausgeholfen hatte oder nicht, der Junge – Viola wusste plötzlich, dass er Sean hieß, Flöte spielte und eine Freundin namens Joanne hatte – trug ihm nichts nach. Aber dann sah sie Mike und Hank auf Ahi zustürzen.

»Da bist du also, du Drückeberger!«

»Ich fass es nicht, spielt hier den barmherzigen Samariter für einen von den Kerlen, und ...«

»Und uns lässt du hängen. Bist du noch bei Trost? Sie haben schon zwei Tore geschossen und ...«

»Jetzt kommst du jedenfalls mit. Die zweite Halbzeit der Verlängerung ...«

Angesichts der verärgerten Gegner verzog sich Sean in Richtung Spielfeld – zweifellos klug, wenn auch nicht sehr rücksichtsvoll gegenüber Ahi, der sicher Unterstützung gebraucht hätte. Aber Ahi duckte sich wider Erwarten nicht. Viola zitterte und wusste nicht, ob sie damit ihre oder seine Empfindungen ausdrückte. Was sie empfand, war jedenfalls Ärger, Wut ... In einem Ausmaß, in dem sie diese Gefühle niemals mit Ahi geteilt hatte. Sie war sich jetzt sicher, dass Ahi sich mit Sean verbunden hatte! Irgendeinen Kreis hatten die Jungen gebildet, irgendein Austausch hatte stattgefunden. Bacha gegen Mut? Heilkraft, die von Ahi zu Sean gewandert war, und gesunde Wut, mit der Sean die Seele des friedfertigen Kelpie genährt hatte? Auf jeden Fall machte Ahi keine Anstalten, sich Hank und Mike anzuschließen.

»Auf einmal?«, fragte er. »Auf einmal soll ich mit euch spielen? Nachdem ihr mich sonst nur anpöbelt und links liegen lasst? Ich hab Sean drei Rippen gebrochen! Und das nur, weil man sich auf euch nicht verlassen kann. Nicht mal ich kann gleichzeitig nach hinten und nach vorn sehen! Und ihr fangt den Ball ja nicht, wenn er euch nicht in die Arme fliegt! Ich habe jetzt keine Lust mehr zu spielen. Und es wäre auch nicht fair. Die anderen sind besser, ihr werdet verlieren ...«

Wieder etwas Neues. Früher hatte Ahi nicht in Kategorien wie besser und schlechter gedacht. Er gewann seine Spiele, um dem Trainer, der Mannschaft und den Zuschauern einen Gefallen zu tun – aber noch heute Morgen hatte Viola ihm erklären müssen, wie wichtig das für Roundwood war. Jetzt jedoch ... Was der desinteressierten Viola nie gelungen war, hatte Sean, der begeisterte Mannschaftssportler, dem Kelpie in einer einzigen, kurzen Verbindung vermittelt: den Begriff von Fairness im Spiel.

»Fair?«, donnerte Hank. »Ich glaub, es hakt! Vielleicht hättest du daran mal denken können, bevor du bei uns alle ausgeknockt hast! Ich war der Mannschaftsführer, Bürschchen! Und Moira war mein Fan Number One! Jetzt rennen sie alle dir nach. Weiß der Geier, wie du sie verhext hast! Irgendwas bei dir geht jedenfalls nicht mit rechten Dingen zu!«

Hank hob die Faust.

»Wir sollten mal rausfinden, was bei dem eigentlich echt ist!«, bemerkte auch Mike. »Was bist du, Ali? Ein Alien? Aber im Grunde ist es auch gleich: Du kommst jetzt mit da rein und schießt ein Tor. Sonst gibt's Kummer, verstehst du?«

Ahi verstand offensichtlich nicht. »Nein«, sagte er ruhig. »Ich mache nicht mehr mit.«

Viola fuhr zusammen, als Hanks erster Schlag Ahi traf. Sie fühlte zunächst keinen Schmerz, nur den Aufprall in seiner Magengrube, und sie hörte das hässliche Geräusch, als Hanks Faust auf seinen Körper prallte. »Das war für die Mannschaft! Und das ist für Moira!«

Hank schlug zum zweiten Mal zu.

Während Ahis Kopf, getroffen von einem Kinnhaken, zurückflog, erklangen Wutschreie, aber auch Trampeln und Klatschen aus dem Stadion.

Ein weiteres Tor für Killarney ... Das Spiel war verloren. Und Hank kannte jetzt kein Halten mehr. Seine Prügel drängten Ahi zurück. Aber der schien sich jetzt gefangen zu haben und versuchte, sich zu verteidigen. Er landete sogar einen Treffer, aber dann griff Mike ein und hielt ihn fest. Ahi stöhnte auf, als er ihm den Arm verdrehte. Hank hämmerte inzwischen auf sein Gesicht ein.

»Immerhin blutet er. Rot, und ich dachte immer, bei Aliens wär's mindestens grün ...«

Ob die Jungen wirklich glaubten, ein andersartiges Wesen vor sich zu haben? Oder rächten sie sich einfach an einem Menschen, der ihnen überall da überlegen war, wo es auf Tempo und Intelligenz ankam? Viola empfand nur Ahis Panik, seinen sekundenbruchteilelangen Wunsch, sein beagnama zu rufen. Einen ausgewachsenen Hengst würden die Jungen nicht bändigen können. Viola wusste nicht, was Ahi letztlich hinderte, die Verwandlung zu vollziehen. Gab es vielleicht Tabus? Würde ein Kelpie eher sterben, als sich den Menschen zu verraten? Viola hörte nur Ahis Hilferuf in ihrem Kopf, fühlte die Schläge auf sich einprasseln, empfand rasenden Schmerz …

Und wusste dann, dass sie den Jungen verlassen und zu sich selbst zurückfinden musste. Nur mithilfe ihres eigenen Körpers konnte sie Hank und Mike stoppen. Viola riss sich zusammen. Sie kam keuchend zu sich, rappelte sich auf die Beine, nachdem sie neben dem Pfeiler zu Boden gesunken war. Im Stadion feierte man schon wieder. Noch ein Tor? Egal. Viola hastete weiter, erreichte schließlich die Sporthalle – und musste sich zunächst orientieren. Durch diesen Seiteneingang hatte sie das Gebäude vorher noch nie betreten. Endlich erkannte sie, wo sie war, und eilte zu den Umkleiden. Zu hören war da allerdings nichts mehr. Hank und Mike mussten weg sein. Viola tastete sich durch den recht dunklen Korridor. Durch Ahis Augen war er ihr heller erschienen. Aber er brauchte ja auch niemals Licht im Wohnwagen. Wieder fragte sie sich vage, was noch anders war – und wie schnell ein Kelpie starb.

Dann hörte sie jedoch schwaches Stöhnen aus einer Ecke des Flurs. Ahi lag zusammengekrümmt da, sein Gesicht eine einzige, blutige Masse.

»Vio …«, flüsterte er. »Vio … es tut mir leid, dass du …«

Er wusste, dass sie dabei gewesen war.

Viola versuchte, ihm das Blut mit Ainnés Brautschleier vom Gesicht zu wischen. Aber dann fiel ihr ein, dass es hier bessere Möglichkeiten gab.

»Gib mir deine Hand, Ahi, schnell!« Viola umfasste ihn und half ihm, sich aufzusetzen. Sie kämpfte die Panik nieder, sie musste etwas tun – schnell, bevor die Spieler zurückkamen und sie entdeckten. Dies war keine kleine Verletzung, die Jungen hatten Ahi krankenhausreif geschlagen. Aber wenn er da erst landete – sicher gab es anatomische Unterschiede zwischen Menschen und Amhralough ... Eine Untersuchung konnte Ahi entlarven. Aber es gab ja auch andere Heilungsmöglichkeiten. Viola löste den Schutzstein von ihrem Hals. Sie hatte ihn im Ausschnitt ihres Festkleides auf der Haut getragen.

»Das geht nicht, Vio, es ist ... es ist zu viel ... es braucht zu viel ...« Ahi stöhnte und versuchte, sich ihr zu entwinden. Aber Viola spürte bereits, wie ihre Lebenskraft auf ihn überging, wie seine Schmerzen nachließen und seine Wunden heilten.

»Es ist zu schlimm, Vio, hör auf!«, flehte Ahi, aber er konnte sich nach wie vor kaum rühren.

Viola versuchte, sich zu konzentrieren, die Verschmelzung zu intensivieren, obwohl Ahi sich verzweifelt wehrte.

»Das kann dich umbringen, Viola, bitte!«

Viola bemühte sich, die Schwäche nicht zu spüren, die sich in ihr ausbreitete – im selben Maße, in dem Ahi stärker wurde. Seine Stimme klang bereits klarer, die Knochen im Gesicht mussten heilen. Wenn es nur reichte. Wenn es nur schnell genug ging. Wenn Ahi ... wenn Katja ... nur nicht recht behielt ...

Viola kämpfte um ihre Haltung – und darum, bei Bewusstsein zu bleiben. Sie drückte Ahis Hand mit aller Kraft.

Um sich selbst konnte sie sich später Gedanken machen. Vorerst musste er in Ordnung kommen. Violas Kopf wurde leer, sie empfand Übelkeit, spürte ihre Glieder plötzlich nicht mehr, und Ahi … – seine Züge waren wieder erkennbar und er schaffte es jetzt auch, sich aufzuraffen … aber sein Bild verschwamm vor ihren Augen.

Sie spürte undeutlich, wie er ihren Griff löste. Viola sah, wie er auf die Beine taumelte, sich an der Wand abstützte und entsetzt auf das Mädchen zu seinen Füßen blickte.

»Komm zurück, Ahi …« Viola rief es nicht wirklich, dazu war sie zu schwach. Aber sie hörte ihre Stimme in seinem Kopf. »Komm zu mir …«

Aber Ahi wich zurück, und die letzten Gefühle, die Viola von ihm empfing, waren Verzweiflung und Selbsthass. Sie nahm teil an Ahis brennender Scham. Und seiner Angst, sie getötet zu haben.

»Nie wieder …« Die Worte verschwammen zu einer Melodie, die Viola ins Dunkel führte …

19

Viola erwachte auf einer Liege im Sanitätsraum. Sie erkannte den grauhaarigen, rundgesichtigen Arzt, der sich über sie beugte. Ein älterer Herr, der das Dorf Roundwood schon seit Jahrzehnten betreute und zu Tode enttäuscht gewesen war, als Ainné McNamara ihn nicht für fähig hielt, sie zu entbinden.

»Dr. Lehan?«, fragte sie. Der Arzt lächelte.

»Na, da bist du ja wieder. Gott sei Dank, ich hatte mir fast schon Sorgen gemacht. Ein ganz dicker Kreislaufzusammenbruch, kleine Lady! Der Junge, der dich gefunden hat, meinte sogar Herzmassage für nötig zu halten, aber geatmet hast du schon noch, als sie dich herbrachten. Was war denn los, Mädchen … Wie heißt du noch … du bist die Tochter von Ainnés Mann, oder? Das Mädchen aus Deutschland.«

Viola nickte.

»Ach Gott, dein Vater heiratet ja heute … Deshalb meldet sich keiner auf dem Campingplatz. Und was hast du dann überhaupt hier gemacht, Süße? Ach, lass mich raten, einen der Jungs angefeuert, oder?« Er lachte.

Viola versuchte, sich aufzusetzen. Sie zitterte. »Ali … ich muss …«

»Du musst erst mal gar nichts«, sagte Dr. Lehan gelassen

und griff nach einer Decke. »Abgesehen von Ausruhen. Hast du eine Freundin da draußen, sollen wir jemanden ausrufen? Den Jungen könnte ich natürlich auch holen lassen …« Er sah Viola prüfend an und deckte sie fürsorglich zu.

»Nein … nein, bloß nicht!« Viola erschrak, regte sich und versuchte, die Decke abzuwerfen. Sie war kratzig und roch irgendwie nach Turnhalle.

Dr. Lehan lachte und drückte sie sanft zurück auf die Liege. »Oh, oh, eine Krise! Und fast ein gebrochenes Herz! Da musst du ein bisschen härter werden, Kind. Jungs halten selten, was sie versprechen. Und wenn sie dazu noch so ein Spiel verlieren, dann geht's erst recht mit ihnen durch – dann sagen sie auch mal was, was sie gar nicht so meinen. Aber gut, die Freundin …«

»Ist Vio hier?« Shawna stürzte bereits herein.

Offensichtlich hatte sich herumgesprochen, dass ein Mädchen vor den Umkleidekabinen umgekippt war. Shawna musste eins und eins zusammengezählt und Viola dort gesucht haben. Zumindest hielt sie ihre Kette mit dem Amethysten in der Hand.

Viola erinnerte sich daran, sie abgenommen zu haben. Aber es würde gut sein, sie wieder zu tragen … Sie wollte etwas sagen, aber ihr fehlte die Kraft dazu.

Shawna orientierte sich derweil kurz im Sanitätsraum, entdeckte Viola auf der Liege und starrte sie voller Entsetzen an. Viola konnte es ihr nicht verdenken. Sie konnte sich lebhaft vorstellen, welchen Anblick sie hier bot: dünn, blass, durcheinander und womöglich noch blutig.

»Ach du lieber Himmel!«, stieß Shawna hervor. »Die Rennerei war wohl zu viel! Oder der Sekt von vorhin? Ist es schlimm, Dr. Lehan?«

Der Arzt schüttelte den Kopf. »Sie braucht nur ein bisschen Ruhe, was zu essen am besten – du hältst doch irgendeine Diät, oder, Mädchen? Sonst wärst du nicht so dünn und zitterig. Aber damit ist jetzt Schluss. Ich will dich nächste Woche bei mir in der Praxis sehen. Du schickst sie hin, Shawna, verstanden? Sonst attestiere ich dir eine Pferdeallergie und du darfst nie wieder reiten!« Er zwinkerte ihr zu.

Shawna lachte. Sie zumindest schien beruhigt zu sein. »Hast du Ali denn wenigstens gefunden?«, wandte sie sich an Viola.

Viola versuchte erneut, sich aufzurichten. »Ja … nein … es ist kompliziert … Shawna, du musst mich hier rausholen!« Die letzten Worte flüsterte sie – und hoffte, dass Dr. Lehans Gehör nicht das beste war.

Die Rechnung ging nicht auf. Der Arzt schüttelte stirnrunzelnd den Kopf. »Mädchen, Mädchen … wo willst du denn jetzt noch so dringend hin? Lass den Jungen lieber ein bisschen schmoren, ihm jetzt hinterherzurennen bringt gar nichts!«

Er horchte Viola noch einmal ab, und sie versuchte, gleichmäßig zu atmen. Allerdings konnte sie nicht verhindern, dass ihr Herz wie rasend schlug. Trotzdem schien die Untersuchung zu Dr. Lehans Zufriedenheit auszufallen. »Von mir aus kannst du mit deiner Freundin nach Hause gehen«, beschied er Viola. »Aber wirklich nach Hause! Nicht in irgendwelche Pubs, wo die Jungs jetzt ihren Kummer ertränken. Und dann direkt ins Bett. Alles andere wäre grob fahrlässig. Kann ich mich darauf verlassen?«

Shawna nickte eifrig. Viola zwang sich, ebenfalls fügsam zu tun. Dr. Lehan sah sie unschlüssig an. »Wie kommt ihr denn jetzt zum See? Eigentlich sollte ich ja deinen Vater anrufen. Aber ich hol ihn ungern von seiner Hochzeitsfeier weg ...«

»Ist auch nicht nötig!«, meinte Shawna rasch. »Ich kümmere mich um Viola. Nach Hause und ins Bett. Ihr Wunsch ist uns Befehl!« Sie salutierte.

Dr. Lehan lächelte. So ganz überzeugt schien er nicht zu sein, aber wahrscheinlich hatte er am Samstagnachmittag anderes zu tun, als kreislaufschwache Mädchen auf Behandlungsliegen festzubinden. In der Sporthalle konnte er Viola ohnehin nicht weiter versorgen. Und eine Einweisung ins Krankenhaus nach Dublin erschien ihm wohl übertrieben.

»Na schön«, erklärte er schließlich. »Wenn du erst wieder auf den Beinen stehst, vergeht dir die Unternehmungslust sowieso, Viola. Dir wird garantiert gleich wieder schwindelig und du wirst froh sein, wenn du zu Hause ankommst ...«

Viola glaubte das nicht, nickte aber brav. Sie musste vor allem hier raus. Und dann Ahi finden ... Immerhin war er wohl aus eigener Kraft entkommen – zumindest war von keinem weiteren Patienten die Rede. Viola ließ zu, dass Dr. Lehan noch einmal ihren Blutdruck maß. Dann half Shawna ihr auf.

»Ganz langsam, keine Hektik!«, mahnte Dr. Lehan. »Und nehmt den Bus oder besser ein Taxi. Nicht, dass du mir das

Mädchen hinten auf dein Moped setzt, Shawna!« Damit leitete der Arzt die Mädchen hinaus.

Viola musste tatsächlich die Zähne zusammenbeißen, um sich auf den Beinen zu halten. Sie schaffte es nur, indem sie sich auf Shawna stützte. Aber das wurde bestimmt besser, wenn sie etwas aß. »Können wir ... am Schnellimbiss halten?«, fragte Viola, während Shawna noch unschlüssig zwischen dem Fahrradkeller der Sporthalle und dem Taxistand hin- und herblickte. Wenn sie mit Vio Taxi fuhr, musste sie ihren fahrbaren Untersatz hier stehen lassen. Insofern griff Shawna die Idee bereitwillig auf. Vielleicht machte etwas zu essen Viola ja fit für den Gepäckträger.

Shawna nickte eifrig. »Kein Problem. Ich hol nur eben das Moped ...«

Sie verzog sich ins Dunkel des Fahrradkellers, während Viola schon wieder um ihr Gleichgewicht kämpfte. Verdammt, wenn das so weiterging, konnte sie die Sache mit Ahi vergessen! Es sei denn, sie weihte die Freundin ein. Bislang jedenfalls konnte sie ohne Shawnas Hilfe keinen Schritt gehen, und auf dem Moped würde sie sich auch nicht halten können. Nicht mal bis zum *Roundwood Burger* in der nächsten Seitenstraße. Dabei kam sie wirklich um vor Hunger. Allein bei dem Gedanken an Pizza und Pommes lief ihr das Wasser im Mund zusammen – bis ihr siedend heiß einfiel, dass die Hamburgerbude jetzt garantiert voller Roundwooder Schüler war! Nach dem Hurling war das immer so, man diskutierte bei Cola, Hamburgern und gerösteten Zwiebelringen jeden Spielzug. Und praktisch alle Gäste des Imbiss wussten von Violas Beziehung zu Ahi! Wahrscheinlich würden sie sich mit Fragen und Vorwürfen auf sie stürzen, sobald sie die Gaststätte betrat. Viola graute davor.

»Pass auf, Shawna, du holst besser allein was zu essen«, meinte sie schließlich, als die Freundin zurückkam. »Ich warte hier. Ich ... ich hab keine Lust auf Jenny und Moira ...«

Shawna nickte verständnisvoll. »Hatte ich auch schon überlegt. Falls Ali nicht inzwischen aufgetaucht ist, würden die Mädels wie Geier über dich herfallen. Wobei ich selber auch vor Neugier umkomme ... Aber gut, das hat Zeit. Burger mit Pommes und Salat oder Pizza mit Zwiebeln und Pilzen?«

»Beides«, bestellte Viola. »Und eine große Cola – oder nein, heiße Schokolade. Kalt ist mir nämlich auch noch ...«

Shawna runzelte die Stirn. »Pizza und Burger? Und das nach dem Fünfgängemenü heute Mittag? Irgendwie hast du ein Loch im Magen ...«

Viola wollte das jetzt nicht diskutieren. »Frag nicht, fahr los!«, bat sie. Sie zitterte.

Shawna zögerte kurz. Offensichtlich hatte sie nun doch Bedenken, die Freundin allein zu lassen. Dann legte sie Viola aber lediglich ihre Wachsjacke um, bevor sie sich aufs Moped schwang. »Bin gleich wieder da!«

Viola legte Ainnés Schleier in einer Ecke des Kellers auf den Boden, setzte sich darauf und zwang sich, ruhig zu atmen und vernünftig zu denken. Sie musste jetzt zu Kräften kommen und dann Ahi suchen – bevor der womöglich eine Dummheit beging. Er konnte nicht wirklich glauben, sie getötet zu haben. Sie selbst war sich seiner Präsenz eigentlich immer bewusst. Wenn er tot wäre, wüsste sie es. Der Kontakt würde dann abreißen. Auch jetzt spürte sie das Band zwischen sich und Ahi, obwohl es lockerer und dünner schien als gewöhnlich. Aber das kam sicher daher, dass Viola noch schwach war, und auch Ahi musste sich nach wie vor krank fühlen. Um seine Verletzungen vollständig zu heilen, hätte er mehr bacha gebraucht – wobei Viola besser gar nicht daran dachte, was Hanks und Mikes Aggression in seiner empfindsamen Seele angerichtet hatte! Ahi musste völlig durcheinander und von Selbstzweifeln zerrissen sein. Er brauchte Viola – sie mussten wieder zueinanderfinden, ihre Seelen verbinden und in den Kokon von Glück und Harmonie eintauchen, den sie immer geteilt hatten. Viola tastete nach dem Amethyst, der wieder an ihrem Hals lag. Sie meinte, ihn sanft pulsieren zu sehen, aber die Welt um sie herum erschien ihr ohnehin noch verschwommen. Wo blieb bloß Shawna mit der Pizza?

Shawna kam erst viel später zurück – Viola wäre darüber fast eingeschlafen, wenn sie nicht derart gefroren hätte. Aber dann roch es einladend nach Pizza und Shawna ließ sich mit einem ganzen Schwung Tüten und Päckchen neben sie fallen. Viola riss gleich den ersten Karton auf und schaufelte das Essen in sich hinein.

»Meine Güte, du bist ja echt am Verhungern!«, wunderte sich Shawna. »Tut mir leid, dass es so lange gedauert hat, aber im *Burger* ist der Bär los. Der totale Hexenkessel, ich musste endlos anstehen. Und dabei hätten die Hurlingfans mich fast gelyncht, weil ich Ali ja ganz gut kenne. Die suchen nur nach jemanden, den sie für den Reinfall heute

Nachmittag verantwortlich machen können! Jedenfalls war es gut, dass du nicht mitgekommen bist, und sehr klug von Ali, sich zu verdünnisieren! Am besten bleibt er noch ein paar Tage zu Hause, bis sich der Mob beruhigt hat. Vor allem von Hank und Mike würde ich mich fernhalten. Wobei die zurzeit auch verschwunden sind. Die Leute munkeln schon, sie suchten nach Ali, um die Rechnung zu begleichen ...«

Sie hätten es fast geschafft ..., dachte Viola. Wahrscheinlich hatten sie gar nicht begriffen, wie schwer sie den Jungen verletzt hatten.

»Und keiner kommt auf die Idee, dass die Mannschaft auch mal ohne Ali gewinnen könnte?«, fragte Viola zwischen zwei Bissen Pizza. »Ali ist gerade mal zehn Minuten vor dem Abpfiff rausgegangen, wenn ich das richtig verstanden habe. Und sie lagen in Führung, sie hätten die anderen nur hindern müssen, weitere Tore zu schießen.«

Shawna verdrehte die Augen. »Ich weißt das und du weißt das. Aber Roundwood sucht den Sündenbock. Und das ist heute bestimmt nicht Mike ... Wie ist das jetzt, schaffst du es aufs Moped oder nehmen wir ein Taxi?«

Viola hatte Zeit gehabt, darüber nachzudenken. »Ich nehme ein Taxi!«, bestimmte sie. »Und du kommst mit deiner Kiste nach. Wäre doch Blödsinn, die hier zu lassen. Du setzt mich einfach ins Auto und dann treffen wir uns auf dem Campingplatz wieder. Das schaffe ich schon!«

Shawna sah sie etwas zweifelnd an. Aber eben war Viola auch eine halbe Stunde allein geblieben.

Schließlich nickte Shawna, begleitete Viola aber noch zum Taxistand. »Zum Campingplatz ...«, sagte sie.

Viola wartete, bis der Wagen angefahren war. Dann wandte sie sich an den Taxifahrer: »Kennen Sie die kleine Insel im See, auf der das alte Sommerhaus steht?«

Der Fahrer nickte. »Klar, gute Fischgründe. Warum?«

»Weil ich da hinmuss«, erklärte Viola. »Bitte bringen Sie mich so nah dran wie eben möglich!«

Es war keineswegs sicher, dass Ahi sich an ihren alten Lieblingsplatz zurückziehen würde. Er konnte ebenso gut auf dem Campingplatz warten, hinter dem Bootshaus – oder sich sogar in seinem Caravan verkrochen haben. Aber Viola glaubte das nicht. Ahi würde die Plätze der Menschen meiden. Vielleicht würde er nicht gleich zurück in den See gehen, aber er würde seinen Leuten nahe sein wollen. Wie damals nach der Sache mit den Fröschen.

Viola hatte das Gefühl, Stunden für den kurzen Weg von der Straße bis zur Insel zu brauchen. Ihr war immer noch schwindelig und jetzt lag ihr obendrein die Pizza schwer im Magen. Aber dann sah sie endlich den See zwischen den Bäumen hervorschillern. Stahlgrau diesmal – schon in Erwartung der Abendnebel.

Ahi saß nicht auf der Brücke, sondern hatte sich in einer Erdkuhle unterhalb des ersten Stützpfeilers zusammengerollt. Sein Körper schien zu zucken und sein Gesicht war immer noch verschwollen, als er zu Viola aufsah. Riesige, tief in den Höhlen liegende Augen, nebelgrau und fassungslos.

Viola wollte sich zu ihm setzen, aber er rückte von ihr ab.

»Was ist denn, Ahi?«, fragte sie leise. »Schau, ich trage die Kette. Du kannst kein bacha von mir nehmen.«

Ahi schüttelte wild den Kopf. »Das will ich auch nicht. Nie wieder. Und die Gefahr besteht immer, wenn ich dich berühre. Dein Herz hat nicht mehr geschlagen, Viola! Ich war sicher, du bist tot. Und ich hatte dich umgebracht! Das ist es nicht wert! Es ist zu riskant. Wir dürfen uns nicht wiedersehen – zumindest nicht berühren –, nicht – zusammen sein!«

Viola schüttelte heftig den Kopf. »Aber es ist nichts passiert. Es geht mir gut. Und von mir aus ... von mir aus kann ich ja auch immer das Amulett tragen.«

Dann würde sie Ahi nur kein bacha mehr geben können. Dann konnte er nicht mit ihr leben. Er müsste zurück zu den Kelpies in den See und ihre unheimlichen Mahlzeiten teilen. Viola wollte nicht auf diese Weise daran denken, denn sie wusste, dass ihre Gefühle sich Ahi aufdrängten. Aber sie konnte ihn nicht als das nehmen, was er dann wieder sein würde.

Ahi sah sie nur an. Der Schmerz in seinen Augen war kaum zu ertragen. Violas Gedanken tasteten nach jenem Zauberband zwischen ihnen, das so oft Trost und Sicherheit gespendet hatte. Aber sie spürte, dass Ahi versuchte, es zu zerreißen.

»Es geht auch nicht nur um dich, Vio ...«, sagte er leise. »Du musst es doch selbst sehen – ich bin nicht wie ihr. Ich falle auf, die Menschen lieben oder hassen mich, aber sie spüren immer, dass ich etwas Fremdes bin. Es gibt keine Harmonie – zwischen euch Menschen schon selten, aber zwischen euch und anderen Wesen nie!«

»Wie kannst du das sagen?«, fuhr Viola auf. »Wir leben doch in Frieden mit ... na ja, mit Tieren ...«

»Wenn ihr sie nicht gerade esst«, meinte Ahi bitter. »Oder seziert. Und wenn es nach eurem Kopf geht. Wenn ihr ein Pferd reiten könnt oder einen Hund dazu bringt, die Schafe zu hüten, ist alles gut, aber wehe, sie wehren sich. Und das sind Kleine Seelen, Viola, die keine Konkurrenz darstellen …«

Er sprach das Wort aus, als habe er es gerade erst gelernt, und offensichtlich hatte er ja auch heute erst begriffen, was es bedeutete. »Jemand wie ich … Vergiss es, Viola! Wir müssen auf deine Freundin hören … Katja …«

»Katja?«, fragte Viola verblüfft. »Was hat die denn jetzt damit zu tun?«

Ahi rieb sich die Stirn. »Sie hat zu mir gesprochen, bevor sie gefahren ist. Sie hat mir vorgeworfen, dass ich dich umbringe, und sie hatte recht! Sie hat das Risiko erkannt und ich höre noch ihre Stimme: ›Wenn Vio es nicht schafft, musst du es beenden. Tu es, wenn du sie liebst.‹ Ich liebe dich, Viola. Und deshalb beende ich es jetzt.«

Er stand auf, etwas mühsam, offensichtlich noch unter Schmerzen.

Viola überlegte fieberhaft. Es durfte nicht zu Ende sein, er konnte sie nicht verlassen! Es musste andere Möglichkeiten geben …

Inzwischen hatte es zu regnen begonnen und mechanisch zog sie den Schleier hinauf in ihr Haar. Und dann fiel es ihr ein: »Ein Kelpie in Menschengestalt bannt man mit einem Brautschleier. Falls da also Bedarf besteht …« Patricks flapsige Bemerkung.

»Warte!«, sagte Viola mit fester Stimme.

Ahi blieb stehen.

»Warte, beweg dich nicht. Ich hab dich eben schon damit berührt. Du musst …« Blitzschnell, bevor Ahi noch reagieren konnte, legte sie Ainnés Schleier um seinen Körper. Versuchte, ihn damit an sich zu ziehen. Er sollte bei ihr sein. Als Mensch.

Ahis Augen weiteten sich. Er schluckte. Dann sah er sie fest an. »Viola, willst du das? Willst du es wirklich?« Er streckte ihr die Hände entgegen, kreuzte sie, bereit, sich binden zu lassen. »Willst du mich dazu verurteilen, ein Mensch zu sein? Willst du mir mein Lied rauben, meine Seele? Ich trage keinen Schutzstein, Viola. Und ich wehre mich nicht. Also tu es. Aber … aber sag mir nicht, dass du es aus Liebe tust!«

Viola ließ den Schleier los. Sie umfasste Ahi, ihr Kopf sank an seine Brust. Auch Ahi gab seine spröde Haltung auf, legte die Arme um sie – aber er konnte sie nicht mehr trösten. Viola wimmerte. Ahi weinte.

»Küss mich noch einmal!«, sagte er schließlich. »Aber dann muss ich gehen …«

Viola hob den Kopf und bot ihm ihre Lippen. Sie spürte noch einmal die Kühle seiner Haut, die Sanftmut seines Kusses, ging ein letztes Mal in ihm auf und empfand seine unendliche Erleichterung und unendliche Liebe.

»Ich werde dich nie vergessen …«, flüsterte Ahi.

Dann ließ er sie los. Viola stand wie erstarrt, während er rückwärts zum Wald ging und zwischen den Stämmen zu verschwinden schien. Und dann sah sie einen grauen Hengst, tastenden Schrittes, aber mit hoch erhobenem Haupt und wehender Mähne, auf das Ufer zugehen. Sie beobachtete, wie er die Hufe ins Wasser setzte, wie er schwamm – und plötzlich meinte sie, die Musik zu hören, mit der sein Volk ihn empfing. Einen Nachklang der Musik, ein Verwehen … bevor sie sich so allein fühlte wie niemals seit ihrer ersten Berührung mit Ahi. Die Verbindung war zerbrochen.

Viola schluchzte. Weinend stand sie am Ufer des Sees.

20

Viola schaffte es irgendwann und irgendwie zum Campingplatz – wo Shawna schon in heller Aufregung begonnen hatte, sämtliche Taxiunternehmen anzurufen.

»Wo um Himmels willen warst du? Ich hab schon befürchtet, der Taxifahrer hätte dich verschleppt ...« Shawna blieb der Scherz im Hals stecken, als sie Violas Gesicht sah. »Mein Gott, Vio, was ist denn passiert?«

»Es ist aus!«, konnte Viola gerade noch flüstern, bevor sie wieder in Tränen ausbrach. »Er ... er geht zurück ...«

»Nach Dänemark?«, fragte Shawna betroffen. »Von jetzt auf gleich? Wegen dem blöden Spiel? Komm, Vio, da ist das letzte Wort sicher noch nicht gesprochen ...«

Unter tröstlichem Zureden führte sie Viola zunächst ins Bad, schleppte sie unter die heiße Dusche und brachte sie dann in ihr Zimmer. »Ich weiß ja nicht, ob das jetzt gesund ist«, überlegte sie, als sie dann mit einer Teekanne und Bills Whiskeyflasche zurückkam, »aber es wird dich schon nicht umbringen ... Ach komm, Vio, so schlimm kann's einfach nicht sein ... Du musst die Kette jetzt nicht abnehmen ... Bestimmt kommt er morgen wieder ...«

Viola ließ die Kette mit dem Amethysten schluchzend auf ihr Nachttischchen gleiten. Sie brauchte keinen Schutz mehr – und keine Erinnerungen. Ganz sicher würde sie niemals ein Kelpie reiten …

Schließlich trank sie den Tee in kleinen Schlucken und überließ sich dann Shawnas tröstender Stimme. Die Freundin blieb bei ihr, bis sie einschlief. Und vielleicht war dieser furchtbare Tag ja wirklich nur ein böser Traum gewesen.

Ahi kam am nächsten Tag natürlich nicht wieder, aber Alan und Ainné waren da, und Violas Dad zeigte Verständnis. Es gab viele aufmunternde Worte zum Thema Liebeskummer und Viola durfte auch am Montag und Dienstag zu Hause bleiben. Inzwischen hatte Alan mit Dr. Lehan telefoniert und fuhr Viola am Dienstagnachmittag in dessen Praxis. Sie fühlte sich immer noch scheußlich, aber der Arzt war ganz zufrieden.

»Du siehst zwar aus, als trügest du das Leid der ganzen Welt«, neckte er sie, »aber deine Werte sind deutlich besser als Samstag. Wir machen jetzt noch einen Bluttest, auch wenn ich nicht glaube, dass dir was Ernstes fehlt. Außer dem Jungen natürlich, aber das gibt sich! Und so gut scheint er dir nicht getan zu haben, nach dem, was dein Vater mir erzählt hat …«

Ihr Dad hatte ihren Gewichtsverlust und ihre Blässe also auch bemerkt und Dr. Lehan gegenüber erwähnt. Viola äußerte sich nicht dazu. Sie lebte im Moment wie unter einer Glasglocke, die obendrein mit Watte ausgepolstert war. Sie wollte nicht denken, durfte nicht denken. Wenn sie sich vorstellte, dass sie niemals mehr Ahis Hände berühren, niemals mehr seine Gedanken teilen, sein Lachen hören und seine Lippen auf den ihren spüren sollte, würde sie verrückt werden!

Auch die Aufregung in der Schule perlte zunächst an ihr ab, aber irgendwann musste sie sich der Wirklichkeit natürlich wieder stellen. Ihre Wattewelt wich schließlich Zorn – auf Katja, die Ahi gemahnt hatte, die Beziehung zu beenden, und vor allem natürlich auf Mike und Hank. Ein paar Tage lang erging sie sich in wilden Fantasien, in denen sie die beiden den Kelpies zutrieb, um dann irgendwann ihre Leichen im See zu finden. So schwierig konnte das nicht sein, bestimmt waren die beiden dumm und draufgängerisch genug, um ein fremdes Pferd zu reiten. Früher, bevor sich Jungen wie Mike und Hank für Motorräder begeisterten, waren sie sicher häufig Opfer der Amhralough geworden. Jetzt sah sie sich zum See heruntergehen, Lahia rufen und sie auf die beiden ansetzen … aber dann wurde ihr klar, dass den Kelpies das Konzept von Rache und Vergeltung fremd war. Lahia würde nicht verstehen, warum es diese Jungen sein sollten und niemand anders – obwohl ihre überbordende Kraft und Aggressivität die Jägerin zweifellos gereizt hätten. Und Ahi hätte vermutlich sogar Skrupel, sich am bacha der Jungen gütlich zu tun. Er hatte so oft Hurling mit ihnen gespielt und versucht, ihre Spielzüge zu erahnen, dass er ihre Seelen sicher zumindest flüchtig berührt hatte.

Nun schienen sich Hank und Mike aber auch ohne Violas Zutun alles andere als wohl in ihrer Haut zu fühlen. Shawna berichtete, dass sie den Unterricht am Montag geschwänzt hatten – als Grund dafür nahm sie Rausch ausschlafen an. Viola deutete es anders: Wahrscheinlich hatten sich die beiden Schläger in Panik irgendwo verkrochen. Das spurlose Verschwinden eines Jungen, den man vorher zusammengeschlagen hatte, ließ schließlich nicht viele Interpretationsmöglichkeiten offen. Hank und Mike mussten annehmen, dass Ahi sich zwar noch weggeschleppt hatte, irgendwann aber in einem Krankenhaus wieder auftauchen würde. Als das auch nach Tagen nicht geschah, rechneten sie wohl stündlich mit einem Leichenfund. Auf jeden Fall erschienen sie schreckhaft und zitterig und wichen jedem Kontakt mit Viola aus. Sie mussten von ihrem Zusammenbruch gehört haben und fragten sich nun zweifellos, ob es da nicht eine Zeugin gab und aus welchem Grund sie die Schläger nicht verriet.

Viola hätte die beiden gern noch ein paar Wochen oder besser ihr ganzes Leben lang in dieser Ungewissheit gelassen, aber das ging natürlich nicht. Schon um Shawnas Willen musste Ahis Verschwinden irgendwie erklärt werden. Die Schule würde sich sonst an ihre Eltern wenden, bei denen der Junge ja offiziell wohnte. Als Viola sich halbwegs wieder gefangen hatte, eröffnete sie folglich eine E-Mail-Adresse bei einem dänischen Server und sandte als Margarete Nokken eine empörte Mail an die Roundwood High. Ihr Sohn Alistair sei unvermittelt und in ziemlich schlechtem Zustand zu Hause angekommen. Nachdem ihn seine Mannschaftskameraden brutal zusammengeschlagen hatten, sei er in Panik geraten, habe sich im Krankenhaus in Dublin notdürftig behandeln lassen und sei dann in den nächsten Flieger nach

Kopenhagen gestiegen. Margarete Nokken alias Viola gab zu, dass dies eine Kurzschlusshandlung und sicher nicht die richtige Art gewesen sei, mit diesem Problem umzugehen. Aber sie konnte ihren Sohn verstehen und würde ihn sicher nicht zwingen, nach Irland zurückzugehen …

Zu Violas Erleichterung schluckte das Sekretariat der Roundwood High diese Abmeldung ebenso bereitwillig wie vor einigen Monaten das plötzliche Auftauchen des dänischen Austauschschülers. Mike und Hank, die Margarete namentlich nannte, bekamen natürlich Ärger, atmeten aber trotz der empfindlichen Strafen eher auf, als sie von Alis Verbleib erfuhren. Widerspruchslos nahmen sie ihren Ausschluss aus der Hurlingmannschaft und einen mehrtägigen Schulverweis auf sich. Für die Roundwood High war das Kapitel Ali damit abgeschlossen.

Am Lough Dan zog langsam der Frühling ein. Es grünte und blühte in den Bergen und in den Gärten, und ein fast unwirklich blauer Himmel mit Schäfchenwolken spiegelte sich im See. Viola musste nun langsam ihre Rückkehr nach Deutschland planen, aber ihr fehlte die Energie, irgendetwas zu entscheiden. Stattdessen hangelte sie sich von einem Schultag zum anderen, überhörte Ainnés sämtliche Vielleichts und nahm ihre langen Spaziergänge mit Guinness wieder auf. Ahi oder sein beagnama sah sie dabei nie, aber andere Kelpies ließen sich fast täglich blicken. Zweifellos stand eine Jagd an, es war lange her, dass die beiden Gäste von Bayview House den Amhralough zum Opfer gefallen waren. Allerdings hatte die Tourismus-Saison noch nicht wirklich begonnen. Fremde Beute würde den Kelpies also kaum ins Netz gehen.

Dafür sprach Bill immer öfter davon, die wilden Ponys jetzt endlich zu fangen. »Die Biester fressen unseren Pferden das Gras weg!«, behauptete er, obwohl die Kelpies natürlich nie in eingezäunte Koppeln eindrangen. »Und außerdem ist es zu schade, das sind ja zum Teil bildschöne Tiere … Du kannst sie einreiten, Shawna, dann bringen sie einen guten Preis auf dem Pferdemarkt.«

Shawna biss sich dabei auf die Lippen. Viola wusste, dass auch sie die Kelpies beobachtete, aber ganz sicher hatte sie nicht vor, sie einzufangen und zu zähmen. Zumindest nicht für den Pferdemarkt in Dublin. Shawna träumte von einem eigenen Fohlen, das sie gern selbst eingeritten hätte. Aber für einen schnellen Profit unter Händlern würde sie kein Herzblut einsetzen.

»Erst mal fangen, Dad, dann sehen wir weiter …«, erklärte dagegen Ainné. Sie war durchaus für die Sache zu haben, als Mädchen hatte sie wohl viele wilde Ponys für Bill gezähmt. »Wie denkst du dir das denn? Ohne Extra-Einzäunung wird es kaum gehen, den E-Zaun reißen dir die Wildlinge ab, wenn sie in Panik geraten.«

Bill nickte. Wie sich herausstellte, hatte er dazu bereits genaue Vorstellungen. »Ein paar Helfer werden wir brauchen. Und Holz für einen Corral. Sehr stabil muss es nicht sein, nur hoch genug, dass die Biester nicht springen. Wir können die Planken von der alten Holzhütte am Bootshaus nehmen, die wir letztes Jahr abgerissen haben. Und als Helfer dachte ich an Patrick. Der wird bestimmt gern mal ein Wochenende kommen. Schon, um sein Mädchen zu sehen ...«

Shawna wurde sofort glühend rot. Tatsächlich hatte sich die Beziehung zwischen ihr und Patrick in den letzten Wochen weiter intensiviert. Der Tierarzt in Roundwood hatte ihr in den Osterferien ein Praktikum bei einem Kollegen in Dublin vermittelt und sie war in Patricks Studentenwohnheim untergekommen. Die beiden hatten viel zusammen unternommen, und endlich schien es auch bei Patrick gefunkt zu haben. Zweifellos dadurch unterstützt, dass Shawna sich in Dublin nicht so ausnutzen ließ. Jetzt allerdings mischte Ainné wieder mit und holte in bewährter Manier alles aus Shawna heraus, was herauszuholen war.

Viola berichtete Katja davon, die sofort eine Meinung zurückmailte. »Ihr seid da unten alle masochistisch veranlagt! Erst lässt du dich aussaugen und jetzt leckt Shawna Ainné die Füße. Sag ihr, sie soll mit der ganzen Angelegenheit Schluss machen. Es sind nicht ihre Pferde, das muss sie sich mal klarmachen. Und manchmal geht es einfach nicht ohne einen deutlichen Bruch.«

Viola seufzte, als sie das las. Inzwischen hatte sie Katja vergeben. Sie wusste schließlich selbst, dass es ihr ohne Ahi im Grunde besser ging. Sie hatte wieder zugenommen, entwickelte erste Sonnenbräune, und ein paar Jungs aus den oberen Klassen hatten begonnen, ihr hinterherzuschauen. Zweifellos waren sie durch ihre Freundschaft mit dem Hurlingstar auf sie aufmerksam geworden, aber jetzt schienen sie sich auch durch ihr Äußeres angezogen zu fühlen. Viola zwang sich, Jenny und Moira Samstagabend in den Pub zu begleiten, und half sogar, das Theater für die ersten Aufführungen der Saison herzurichten. Zu ihrer Verwunderung fand sie Gefallen an der Gestaltung des Bühnenbildes, und der Ceili-Dance, den die Darsteller aufführten, erschien ihr auch nicht mehr so provinziell. Miss O'Keefes und Mrs Murphys endlose Schwärmereien für die irische Kultur und Geschichte ließen Viola nicht unbeeindruckt, und bald fand sie es faszinierend, wie geschickt und blitzschnell die Stepptänzer ihre Füße bewegten.

Viola hätte sich in Roundwood langsam zu Hause fühlen können, wenn da nur nicht die Erinnerungen an Ahis Küsse gewesen wären, seine kühlen Lippen, sein Streicheln – und das Glück der Berührung seiner Seele und seiner Gedanken. Immer noch fühlte sich Viola verlassen und einsam – allein in ihrem Kopf, ohne die ständige beruhigende Gewissheit, dass Ahi da war und liebevoll an sie dachte.

»Was ist denn mit dir, Viola, machst du auch mit?« Ainnés Stimme klang nicht so, als ob sie Widerspruch dulden würde.

Viola runzelte die Stirn. Sie musste erst überlegen, worum es überhaupt ging. Aber richtig – Ainné und Bill planten ja immer noch ihre Pferdejagd. Und Shawna würde dabei sein, obwohl es ihr nicht gefiel.

»Es ist nicht gefährlich, wir bilden einfach einen Kessel und treiben sie in den Corral«, erklärte Bill eifrig.

»Den wir vorher aber noch bauen müssen …«, bemerkte Viola missmutig. »Ich werde mir wieder die Finger blau kloppen …«

Ainné setzte zu einer Bemerkung an, aber ein Blick ihres Mannes ließ sie verstummen.

»Viola kann ja auf Kevin aufpassen«, meinte Alan begütigend. »Sie braucht nicht beim Zaunbau zu helfen, wenn sie nicht will.«

Viola wusste nicht recht, warum sie sich überhaupt auf die ganze Sache einließ. Inzwischen war sie entschlossen, bald abzureisen. Eigentlich brauchte sie sich bei Ainné nicht mehr einzuschmeicheln. Auch machte es ihr nach wie vor keinen besonderen Spaß, sich um das Baby zu kümmern. Aber Kevin war ihr Bruder – und Ainné plante offensichtlich, seinen Kinderwagen in einem ganzen Nest von Kelpies zu parken! Viola würde sich besser fühlen, wenn jemand in seiner Nähe war, der die Gefahr kannte. Auch wenn sie für Babys angeblich nicht sehr groß waren. Die Amhralough waren bestimmt ausgehungert nach bacha. Lahia würde nehmen, was sie kriegen konnte.

Deshalb steckte Viola auch die kleine Kette mit dem Amethysten ein, als sie am nächsten Freitagnachmittag loszogen, um das Holz zum See zu bringen. Bill hatte sich für den Platz unterhalb der im letzten Jahr eingezäunten Koppel entschieden. Er wollte seine eigenen Pferde dort weiden lassen, um die Wildpferde anzulocken. Viola hätte ihm sagen können, dass dies auf Lahia und die Ihren keinerlei Einfluss haben würde. Aber die Präsenz der Menschen am Ufer zog die Kelpies zweifellos an. Fragte sich nur, welche Strategie sie verfolgten. Würden sie sich tatsächlich einsperren lassen? In der Hoffnung, dass sich dann jemand in Wildwestmanier daran versuchte, sie zu zähmen? Ein Halfter würden sie sich nicht überwerfen lassen. Aber was wäre mit einem Lasso? Sie hatte vergessen, Ahi zu fragen, ob das zählte. – Viola ertappte sich dabei, dass sie sich fast so viele Sorgen um die Kelpies machte wie um ihre Freunde und ihre Familie. Und natürlich besonders um Ahi.

An diesem Tag fand aber sowieso noch keine Pferdejagd statt, sondern nur die schon bekannte Plackerei des Zaunbaus. Natürlich wurde Viola doch einbezogen. Schließlich war es keine Vollzeitbeschäftigung, den meist schlafenden Kevin zu beaufsichtigen. Also half sie Patrick und Shawna beim Einsetzen von Zaunpfosten und hörte sich ihre alten Streitereien an. Patrick wurde für seine Mitarbeit ordentlich bezahlt. Shawna bekam wie üblich keinen Cent, was Patrick ihr immer wieder vorhielt. »Und wehe, du setzt dich dann noch auf einen dieser wilden Gäule! Ich warne dich, Shawna, dann spreche ich nie wieder ein Wort mit dir!«

»Ich auch nicht!«, rutschte es Viola heraus. »Das heißt, ich … ich pass da auf sie auf, Patrick! Ich lass nicht zu, dass sie sich in Gefahr bringt.«

Shawna lächelte. »Ihr seid irgendwie süß, ihr zwei«, bemerkte sie dann und war mutig genug, Patrick ein winziges Küsschen auf die Wange zu drücken.

Sie arbeiteten am Freitag bis zum Dunkelwerden, danach lud Patrick Shawna und Viola zuerst ins *Burger*, dann in den Pub ein. Das fand Viola nun wieder rührend. Bestimmt wären Patrick und Shawna lieber allein gewesen, mochten sie aber nicht bei Ainné und Bill hängen lassen. Die O'Kelleys waren aufgekratzt, freuten sich auf die Jagd und unterhielten ihre Helfer schon den ganzen Tag lang mit haarsträubenden Geschichten über Wildpferdefang. Sollte Alan sich das anhören, der hatte schließlich in diese Familie hineingeheiratet!

Viola hatte es inzwischen aufgegeben, herauszufinden, was er an Ainné fand, aber sie brachte seiner blinden Verliebtheit mehr Toleranz entgegen. Ainné mochte der restlichen Welt wie eine Hexe erscheinen, aber für Alan war sie offenbar die Erfüllung all seiner Träume. Viola zwang sich, das gelassen zu sehen. Sie selbst hatte schließlich ein Kelpie geliebt. Hatte geliebt? Für die Vergangenheitsform schlug ihr Herz eigentlich zu heftig.

Schließlich fuhr Patrick sie nach Hause und zeigte fasziniert zum See, als sie das Bootshaus passierten. »Guck mal … da sind die Pferde … Tatsächlich, die gleichen wie im Sommer – und noch ein paar mehr. Aber das sind keine Gebirgsponys …« Patrick flüsterte, als könnte er die Pferde vertreiben.

Viola starrte angestrengt ins Mondlicht. Vier Pferde, alles Schimmel in verschiedenen Schattierungen. Sie meinte, Ahis beagnama unter ihnen zu erkennen, und zitterte. Sie musste sich zusammennehmen. Patrick durfte nicht merken, wie sehr der Anblick sie erregte. Schließlich hatte sie sich bisher nie für Pferde interessiert. »Shawna meint, sie wären teilweise recht zahm«, sagte Viola und zwang sich zur Ruhe. Sie hatten Shawna am Lovely View abgesetzt, aber Patrick wohnte wieder in Ahis Wohnwagen. »Womöglich sind sie irgendwo entlaufen. Bill sollte das herausfinden, bevor er sie mit zum Markt nimmt.«

Patrick lachte. »Bill handelt mit Pferden, Viola! Wenn eins von den Viechern da ein Namensschildchen trägt, dann ist er der Erste, der es abreißt! Hilfst du mir gerade noch mit den Sachen, Vio?«

Patrick hatte ein ganzes Sammelsurium an Kabeln und Geräten mitgebracht, um seinen Wohnwagen vielleicht doch mal an die Elektrizitätsversorgung anzuschließen. Außerdem hatte er sich in Roundwood mit Lebensmitteln eingedeckt. Viola half ihm, das Zeug in den Wohnwagen zu schleppen. Dabei sah sie Ahis Bilder an den Wänden und das Herz tat ihr weh.

»Hörst du noch was von deinem komischen – hm – Dänen?«, erkundigte sich Patrick.

Viola schluckte. »Nein. Nichts mehr. Es ist … es ist aus …«

Patrick strich ihr tröstend über die Schulter. »Tut mir leid«, meinte er freundlich. »Aber andererseits war ich auch erleichtert, als Shawna es mir gesagt hat. Ich weiß, du warst total verliebt in ihn, aber irgendwas stimmte nicht mit dem Typen …«

»Ali hat mir nie was getan!«, sagte Viola patzig.

Patrick nickte. »Ich weiß. Shawna hat ihn auch gern gehabt. Aber trotzdem – es ist einfach besser, dass er weg ist!«

Du wirst ihn morgen jagen, dachte Viola.

21

Bill O'Kelley und seine mehr oder weniger freiwilligen Helfer brauchten noch den halben Samstag, um den Corral fertigzustellen. Dann aber stand die Falle versteckt zwischen den Bäumen im Wäldchen. Die Pferde würden den Zaun kaum sehen, vor allem, da sie aus dem Sonnenlicht in den Schatten der Bäume treten würden. Das Wetter meinte es an diesem Frühlingswochenende nämlich außerordentlich gut mit Bill: Es war den ganzen Tag sonnig und Ainné schleppte Kevin folglich wieder im Kinderwagen mit. Viola passte erneut auf ihn auf und begann dabei fast, ihn zu mögen. Wenn er gerade nicht schrie, war er ein niedlicher kleiner Kerl. Jetzt rekelte er sich vergnügt und schaute seiner Schwester zu, die ungeschickt mit Hammer und Nägeln hantierte.

»Nimm dir bloß kein Beispiel!«, warnte ihn Viola. »So wie ich macht man es eigentlich nicht. Aber ich zeig dir gern mal was am Computer ...«

»Warten wir jetzt erst mal ab oder versuchen wir gleich, die Pferde einzutreiben?«, fragte Ainné in die Runde, als der Zaun glücklich stand. Der Plan sah vor, die Pferde langsam mithilfe möglichst vieler Personen einzukreisen und damit auf den Weg Richtung Wäldchen zu treiben.

»Der Trick ist, dass sie dabei nicht ins Rennen kommen«, schärfte Bill seinen Treibern ein. »Wenn sie in Panik geraten, durchbrechen sie schnell mal die Linien der Treiber – und besonders unsere unsicheren Kandidaten hier …«, feixend blickte er zu Viola und ihrem Vater, »lassen sie dann garantiert durch …«

Viola dachte im Stillen, dass wohl kaum einer so verrückt sein konnte, sich einem in Panik fliehenden Pferd in den Weg zu stellen. Geschweige denn einem Kelpie. Aber sie bezweifelte sowieso, dass sich Lahia, Ahlaya und Co. allzu schnell in Panik versetzen ließen. Ganz sicher nicht durch einen Holzzaun. Der Corral mochte für ein Pferd kaum zu überwinden sein. Aber wenn sich die Kelpies zurückverwandelten, konnten sie mühelos entkommen. Wenn sie überhaupt auf die Sache hereinfielen.

Shawna und Patrick waren dafür, die Pferdejagd erst am Sonntagmorgen anzugehen – zumal im Moment auch noch kein wilder Vierbeiner in Sicht war. Viola und ihr Vater schlossen sich ihnen an, wobei Viola hoffte, dann gar nicht erst mitkommen zu müssen. In den frühen Morgenstunden pflegte Kevin den Schlaf nachzuholen, den er der Familie nachts raubte. Ainné würde ihn garantiert nicht wecken und Viola konnte zu Hause auf ihn aufpassen.

Bill schüttelte jedoch den Kopf. »Wir gehen jetzt erst mal Kaffee trinken«, verkündete er. »Aber in der Dämmerung legen wir los. Dann sind die Biester doch meistens da, was sollen wir bis morgen früh warten? Außerdem kommen noch Helfer: Paddy Malone mit seinen Jungs …«

Shawna unterdrückte ein Stöhnen, und selbst Ainnés Gesicht drückte keine Begeisterung aus. »Dann wird ja wohl mehr gesoffen als Pferde getrieben …«, bemerkte sie.

Bill grinste. »Erst das eine, dann das andere«, erklärte er und sammelte Werkzeug ein. »Und nun macht, solange wir alle hier rumstehen, tauchen die Gäule nicht auf.«

»Paddy Malone ist der übelste Pferdehändler der ganzen Gegend«, erregte sich Shawna. Sie hatte Patrick und Viola unter einem Vorwand ins Bootshaus gelockt, während Ainné, Bill und Alan zum Haus gingen. »Und seine Söhne sind ein Brechmittel! Wenn du willst, kannst du bei mir schlafen, Vio, nicht, dass die Mistkerle noch über dich herfallen, wenn sie richtig voll sind. Ich konnte mich beim letzten Mal kaum wehren, als Bill die Typen anschleppte. Und jedes Mal wird wieder ein Pferd gekauft oder verkauft oder getauscht, und kein Mensch weiß, wo es hinterher landet. Die armen Wildpferde! Ich möchte am liebsten gar nicht mehr mitmachen ...«

Patrick zuckte die Schultern. »Von uns aus musst du nicht bleiben. Fahr nach Hause, und wir sagen, dir wäre schlecht geworden.«

Shawna biss auf ihrer Lippe herum. Viola konnte sich vorstellen, wie es in ihr aussah. Einerseits war ihr der Pferdefang zuwider, andererseits wollte sie das Spektakel aber auch nicht verpassen. Außerdem war Patrick da – und Shawna sah ihn zu selten, um sich jetzt zurückzuziehen. Mal ganz abgesehen davon, was sie am Montag womöglich von Bill und Ainné zu hören bekam.

»Ich weiß nicht ... ich ...« Shawna druckste herum und wurde dabei rot.

»Vielleicht kommen die Pferde ja gar nicht«, bemerkte Viola. »Ich meine ... du sagst doch immer, dass Pferde intelligent sind. Und den Kel … den Ponys kann kaum entgangen sein, dass wir da zwei Tage gehämmert haben. Jedenfalls ist absolut nicht sicher, dass sie Bill ins Netz gehen!«

Patrick zog die Augenbrauen hoch. »Hoffen wir mal das Beste«, meinte er. »Aber was solche Sachen angeht, hat der alte Bill was drauf. Es stimmt, dass er früher Pferde in den Bergen gefangen hat, als es noch mehr davon gab. Mein Vater hat das bestätigt. Das hier macht Bill nicht zum ersten Mal – das könnt ihr glauben.«

Shawna seufzte und verzog sich dann mit Patrick in den Wohnwagen. Viola hätte sich am liebsten angeschlossen, aber bestimmt würde sie stören. Mit leisem Neid dachte sie an die Stunden, die sie mit Ahi in dem Caravan verbracht hatte. Sie hatten angeschmiegt aneinandergelegen und den Melodien des Tages oder der Nacht gelauscht. Für den Sänger des Sees verschmolz jeder Alltagston – das Rauschen des Windes in den Bäumen, der Gesang der Vögel, das Plätschern des Baches und selbst Ainnés zänkische Stimme, die nach Alan oder Viola rief – zu einem Lied, und verbunden mit Ahi hatte Viola daran teilgehabt. Shawna und Patrick küssten sich jetzt wohl eher zu den sanften Klängen einer Kuschelrock-CD. Viola versuchte, sich damit zu trösten, dass dies nicht vergleichbar war. Aber dafür war es betörend normal. Sie hätte alles dafür gegeben, noch einmal von Ahi umarmt und geküsst zu werden – zu welcher Musik auch immer!

Schließlich wandte sie sich widerstrebend zum Haus, vor dem inzwischen ein großer und sicher teurer Geländewagen parkte. Mit Pferdehandel schien man durchaus Geld zu verdienen. Viola war jetzt fast etwas gespannt auf Paddy Malone, aber als sie eintrat, brauchte sie nur ins Gesicht ihres Vaters zu sehen, um Shawnas Einschätzung bestätigt zu finden. Alan brachte eben eine Kanne Kaffee aus der Küche in den Wohnraum, aus dem laute Stimmen in breitestem irischen Dialekt drangen. Viola verstand nicht alles, was da gesprochen wurde, aber die Neugierde verging ihr auch gleich, als sie die Besucher ansah. Paddy Malone war rotgesichtig und vierschrötig, ähnlich wie sein Freund Bill, aber deutlich jünger und größer, ein Bär von einem Mann. Allerdings ein Bär mit Bierbauch. Seine Söhne – offenbar Zwillinge – waren ebenso breit und riesig, aber noch nicht gar so fett. Dennoch wirkten ihre Gesichter bereits feist und die runde Form ihrer Köpfe wurde noch dadurch betont, dass sie ihr rotes Haar stoppelkurz rasiert trugen. Die irische Variante des Skinheads, wozu auch die schweren Stiefel passten. Lederkluft trugen die vielleicht siebzehn oder achtzehn Jahre alten Jungen allerdings nicht. Dafür Jeans und weite, abgetragene Hemden.

Beide grinsten anzüglich, als Viola in den Raum trat, und sie überprüfte unwillkürlich, ob ihr Rollkragenpullover nicht vielleicht heruntergerutscht war oder sich unversehens aufgelöst hatte. Die Kerle stierten sie an, als sei sie halb nackt! Viola wünschte sich weite Trainingshosen statt ihrer engen Jeans – oder noch besser eine Burka!

Einer der Zwillinge leckte sich die Lippen. Sprechen schienen sie nicht zu können, das übernahm der Vater. »He, ist das die Stiefenkelin, Bill? Alle Achtung, die hätt ich mir auch ins Haus genommen! Da wird man wieder jung, was Alter!«

Paddy Malone lachte dröhnend und schlug sich auf die Schenkel, als habe er den Witz des Jahres gerissen. »Gib mir darauf 'n Schnaps, Billy. Aber nich' für euch, Jungs, wenn ihr bei der Lady landen wollt, müsst ihr noch 'n bisschen nüchtern bleiben.« Er wandte sich an seine Sprösslinge, die inzwischen ebenso gierig auf die Whiskeyflasche wie auf Viola starrten.

»Ich … muss, glaub ich, grad mit dem Hund raus …«, murmelte Viola und machte ein paar Schritte rückwärts. Wer wusste, was die Typen taten, wenn man ihnen den Rücken zudrehte? Verglichen mit den Malone-Zwillingen erschienen Viola selbst Hank und Mike wie sensible Gentlemen …

Guinness war zum Glück immer für eine Ausrede gut und fand gar nichts dabei, nach dem halben Tag draußen noch mal auf Tour zu gehen. Viola verzog sich mit ihm in den Laden und stibitzte eine Packung Kekse und eine Flasche Cola. Nach dem arbeitsreichen Tag war sie hungrig und dachte unglücklich an den Kartoffelsalat, den sie gestern in weiser Voraussicht zubereitet hatte, um nach der Arbeit etwas Genießbares zwischen die Zähne zu bekommen. Der würde jetzt in den Mägen von Paddy und seinen Horrorsöhnen landen …

Guinness stupste sie, woraufhin sie die Kekse bereitwillig mit ihm teilte. Ob sie einfach hierblieb? Es gab reichlich Zeitschriften im Laden und sogar ein paar Taschenbücher – sie würde sich nicht langweilen. Aber irgendwie ging es Viola wie Shawna. Sie mochte das Spektakel verabscheuen, aber sie würde es sich auch um keinen Preis der Welt entgehen lassen! Zumal sie wusste, mit wem Bill und seine Freunde sich hier anlegten. Etwas lag in der Luft – auch wenn Viola es nicht benennen konnte.

Tatsächlich gestaltete sich das Einfangen der Wildpferde dann erstaunlich unspektakulär. Die Herde stand auf dem Grasland am See wie fast jeden Abend – und Viola erkannte mit eisigem Schrecken den grauen Hengst, der hier in einer Gruppe mit drei Stuten zu weiden schien.

»Den hab ich schon mal gestreichelt«, wisperte Shawna. »Der ist ganz zahm!«

Bill warf ihr einen mahnenden Blick zu. Er hatte seine Helfer vorher genau instruiert: Während des Treibens sollte möglichst kein Krach gemacht werden, um die Tiere nicht in Panik zu versetzen. Es reichte dann wirklich aus, dass sich die Menschen erhoben, nachdem sie sich im Halbkreis im Schilf angeschlichen hatten. Die Pferde schauten alarmiert auf, als sie der Bewegung gewahr wurden, und zogen sich vorsichtig zurück. Wie geplant in Richtung der Koppel. Dabei näherten sich ihnen die Menschen schrittweise. Der Plan sah vor, dass der Abstand zwischen den Treibern geringer wurde, je näher die Tiere dem Corral kamen.

Viola ließ sich jetzt allerdings zurückfallen. Sie war sowieso nicht Teil des Kessels gewesen, schließlich schob sie wieder den Kinderwagen. Kevin war wach und regte sich vergnügt. Für Viola eine gute Ausrede, dem Kessel und den Kelpies fernzubleiben. Dabei schwankte sie nach wie vor zwischen dem Wunsch nach Flucht und dem dringenden Bedürfnis, das Treiben zu beobachten. Schließlich konnte Viola sich nicht mehr bezähmen. Auch aus der Distanz musste etwas zu sehen sein – sie brauchte nur einen Aussichtspunkt. Viola sah sich um. Gleich rechts von ihr gab es eine Anhöhe, beherrscht von einem gewaltigen Findling. Von da aus müssten Wäldchen und Koppeln einzusehen sein. Allerdings konnte sie den Kinderwagen nicht hinaufschieben. Viola warf einen prüfenden Blick auf Kevin, der friedlich mit einem Beißring spielte. Bestimmt blieb er noch fünf Minuten ruhig. Sie war ja gleich zurück ...

Viola versicherte dem Baby, dass sie alles im Griff hätte, versetzte die Kette mit bunten Bärchen noch mal in Schwingungen und lief dann den Abhang hinauf. Tatsächlich war die Höhe fast ausreichend, um über Schilf und Wiesen hinwegzublicken, und als sie dann noch den Findling erstieg, war die Sicht hervorragend. Viola erkannte die Koppel mit Bills Ponys – und sah die vier fremden Pferde daran vorbeiziehen. Sie wanderten mit erhobenen Köpfen und alarmiert aufgestellten Ohren. Besonders Ahis beagnama zeigte lebhaftes Ohrenspiel und trabte auch manchmal an, aber von Panik waren die vorgeblichen Pferde weit entfernt.

Viola fragte sich, ob die Sonne sie wirklich so sehr blendete, dass sie den Corral nicht bemerkten. Gut, auch Kelpies waren nicht unfehlbar, Ahi hatte schließlich schon einmal einen Zaun übersehen. Aber diesmal war ihnen die Bautätigkeit sicher nicht entgangen. Was also bezweckten sie damit, jetzt im Gänsemarsch gelassen in die Falle zu gehen? Neben Lahias schiefergrauem beagnama erkannte Viola die sahnefarbene Ahlaya und die leuchtend helle Liaya.

Sie beobachtete fasziniert, wie zunächst die Stuten, dann der Hengst den Corral betraten. Bill hatte dort Heu und Hafer ausgelegt, und die Kelpies taten zumindest so, als ob sie sich dafür interessierten.

Bill machte Paddy und Ainné gerade hektische Zeichen. Die erfahrenen Jäger begannen, das breite Tor zu schließen.

Viola konnte den Blick kaum von Ahi wenden, der jetzt scheinbar verwirrt zum Tor des Corrals blickte und sich dann auf der Hinterhand herumwarf. Die Kelpies begannen, wild im Corral zu galoppieren wie Pferde – die Menschen sahen vom Rand aus triumphierend und sicher auch beeindruckt zu. Aber Viola wollte sich gar nicht vorstellen, dass dieses Pferd dort unten Ahi war.

Sie wandte sich ab. Sie musste herunterklettern und sich um Kevin kümmern. Als ihr Blick jedoch den Kinderwagen streifte, erfasste sie eisiger Schrecken. Neben der Sportkarre stand ein Pferd. Eine schneeweiße Stute, deren lange Mähne weit über ihren Hals herabhing. Kevin griff gerade nach einer der Strähnen.

Viola hangelte sich von ihrem Findling. Sie rannte den Hügel hinunter – und erkannte zu ihrem Entsetzen, wie sich Kevins kleine Faust um das seidige Haar des Kelpies schloss.

Aber er konnte sich nicht auf dessen Rücken ziehen! Das war unmöglich … Viola versuchte, sich zu beruhigen, während sie den steinigen Weg herabrannte.

»Lass ihn!« Sie rief, aber das Kelpie reagierte nicht. Und dann verschwamm das Bild der Stute. Stattdessen erschienen die Umrisse einer alten Frau. Ahlanija. Sie schien sanft auf Kevin einzureden und griff nach ihm …

»Untersteh dich, ihn anzufassen!«, keuchte Viola. Sie war jetzt wieder auf dem Weg und erreichte den Wagen, während die greise Amhralough ihren Bruder an die Brust drückte. Das Baby gluckste zufrieden. Es hielt immer noch eine Strähne ihres langen, weißen Haares.

»Gib ihn augenblicklich zurück!« Viola blitzte sie an. »Das ist gegen die Regeln. Er kann noch gar nicht reiten!«

Ahlanija lachte. »Aber er fasst schon recht sicher zu ...«, bemerkte sie und machte keine Anstalten, Kevins Finger zu lösen.

»Ach, neuerdings ist also ein Baby in der Lage, Pferde zu stehlen?«, schleuderte Viola ihr entgegen. »Ist das eure Vorstellung von ›Wir machen immer nur ein Angebot‹?«

Ahlanija schüttelte lächelnd den Kopf. »Sieh an, das Menschenkind!«, bemerkte sie. »Das nicht mit uns singen wollte, aber auch nicht stark genug war, einen der unseren zu binden. Und nun willst du ein paar Pferde fangen ...«

»Ich will meinen Bruder zurück!«, schrie Viola. »Ich bin nicht mehr mit Ahi zusammen, lasst mich in Ruhe!«

Die alte Amhralough seufzte. »Ach, und wie gern hättest du Ahi zurück ...«, sang ihre spöttische Stimme. »Und er verzehrt sich nach dir. Eine traurige Geschichte ... etwas, über das selbst die Menschen Lieder dichten würden.«

»Und wenn schon!« Viola überlegte, ob es ihr gelingen konnte, Ahlanija das Baby zu entreißen. Aber dazu musste sie die Alte erst in Sicherheit wiegen. »Ich will nichts mehr von ihm – von euch. Vielleicht ... vielleicht hätte ich es mir ja überlegen können. Aber ... aber wenn ihr Kinder raubt ...«

Ahlanija lächelte wieder und ihr Ausdruck wurde sanfter. »Ich sagte ja, du hast ihn nicht vergessen. Du träumst von unseren Liedern, Menschenkind. Warum versuchst du es nicht noch einmal? Warum kommst du nicht und singst mit uns? Bald, bald, wenn wir wieder Kraft haben – wenn bacha zwischen uns ist …«

»Man könnte auch Blut sagen!«, ereiferte sich Viola und vergaß die Beschwichtigungstaktik. »Was bildest du dir ein, mich sozusagen zum Schlachtfest einzuladen? Und das Opfer ist mein eigener Bruder!«

Ahlanija winkte ab. »Nun reg dich nicht auf, Menschenkind!« Sie streichelte über Kevins weiches Babyhaar, schob ihren langen, blassen Finger in seine Faust, summte ein seltsames Lied und veranlasste das Kind damit, ihr Haar ohne jedes Geschrei loszulassen. »Ich hätte deinem Bruder nichts getan – auch dann nicht, wenn er keinen Schutzstein trüge …« Sie spielte sanft mit dem Amethyst an Kevins Hals.

Viola stieß erleichtert die Luft aus. Natürlich, sie hatte dem Kind den Stein am Morgen umgelegt. Nur um ganz sicherzugehen. Und jetzt rettete er Kevin vielleicht das Leben. Aber andererseits: Ahlanijas Worte klangen nicht wie eine Lüge.

»Ich wollte nur wieder einmal so ein kleines Wesen im Arm haben«, flüsterte die alte Amhralough. »Eine so unschuldige Seele berühren … Viel bacha haben die kleinen Dinger ohnehin nicht. Aber nama … oh ja! Und sie riechen süß und ich liebe ihr Lächeln … es ist so lange her, dass die Amhralough ein Kind hatten … so lange her …« Ahlanija küsste Kevin auf die Stirn und legte ihn dann vorsichtig in seinen Wagen zurück.

»Versuch es doch noch einmal mit uns, Menschenkind!«, bat sie Viola. Es klang fast flehend. »Du bist jung, du bist stark. Ahi liebt dich. Lahia wird er niemals lieben, er hat ja Angst vor ihr. Und dann wird es niemals wieder ein Kind geben. Aber mit dir …«

Viola starrte sie an. Es war unglaublich, die Alte wollte sie als eine Art Zuchtstute! Aber gleich darauf spürte sie, dass Ahlanija es nicht böse meinte. Die alte Amhralough öffnete ihr ihre Seele und teilte ihre Gedanken. Sie wollte Viola nicht benutzen, sie wollte mit ihr singen. Ahlanija bot ihr die Harmonie der Amhralough und Ahis Liebe. Aber sie forderte ihre Seele. Wenn sie mit den Amhralough leben wollte, musste sie hinunter in den See gehen. Sich im Takt der Wasserpflanzen wiegen, mit den Amhralough singen und ihnen irgendwann ein Kind gebären. Ein Wesen, das sich dann mit einer Kleinen Seele aus den Bergen verband …

Einen Augenblick lang erschien Viola die Aussicht verlockend. Ohne Sorgen, ohne Angst leben, nur Liebe und Harmonie…

Aber dann entwand sie sich der geistigen Berührung der alten Amhralough. Viola dachte an das ständige Halbdunkel im See, die Musik, die ihr bei aller Schönheit fremd blieb. Und ein Kind, das töten musste, um zu leben. Viola schüttelte den Kopf. »Das kann ich nicht!«, flüsterte sie in plötzlicher, verzweifelter Erkenntnis. »Ich kann es nicht. Dafür … dafür liebe ich ihn nicht genug …«

Viola senkte den Kopf über Kevins Wagen, als müsste sie seine Decke richten. Sie sah nicht, wie Ahlanija verschwand. Während ihrer Verschmelzung mit ihrer Seele hatte die Zeit scheinbar stillgestanden, aber jetzt hörte sie wieder die Stimmen der Jäger und ihr triumphierendes Gelächter nach dem gelungenen Coup. Zudem vernahm sie Huftritte. Die Kelpies rannten im Corral herum wie aufgeschreckte Pferde. Aber sie waren nicht verängstigt. Sie waren gierig nach Kraft …

Bill und seine Helfer zogen sich bald darauf ins Haus zurück, um ihren Fang zu begießen. Viola schloss sich Patrick und Shawna an. Sie würden irgendwo etwas essen – aber nicht wieder im *Roundwood Burger* oder im Pub! Alle drei hatten das Bedürfnis, das Dorf und seine Bewohner heute hinter sich zu lassen.

»Ich muss da mal raus!«, fasste es Shawna in Worte und Viola nickte dazu. Sie fühlte sich immer noch blass und zitterig nach der Begegnung mit Ahlanija, aber die anderen machten keine Bemerkungen darüber. Schließlich ging es ihnen selbst nicht gut – auch Patrick war nicht stolz darauf, die Pferde gefangen zu haben.

»Ich kenn einen guten Inder«, sagte er. »In Enniskerry. Fahren wir dahin und vergessen wir das Ganze.«

Shawna bekam die Pferde allerdings nicht so leicht aus dem Kopf. Sie bat Patrick, auf dem Weg nach Enniskerry noch einmal nach ihnen zu sehen, woraufhin er das Auto widerstrebend zum See lenkte.

Die Kelpies hatten sich inzwischen beruhigt. Zum Teil fraßen sie Gras, zum Teil blickten sie zum See hinunter. Der graue Hengst richtete den Blick auf sie. Viola senkte die Augen.

»Sie sind wunderschön!«, flüsterte Shawna andächtig und bewunderte die Silhouetten der Pferde in der Dämmerung.

Patrick zog die Augenbrauen hoch. »Schön?«, fragte er. »Also mir jagen sie kalte Schauer über den Rücken. Hast du ihre Augen gesehen? Wie sie einen fixieren? Unheimlich!«

»Der Hengst guckt irgendwie traurig …«, meinte Shawna.

Viola hatte das Gefühl, unter Ahis Blick im Boden versinken zu müssen. Ob er sie für das hier verantwortlich machte? Aber verdammt, warum hatten sie sich fangen lassen und warum blieben sie hier?

»Sie … dürften doch keine blauen Augen haben, oder?«, fragte sie, nur um etwas zu sagen. Warum konnten sie nicht weiterfahren? Viola hoffte, dass der Spuk morgen vorbei wäre. Wenn es ganz dunkel war, würden sich Ahi und die anderen zurückverwandeln und verschwinden.

»Doch, sie …« Das war Shawna, die zu einem Vortrag ansetzte.

Aber Patrick fiel ihr ins Wort. »Sie sind Cremellos, ich weiß, hast du mir schon mal erzählt. Aber es stimmt nicht. Ich hab's gegoogelt. Wenn sie Cremellos wären, müssten sie cremeweiß sein. Aber guck dir den Hengst an: Der ist grau. Und die eine Stute ist noch dunkler. Das sind keine Cremellos und es sind auch keine Ponys aus den Bergen …«

»Aber was sind sie dann?«, fragte Shawna mit nervösem Lachen.

Patrick zuckte die Schultern. »Ich weiß es nicht. Und ehrlich gesagt möchte ich es auch gar nicht herausfinden. Fahren wir jetzt endlich? Ich möchte eine heilige Kuh essen oder was es sonst beim Inder gibt …«

22

Die Kelpies waren am nächsten Tag nicht verschwunden, sondern standen nach wie vor in ihrem Corral. Viola und Shawna checkten das auf dem Weg vom Lovely View zum Campingplatz. Der Gedanke an die eingesperrten Tiere hatte beiden aus sehr unterschiedlichen Gründen den Schlaf geraubt …

Dabei hatten sie und Patrick es am Abend vorher ganz erfolgreich geschafft, den Pferdefang zu verdrängen. Das indische Restaurant war mit Kissen, exotischen Lampen und Tüchern bunt und stimmungsvoll dekoriert, es gab Platten mit ungewöhnlichen Vorspeisen und eine große Auswahl vegetarischer Gerichte für Shawna. Auf mehr oder weniger heilige Kühe musste Patrick natürlich verzichten, dafür entschied er sich für ein extrascharfes Curry und spuckte anschließend Feuer. Die Mädchen lachten ihn genüsslich aus, und dann sprachen sie über Dublin, Patricks Studium und Shawnas Pläne, Roundwood so bald wie möglich zu verlassen. Auch Viola kam mit Berufsideen heraus. Auf jeden Fall etwas mit Computern. Und auf keinen Fall eine Musikerlaufbahn tief unten in einem irischen See! Weit weg vom Lough Dan entspannte Viola sich zusehends. Dies hier – das leckere Essen, das Herumalbern mit Freunden und das Gespräch über ganz normale Dinge – war die Wirklichkeit! Ihr

Zusammensein mit Ahi war dagegen ein Traum – wunderschön, aber in Wahrheit unheimlich und gefährlich. Viola sah ihre Situation klarer und begann fast, sich auf die Rückkehr nach Deutschland zu freuen. Was auch immer sie fühlte, ein Leben mit Ahi war keine Alternative!

Die Nacht hatte sie dann tatsächlich bei Shawna verbracht – und gehofft, dass Ainné nicht auf die Idee gekommen war, Bills unangenehmen Besuch in ihrem Zimmer einzuquartieren. Allein der Gedanke, dass die Zwillinge in ihrem Bett schliefen und wie es anschließend nach Rauch und Bier stinken würde …

Viola war froh, dass auch Shawna am Sonntagmorgen ausschlief. Danach buken sie Croissants auf und packten sie mit anderen leckeren Sachen für ein Frühstück zusammen. Wieder mal tuckerten sie gemeinsam auf dem Moped den Berg hinunter, um Patrick mit dem frischen Gebäck zu überraschen.

Shawna schaffte das allerdings nicht, ohne bei den Pferden vorbeizuschauen, und obwohl Viola gar nicht einverstanden war, ging sie nah an den Zaun und lockte die Tiere mit Brot. Zu ihrer Begeisterung kamen sie tatsächlich heran.

»Sie sind zahm, Vio!«, jubelte Shawna. »Ich hab das ja gleich gesagt! Und nachher fahre ich zu Dr. Simmons und hole mir das Lesegerät für Mikrochips. Vielleicht sind sie ja doch gekennzeichnet – und dann gucken Bill und Paddy in die Röhre!«

Viola interessierte sich mehr für die gespannten Blicke, die die Kelpies auf den See richteten. Während Shawna die »Pferde« streichelte, schaute Viola angestrengt in Richtung des Wassers, über dem sich noch Nebelschwaden hielten. Täuschte sie sich oder trat da ein Pferd aus dem Dunst?

»Was hat er denn jetzt auf einmal?« Shawna blickte verwundert auf den grauen Hengst, der plötzlich alarmiert die Ohren aufstellte, scharrte und wieherte. Für Viola klang es wie eine Warnung.

Und dann verschwand auch der Schemen des Pferdes am See.

Violas ungutes Gefühl verstärkte sich.

»Was habt ihr vor?« Sie formulierte den Gedanken und versuchte, ihn an Ahi zu senden, aber die Verbindung war nach wie vor gekappt.

»Jetzt regen sie sich wieder auf ...«, wunderte sich Shawna, aber für Viola erklärte sich das Verhalten der Kelpies anders. Sie schienen verärgert zu sein. Und ihre Wut richtete sich auf Ahi. Er hatte irgendetwas verhindert ... Viola beschloss, dass Shawna hier wegmusste. So schnell wie möglich.

»Jetzt komm, Shawna!«, rief sie. »Wenn Patrick aufwacht und Hunger hat, geht er womöglich ins Haus, und dann müssen wir mit Paddy Malone und den Schrecklichen Zwei frühstücken. Oder er wandert hoch zum Lovely View und wir verpassen ihn. Die Pferde kannst du auch hinterher noch anschauen.«

Shawna sah das ein und kurz darauf hockten sie in Patricks Wohnwagen und packten ihren Korb aus. Patrick kochte einen starken Kaffee dazu und die drei hatten wieder mal Spaß. Auch Guinness hatte sich eingefunden und zog die Ich-bin-ein-verhungernder-Hund-Show ab. Im Haus hatte man ihn wohl nicht gefüttert, sondern einfach vor die Tür geschickt.

»Mit Bill und Co. ist vor Mittag nicht zu rechnen«, meinte auch Patrick. »Als ich nach Hause kam, waren die noch am Feiern – ich frag mich bloß, was sie mit dem Baby gemacht haben. Das konnten sie ja kaum mit Whiskey abfüllen …«

Die Frage klärte sich gleich, als die drei nach dem Frühstück zu einem Spaziergang mit Guinness aufbrachen. Patrick und Viola verdrehten die Augen, als Shawna das vorschlug. Schließlich lag die Route wohl fest … Aber andererseits gab es auch kaum etwas anderes, was man hier am Sonntagmorgen unternehmen konnte – außer vielleicht einer Kanutour. Viola wollte jedoch auf keinen Fall auf den See. Seit sie bei jenem Sturm fast ertrunken war, jagte das Wasser ihr Angst ein.

Guinness freute sich, als die Freunde den Wohnwagen hinter sich schlossen – und begrüßte gleich darauf Violas Vater, der seinen Sohn im Kinderwagen vor sich herschob. Richtung See, Kevin sah gern beim Entenfüttern zu.

»Ich musste da mal raus!«, erklärte Violas Dad etwas verlegen. »Die vier Kerle schnarchen das ganze Haus zusammen! Keine Ahnung, wie lange sie gestern gefeiert haben, ich bin um elf mit Kevin ins Bett gegangen.« Er zwinkerte. »Mein Gälisch ist nämlich, ehrlich gesagt, auch nicht das Beste. Ich hab von der Unterhaltung nur die Hälfte verstanden. Ainné ist noch geblieben, aber sie war nicht betrunken. Jetzt ist sie reiten …«

»Reiten?«, fragte Shawna verblüfft. »So früh morgens?«

»So früh ist es nun auch nicht mehr, es ist Viertel nach elf«, bemerkte Patrick.

»Und sie wollte wohl ihre Stute noch mal reiten – morgen geht sie weg. Sie tauscht sie gegen ein Pferd von diesem Paddy …« Alan klang gleichgültig, entfesselte bei Shawna allerdings einen Sturm.

»Sie macht was? Sie tauscht Gracie ein? Sie ist … sie ist …« Shawna nahm sich im letzten Moment zusammen. Ihre Meinung über Ainné McNamara war nun wirklich nicht für Alans Ohren bestimmt. »Kann man sie da nicht noch umstimmen? Oh, Mann, Gracie ist so ein wundervolles Pferd …«

Shawna lamentierte pausenlos, während sie am Ufer entlang in Richtung Corral schlenderten. Aber auch Violas Nervosität stieg, je näher sie den Kelpies kamen. Ainné musste zur Koppel, um Gracie zu holen. Würden sich stattdessen die Kelpies als Reitpferde anbieten? Aber sie konnten Ainné unmöglich täuschen! Woher sollten Sattel und Zaumzeuge bei den Wildlingen kommen? Viola wäre am liebsten gerannt. Es fiel ihr schwer, ihren Schritt Alans langsamem Gang mit dem Kinderwagen anzupassen.

Als sie sich dann endlich der Koppel näherten, stand die Stute Gracie am Zaun angebunden. Ainné befand sich vor dem Corral und hielt ein Pferd am Zügel. Ein Zügel, der Viola durchscheinend und irreal erschien. Aber Shawna und die anderen mussten das sehen, was Ainné sehen wollte! Ein gesatteltes Pferd ohne Reiter … eine schieferfarbene Stute … Violas Herz raste. Das also war der Plan!

»Guckt mal, was plötzlich hier auflief!«, rief Ainné fröhlich, als die anderen näher kamen. »Scheint sich verlaufen zu haben, jedenfalls kam sie zu dem Hengst im Corral. Ist ja auch ein prächtiger Kerl, nicht?« Sie zauste die Mähne der Stute. »Fragt sich nur, wo sie hingehört.«

»Der Reiter muss runtergefallen sein«, mutmaßte Violas Vater. »Komm, wir stellen sie in den Stall und rufen die Polizei an.«

Ainné war unwillig. »Ach, bis die da ist, kann dem Reiter sonst was passiert sein. So viele kommen da ja auch kaum infrage. Vom Reitstall am anderen See wird sie nicht kommen. Das ist zu weit. Eher von Bayview House. Das Mädchen reitet doch ...«

»Aber das ist nicht Moiras Fluffy!«, widersprach Shawna. »Und ich wüsste nicht, dass sie ein neues Pferd hat.«

Ainné lachte. »Na ja, vielleicht erzählt sie dir einfach nicht alles«, meinte sie herablassend. »Aber ich hab sie neulich beim Reiten getroffen, auf der Springstrecke am Pony Club. Und da war sie gar nicht so glücklich mit ihrem Pferdchen, gegen Gracie fiel es ab. Sie sagte, sie brauche was Besseres, wenn sie im Sommer Turniere reiten will. Und da ist das hier doch schon mal ein Anfang! Wenn auch vielleicht noch ein paar Nummern zu groß für das Mädel ... Ich reite einfach mal hoch und schaue, ob sie mir irgendwo entgegenkommt. Dann kann sie ihr Pferd ja zurückhaben.«

Ainné setzte den Fuß in den Steigbügel.

»Nein!«, brach es aus Viola hervor. »Du ... du darfst sie nicht reiten!«

Ainné schüttelte missbilligend den Kopf. »Nanu, was ist denn mit dir los? Du guckst, als hättest du ein Gespenst gesehen! Nun lass aber mal den Zügel los!«

Viola hatte instinktiv nach dem Halfter des Pferdes gegriffen, aber es war nur eine Luftspiegelung. Niemand konnte Lahia daran halten.

»Wirklich, Ainné, Vio hat recht«, meinte auch Alan. »Womöglich ist das Pferd gefährlich ...«

»Ach was, gefährlich ...« Ainné machte eine wegwerfende Handbewegung. Dann schwang sie sich in den Sattel.

Viola fragte sich, was Lahia jetzt tun würde. Sie konnte ihr Opfer nicht vor vier Zeugen in den See ziehen – kein wirkliches Pferd lehnte sich gegen den Reiter auf, indem es mit ihm wegschwamm und ihn dann ertränkte. Lahia hätte sich und den anderen ebenso das Wort »Kelpie« auf die Stirn schreiben können ...

Tatsächlich wartete Lahia jetzt erst mal, bis Ainné fest im Sattel saß. Dann setzte sie sich in Galopp. Den Weg am See entlang, über die Klippen, zur Insel ...

Ainné schrie vor Überraschung und Erschrecken kurz auf. Aber dann besann sie sich auf jahrelange Routine und versuchte, das Pferd zu zügeln. Viola wusste, dass dies aussichtslos war. Sie rannte zu den Kelpies im Corral.

»Sie geht durch!«, rief Alan entsetzt. »Mein Gott, sie geht mit Ainné auf und davon ... da kann sonst was passieren ... Wir ... wir müssen ...«

Natürlich gab es nichts, was sie tun mussten oder auch nur tun konnten. Aber Shawna lief trotzdem zu Gracie. Ainnés Pferd trug nach wie vor Sattel und Zaum. »Ich kann hinterherreiten …«, meinte sie unschlüssig. »Aber womöglich stachelt das die Stute noch an …«

»Tu's!«, rief Viola. »Tu's um Himmels willen. Behalt sie im Auge! Vor Zeugen wird sie ihr nichts tun …«

Shawna und Patrick warfen ihr verwirrte Blicke zu. Alan versuchte, dem Pferd zu Fuß hinterherzulaufen, aber das war natürlich illusorisch. Shawna schwang sich auf die Scheckstute Gracie und galoppierte an.

Viola hatte inzwischen den Corral erreicht. Ohne jede Vorsicht schrie sie den grauen Hengst an. »Ahi, du musst das verhindern! Tu etwas! Es ist Ainné. Du kennst sie. Und sie ist … ich weiß, was sie in euren Augen ist, aber sie ist auch Kevins Mutter. Und mein Vater … mein Gott, es würde ihm das Herz brechen, wenn ihr etwas zustößt! Hilf uns, Ahi!«

Der Graue schien unschlüssig, die anderen Pferde unruhig. Viola wusste, dass drei der vier Kelpies in diesem Corral jetzt am liebsten sie selbst zum Grund des Sees geschleppt hätten – und die anderen Zeugen gleich mit. Sie fieberten mit Lahia. Aber Ahi …

»Ahi, es ist Familie! Du würdest auch nicht wollen, dass Ahlaya oder Hayu oder – Lahia etwas passiert!«

»Für dich. Ich tue es für dich.« Viola hörte die vertraute Stimme in ihrem Kopf.

Der graue Hengst nahm Anlauf – und musste das Tempo zurücknehmen, als sich ihm die anderen Kelpies vor dem Zaun in den Weg stellten. Ahis beagnama stieg daraufhin steil auf die Hinterhufe und biss um sich, kämpfte sich zum Zaun durch und zerschlug die Stangen mit ein paar gezielten Hufschlägen. Über die Fragmente hob es sich mit einem kräftigen Sprung und jagte dann Lahia und Gracie hinterher.

»Was läuft da, um Himmels willen?«, fragte Patrick verwirrt. »Was hast du gemacht mit diesen Teufelsgäulen?«

»Komm, hinterher ...« Viola zerrte Patrick im Laufschritt über den Uferpfad. Sie hoffte nur, dass Kevin nach wie vor seinen Schutzstein trug, denn niemand kümmerte sich mehr um das Baby in seinem Wagen. Zum Glück schien das Kind zu schlafen.

Viola und Patrick rannten den Weg an der Klippe entlang und trafen nach nur hundert Metern auf den völlig erschöpften Alan.

»Ich bin ... ich bin gestolpert ...« Violas Dad hielt sich den Knöchel. »Ich kann nicht weiter. Aber sie sind zum See runter ...«

Viola nickte. »Klar! Shawna?« Sie keuchte.

»Shawna ist hinterher. Aber der Graue hat sie überholt. Wie ist der bloß da raus ...?«

»Geh zurück und pass auf Kevin auf!«, wies Viola ihn an. »Wir ... wir tun, was wir können.«

Damit rannte sie weiter. Aber zu Fuß hatten sie natürlich keine Chance. Lahia jagte in Richtung der Bucht, in der die kleine Insel lag. Das Ufer war dort flach, aber dicht mit Schilf bewachsen. Bevor es für Viola und Patrick auch nur in Sichtweite kam, wäre das Kelpie längst darin verschwunden und abgetaucht. Allenfalls konnte Shawna Lahia noch erreichen – und Ahi ...

Der Weg zog sich endlos hin und Viola hatte das Gefühl, ihre Lungen würden bersten und ihre Beine würden ihr den

Dienst versagen. Aber irgendwann hatten sie doch das Wäldchen durchquert und die Klippe hinter sich gelassen. Vor ihnen lagen grüne Wiesen und dann das liebliche Ufer mit der Brücke und dem Inselchen im Hintergrund. So friedlich wie sonst war es hier jedoch nicht. Stattdessen kämpften zwei Pferde am Strand. Der graue Hengst stand am Ufer und versuchte, die schieferfarbene Stute mit Bissen und Huftritten vom Wasser fernzuhalten. Die wehrte sich erbittert.

Ainné klammerte sich schreiend am Sattel und an ihrer Mähne fest. »Er wird mich noch treffen! Hau ihn, Shawna, mach!«

Shawna stand, Ainnés Reitgerte in der Hand, ein paar Meter von den streitenden Pferden entfernt. Sie war offensichtlich unschlüssig, ob und zu wessen Gunsten sie sich einmischen sollte.

»Vertreib diesen verdammten Hengst!«, brüllte Ainné.

»Komm da weg, Shawna, das ist gefährlich!«, schrie Patrick.

»Hilf dem Grauen, Shawna, die Stute darf nicht ins Wasser!«

Viola rannte zum Strand.

»Wenn sie erst im Wasser ist, kriege ich sie gebändigt!«, rief dagegen Ainné. »Ich hatte sie vorhin schon fast in der Hand, aber dieser vermaledeite Graue …«

Viola verspürte widerwillig so etwas wie Respekt. Ainné war offensichtlich immer noch völlig furchtlos und überzeugt, das Pferd an den Zügel bringen zu können.

»Nun jag ihn schon weg, Shawna!«

Shawna hob unsicher die Gerte. Viola riss sie ihr aus der Hand.

»Lass ihn in Ruhe. Es ist Ahi! Und die Stute ist … Sie darf nicht ins Wasser. Sie ist ein Kelpie!«

Viola begann, verzweifelt auf Lahia einzuschlagen. Und der Elan der Stute schien endlich nachzulassen. Viola konnte sich denken, warum. Es gab wieder drei Zeugen. Sie würde Ainné nicht in aller Öffentlichkeit verschleppen. Zudem mischte sich jetzt auch Patrick ein. »Spring ab, Ainné!«

»Ich … ich kann nicht …« Es klang verblüfft. Viola meinte, sich zu erinnern, dass Kelpies ihre Reiter bannten. Abspringen im letzten Moment war wohl unmöglich.

»Zieh sie runter, Patrick!«, brüllte Viola.

Lahia kam sekundenlang zum Stehen, nachdem sie sich Ahi und Viola gemeinsam gegenübersah. Sie checkte wohl ihre Chancen, die nur noch darin bestanden, ein weiteres Mal mit ihrer Beute zu fliehen. Sie musste dann allerdings den Weg zurückgaloppieren, im weiteren Verlauf dieser Strecke wich der Strand einer längeren Steilküste.

Patrick wollte zufassen, aber Lahia warf sich auf der Hinterhand herum. So schnell gab sie nicht auf, sie raste an Patrick und Shawna vorbei und jagte zurück zu den Koppeln. Ahi folgte ihr.

Shawna schaute Viola verständnislos an. »Was hast du gesagt? Was ist sie?«

Viola schob sie in Richtung Gracie. »Reite hinterher! Behalt sie im Auge! Komm, Patrick!«

Sie wollte sich wieder in Trab setzen, aber Patrick schüttelte den Kopf. »Du willst doch nicht noch mal zwei Meilen rennen? Das schaffst du nicht, Vio. Und wir kämen niemals rechtzeitig …«

Viola sah sich hektisch um und wies dann auf die Brücke. »Da rauf, Patrick, von da aus können wir den Strand überblicken!«

Der Junge half ihr auf die Mauer und sie zog ihn anschließend hoch. Tatsächlich konnte man von hier aus die Bucht einsehen. Wenn das Wetter so schön war wie heute, war sogar die Pferdekoppel zu erkennen. Die Nebel hatten sich inzwischen völlig gehoben, die Berge spiegelten sich im See und die Luft war klar wie Glas.

Ahi hatte Lahia fast erreicht, als die das Wäldchen verließ. Gracie brach erst weit dahinter zwischen den Bäumen hervor. Aber auch Ahi würde die schieferfarbene Stute kaum noch davon abhalten können, auf direktem Weg in den See zu galoppieren. Er versuchte, sie wegzutreiben, aber Lahia wich seinen Bissen nicht aus und Ainné schien sogar auf ihn einzuschlagen.

Und dann kam aus dem Schatten eines Felsens Alan McNamara.

»Das kann er nicht machen!« Violas Hand krallte sich in Patricks Ärmel, aber es war tatsächlich so: Alan stellte sich dem wilden Pferd in den Weg. Lahia musste vor seinem plötzlichen Auftauchen erschrocken sein, sie bremste. Und Alan stürzte todesmutig an ihre Seite und zog Ainné aus dem Sattel. Er fiel mit ihr zu Boden. Viola und Patrick sahen nicht, ob die beiden einen Hufschlag abbekommen hatten oder nicht, aber Lahia rannte jetzt weiter. Sie verschwand – auf dem Uferweg und bei der nächsten Gelegenheit sicher im See.

Viola schluchzte vor Erschöpfung und Erleichterung, als sie sah, wie Alan sich hochrappelte. Ahi war am Corral stehen geblieben.

Shawna verhielt eben Gracie bei den anderen Ponys. Sie sprang ab, sprach wohl auf den grauen Hengst ein und öffnete ihm das Tor zum Corral. Vielleicht ging es ihr auch um die die anderen Pferde – womöglich hatte sie begriffen und wollte die Kelpies entkommen lassen. Aber die drei blieben darin – und der Graue trottete hinein wie ein altes Reitpferd.

Patrick half Viola die Mauer herunter. Sie schluchzte und zitterte immer noch. Die anderen würden jetzt Fragen stellen. Und sie würde sie beantworten. Egal, was Shawna und Patrick dazu sagten, und welche Konsequenzen das vielleicht für die Kelpies hatte.

Die Jagd war vorbei.

23

»**Es war nur** dieser verdammte Hengst!«, schimpfte Ainné.

Viola und Patrick hatten die Pferdekoppeln endlich wieder erreicht, wo Alan und seine Frau ihre jeweiligen Blessuren begutachteten. Violas Vater konnte den verstauchten Fuß jetzt kaum noch aufsetzen und Ainné hatte sich beim Sturz vom Pferd die Schulter geprellt. Beide mussten dringend in eine Ambulanz.

Ainnés Elan war allerdings ungebrochen. »Weiß der Henker, was in den Gaul gefahren ist!«, erregte sie sich. »Aber daran lag's natürlich, dass die Stute durchgedreht ist. Er war ja hinter ihr her, wie vom Teufel gejagt! Und Shawna war auch keine Hilfe. Meine Güte, Mädchen, du hattest doch eine Gerte! Warum hast du ihn nicht weggetrieben?«

Die nächste Schimpftirade traf Alan. »Und was hast du dir dabei gedacht, mich einfach so aus dem Sattel zu ziehen …« Ainné war weit entfernt davon, dankbar zu sein.

Shawna stand daneben, schubste den Kinderwagen hin und her, um vielleicht wenigstens den schreienden Kevin zu beruhigen, und wirkte so mitgenommen, als hätte ihr Ritt sie wirklich in die Hölle geführt.

»Soll ich mal das Auto holen?«, fragte Patrick. »Ich meine … Alan wird doch nicht weit laufen können …«

Viola nickte. »Du weißt, wo du parken kannst?« Sie dachte

an jenen Tag der Trennung von Ahi. Sie hatte das Taxi oberhalb des Sees halten lassen …

Patrick verdrehte die Augen. »Süße, ich bin hier aufgewachsen. Ich kenne die Gegend. Obwohl mir, zugegebenermaßen, bislang einiges entgangen zu sein scheint …«

Viola und Shawna fanden keine Gelegenheit, ein persönliches Wort miteinander zu wechseln, bis Patrick zurückkam. Viola ging mit Kevin spazieren – schon um nicht zu dem grauen Hengst im Corral hinüberschauen zu müssen, dessen Blick sie die ganze Zeit im Rücken spürte. War dies ein erneuter Kontaktversuch? Konnte sie zu Ahi durchdringen, wenn sie sich konzentrierte? Sie versuchte, ein Danke zu übermitteln, verspürte aber keine Resonanz. Wenn Ahi das Band erneuert hatte, so hielt er die Blockaden jetzt auf jeden Fall aufrecht.

Shawna kümmerte sich um Gracie und die anderen Pferde auf der Koppel, gab ihnen Heu und kontrollierte die Tränke. Ab und zu warf sie den Kelpies neugierige Seitenblicke zu, kam dem Corral aber nicht zu nahe.

Ainné schimpfte immer noch – worauf Alan allerdings nicht reagierte. Er schien unendlich erleichtert, sie wiederzuhaben. Obwohl er sicher nicht einmal ahnte, wie gefährlich ihr Abenteuer gewesen war.

Schließlich hörten sie ein Auto oberhalb des Wäldchens. Patrick hatte den Kleinbus der O'Kelleys genommen, in dem alle Platz fanden.

»Ich fahre euch schnell nach Roundwood«, erklärte Patrick, als er Alan glücklich auf der Rückbank untergebracht hatte. Ainné setzte sich nach vorn, die Mädchen klemmten sich irgendwie zwischen Alan und die Babyschale. Sie hätten hierbleiben und zu Fuß zum Campingplatz gehen können, aber das schien niemandem einzufallen. Viola war dankbar für den Aufschub, denn später würde sie Shawna und Patrick Rede und Antwort stehen müssen. Ein Gespräch, bei dem es keinen Ausweg gab: Sie würde die Kelpies verraten.

Dr. Lehan erklärte gleich nach einem Blick auf Alans und Ainnés Verletzungen, dass wahrscheinlich nichts gebrochen war. Trotzdem wollte er schnell röntgen. Viola und ihre Freunde saßen schweigend im Wartezimmer, bis die Röntgenaufnahmen ausgewertet, Alans Fuß bandagiert und Ainnés Schulter fixiert war. Dr. Lehan band ihr dazu den Arm an der Brust fest. »Zwei Wochen so tragen, dann sollte das heilen«, meinte der Arzt. »Und so lange ausruhen, Ainné, nicht reiten!«

Schließlich bugsierte Patrick die beiden Verletzten ins Auto, fuhr sie zum Campingplatz und brachte sie auch noch ins Haus. Bill und Paddy empfingen sie gleich mit einem Whiskey, begierig, über ihre Abenteuer informiert zu werden. Ainné legte sofort los, während Alan Patrick bat, ihm nach oben zu helfen. Violas Vater hatte eindeutig genug von Pferden und Abenteuern. Während Patrick ihm half, sich auszuziehen, brachte Viola Kevin ins Bett. Ainné schien ihr Baby vorerst vergessen zu haben. Sie war zu sehr damit beschäftigt, Bill und den Malones die Geschichte von der gefundenen Stute und dem verrückten Hengst zu erzählen.

»Wobei es im Übrigen interessant ist, dass sich niemand

mehr um den Reiter kümmert, den das Pferd doch vorher abgeworfen haben muss«, bemerkte Patrick, als sie gemeinsam wieder zu Shawna ins Auto stiegen. »Wo Ainné sich doch vorhin so um ihn gesorgt hat … Aber ich nehme an, weitere Nachforschungen erübrigen sich da, oder?« Er sah Viola scharf an.

Sie wusste nicht, ob sie nicken oder den Kopf schütteln sollte.

Shawna sagte immer noch nichts, bis Patrick vor dem Wohnwagen gehalten hatte. Erst hier schienen beide sich sicher genug zu fühlen, um Viola in die Mangel zu nehmen. Patrick und Viola ließen sich auf die Sitzbänke fallen, während Shawna begann, die Frühstücksreste heißhungrig in sich hineinzuschlingen. Patrick startete das Verhör. »Also schön, Vio. Dann rück jetzt mal unser Weltbild wieder gerade. Zum Beispiel, indem du uns glaubwürdig versicherst, dass wir das da vorhin nur geträumt haben. Und deine seltsamen Bemerkungen entsprachen vielleicht einer – hm – Post-Ali-Depression oder wie man es sonst nennt, wenn Liebeskummer Visionen hervorruft …«

Shawna tippte sich an die Stirn. »Also Vio hätte bestimmt keine Visionen von einem Pferd«, bemerkte sie mit vollem Mund und rieb sich Marmelade von der Wange. »Und das waren auch keine Pferde, Viola, oder? Ich hab das richtig verstanden?«

Viola nickte und vermied es, die Freunde anzusehen. »Es sind Kelpies«, sagte sie leise. »Nuggles, Tangis, Nykurs, Nokken oder was ihr wollt. Sie selbst nennen sich Amhralough. Die Sänger vom See …«

Shawna und Patrick lauschten atemlos, während sie ihre Geschichte erzählte. Sie begann mit ihrem ersten Treffen mit Ahi, der aufkeimenden Verliebtheit, dem Tod von Louise Richardson …

»Deshalb hast du mich gefragt, ob die Leiche angefressen war!«, verstand Shawna. »Und was machen sie nun wirklich mit den … Leuten?«

Viola erzählte von bacha und nama, von den Kleinen Seelen und ihrer Verschmelzung mit den Amhralough, von den Regeln der Jagd.

Zu ihrer Verwunderung tippte sich keiner der beiden an die Stirn. Patrick schien sich über nichts mehr zu wundern und Shawna hatte Lahias beagnama schließlich Auge in Auge gegenübergestanden. »Es ist verrückt, aber ich wusste es irgendwie, noch bevor Vio es gesagt hat. Der Ausdruck in den Augen der Stute – schon bevor Ainné aufgestiegen ist … also mir hat das Angst gemacht. Und sie hatte nicht die geringste Angst vor der Gerte. Der Hengst natürlich auch nicht …« Shawna fröstelte noch bei der Erinnerung.

»Du solltest Tee machen«, bemerkte Viola. »Auch, wenn wir hier sicher keinen Whiskey finden.« Einen Schluck »Wasser des Lebens« hätten sie alle gut brauchen können.

»Aber es war unglaublich mutig von Alan, sich dem Biest in den Weg zu stellen!«, fand Shawna, während sie Wasser auf den Gaskocher stellte. »Zumal er sich doch sonst so vor Pferden fürchtet.«

Patrick zuckte die Schultern. »Er hat's für Ainné getan…«, meinte er.

Shawna nickte. »Er liebt sie wirklich …«, sagte sie fast ungläubig. Ihrer Stimme war deutlich anzuhören, dass sie sich dieses Gefühl für Ainné absolut nicht erklären konnte.

Viola biss sich auf die Lippen. Ja. Alan liebte Ainné. Es war verrückt – sie hatte auf seiner Hochzeit getanzt, aber bisher hatte sie es niemals wirklich wahrhaben wollen. In all diesen Monaten, in denen Alan sich von Ainné herumstoßen ließ, hatte sie immer noch die Hoffnung gehegt, dass er irgendwann zu sich kommen würde. Irgendwann würde er begreifen, in was für ein dummes, egoistisches und bösartiges Wesen er sich da Hals über Kopf verliebt hatte, und dann würde er zu seiner Familie zurückkehren. Zu Viola und ihrer sanften, klugen, großmütigen Mutter. Aber jetzt verstand sie, dass dies nie der Fall sein würde. Warum auch immer, aber Alan liebte Ainné. So sehr, dass er seine Ängste überwand und sein Leben für sie riskierte.

Mehr, als ich Ahi geliebt habe, dachte Viola. Sie wünschte sich plötzlich sehr weit weg.

Aber dann empfand sie eine Präsenz in ihrem Kopf, die sie längst verloren geglaubt hatte. Nicht so deutlich wie früher – aber irgendetwas … Erschrecken, Panik, Angst … formte sich zu dem sicheren Gefühl, dass etwas Grauenhaftes geschah …

Viola griff sich an die Stirn. Shawna sah sie prüfend an.

»Ist dir nicht gut? Du bist plötzlich ganz blass …«

Viola schluckte. Ihr Herz raste wieder, genau wie damals beim Hurling. Sie spürte … nein, es war nicht wie an diesem furchtbaren Tag, als sie den Überfall auf Ahi praktisch miterlebte. Aber sie empfand trotzdem etwas, eine Art Widerhall namenlosen Entsetzens …

»Wir sollten zum See gehen«, flüsterte sie. »Da geschieht etwas…«

Viola taumelte aus dem Caravan.

Patrick und Shawna folgten ihr. Vor dem Haus der McNamaras stiegen Bill und Paddy Malone eben schwankend in den Geländewagen. »He, wollt ihr mitfahren!«, riefen sie den dreien vergnügt zu. »Wir woll'n mal raus zu den Gäulen, gucken, was die Jungs machen …«

»Was die … heißt das, die … Zwillinge sind bei den Pferden?« Violas Stimme war tonlos.

Paddy kicherte. »Das glaubt man, dass die heut noch Vernunft in den grauen Gaul prügeln! Wenn die mit dem fertig sind, ist er brav wie 'n Lämmchen …«

Bill lachte ebenfalls.

Viola sah sie mit fast irrem Blick an. Dann lief sie los. Zum zweiten Mal an diesem Tag rannte sie, wie von Furien getrieben und wusste dabei nicht, ob sie um Ahi oder die Zwillinge fürchtete. Auf jeden Fall hatte die Ahnung sie nicht getrogen. Auf den Koppeln am See war etwas geschehen. Patrick und Shawna folgten ihr, ebenfalls rennend. Aber so nah waren die Koppeln nicht. Selbst im Laufschritt brauchte man zehn Minuten oder mehr, um sie zu erreichen. Und Ahis Stimme in Violas Kopf war längst verstummt. Sie kamen zu spät.

»Sie sind weg!«, keuchte Shawna, als sie endlich die Wiesen am See erreichten. »Und die Malones waren auf jeden Fall hier.«

Die drei standen schwer atmend vor den Trümmern des Corrals. Die Kelpies mussten ihn einfach niedergerannt haben. Ihre Spuren führten zum See, aber das war keine Überraschung. Über den Fragmenten des Zauns hing die Jacke eines der Jungen, im zertretenen Gras im Corral lagen ein Messer und teilweise zerschnittene Seile.

»Was … machen wir denn jetzt?«, fragte Shawna entsetzt. »Was … kann da passiert sein?«

Patrick lachte nervös. »Wenn Violas Geschichte stimmt, und davon können wir wohl ausgehen, dann haben sich die zwei eindeutig – hm – auf das falsche Pferd gesetzt …«

»Hast du … irgendwas gefühlt, Vio?«, erkundigte sich Shawna noch einmal – überflüssigerweise. Schließlich waren sie eben deshalb hierhergekommen.

Viola war schneeweiß im Gesicht und suchte Halt an einem Felsen. Sie nickte. Was genau geschehen war, würden sie vielleicht nie herausfinden, aber das Ergebnis war klar.

»Und … jetzt? Sagen … sagen wir irgendwas?«, fragte sie. Sie zitterte am ganzen Körper.

Patrick gab ihr seine Jacke. »Was sollen wir denn sagen?«, erkundigte er sich. »Sorry, Paddy, aber Ihre kleinen Schinder haben sich zuletzt leider an einem Kelpie vergriffen? Oder: Tut mir leid, Mr Malone, aber wie es aussieht, erweisen sich Ihre reizenden Söhne heute zum ersten Mal in ihrem Leben als brauchbar … wenn auch in Bezug auf einen eher – unappetitlichen Verwendungszweck?«

»Patrick!«, sagte Shawna empört.

Patrick legte ihr den Arm um die Schultern. »Ach komm, Shawna, jetzt werd mal nicht sentimental. Wenn dir vor einer halben Stunde jemand vorgeschlagen hätte, die Malones an die Löwen zu verfüttern, hättest du Beifall geklatscht.«

Shawna sah ihn strafend an. Sie war katholisch erzogen und hatte das offensichtlich genug verinnerlicht, um nicht schlecht von Toten zu reden. Stattdessen machte sie jetzt mechanisch ein Kreuzzeichen.

Viola dachte daran, dass sie ähnliche Dinge auch gestern noch über Ainné gesagt hätte. Aber es war etwas anderes, solche Sachen zu denken, als sie wirklich gutzuheißen. Irgendjemand mochte auch die beiden Malones geliebt haben …

»Aber … vielleicht sind sie ja noch gar nicht …« Shawna schien einfach nicht wahrhaben zu wollen, was hier geschehen war. »Wir müssen irgendwas tun. Können wir nicht … die Polizei …?«

»Vielleicht … vielleicht ist ja auch Ahi etwas passiert …«, flüsterte Viola. Ihr wurde langsam bewusst, dass sie die Angst und das Entsetzen von ihm empfangen hatte. Ahi hatte diese Gefühle empfunden. Konnte es sein, dass die Malone-Zwillinge gesiegt hatten?

Patrick verdrehte die Augen. »Die Polizei würde uns für verrückt erklären!«, meinte er. »Erst recht, wenn eure größte Sorge ist, dass einem Wassermann etwas zugestoßen sein könnte, der sich gelegentlich auch mal in ein Pferd verwandelt. Vergesst es einfach! Um dein Kelpie würde ich mich nicht fürchten, Viola. Selbst wenn es so dumm wäre, sich von ein paar Gaunern überwältigen zu lassen, die – wie nennen sie sich? – Amhralough waren in der Überzahl! Und die Malones werden schon irgendwann wieder auftauchen.«

Nur nicht lebend … Viola wollte nicht daran denken. Aber sie wusste, dass Shawna jetzt das Bild von Louise Richardsons Leiche vor sich hatte.

»Aber dann … dann geht es doch so weiter …«, flüsterte Shawna. »Ich meine, jetzt, wo wir es wissen …«

»Man wusste es immer«, bemerkte Viola und dachte an all die Bilder, die Legenden und Sagen. »Es hat bloß keiner geglaubt.«

»Eben«, nickte Patrick, der wirklich bewundernswert gelassen blieb. »Wie es aussieht, leben die Kelpies hier mindestens seit den Zeiten des heiligen Kevin – wenn nicht schon wesentlich länger. All die Berichte von Ungeheuern in den Seen – davon haben sich doch schon die Kelten erzählt und unter ihren Dolmen die Köpfe eingezogen. Wenn wir da jetzt eine Geschichte hinzufügen, landen wir vielleicht in der Klapsmühle, aber ändern wird sich nichts.«

Viola holte tief Luft. Patrick hatte recht. Und Katja hatte eigentlich das Gleiche gesagt. Es war vielleicht unglaublich, aber man musste akzeptieren, dass es die Amhralough gab. Menschen und Kelpies lebten hier seit Jahrtausenden nebeneinander – sie durften einander nur nicht lieben.

»Aber … jetzt … hier … was tun wir hier?«, fragte Shawna und umfasste mit einer unsicheren Handbewegung den Corral und den Strand.

Viola fasste sich. »Verschwinden, würde ich sagen«, erklärte sie dann. »Bevor Bill und Paddy auftauchen. Und vielleicht lassen wir dabei die Jacke und das Messer mitgehen … und werfen es irgendwo ins Wasser.«

Patrick nickte. »Kluge Überlegung. Dann lässt sich hier auch nichts rekonstruieren. Die Jungs sind einfach hergekommen, die Pferde waren weg – sie sind sie suchen gegangen … Na ja, und genug Alkohol hatten sie ja wohl im Blut, dass sie dabei ins Wasser gefallen sein können.« Beherzt begab er sich in den Corral, nahm die Beweisstücke an sich und winkte die Mädchen dann auf dem Uferpfad vorwärts. Richtung Straße waren Stimmen zu hören, es wurde Zeit, dass sie wegkamen. Die drei wanderten noch einmal an der Insel vorbei, stiegen den steil werdenden Weg hinauf und warfen die Sachen von der Klippe. Inzwischen sah es mal wieder nach Regen aus. In ein paar Stunden, wenn man die Zwillinge ernstlich vermisste, würden alle Spuren verwischt sein.

»Und ich muss auch langsam aufbrechen«, meinte Patrick, als sie schweigend zurück zum Caravan kamen, jeder beschäftigt mit seinen eigenen Gedanken. »Wobei ich die Bezahlung für meine Arbeit ja wohl vergessen kann …« Er seufzte theatralisch.

Shawna umarmte ihn zum Abschied. »Ich wünschte, du könntest hierbleiben!«, sagte sie. »Ich … ich hab Angst vor dem, was weiter geschehen wird.«

Patrick küsste sie leicht auf die Wange. »Shawna, gar nichts wird geschehen. Dir jedenfalls nicht, die Kelpies haben dir nie etwas getan – wie wohl auch keinem anderen, der klug genug ist, die Hände von fremden Pferden zu lassen. Und der Stamm von deinem Ahi, Vio, wird wohl ausreichend Verstand besitzen, sich in Zukunft von Ainné McNamara fernzuhalten!«

Viola nickte. Wenn es sein musste, würde sie persönlich dafür sorgen.

»Wirst du ihn denn noch einmal sehen?«, fragte Shawna. Die Mädchen trennten sich ebenfalls vor Violas Haus. Unwillig. Shawna mochte nicht allein sein, und Viola graute es vor der garantiert absolut missgelaunten Ainné, der verdreckten Küche und den Männern, die auf die Zwillinge warten würden. Paddy fuhr bestimmt nicht ohne seine Söhne nach Hause. Und Viola konnte sich vorstellen, was inzwischen unten im See geschah. Die Kelpies würden ihr Lied singen und ihr Fest feiern. Bacha im Überfluss …

Tatsächlich verbrachte Viola die nächsten Stunden mit Aufräumen und Kochen. Erst am Abend war sie fertig. Im Wohnzimmer öffnete man da schon wieder eine Flasche. Paddy schien noch nicht sonderlich beunruhigt. Er vermutete seine Söhne in irgendeinem Pub.

Viola versuchte, Katja eine Zusammenfassung der Ereignisse zu mailen, aber dann regnete es, die Internetverbindung brach mal wieder zusammen und sie hielt es einfach nicht mehr aus. Irgendetwas musste sie tun, wenn sie nicht verrückt werden wollte.

So klopfte sie schließlich an Alans Schlafzimmertür und fragte, ob sie noch einmal bei Shawna übernachten durfte. Ihr Vater war im Bett und hatte seinen Fuß hochgelegt. Er sah ziemlich schlecht aus, die Ereignisse des Tages hatten ihn mitgenommen. Viola hoffte, dass nicht auch noch die Leichen der

Zwillinge am Campingplatz angeschwemmt werden würden.

»Heute?«, fragte er unwillig. »Und das fällt dir jetzt erst ein? Du weißt, morgen ist Schule.«

Viola zog die Augenbrauen hoch. »Glaubst du wirklich, hier würde ich mehr Schlaf kriegen?«, erkundigte sie sich. »Ich nehme meine Schulsachen mit, Dad, dann kann ich mit Shawna im Bus fahren. Aber die Typen da unten ...«

Alan lächelte ihr komplizenhaft zu. »Ja, mir gehen sie auch auf den Geist«, meinte er begütigend. »Wenn es nicht Ainnés Freunde wären ...«

Viola sagte nichts mehr. Alan fand sich mit Ainnés unmöglichen Freunden ab wie mit ihren Hobbys und der Arbeit auf ihrem Campingplatz. Wer war sie, um darüber zu urteilen? Sie, die nicht tief genug liebte, um das Gleiche für Ahi zu tun.

Viola packte ihre Sachen zusammen, schlich sich durchs Wohnzimmer und schloss leise die Haustür hinter sich. Aber dann schaffte sie es nicht, direkt den Weg zum Lovely View anzusteuern. Stattdessen zog sie das Bootshaus magisch an.

Sie tastete sich die fast dunklen Pfade entlang, wie sie es im Winter so oft getan hatte. Und tatsächlich. Ahi saß auf einem der Steine hinter dem Bootshaus. Er wartete. Oder hatte er sie gerufen?

Viola vergaß alle Bedenken und Schwüre, als sie ihn sah. Sehr schmal, fast abgezehrt, das lange, helle Haar glanzlos. Er brauchte bacha. Aber das sollte jetzt ja wieder fließen. Sie fragte sich, warum er noch nicht mit den anderen die alte Melodie des Todes sang.

»Warum bist du nicht unten?«, fragte sie, viel härter, als sie eigentlich wollte. »Warum …?«

»Weil ich dich sehen musste«, sagte Ahi leise. »Ich hab's nicht mehr ausgehalten. Ich wollte nicht, dass du … dass du mich so in Erinnerung behältst. Als einen, der seinesgleichen bekämpft. Als Feigling …«

»Du bist kein Feigling!« Viola trat zu ihm und nahm seine Hand. Es war wie die lang ersehnte Rückkehr in ein verlorenes Traumland. Ahi zog sie an sich und ihre Seelen erstürmten den Himmel.

»Du warst es …«, sagte Viola schließlich. »Das mit den Jungen, heute Mittag … Hat deine Familie dich gezwungen?«

Ahi senkte den Kopf. Er hielt Violas Hand und seine Finger spielten nervös mit ihren. »Ich wollte es nicht. Du musst mir das glauben! Und die anderen hätten mich nie gezwungen, jeder war bereit, es zu tun. Aber es gab keinen Ausweg. Die Kerle wollten mein beagnama. Keins der anderen, sie hatten es auf den Hengst abgesehen. Und sie kannten Tricks … Mein Gott, Viola, um ein Haar hätten sie mich überwältigt! Sie warfen mich um, fesselten meine Beine, einer sprang auf meinen Rücken, der andere wollte mir das Halfter aufzwingen. Ahlaya hat sich dann zurückverwandelt und die Stricke durchgeschnitten. Mit dem Messer eines der Jungen, er war … er war sehr erschrocken.«

Das war anzunehmen. Viola hätte fast gelacht. Selbst im Suff hätten sich die Malone-Zwillinge sicher nie ein Pferd vorstellen können, das sich plötzlich in eine Frau verwandelte und ihnen ihr Messer entriss.

»Ich bin dann … ich bin zum See gerannt …«

Ahi bedeckte seine Augen mit den Händen. »Mit dem … mit dem Jungen auf meinem Rücken.«

Viola legte ihm den Arm um die Schultern. »Was hättest du sonst tun können? Und … der andere?«

»Ich hab's nicht gesehen.«

Viola sagte nichts dazu, aber hier bestand natürlich kein Zweifel. Die Kelpies konnten den Bruder nicht gehen lassen. Dafür hatte er zu viel gesehen. Also hatten sie in diesem Fall die Absicht für die Tat genommen und den zweiten Möchtegernreiter mit Gewalt in den See gezogen. Viola fragte sich, ob es doch sein Grauen war, das sie gespürt hatte. So wie Ahi es mitempfunden hatte. Vielleicht war die Gabe der Gedankenverbindung bei ihm zu stark ausgeprägt, um die Gefühle der Opfer auszublenden. Dann würde er nie ein Jäger werden.

»Und nun … werdet ihr singen?«, fragte sie leise.

Ahi nickte.

»Ahlanija hat mich dazu eingeladen«, flüsterte Viola. »Sie wollte … sie wollte, dass ich eine von euch werde.«

Ahi zog sie in die Arme. »Aber das kannst du nicht«, sagte er leise. »So wie ich keiner von euch werden konnte …«

Viola wollte etwas sagen, von ihrem Vater und Ainné erzählen, aber Ahi fuhr auf. »Ich muss gehen, ich höre sie rufen! Sie kommen …. Sie … sie suchen …«

Viola vernahm jetzt ebenfalls etwas. Bills und Paddys betrunkene Stimmen. Anscheinend hatten die beiden sich entschlossen, eine Suchaktion zu starten. Mit Taschenlampen und laut rufend tapsten sie über den Campingplatz.

Aber sie meinte auch eine andere Stimme zu hören. Eine singende Stimme … Und in den Nebeln am Ufer schien ein Pferd zu stehen. Die schneeweiße Stute. Ahlanijas beagnama.

»Sag ihr, dass es mir leidtut …«, flüsterte Viola. Dann lief sie davon. Möglichst ungesehen am Haus vorbei. Zu Shawna, weit weg vom See. Wo es hell war und keine Versuchung bestand, sich unheimlichen Liedern zu ergeben.

24

Alan McNamara sah ein, dass Viola nach Deutschland zurückwollte. Sofort, möglichst mit der nächsten Maschine, aber auf jeden Fall ohne das Schuljahr zu beenden. Die Erlebnisse der letzten Zeit waren einfach zu viel für sie gewesen – vor allem nachdem die Zwillinge Tage nach ihrem Verschwinden ertrunken aufgefunden worden waren.

In der Zwischenzeit überboten sich Bill und Paddy natürlich mit Theorien, und Violas Herz setzte fast aus, als Paddy am dritten Tag, vollständig betrunken, tatsächlich von Kelpies sprach. Schließlich waren die wilden Pferde nicht wieder gesehen worden, und als die Männer die Zwillinge suchten, waren noch Spuren zum See erkennbar gewesen.

Der Ortspolizist verdrehte allerdings nur die Augen, als die beiden ihm die Idee vortrugen. »Der Mann sollte mal weniger trinken!«, erklärte er am Tag darauf. Er kam mit der Todesnachricht und war wohl ganz froh, sie zuerst bei Alan loszuwerden, der mit Violas Hilfe im Bootsschuppen arbeitete. Die ersten Touristen waren gekommen und die Kanus wollten flottgemacht werden. »Und die Jungs könnten sicher auch noch leben, wenn sie sich da zurückgehalten hätten. Blutalkoholspiegel himmelhoch! Wahrscheinlich sind ihnen diese Pferde entwischt und dann sind sie über die Klippen getorkelt. Kelpies …«

Viola jedenfalls packte ihre Sachen. Sie wollte nicht mehr an Ahi und die Amhralough denken, aber andererseits war das Gefühl der Einsamkeit, das sie all die Wochen nach der Trennung gequält hatte, seit dem Tag der Jagd verschwunden. Sie war nicht wirklich in Kontakt mit Ahi, sie hörte seine Stimme nicht und sie konnte ihre Gedanken nicht mit ihm teilen. Aber es gab auch keine Wunde mehr, keinen schmerzenden Schnitt. Irgendwie bestand wieder ein hauchzartes Band, das tröstete und die Leere ausfüllte. Ahi war nicht bei ihr, aber er war auch nicht fern.

Schließlich brach ihr letzter Tag in Irland an. Ihr Vater würde sie um fünf Uhr am nächsten Morgen zum Flugplatz fahren und riet ihr, früh ins Bett zu gehen. Es gab auch nichts, was dagegen sprach. Viola hatte ihre Abschiedspartys gefeiert, sie hatte Shawna umarmt – Patrick würde vielleicht zum Flughafen kommen, um sie zu verabschieden. Der Laptop war bereits eingepackt, die letzte Mail an Katja verschickt.

Aber dann lag der See so überirdisch schön im Abendlicht, die Sonne brach sich in den Zweigen der Bäume, unter denen die Wohnwagen der neuen Gäste standen, und Guinness verlangte nach seinem Spaziergang ... Viola hätte sich nie eingestanden, dass es andere Gründe dafür gab, doch noch einmal Jeans, Gummistiefel und Wachsjacke anzuziehen und sich in den Frühlingsabend hinauszubegeben. Zur Insel, zu den Ruinen der Brücke. Sie redete sich ein, das Sommerhaus im Abendnebel noch einmal sehen zu müssen. Was sie dann aber erblickte, war eine Herde Pferde. Schemenhaft wie helle Schatten galoppierten sie oberhalb der Klippen entlang, dem Uferpfad zu. Pferde? Kelpies? Keine Jagd auf jeden Fall, dies schien mehr ein ausgelassenes Spiel zu sein. Viola zog die Jacke enger um sich, lehnte sich an den Brückenpfeiler und schaute auf den See. Leichter Wind versetzte das Wasser in sanfte Bewegung. Unter der Oberfläche tanzte das Seegras.

»Viola!«

Sie erschrak nicht, als sie Ahis Stimme hinter sich hörte.

»Du hast mich gerufen!«, sagte er.

Viola wandte sich um. »Du hast es gehört?«, fragte sie. »Weil, ich … ich habe nicht laut … ich wollte gar nicht …«

»Ich höre dich auch, wenn du flüsterst.« Ahi setzte sich neben sie. Sie berührten sich nicht, es war wie in den ersten Tagen, an denen sie sich hier getroffen hatten.

»Du gehst nun fort.« Eine Feststellung. In Ahis Stimme lag keine Trauer, aber eine seltsame Form der Resignation. »Es tut mir leid. Ich wünschte, ich hätte es besser gemacht.«

Viola sah ihn an, und in ihren Augen stand all die Qual, die sie in den letzten Tagen verdrängt hatte. »Aber du hast doch alles versucht! Ich hab's nicht gekonnt! Ich hab dich nicht genug geliebt, um mit dir zu singen …«

Ahi schüttelte den Kopf. »Ich würde dich gern berühren«, sagte er sanft. »Willst du es auch oder – würde es zu wehtun?«

Viola nickte wild. »Natürlich will ich! Ich wollte es immer! Aber ich bin zu schwach, ich bin zu feige!« Sie schluchzte.

Ahi legte den Arm um sie. Seine Wange schmiegte sich an ihre und das Gefühl der Sicherheit und Geborgenheit war wieder da. Aber diesmal ergab sie sich ihm nicht völlig, sie weinte weiter, an seine Brust geschmiegt.

»Du singst doch jetzt mit mir«, sagte Ahi zärtlich. Er hielt sie, streichelte ihr Haar, liebkoste ihren Nacken. »Wir beide haben immer gesungen. Aber ich fand die Melodie deines Volkes nicht. Und du nicht die der Amhralough. Daran kann man nichts ändern, Viola ...«

»Wenn ich dich mehr geliebt hätte ...« Schluchzend erzählte sie von ihrem Vater. »Wenn ich dich so geliebt hätte, wie er Ainné liebt ... Wenn – du mich so geliebt hättest ...« Sie wollte ihm keinen Vorwurf machen, aber es war, wie es war. Ihrer beider Liebe hatte nicht gereicht.

Ahi schüttelte den Kopf. »Viola, du hättest mich zwingen können, dich so zu lieben. Erinnerst du dich? Ich habe dir die Hände hingehalten, du hättest den Schleier nur darumlegen müssen.«

Viola sah ihn an. Ihre Pupillen weiteten sich. »Ainné hätte es getan!«, sagte sie in plötzlichem Verstehen.

Ahi nickte. »Ich hätte es auch tun können. Es gibt Lieder ... Du kennst die Geschichten von Menschenfrauen, die bei den Amhralough lebten. Es wäre leicht gewesen, dich zu bannen, dein Geist war mir immer offen. Wir brauchten nur die richtige Melodie zu spielen. Ahlanija hat es mehr als einmal vorgeschlagen. Gerade in der Zeit, als du den Schutzstein nicht getragen hast.«

»Aber du wolltest es nicht«, flüsterte Viola. »Ahi ... ich weiß nicht, was ich sagen soll ... Vielleicht, vielleicht wäre es gar nicht so falsch gewesen. Wir sind doch glücklich, wenn wir zusammen sind. Hier oder dort ...«

Ahi küsste ihre Schläfe. »Jetzt schon. Aber das ganze Leben? Wenn man es einmal tut, gibt es kein Zurück mehr. Ich könnte dir das nicht antun ...«

»Ich liebe dich!«, flüsterte Viola.

Ahi lächelte. »Und ich liebe dich.«

Viola bot ihm die Lippen und sie verschmolzen noch einmal mit dem Land und dem Leben, dem Himmel und den Sternen. Es gab keine Grenzen für diese Liebe. Viola vergaß, an genug oder nicht genug zu denken.

Als sie sich schließlich voneinander lösten, nahm sie den Amethyst vom Hals und legte ihn Ahi um. »Hier ... Wo ich hingehe, brauche ich ihn nicht. Aber du brauchst ihn – damit dich nicht womöglich jemand bannt. Ich ... ich weiß jetzt erst, wie wertvoll er ist.« Und wie sehr du mich damals schon geliebt hast. Sie sagte es nicht, aber Ahi las es in ihren Gedanken.

Er schüttelte den Kopf. »Aber dann ... dann hast du nichts, was dich an mich erinnert ...«, sagte er leise.

Viola lächelte. »Doch. Natürlich. Sie zog den golden schimmernden Stein aus der Tasche, den sie in der Weihnachtsnacht gefunden hatten. Sie umschloss ihn mit ihrer und Ahis Hand.

»Erinnerst du dich nicht? Er ist Teil von uns beiden. Der Amethyst passt auf dich auf, aber der hier bewahrt unsere Liebe ...«

»Bis du zurückkommst?« Ahi strahlte sie an und hielt den Stein so sorgsam und behütend in den Händen, als wäre es ein Vögelchen, das mit Violas Liebe davonfliegen könnte. »Du kommst doch zurück?«

Viola ergriff das golden glitzernde Stück Fels. Sie nickte.

Riana O'Donnell,
geboren 1958, las schon als Jugendliche mit Begeisterung romantische Geschichten und Fantasyliteratur. Sie arbeitete als Journalistin und Werbetexterin, bevor sie begann, selbst Romane zu schreiben. Riana O'Donnell lebt mit ihrer Familie als freie Schriftstellerin in Spanien – und mit Viola verbindet sie eine große Liebe zu Irland.